일본문화와 상인정신

이어령 전집
20

일본문화와 상인정신

사회문화론 컬렉션 4
에세이_『축소지향의 일본인 그 이후』와 기업풍토

이어령 지음

21세기북스

상상력과 흥의 근원에 관한 깊은 탐구

박보균 | 문화체육관광부 장관

　이어령 초대 문화부 장관이 작고하신 지 1년이 지났습니다. 그러나 그의 언어는 여전히 우리 곁에 남아 새로운 것을 볼 수 있는 창조적 통찰과 지혜를 주고 있습니다. 이 스물네 권의 전집은 그가 평생을 걸쳐 집대성한 언어의 힘을 보여줍니다. 특히 '한국문화론' 컬렉션에는 지금 전 세계가 갈채를 보내는 K컬처의 바탕인 한국인의 핏속에 흐르는 상상력과 흥의 근원에 관한 깊은 탐구가 담겨 있습니다.

　선생은 우리 시대를 대표하는 지성이자 언어의 승부사셨습니다. 그는 "국가 간 경쟁에서 군사력, 정치력 그리고 문화력 중에서 언어의 힘, 언력言力이 중요한 시대"라며 문화의 힘, 언어의 힘을 강조했습니다. 제가 기자 시절 리더십의 언어를 주목하고 추적하는 데도 선생의 말씀이 주효하게 작용했습니다. 문체부 장관 지명을 받고 처음 떠올린 것도 이어령 선생의 말씀이었습니다. 그 개념을 발전시키고 제 방식의 언어로 다듬어 새 정부의 문화정책 방향을 '문화매력국가'로 설정했습니다. 문화의 힘은 경제력이나 군사력같이 상대방을 압도하고 누르는 것이 아닙니다. 문화는 스며들고 상대방의 마음을 잡고 훔치는 것입니다. 그래야 문화의 힘이 오래갑니다. 선생께서 말씀하신 "매력으로 스며들어야만 상대방의 마음을 잡을 수 있다"라는 말에서도 힌트를 얻었습니다. 그 가치를 윤석열 정부의 문화정책에 주입해 펼쳐나가고 있습니다.

선생께서는 뛰어난 문인이자 논객이었고, 교육자, 행정가였습니다. 선생은 인식과 사고思考의 기성질서를 대담한 파격으로 재구성했습니다. 그는 "현실에서 눈뜨고 꾸는 꿈은 오직 문학적 상상력, 미지를 향한 호기심"뿐이었다고 말했습니다. 그는 마지막까지 왕성한 호기심으로 지知를 탐구하고 실천하는 삶을 사셨으며 진정한 학문적 통섭을 이룬 지식인이었습니다. 인문학 전반을 아우르는 방대한 지적 스펙트럼과 탁월한 필력은 그가 남긴 160여 권의 저작물로 남아 있습니다. 이 전집은 비교적 초기작인 1960~1980년대 글들을 많이 품고 있습니다. 선생께서 젊은 시절 걸어오신 왕성한 탐구와 언어의 발자취를 따라가다 보면 지적 풍요와 함께 삶에 대한 진지한 고찰을 마주할 것입니다. 이 전집이 독자들, 특히 대한민국 젊은 세대에게 문화 전반을 아우르는 교과서이자 삶의 지표가 되어줄 것으로 확신합니다.

100년 한국을 깨운 '이어령학'의 대전大全

이근배 | 시인, 대한민국예술원 회원

　여기 빛의 붓 한 자루의 대역사大役事가 있습니다. 저 나라 잃고 말과 글도 **빼앗기**던 항일기抗日期 한복판에서 하늘이 내린 붓을 쥐고 태어난 한국의 아들이 있습니다. 어려서부터 책 읽기와 글쓰기로 한국은 어떤 나라이며 한국인은 누구인가에 대한 깊고 먼 천착穿鑿을 하였습니다. 「우상의 파괴」로 한국 문단 미망迷妄의 껍데기를 깨고 『흙 속에 저 바람 속에』로 이어령의 붓 길은 옛날과 오늘, 동양과 서양을 넘나들며 한국을 넘어 인류를 향한 거침없는 지성의 새 문법을 만들기 시작했습니다.

　서울올림픽의 마당을 가로지르던 굴렁쇠는 아직도 세계인의 눈 속에 분단 한국의 자유, 평화의 글자로 새겨지고 있으며 디지로그, 지성에서 영성으로, 생명 자본주의…… 등은 세계의 지성들에 앞장서 한국의 미래, 인류의 미래를 위한 문명의 먹거리를 경작해냈습니다.

　빛의 붓 한 자루가 수확한 '이어령학'을 집대성한 이 대전大全은 오늘과 내일을 사는 모든 이들이 한번은 기어코 넘어야 할 높은 산이며 건너야 할 깊은 강입니다. 옷깃을 여미며 추천의 글을 올립니다.

시대의 언어를 창조한 위대한 상상력

'이어령 전집' 발간에 부쳐

권영민 | 문학평론가, 서울대학교 명예교수

이어령 선생은 언제나 시대를 앞서가는 예지의 힘을 모두에게 보여주었다. 선생은 한국전쟁이 끝난 뒤 불모의 문단에 서서 이념적 잣대에 휘둘리던 문학을 위해 저항의 정신을 내세웠다. 어떤 경우에라도 문학의 언어는 자유가 되어야 한다는 신념으로 문단의 고정된 가치와 우상을 파괴하는 일에도 주저함 없이 앞장섰다.

선생은 한국의 역사와 한국인의 삶의 현장을 섬세하게 살피고 그 속에서 슬기로움과 아름다움을 찾아내어 문화의 이름으로 그 가치를 빛내는 일을 선도했다. '디지로그'와 '생명자본주의' 같은 새로운 말을 만들어 다가오는 시대의 변화를 내다보는 통찰력을 보여준 것도 선생이었다. 선생은 문화의 개념과 가치의 중요성을 일깨우고 그 새로운 방향을 제시하면서 삶의 현실을 따스하게 보살펴야 하는 지성의 역할을 가르쳤다.

이어령 선생이 자랑해온 우리 언어와 창조의 힘, 우리 문화와 자유의 가치 그리고 우리 모두의 상생과 생명의 의미는 이제 한국문화사의 빛나는 기록이 되었다. 새롭게 엮어낸 '이어령 전집'은 시대의 언어를 창조한 위대한 상상력의 보고다.

일러두기

- '이어령 전집'은 문학사상사에서 2002년부터 2006년 사이에 출간한 '이어령 라이브러리' 시리즈를 정본으로 삼았다.
- 『시 다시 읽기』는 문학사상사에서 1995년에 출간한 단행본을 정본으로 삼았다.
- 『공간의 기호학』은 민음사에서 2000년에 출간한 단행본을 정본으로 삼았다.
- 『문화 코드』는 문학사상사에서 2006년에 출간한 단행본을 정본으로 삼았다.
- '이어령 라이브러리' 및 단행본에서 한자로 표기했던 것은 가능한 한 한글로 옮겨 적었다.
- '이어령 라이브러리'에서 오자로 표기했던 것은 바로잡았고, 옛 말투는 현대 문법에 맞지 않더라도 가능한 한 그대로 살렸다.
- 원어 병기는 첨자로 달았다.
- 인물의 영문 풀네임은 가독성을 위해 되도록 생략했고, 의미가 통하지 않을 경우 선별적으로 달았다.
- 인용문은 크기만 줄이고 서체는 그대로 두었다.
- 전집을 통틀어 괄호와 따옴표의 사용은 아래와 같다.
  『   』: 장편소설, 단행본, 단편소설이지만 같은 제목의 단편소설집이 출간된 경우
  「   」: 단편소설, 단행본에 포함된 장, 논문
  《   》: 신문, 잡지 등의 매체명
  〈   〉: 신문 기사, 잡지 기사, 영화, 연극, 그림, 음악, 기타 글, 작품 등
  '   ': 시리즈명, 강조
- 표제지 일러스트는 소설가 김승옥이 그린 이어령 캐리커처.

차례

풀이 문화의 지향성

『축소지향의 일본인』을 출간한 지 13년째가 된다. 거품 경제의
붕괴와 자민당의 몰락으로 일본이 크게 흔들리면서 이 졸저가 다
시 일본인들의 주목을 끌고 있는 것 같다. 작년 12월 9일자의 《아
사히 신문》은 전면 특집 기사로, 지금까지 문제로 지적된 일본인
론을 총정리했다. 그 기사 가운데 거의 3분의 1 정도의 지면을 할
애하여 졸저 『축소지향의 일본인』을 소개한 것이다.

특히 "오니(도깨비)가 되지 말고 잇슨보시(난쟁이)가 되라"는 경고
를 인용하면서, "이 책이 발간된 1981년은 일본 경제가 공전의
번영을 향해 상승일로를 걷고 있을 때였다. 일본인은 돈으로 세
계의 명화를 긁어모으고 해외 부동산을 마구 사들이고, 유명 회
사를 매수했다"고 자성의 목소리를 높였다. 더욱이 고흐와 르누
아르 그림을 고가로 사들여 세상을 놀라게 했던 모 기업 회장이
"내가 죽으면 이 그림들을 내 관 속에 넣어 묻어달라"고 하여 외
국 매스컴을 시끄럽게 했던 일을 상기시키면서 부끄럽던 일본인

모습을 뒤돌아보았다.

그리고 금년 3월 《프레지던트》지는 '일본인론의 걸작을 읽는다'라는 특집에서 역시 졸저 『축소지향의 일본인』론을 5페이지에 걸쳐 소개했다. 근대화 이후 100년 동안에 걸쳐 내외 필자에 의해 씌어진 일본인론 가운데 대표작 50권을 뽑아 총정리하고, 그중에서 다시 베네딕트의 『국화와 칼』을 비롯 여덟 권의 책을 선정해 평론가들의 기명 비평을 실었다.

『축소지향의 일본인』을 비평한 평론가 다카노 하지무[高野孟]는 "이 책은 발표될 당시보다도 오히려 지금 읽으면 더욱 새로운 충격을 받게 된다"고 《아사히 신문》과 비슷한 결론을 내렸다. 그러니까 오늘날 일본인이 당면하게 된 여러 가지 문제점과 한계, 그리고 앞날을 풀어가는 데 일종의 예언서적인 구실을 하고 있다는 이야기다.

이런 평가가 아니더라도 이제는 이 책이 일본의 대학입시에서 국어 문제로, 때로는 영문 번역판에서 영어 시험 문제로 자주 출제되고, 또 '현대의 고전'이라는 신문 시리즈란 같은 데도 곧잘 오르내린다(도쿄대학 다카시나 슈지[高階秀爾] 교수의 글).

그러나 겸손해서가 아니라 나는 이 책이 하나의 예언서로서 혹은 현대의 고전으로서 남으리라는 생각은 추호도 한 적이 없다. 늘 이 책만 보면 어떤 부끄러움과 아쉬움이 앞선다. 언젠가는 내용을 더 보강하고 문장도 더 다듬어야 한다는 생각만 해왔다.

그러나 내가 처음 습자를 배울 때 선생님은 아무리 잘못 쓴 글자라고 해도 그 위에 다시 개칠을 해서는 안 된다고 주의를 주셨다. 그래서 결국은 『축소지향의 일본인』을 보강하는 것보다 그 뒤에 여러 가지 빠진 생각, 다루지 못한 분야를 적어 그 이후의 내 생각들을 모아보리라고 결심했던 것이다.

하지만 미국과 일본에서의 연구소 생활과 갑작스러운 입각 등으로 이러한 뜻은 10년이 넘도록 그 결실을 맺지 못하고 지금까지 미뤄지게 되었다. 그 바람에 이 책이 나올 때를 위해 써주셨던 이병주 선생님의 글이 유작이 되어버리고 말았다.

결국 나의 게으름으로 『축소지향의 일본인』의 보충판은 지금까지 미발표작으로 있던 '『한 그릇 메밀국수』의 일곱 가지 의미'와 근년에 일본에서 가진 강연회, 인터뷰 기사 등을 묶어(제3장의 「하이쿠[俳句]와 일본인의 발상」 부분부터 「'이인칭 문화'의 시대가 열린다」까지) 겨우 조각보 같은 형태로 선을 보이게 된 것이다. 그리고 이병주 선생을 추모하는 뜻에서 그 글을 책 뒤에 싣기로 한 것이다.

결국 또 후회 하나를 보탠 결과가 되었지만, 이 보잘것없는 작은 책자가 『축소지향의 일본인』을 읽어주신 분들의 뒤풀이 잔치가 될 수 있었으면 한다.

1994년 4월
이어령

I
『한 그릇 메밀국수』의
일곱 가지 의미

축소지향과 만화

이상한 우편물

어느 날 일본에서 서류 꾸러미 같은 우편물 하나가 배달되어왔다. 뜯어보았더니 뜻밖에도 국배판 크기의 만화책이었다. 처음에는 잘못 온 줄 알고 수신자의 주소를 확인해보았지만 주소도 이름도 틀림없었다. 더욱 이상한 것은, 발신자도 출판사가 아닌 니가타의 한 기업체 이름으로 되어 있었다. 일본의 중소기업체가, 더구나 만화책하고는 별 인연이 없는 사람에게 그런 책을 항공편으로 보내왔다는 것은 상상하기 힘든 일이었다.

일본 사람들이 만화책을 좋아한다는 것을 모르는 바 아니다. 일본에는 발행 부수 100만이 넘는 잡지가 13종이나 되는데, 그중에서 하나를 제외한 12종이 모두 만화 잡지다. 제일 많이 나간다는 《소년 점프》는 최고 635만 부를 찍은 기록도 가지고 있다. 만화 손님은 아이들만이 아니다. 영국 같았으면 검은 우산을 들고 있었을 점잖은 신사들의 손에 알록달록한 만화책이 들려 있는 모습은 일본의 지하철 어디에서고 흔히 목격할 수 있는 광경이다.

일본이 세계 제일의 만화 왕국이라는 사실은 통계 숫자가 뒷받침하고 있다. 만화 간행물은 일본의 총출판물 가운데 40퍼센트를 차지한다. 그리고 연간 매상액도 4천9백억 엔이 넘는다(1990년). 한국 돈으로 치면 3조6천7백50억 원이니까, 우리나라의 전국 백화점 연간 매상액인 3조3천억 원(1990년)을 상회하는 규모이다. 만화는 이미 코흘리개 상대의 구멍가게 시장이 아닌 것이다.

이 같은 만화 기현상을 놓고 일본인 식자들도 고개를 갸우뚱한다. 대체 만화가 무엇이길래, 그리고 어린이나 어른이나 포르노 같은 선정적인 이야기에서부터 까다로운 경제 입문서까지 만화로 보고 즐기는 일본인들이란 대체 어떤 인종인가라는 의구심을 품는 외국인들이 많다. 이 만화 천국의 현상이야말로 일본 문화의 암호를 푸는 가장 확실한 열쇠라고 생각하고 있는 학자들도 적지 않다.

그래서 지금까지 만화 이상으로 만화 같은 연구물들이 쏟아져 나온 것도 사실이다. 사회학적, 심리학적, 그리고 최근에는 생리학적 연구까지 등장하고 있다.

이 중에서 가장 이색적인 이론이 이른바 요로 다케시[養老猛司] 교수의 유뇌론적唯惱論的 접근이다. 최근 일본에서는 교통사고나 고혈압 등으로 뇌졸중 환자가 늘어나면서 지금껏 알려져 있지 않던 인간의 뇌에 대한 여러 가지 정보를 얻게 되었다.

그 대표적인 것이, 뇌의 손상으로 실어증에 걸린 환자들 가운데 일본 글자인 가나는 읽는데 한자를 못 읽는 경우와, 그 반대로 한자는 다 아는데 가나만 잊어버리는 이상한 경우가 발생하고 있다는 사실이다. 이러한 것은 뜻글인 한자와 소리글인 히라가나를 기억하는 인간의 두뇌 부위가 각기 다르다는 것을 입증한다. 물론 알파벳만 쓰고 있는 서양 사람들이나 혹은 한자만을 사용하는 중국 사람들에게서는 발견할 수 없는 증상이다. 결국 이 말은, 눈으로 보는 한자와 귀로 듣는 가나를 섞어 쓰고 있는 사람들의 경우는 뇌의 정보 처리 중추도 여느 민족과는 다를 것이라는 주장과도 같은 것이다.

한자를 읽는 한일의 차이

그런 경우라면 한국도 마찬가지가 아닌가. 일본의 가나처럼 우리 역시 수백 년 동안 문자 체계가 서로 다른 한글과 한자를 섞어 써왔기 때문이다.

하지만 이러한 반론에 대하여, 같은 국한문 혼용이라도 일본의 경우는 한국과 또 다른 특성이 있다고 답변한다. 즉 한문을 읽는 법이 한국과는 현저하게 다르다는 것이다. 한국에서는 한자를 훈독訓讀하지 않는다. 가령 이인직李仁稙의 신소설 『혈血의 누淚』를 우리는 '피의 눈물'이 아니라 반드시 '혈의 누'라고 한자음으로 읽는다. 그런데 일본은 그렇지가 않다. '혈의 누'라고 써놓고 읽기는 그 뜻을 옮겨 '피의 눈물(지노 나미다)'이라고 하는 것이다.

　더 쉬운 예를 놓고 생각해보자. '봄이 왔다'라고 할 때 우리는 아무리 한자 중독증에 걸려 있는 사람이라도 그것을 한자로 표기할 수가 없다. '봄'이니 '왔다'니 하는 말은 순수한 우리 토박이 말이기 때문이다. 만약 그것을 굳이 한자로 옮겨 '春이 來하다'라고 한다면 그것은 '봄이 왔다'가 아니라 '춘이 내하다'라고 읽을 수밖에 없는 것이다. 그런데 일본 사람들은 '봄이 왔다'라고 할 때 보통 '春が來た(春이 來하다)'라고 쓴다. 그래 놓고도 읽기는 우리처럼 '춘이 내하다(슌가 라이다)'라고 하지 않고 '하루가 기타(봄이 왔다)'라고 한다.

　한마디로 한자의 음에 구애받지 않고 그 뜻을 여러 가지로 붙여서 자유롭게 읽는다. 그래서 책을 인쇄할 때에도 한자 옆에 그때그때의 문맥이나 필자의 기호에 따라 가나로 토를 달아준다. 그것이 세계에 하나밖에 없다고 자랑하는 루비 활자라는 것이다. 고유명사까지도 그렇다. 일본 사람들의 이름이나 지명은 한자로 되어 있지만 읽기는 그 뜻을 한자음으로도 읽기 때문에, 그리고 어느 경우에는 음독을 하고 어느 경우에는 훈독을 해야 하는가라는 뚜렷한 법칙도 없기 때문에, 은행과 거래할 때는 통장 같은 데 반드시 한자 이름 옆에 따로 후리가나ふりがな를 달아야 한다.

　한자를 이렇게 음만이 아니라 훈으로도 읽게 된 이유는, 일본 말의 발음체계 영역이 좁기 때문이기도 하다. 일본 말에 비해 우리는 모음 하나만을 놓고 보아도, 즉 '아, 자' 줄을 읽어보면 열 개가 넘고 다시 복합모음까지 하면 그 배가 된다. 하지만 일본 말은 '아이우에오' 다섯 모음이 기본이고, 이중모음이랬자 몇 개 되지 않는다. 단적인 예로 같은 한자를 한국음으로 읽을 때와 일본음으로 읽을 때 어떤 현상이 벌어지는지를 다음과 같은 전보문을 가상해놓고 비교해보면 알 것이다.

'귀사의 기자는 기차로 회사에 돌아가다'라는 말을 한자 표현으로 줄여 쓰면 '귀사기자기차귀사貴社記者汽車歸社'가 될 것이다. 이렇게 한자를 한자음만으로 읽어도 뜻이 통한다. 하지만 만약 한자 문장을 일본음으로 그대로 읽으면 '기샤기샤기샤기샤きしゃきしゃきしゃきしゃ'라는 똑같은 음이 네 번 되풀이된다. 한자를 훈독하지 않고 한자음으로만 읽는다면 엄청난 동음이의 현상이 벌어지게 될 것이다.

이래서 일본은 우리와 같은 한글 전용은 꺼내기 힘든 것이다.

만화와 한자

그러나 원인은 어디에 있든 한자에 후리가나를 달고 한문 활자에 루비ルビ를 붙이는 이 유난스러운 특성의 뿌리를 캐들어가면, 바로 만화를 좋아하는 일본인의 사고와 직결된다는 것이다. 앞서

살펴본 대로 보통 문자와 그것을 읽는 음가는 1 대 1로 대응하는 것이 원칙이다. 알파벳만이 아니라 한자를 사용하는 중국도, 국한문을 혼용해온 한국도 그렇다.

그러나 유독 일본에서만은 같은 한자를 사용하면서도 '중重' 자 하나를 써놓고 '오모이', '가사나루', '히토에一重', '주', '조'로 읽듯이 그 관계가 1 대 다多이다. 이렇게 한자를 다중적으로 읽는다는 것은, 한쪽으로는 눈으로 그림을 보면서 또 한쪽으로는 글자를 읽는 만화 독법과 일치한다는 것이다. 그러니까 일본 사람들에게 있어서 한자는 만화의 그림과 같은 것이고, 그 옆에 달아놓은 루비는 만화에 붙인 설명문이나 대화 같은 것이다. 말하자면 시각적 세계에 속하는 한자의 도형과 그것을 읽는 청각적 세계인 말이 따로 논다는 이야기이다. 그림과 말로 되어 있는 만화의 이중 구조는 한자를 보고 읽는 다중 구조와 같기 때문에 이것을 더 발전시키면 일본인의 사고 영역에까지 확산된다.

이 말을 더 쉬운 말로 옮겨보면, 만화를 좋아하는 일본인의 사고는 일본인의 의식이나 사회 구조가 이중 구조로 짜여져 있다는 뜻이다. 한 가지의 원리적 사고에 흐르기보다는 상황이나 전후 문맥에 따라서 모순되는 것들이 그때그때 하나의 형태로 결합되어가면서 만화처럼 굴러가고 있다.

어려운 말로 풀이한 것이 아니라 왜 일본 사람이 나에게 그 만화책을 보내왔는지, 그리고 그 만화 속에 담긴 의미는 어떤 것이었는지를 차근차근히 풀어가면서 『축소지향의 일본인』에서 다 하지 못한 일본인론을 다시 한 번 검증해보고자 한다.

한 그릇 메밀국수

보내온 그 만화책은 바로 몇 해 전에 일본 열도를 눈물의 바다로 침몰시켰다는 구리 료헤이[栗良平]의 동화 『한 그릇 메밀국수ー杯のかけそば』[1]를 만화로 그린 것이었다.

그리고 그 만화책 속에는 "이 이야기의 감동을 한 사람에게라도 널리 전하고 싶은 마음에서 그 동화를 만화로 만들었다"는 기업체 사장의 말을 적은 편지 한 통이 들어 있었다. 그리고 그와 함께 이 작품에 관한 신문기사와 해설들을 적은 복사물들이 첨부되어 있었다. 한마디로 이 만화책을 보내온 뜻을 요약하자면, 바로 그 만화책 말미에서도 언급한 대로 "슬픔과 괴로움 속에서도 밝은 빛의 세계에서 살아가고 있는 이 이야기는 일본인의 테두리 안에서만이 아니라 전 세계인의 심금을 울릴 것"이라는 신념이라고 할 수 있다.

그러니까 그 우편물을 받게 된 나는 '심금을 울리게 될 세계인의 한 사람'으로 등록되어 있었기 때문이라고 풀이하면 그 불가

---

1) 국내에서는 『우동 한 그릇』이라는 제목으로 출간되었다.

사의했던 수수께끼는 풀리게 된다. 그리고 그들의 전략이 적중하게 된 것도 알았다. 아무리 짧은 동화라고 해도 그것이 활자였다면 나는 선 자리에서 단숨에 그 이야기를 다 읽어낼 수는 없었을 것이다. 뿐만 아니라 그것이 글로 쓴 동화였다면 결코 눈물 같은 것은 흘리지 않았을 것이다. 뻔하기 짝이 없는 감상적인 이야기, 논리적으로 분석하면 황당하기 이를 데 없는 이야기가 이렇게 현실감 있게 와닿는 것은 그것이 만화라는 형식을 통해 전달되었기 때문일 것이다.

원작 자체가 동화이다. 그 동화성은 만화로 그려질 때 더욱더 그 효과가 크다는 것, 그리고 그 동화성에 숨겨져 있는 감동의 원형이 더욱 선명하게 부각된다. 글 중심, 이른바 로고스 중심주의의 세계에서는 결코 맛볼 수 없는 이 만화책 갈피를 넘기면서 나는 『축소지향의 일본인』에 썼던 일본 문화론을 다시 머릿속에 떠올리게 되었다. 원고지 50매 분량밖에 안 되는 이 작고 작은 이야기, 아니 그것을 다시 몇 페이지의 만화책으로 축소시킨 이 이야기야말로 '축소지향의 진정한 모델'이 아니겠는가.

만화는 풍자만화든 사이언스 픽션이나 액션물이든 간에 그 공통점은 그 내용에 관계없이 복잡한 사물, 사건, 그리고 시간과 공간을 생략과 변형으로 한 프레임 속에 축소해놓은 형식성에 있다. 그러므로 당연히 일본이란 무엇인가, 일본 문화의 본질이란 무엇인가라는 물음에 대한 해답도 우리는 이 『한 그릇 메밀국수』

속에서 건져낼 수가 있다.

글로 씌어진 그 동화만이 아니라 그것을 그림으로 옮긴 만화책까지 하나의 텍스트에 포함시켜 『한 그릇 메밀국수』를 분석해가면, 바로 그 '메밀국수' 한 그릇 속에 얼마나 많은 뜻이 담겨져 있는가를 쉽게 찾아볼 수 있을 것이다. 우선 그러기 위해서는 그 동화와 만화책의 텍스트부터 자세하게 알아보아야 할 것이다.

대체 무슨 이야기인가

북해정의 늦손님

"이 이야기는 지금으로부터 15년 전, 12월 31일 삿포로 시의 소바야(메밀국숫집) 북해정北海亭에서 시작된다."

『한 그릇 메밀국수』 책머리에 나오는 말이다. 그리고 만화에서는 이 같은 도입문과 함께 북해도의 정취가 듬뿍 밴 삿포로의 어느 작은 거리의 풍경이 그려져 있다. 사람들이 쓰고 가는 우산에도, 거리를 질주하는 자동차 지붕에도 하얀 눈이 쌓여 있고, 그 눈발 너머로 일본 특유의 2층 목조건물의 상가가 떠오른다. 그중 한구석에 '소바(메밀) 북해정'이라고 쓴 노렌のれん(옥호를 적어 문에 늘어뜨린 천)이 바람에 나부낀다.

거리의 설경은 북해정의 노렌으로 클로즈업되고, 다시 그 장면은 그 메밀국숫집 안으로 옮겨져, "메밀국숫집에서 가장 큰 대목은 섣달그믐날이다"라는 설명이 붙은 북해정 소바집 광경이 나타난다.

테이블마다 가족 단위의 손님들로 꽉 차 있고, 그 사이를 누비면서 안주인은 주문을 받으랴 음식을 나르랴 정신없이 뛰고 있다. "메밀 하나!"라고 외치면 "아이욧あいよっ(알았어), 메밀 하나!"라고 복창을 하면서 바깥주인은 카운터 뒤에서 음식을 조리하며 땀방울을 흘린다. 섣달그믐이 되면 으레 '도시코시 소바(해 넘기기 메밀국수)'를 먹으러 오는 손님들로 복작거리는 일본 소바집의 흔한 광경이다.

그러나 이야기는 오히려 이 부산한 장면이 지나고 마지막 손님들이 자리를 뜬 밤 10시경, 북해정 주인 부부가 막 가게 문을 닫으려고 하는 순간부터 시작된다. 노렌을 막 걷으려고 할 무렵 비걱 문이 열리면서 한 여자 손님이 두 아이를 데리고 들어선다. 체크무늬의 허름한 옷차림이다. 그러고는 머뭇거리다가 "저……메밀국수…… 1인분만인데…… 되겠습니까?"라고 말한다.

만화에서는 기죽은 아이들이 엄마 등 뒤에 숨어서 곁눈질로 어른들을 훔쳐보고 있다. 안주인의 의아해하던 얼굴 표정이 얼른 변하면서 보통 손님들에게 대하듯이 "예, 어서 오십시오. 이리 앉으시지요"라고 말하며 난로 가까운 데 있는 2번 테이블로 안내한다. "가케 잇쵸(국수 1인분)!" 안주인은 평소 그대로 카운터를 향해서 소리친다. "아이욧 가케 잇쵸!" 바깥주인은 막 꺼버린 곤로의 불을 다시 켜고 챙긴 그릇들을 꺼내면서 복창한다.

만화에서는 이 장면이 아주 실감나게 그려져 있다. 얼굴은 무뚝뚝하게 생겼는데, 국수를 담는 손은 1인분 사리 한 덩어리에 반 정도의 뭉치를 더 보태어 곱빼기로 말고 있는 것이다. 그리고 손님도 아내도 눈치채지 않게 곁눈질로 흘깃거리는 표정이 인상적이다.

세 사람이 앉아 있는 테이블 한가운데에 메밀국수 한 그릇이 놓여진다. 세 모자가 어울려서 메밀국수를 먹어가며 이야기하는 소리가 주인들이 있는 카운터에까지 들려온다.

"맛있다."

"그래. 정말."

"자, 엄마도 빨리 잡수세요."

만화에서는 깨끗하게 비어 있는 그릇 그리고 메뉴와 그 값을 붙여놓은 벽 쪽을 바라보는 여자의 얼굴, '메밀국수 150엔'이라고 써놓은 표찰, 지갑에서 돈을 꺼내는 표정, 반쯤 미소를 띠면서 "맛있게 먹었습니다"라고 인사를 하는 여자 손님의 얼굴이 차례차례 클로즈업으로 처리되어 있다. 그리고 세 모자가 문을 열고 나가는 뒷모습이 그려져 있다. 소바집 부부는 그들 등 뒤에다 대고 큰 소리로 "아리가토고자이마시타(감사합니다)" "도우가요이오 도시오(새해 복 많이 받으십시오)"라고 말하며 90도 각도로 허리를 굽힌다.

1년 뒤에도 또 한 그릇

다음 해 다시 섣달그믐날이 돌아온다. 만화의 그림은 앞의 것들과 조금도 달라진 게 없다. 밤 10시가 지나 가게 문을 닫으려는데, 비걱 문이 열리며 아이 둘을 데리고 여자 하나가 들어선다. 안주인은 체크무늬의 옷을 보고는 1년 전 그때 찾아왔던 마지막 손님이란 것을 알아본다.

"저…… 메밀국수…… 1인분만…… 되겠습니까?"

"예, 어서 오십시오."

그때와 마찬가지로 안주인은 손님을 2번 테이블로 안내하며 카운터를 향해 외친다. "가게 잇쵸!" 남편은 "아이욧 가게 잇쵸!"라고 복창하면서 막 꺼버린 곤로의 불을 다시 켠다.

아내가 서비스로 3인분 말아주라고 하는데 남편은 "무슨 소리하는 거냐"고 퉁명스럽게 잡아뗀다. 그렇게 하면 손님이 오히려 신경을 쓰게 되니 안 된다는 것이다. 그러나 말로는 그러면서도 벌써 사리 한 덩어리에 반 정도의 뭉치를 더 집어넣고 끓인다. 무뚝뚝해 보여도 당신은 인정 있는 사람이라고 아내가 슬며시 칭찬한다.

테이블 위에 한 그릇의 메밀국수를 놓고 지난해와 마찬가지로 모자 세 사람이 오손도손 이야기를 나누는 소리가 카운터 뒤의 주방에까지 들려온다.

"정말 맛있지."

"올해도 북해정 메밀국수를 먹으니 참 좋다." "내년에도 또 먹으러 오자, 응."

소바집 부부는 다 먹고 나서 돈 150엔을 내고 나가는 세 사람을 향해 "감사합니다. 새해 복 많이 받으십시오"라고 하루 종일 수십 번 한 말을 되풀이하면서 손님을 배웅한다.

그다음 해 섣달그믐날 밤이 되자 소바집 부부는, 이번에는 비록 서로 말은 하지 않아도 그 여자 손님이 나타나기를 기다린다. 9시 30분이 지나자 마음이 들떠 일이 손에 잡히지 않는 것이다.

10시 30분 가까이 되자 주인은 그해 여름에 값을 올려 200엔이 된 메밀국수 메뉴판을 얼른 돌려 옛날대로 150엔으로 바꿔놓는다. 그리고 아예 2번 테이블 위에는 30분 전부터 예약석이라는 팻말을 세워놓았다.

10시 30분이 되자 그 모자 세 사람이 나타난다. 형은 중학생 제복을 입고, 아우는 작년에 형이 입고 있던 커다란 점퍼를 걸쳤는데, 어머니만은 여전히 체크무늬 반코트이다.

"저…… 메밀국수…… 2인분인데…… 되겠습니까?"

이번에는 1인분이 2인분으로 바뀐 것이다.

"가케 닛쵸(국수 2인분)!" "아이욧 가케 닛쵸!"

바깥주인은 신나게 화답하면서 이번에는 사리 세 덩어리를 끓는 물속에 집어넣는다.

두 그릇의 메밀국수를 나눠 먹고 있는 세 모자의 밝은 웃음소리와 말소리가 카운터 뒤에 있는 주인 부부에게도 들려온다. 아내는 미소를 짓고, 무뚝뚝한 남편은 머리를 끄덕이면서 그들의 이야기에 귀를 기울인다.

엿들은 이야기

여인은 "오늘은 너희 둘에게 고맙다는 인사말을 해야겠구나"라고 운을 뗀 뒤, 아버지가 교통사고로 돌아가실 때 여덟 사람이나 다치게 한 것과, 보험으로도 다 지불할 수 없어 빚을 내어 그동안 매월 5만 엔씩 피해자들에게 보상금을 보내주었던 일들을 이야기한다.

그러고는 큰애가 신문배달을 하고 작은애가 날마다 장을 봐 저녁을 지어주었기 때문에 어머니는 그동안 밤낮을 가리지 않고 열심히 일할 수 있었던 것과, 그 덕분에 회사에서 특별수당을 타게 되어 내년 3월까지 갚기로 한 빚을 드디어 오늘로 다 갚게 되었다는 이야기를 들려준다.

아이들은 기뻐 어쩔 줄을 모르면서, 빚을 다 갚았어도 계속해서 자기들이 저녁밥을 짓고 신문배달을 해서 어머니를 돕겠다고 나선다. 그리고 큰애가 자기도 어머니에게 숨겨온 비밀 이야기가 하나 있다고 말한다.

지난달 일요일 준(동생)의 수업 참관 안내에 사실은 선생님으로부터 온 편지 한 통이 더 들어 있었는데 자기가 감춰버렸다는 것이다. 준이 쓴 작문이 북해도 대표작으로 뽑혀 전국 콩쿠르에 출품하게 되었는데, 수업 참관일에 준이 그것을 발표하게 되었다는 통지라는 것이다. 그런데 어머니가 그 사실을 알면 회사를 쉬려고 하실 테니까 자기가 그날 엄마 대신 나갔다는 이야기이다.

　그 작문은 장차 커서 어떤 사람이 되겠는가에 대하여 쓰라는 것이었는데, 준은 「한 그릇 메밀국수」라는 제목으로 북해정 이야기를 썼다는 것이다.

　아버지가 교통사고로 돌아가셔서 많은 빚을 남겼다는 것, 어머니가 아침부터 밤늦게까지 일하고 있다는 것, 형이 조석간 신문 배달을 하고 있다는 것, 그러고 나서 준은 12월 31일 밤 세 식구가 먹은 한 그릇의 메밀국수가 정말 맛이 있었다는 것을 수업 참관일에 읽어 내려갔다는 것이다.

　또한 세 사람이 한 그릇만 시켰는데도 소바집 아저씨와 아주머니는 "감사합니다. 새해 복 많이 받으십시오"라고 큰 소리로 인사를 해주었다는 것, 그 인사말은 꼭 '지면 안 돼! 간밧테!(열심히 뛰어! 힘껏 살아야 한다!)'라고 하는 소리처럼 들렸다는 것, 그래서 준은 이 다음에 어른이 되면 자기도 손님들에게 "열심히 뛰세요. 힘껏 사세요"라고, 또 정성껏 "감사합니다"라고 말할 수 있는 일본 제일의 소바집 주인이 되겠다는 것, 이런 것도 큰 소리로 읽어 내려갔다는 것이다.

어머니와 아들이 서로 숨겨온 이야기를 털어놓는 장면 역시 만화는 아주 효과적이다. 왜냐하면 글에는 말하는 사람의 이야기만 적혀 있지만, 만화에서는 그 이야기를 듣는 상대방의 표정과 그들이 앉아 있는 테이블에 빈 국수 그릇 두 개가 놓여 있는 장면을 보여주고 있기 때문이다.

카운터 뒤에서 엿듣던 주인 부부의 모습이 보이지 않는다. 바닥에 주저앉아 소리도 못 내고 한 장씩 수건 끝을 서로 잡아당기며 눈물을 닦고 있는 중이다.

이 대목을 그린 만화에서는 안주인은 카운터 뒤에 숨어 손으로 얼굴을 가린 채 울고 있고, 무뚝뚝한 바깥주인은 뒤로 돌아서 있다가 이윽고 눈에서 눈물이 흘러내리는 모습을 보여주고 있다. 눈에서 눈물이 흘러내리는 모습은 만화 아니고서는 어떤 매체로도 표현하기가 어려운 것이다.

준이가 작문을 다 읽고 난 뒤 선생님이 한마디 하라고 해서, 자기는 준이가 맨 처음 한 그릇의 메밀국수에 대한 이야기를 썼을 때 창피하다고 느꼈지만(그 제목을 보고 창피했다고 말하는 이 대목에서 만화에는 메밀국수 한 그릇에 젓가락 세 짝을 찔러놓은 장면이 삽입되어 있다) 이제는 그런 마음이 도리어 부끄럽게 여겨진다고 말했다는 것이다. 그리고 그때 우리를 위하여 메밀국수 한 그릇을 시킨 어머니의 용기를 잊어서는 안 된다는 것과, 형제가 힘을 합쳐 어머니를 지켜가겠다고 말했다는 것이다. 만화 장면으로 서로 꼭 부여잡고 있는 세 사람의 손이 크게 그려져 있다.

이번에는 300엔을 내고 "맛있게 먹었다"고 인사하고 나가는 세 사람을 향해서, 소바집 부부는 한 해를 마무리 짓는 커다란 목소리로 "감사합니다. 새해 복 많이 받으십시오"라고 인사한다. 또 한 해가 지나 북해정은 밤 9시부터 예약석 팻말을 2번 테이블에 세워놓고 세 모자를 기다린다. 그러나 끝내 그들은 모습을 나타내지 않는다.

만화책은 이 이야기의 공백을 마치 영화의 인서트처럼 잘 표현해주고 있다. 가로수, 떨어지는 낙엽들, 시계탑 위로 조용히 내리는 함박눈, 그리고 다시 북해정 노렌, 예약석 팻말이 놓여 있는 빈 테이블, 거의 자정을 가리키는 시계탑, 눈이 쌓인 텅 빈 거리―이런 그림 위로 "다음 해에도, 그리고 또 그다음 해에도 2번 테이블을 비우고 기다렸지만 세 사람은 끝내 다시 나타나지 않았다"라는 설명문이 적혀 있다.

북해정은 장사가 번창하여 가게를 늘리고 뜯어고쳐 테이블도 의자도 다 새것으로 바꾸었지만, 그 2번 테이블만은 그대로 남겨두었다. 새것들 틈에 낡은 테이블과 의자가 놓여 있는 것을 보고 이상하게 생각하는 손님들에게 주인은 '한 그릇 메밀국수' 이야기를 들려준다. 그러고는 이 테이블을 보면서 자기네들은 옛일을 생각하며 마음을 가다듬는다고 말한다. 언젠가는 그들이 다시 찾아줄 것이고, 그때 이 테이블로 맞이할 것이라고 설명한다.

그 이야기가 번져 2번 테이블은 '행운의 테이블'로 소문나고, 일부러 그 테이블에서 식사하기 위해 찾아오는 손님들도 많이 늘게 된다.

메밀국수 세 그릇

그 뒤 또 수년의 세월이 흐른 12월 31일 밤이다. 북해정에서는 같은 동의 상점회 멤버들이 가족 동반으로 모여 도시코시 소바를 먹은 뒤 제야의 종소리를 들으며 가까운 신사神社로 가서 첫 참배를 하는 것이 5, 6년 전부터 하나의 풍습처럼 되어버렸다.

그날 밤도 이웃 사람들이 모여 잔치를 벌이며 부산을 떤다. 다른 자리는 모두 서로 포개 앉을 정도로 옹색하게 꽉 차 있는데, 여전히 2번 테이블은 비워둔 채로 예약석이라는 팻말이 세워져 있다. 10시가 가까워오자 사람들은 비록 말들은 안 했지만 금년에도 또 저 자리를 비운 채 그냥 넘어가는 것이 아닌지 마음을 졸인다.

그런데 10시 30분에 입구의 문이 비걱 열린다. 사람들의 시선이 문 쪽으로 쏠리고, 시끄럽던 주위가 조용해진다. 두 청년이 들어선다. 실망의 한숨 소리가 나더니 주위는 다시 시끄러워지고, 안주인은 빈자리가 없어 미안하다고 손님을 돌려보내려고 한다.

그때, 뒤에서 기모노를 입은 여인이 머리를 깊이 숙여 인사하고는 두 청년 앞에 나선다. 북해정 안에 있는 사람들은 일제히 숨을 죽이고 귀를 기울인다. 그 여인은 아주 나직한 소리로 말한다.

"저…… 메밀국수…… 3인분인데요…… 괜찮겠습니까?"

별안간 안주인의 안색이 바뀐다. 십수 년의 세월이 갑자기 사라지면서 옛날의 모자 세 식구의 모습이 떠오른다. "3인분인데요"라고 말할 때의 그 만화 장면의 여인 얼굴에는 약간 지친 듯하면서도 아주 조용하고 밝은 미소가 어려 있다. 그리고 처음에는 마치 V자를 그려 보이듯이 3인분을 가리키는 손가락 셋을 펴 보이고 있다. 그것을 본 북해정 안주인의 깜짝 놀란 얼굴, 그리고 그 배경에는 처음 이 가게에 들어섰을 때의 체크무늬 옷과 두 아이를 양 옆구리에 끼고 들어왔던 그 여인의 모습이 나타나 있다. 머릿속에 떠오른 옛 추억의 모습이다. 한 그릇을 시킬 때의 그 여인의 얼굴과 15년 뒤 세 그릇을 시킬 때의 그 여인의 얼굴—그 미묘한 표정의 차이가 절묘한 대조를 이루고 있는 것이다.

청년 하나가 말한다.

"우리는 15년 전 섣달그믐날 밤 어머니와 함께 셋이서 1인분의 메밀국수를 시켜 먹었던 사람들입니다. 그때 그 한 그릇의 메밀국수에 '하게마사레루はげまされる(용기를 얻는 것)', 셋이서 열심히 살아갈 수 있었지요. 그 뒤 외갓집이 있는 고장으로 이사를 갔고, 저는 금년 의과대학을 나와 대학병원에서 일하고 있지요. 내년

봄이면 이곳 삿포로의 종합병원에서 근무하게 될 것입니다. 비록 소바집 주인은 되지 못했지만, 은행에 다니는 제 동생과 상의 끝에 지금까지 지내온 날 가운데서 최고로 한번 사치를 해보자고 계획을 짰지요. 그 계획이란 바로 어머니와 함께 셋이 북해정에 가서 3인분의 메밀국수를 시켜 먹는 거였어요."

주인 부부의 눈에서는 눈물이 흘러내렸다. 옆에 있던 손님들이 일어서면서 소리친다.

"무엇들 하는 거야. 아니, 10여 년 동안 이날을 위해 마련한 예약석이잖아. 빨리 모셔요."

"어서 이리로 오시지요. 여보, 2번 테이블에 메밀 셋이오(가케 산쵸)."

"아이욧 메밀 셋(가케 산쵸)."

환성과 박수 소리가 길거리까지 흘러나온다. 만화에서는 이 장면을 두 페이지 통으로 그려놓았다. 애, 어른, 여자, 남자, 할아버지 할 것 없이 기립박수를 하듯이 모두 일어나 2번 테이블 주위에 모여들어 웃음과 박수를 보낸다. 다만 두 여자, 북해정 안주인과 그 여인의 얼굴만은 다른 사람과 마찬가지로 활짝 웃고 있으면서도 눈시울에 눈물 한 방울이 맺혀 있는 것으로 그려져 있다.

날리던 눈발도 멎고, 하얗게 쌓인 신설新雪에 반사되어 유리창 불빛에 어렴풋이 떠오른 북해정 노렌이, 한발 일찍 온 새해 바람을 타고 나부낀다.

만화의 끝 장면에도 첫 장면에서와 마찬가지로 바람에 날리는 북해정의 노렌이 커다랗게 그려져 있다.

갚는 문화와 지속하는 문화

왜 섣달그믐인가

짧은 이야기지만 그 시간은 초등학교 학생이 대학을 나와 취직을 할 만큼의 긴 세월이다. 그러면서도 그 이야기는 언제나 섣달그믐이라는 하루, 그것도 밤 10시대의 짧은 한순간으로 집약되어 있다. 그래서 그 이야기는 해마다 돌아오는 무슨 기념일처럼 되풀이된다. 만약 이 이야기에서 섣달그믐이라는 날을 빼내거나 바꾸면 이야기 전체가 금세 무너져버리고 말 것이다. 물론 그러한 사건도 감동도 일어날 수가 없다.

섣달그믐날이 아닌 보통날에 세 모자가 와서 메밀국수 한 그릇을 시켜 먹었다면 그 의미는 변질되어버리고 말 것이다. 그리고 그것은 십수 년을 지속하는 이야깃거리를 낳을 수도 없다. 이 이야기는 섣달그믐이기 때문에, 그것도 일본의 섣달그믐이기 때문에 비로소 생겨날 수 있는 이야기이다.

섣달그믐은 묵은해를 보내고 새해를 맞는 경계선이다. 이 시간의 건널목은 어느 나라에서나 통과제례의 상징적 의미를 띠게 된다. 우리도 이날을 '까치설날'이라고 부르고, 묵은 것을 청산하고 새것을 받아들이는 날로 삼아왔다. 그런데 일본 사람만큼 철저하게 그믐을 지키고 챙기는 나라도 드물다. 섣달이 되면 우리가 요란하게 치르는 그 망년회라는 것도 실은 식민지 때 들어온 일본 풍습인 것이다.

 、섣달그믐의 그 같은 행사는 일본인들의 문화적 특성의 하나인 바로 '갚는 문화'를 상징한다. 이미 고전이 되어버린 베네딕트 Ruth Benedict 여사의 『국화와 칼The Chrysanthemum and the Sword』을 읽은 사람이라면, 일본인들이 인사말로 많이 쓰고 있는 '스미마센濟みません'이라는 말과 그 섣달그믐은 결코 무관하지 않다는 것을 알 수 있을 것이다. '스미마센'이라는 말은, '아직 끝나지 않았다' 갚을 것이 남아 있다'라는 뜻이다. 말하자면 덜 갚았다는 것, 아직 당신에게 부채가 남아 있다는 뜻이다.

 극단적으로 말하면, 모든 인간관계를 하나의 부채 관계로 보고, 그 신세를 갚기 위해서 살아가는 것이 삶의 한 목표요 정형이라는 사상이 그 밑바닥에 깔려 있다. 스미마센과 함께 어깨동무를 하고 다니는 말이 '오카게사마お陰さま'이다. 한국말로 하자면 '덕분'이라는 말에 가까운 것인데, 일본 사람들은 조금만 좋은 일이 생기면 관계가 없는 사람을 향해서도 "오카게사마"라고 인사를 한다.

그러니까 궂은 일이 있으면 '스미마센'이고, 기쁜 일이 생기면 '오카게사마'이다. 이러한 '은혜와 갚음'은 연기緣起를 중시하는 불교적 영향에서 온 것이기도 하지만, 세속적인 시각에서 본다면 다분히 사고파는 상업 문화를 반영한 삶의 방식에서 비롯된 것이 기도 하다. 실제로 중국을 비롯한 유교 문화권에서는 한 해의 마지막은 납향臘享이라고 해서 조상님들의 은공을 갚는 의식을 치렀다. 그러나 일본에서는 다른 유교국가와는 달리 조상에 대한 수직적이고도 정신적인 보은보다는 오히려 수평적이고 물질적인 부채 청산이라는 거래에 더 중점을 둔다. 그러므로 섣달그믐은 빚을 청산하는 결제일이었던 셈이다. 즉 거래 관계를 깨끗이 끝마무리 짓는 달이요 그 마지막 날로서, 스미마센과 오카게사마의 인사를 최대한으로 치르는 의식일이다.

무심코 읽어 넘어가게 되는 이 이야기의 대목 가운데서도 우리는 '섣달그믐'의 일본적 특성을 여러 군데서 찾아낼 수 있다. 북해정이 섣달그믐이면 1년 중에 가장 바쁜 날이라는 직접적인 설명이 아니더라도 세 식구가 그곳에 나타나게 된 이유도 그것이 특별한 날이기 때문이다. 어머니는 1년 동안 고생한 아들들에게 무엇인가를 갚아야 한다. 그것이 메밀국수 한 그릇이다. 그리고 실제로 아이들과의 대화에도 나타나 있듯이, 그 여자 손님은 그동안 갚아야 할 빚(보상금)을 섣달그믐날 모두 갚았던 것이다.

메밀국수 한 그릇을 놓고 전개되는 이 이야기를 이와 같은 시각에서 바라보면, 이것은 한 여인의 빚 갚는 이야기라고 할 수가 있다. 교통사고로 남편을 잃고 여자 혼자서 살림을 꾸려가면서도, 그 사고 때 입은 여덟 명의 피해자에게 보상금을 몇 해를 두고 갚아나간다. 한 그릇의 메밀국수를 셋이서 나눠 먹었다는 것도 바로 이 빚을 갚기 위한, 그 약속을 지키기 위한, 남편의 과실을 보상하기 위한 '스미마센'의 인사를 하기 위해서이다.

이 동화 속의 어머니는 그 빚을 갚기 위해 입지도 먹지도 못하고 근면과 절약의 나날을 보낸다. 결국 이 빚을 다 갚은 그믐날 비로소 메밀국수를 한 그릇 더 시켜 두 그릇이 된다. 이 극한적인 갚음의 문화, 자학에 가까운 헌신적인 갚음⋯⋯. 이러한 이야기들이 바로 우리의 눈물을 자아내게 하는 감동의 원천이다.

그뿐이 아니다. 10여 년이 지난 설달그믐에 이 세 모자가 북해정 소바집에 다시 들르는 것도, 전에 한 그릇밖에 시키지 못했던 미안함을 갚기 위함이라고 볼 수 있다.

그러나 갚는 것은 은혜만이 아니다. 이 갚는 문화가 어둠으로 반전되고 부정적인 것으로 기울면 미담은 처절한 복수담으로 이어진다. 왜냐하면 은혜와 빚만이 아니라 원한도 갚는 것이기 때문이다.

개화기 때 일본 문단의 대표적 작가였던 나쓰메 소세키[夏目漱石]는, 어째서 일본 문학에는 복수의 이야기가 그렇게 많은지 모르겠다고 한탄한 적이 있었다. 사소한 시비, 원한, 그리고 모욕을

갚기 위해 수십 년을 벼르다가 끝내는 복수를 하고 마는 그런 이
야기들이 세계에서 가장 많은 나라가 바로 일본이다. 그냥 많은
것이 아니라 일본에서 제일 인기 있는 문학이 주군의 원수를 갚
는 마흔일곱 명의 사무라이 이야기 『주신구라[忠臣藏]』라는 것만
보아도 알 수 있을 것이다.

　『한 그릇 메밀국수』와 같이 따뜻하고 감동적인 미담을 조금만
뒤집어놓으면, 한 그릇 메밀국수가 아니라 한 자루 칼이, 그리고
한 방울 눈물이 아니라 피가 튀는 무시무시한 복수담이 전개된
다. 빚이나 은혜를 갚는 것처럼, 본질적으로 원수에게 복수를 하
는 것도 갚는 행위이기 때문이다.

국수 문화

　『한 그릇 메밀국수』의 이야기는 왜 섣달그믐이어야 하는가. 왜
그것이 일본의 섣달그믐이어야 하는가. 이러한 질문에 대한 또
하나의 대답은 이 이야기의 표제어로 등장할 뿐만 아니라 모든
사건의 태풍의 눈이 되는 '소바(메밀국수)'와 관련된다.

　일본 사람들은 우리와는 다른 방식으로 섣달그믐을 쇤다. 즉
'도시코시 소바'라는 것을 먹으면서 한 해를 보내는 것이다. 일본
사람들에게 있어 '올드 랭 사인Auld Lang Syne'은 귀로 듣는 음악이
아니라 입으로 먹는 소바이다.

만약 이런 풍습이 없었더라면 이 이야기는 탄생될 수 없었을 것이다. 시간과 사건은 서로 분리될 수 없는 손등과 손바닥과 같은 관계를 갖고 있다. 그러니까 이 이야기는 도시코시 소바의 풍습과 소바를 좋아하는 일본 문화의 한 정체성을 담고 있는 셈이다.

비록 한 그릇을 시켜놓고 셋이서 먹더라도 한 가족이 모여 도시코시 소바를 먹으려 한 마음이 바로 이 작고 아름다운 이야기를 낳게 한 불쏘시개 같은 발화점이 된 것이 분명하다. 일본 사람들이 도시코시 소바를 먹는 것은 다분히 제례적인 성격을 담고 있다. 중국 문화의 영향을 받은 국수 문화권에서 국수는 경사스러운 잔치 음식이다. 국수가락이 실처럼 길게 이어져 있기 때문에 국수를 먹으면 장수를 한다고 믿는다.

그러고 보면 섣달그믐에 도시코시 소바를 먹는다는 것은 약간의 모순처럼 느껴진다. 섣달그믐이 앞에서 본 것처럼 모든 것을 결산하고 분명한 매듭을 짓고 넘어가려는 갚는 문화의 상징이라면, 국수는 오히려 그 반대로 이어지고 지속하고 연속하는 것의 상징물이기 때문이다. 그러나 실제로 일본 사람들의 오랜 생활 풍습 역시 밀린 것을 갚고 묵은 것을 매듭지어가면서 끝없이 변신해가면서도, 한편으로는 도시코시 소바처럼 끊어지지 않고 면면히 지속해가는 시간 속에서 살아간다. 인연의 끈, 거래의 끈, 그 인과의 끈을 국수가락처럼 길게 길게 이어가려고 한다.

여러 가지 예를 들 것 없이 일본은 하루가 다르게 신발명품을 만들어 새 시장을 개척하고 있지만, 이른바 국수가락처럼 끊어지지 않고 만세일계萬歲一系로 이어져 내려온 천황 밑에서 살고 있다. 온 세계가 사용하고 있는 서력을 제쳐두고 아직도 소화니 평성이니 하는 왕의 시간, 왕의 연대 속에서 살아간다.

시간의 연속성을 상징하는 국수를 먹는 것도 주로 우리는 장수의 뜻을 지니고 있는 데 비해서, 일본의 그것은 사업운의 연장, 번영의 지속을 뜻하는 상업 문화의 색채가 짙다. 장사하는 사람들이, 끝이 넓게 펼쳐져 '스에히로[末廣]'라고 부르는 부채를 선물하는 풍습과 같다.

더구나 일본인이 국수가락을 빼는 방법을 중국이나 한국의 경우와 비교해보면 더욱 이 같은 상징성을 강하게 느낄 수 있다. 한국의 경우는 밀가루 반죽한 것을 구멍 뚫린 그릇에다 넣고 짓눌러 빼는 착면법을 쓰고, 중국은 그것을 늘여서 빼는 납면법으로 국수가락을 뺀다. 그런데 일본은 같은 납면법이면서도 국수가락을 한 발에서 두 발, 두 발에서 네 발로 늘여 빼는데, 중국과는 달리 누에고치에서 실을 빼듯이 한 가락으로 길게 빼낸다고 한다.

『한 그릇 메밀국수』의 이야기 발을 빼내는 솜씨가 바로 그렇다. 한 사람의 도둑이 108명의 도둑으로 불어나가는 양산박 이야기인 『수호지』가 중국식 납면법이라면, 길고 가늘게 한 가닥으로 뽑아간 이야기가 바로 이 동화이다. 형식만이 아니다. 미망인

으로 죽은 남편의 빚 치다꺼리를 하면서 가정을 지켜가는 여인상 자체가 봉건시대의 일본 여인의 부덕을 한줄기로 답습하고 있다. 일본인들은 그것을 '메이지노 하하明治の母'라고도 부른다.

그러면서도 빚을 갚기 위해, 그리고 자식을 대학까지 보내 한 사람 몫으로 키워내는 그 진취적인 삶의 태도는 현대의 직장 여성과 다를 게 없다. 변하면서도 지속하는 원리, 일견 모순된 것 같은 두 생활 감각이 함께 호흡하고 있는 것이 일본 사회이다. 북해정이 점점 번영하여 새로 단장을 하면서도 세 모자가 국수 한 그릇을 놓고 먹던 2번 테이블만은 그대로 그 자리에 놓아두고 있다. 사업이 날로 새롭게 번창해도 단골손님들은 옛날과 변함없는 국수가락의 지속성을 지니고 이어져간다.

한 가정이, 한 기업이, 사회와 국가 전체가 이 원리로 움직여가고 있는 곳이 일본이다. 일본처럼 빨리 변화를 꾀하며 외국 문물을 받아들인 나라도 드물다. 그러면서도 한쪽으로 실오라기 하나 자기 것을 버리지 않고 쌓아가는 나라가 또한 일본이다.

국수와 소바

국수는 중국에서 한국을 통해 일본으로 들어간 것이다. 이 면 문화는 마르코 폴로를 통해서(혹은 중국의 제지 기술이 실크로드를 타고 유럽에 전래될 무렵이라고도 한다) 이탈리아로 들어가 전 세계로 퍼졌다.

그런데도 냉면 하면 한국을, 스파게티나 마카로니라고 하면 이탈리아를 연상하듯이, 소바 하면 일본을 생각하게 된다. 일본의 국수 문화는 원래 절간 음식으로 시작했다고 하지만, 우리의 『고려사』에도 절간에서 국수를 만들어 팔았다는 기록이 있다. 이는 일본에 국수를 전수한 사람이 조선조의 선승들이었다는 증거가 되는 것이다.

그런데 어느 칼럼니스트도 지적한 것처럼, 우리 조상들이 만들어 먹은 국수는 '끈기가 없는 메밀국수, 칡국수, 마국수, 청포국수, 들쑥국수, 밤국수, 백합국수, 꽃국수, 수수국수 등 다양했으며, 기근이 드는 해에는 백토를 캐다가 흙국수까지 빼어 먹었다.' 우리 조상들은 이처럼 다양한 면 문화를 만들어냈고 그것을 일본에 전수했는데, 면 문화의 말단국인 일본에서 인스턴트 라면을 개발해 거꾸로 한국에 역수출하여 '음식 혁명'을 일으키고 있는 것이다.

이렇게 중국 대륙, 그리고 한국의 반도 문화를 흡수하면서도, 그리고 근대에는 서양 문화를 수입하면서도 일본은 '소바' 같은 자기네의 독특한 문화를 창출해낸다.

일본은 도자기의 후진국으로 그들이 처음 자기를 구워낸 것은 이삼평李參平 등 임란 때 한국에서 잡아온 도공들을 통해서였다. 그런데 우리는 일본의 도자기 기술이 한국에서 건너간 것이라는 것을 잘 알면서도, 그들이 어떻게 그 기술을 가져다가 조선조 백자와 다른 일본 특유의 도자기 문화를 개발했는가에 대해서는 별로 관심이 없다.

일본의 초기 이마리야키[伊万里燒]는 분명히 조선조의 기술을 받아 만든 것이었지만 그 기간은 얼마 되지 않는다. 불과 수년 후에는 병조 말기 청조 초기의 양식을 도입하여 새 기술을 받아들였고, 끝내는 일본 고유의 독자적인 양식미를 도입해서 일본적인 것으로 환골탈태한다. 그 하나가 일본화의 기법과 색채를 도입한 고린[光琳]파 양식의 기천요其泉窯 '아리타야키[有田燒]'이다. 이렇게 해서 그들은 우리가 조선조 5백 년 동안 백자만 굽고 있을 때 아카에[赤繪] 등 채색 도기를 개발하여 포르투갈과 심지어 도자기의 본고장인 중국에까지 역수출한다.

근대화 이후에는 프랑스의 찻잔을 재빨리 모방하여 현대 생활에 맞는 도자기 문화를 만들어낸다. 차가 뜨겁기 때문에 전통 찻잔들은 모두 두껍게 만들어야 했다. 그래야만 손에 들고 마실 수 있다. 하지만 프랑스 사람들은 찻잔에 손잡이를 붙이는 방법을 생각해냈는데, 일본 사람들은 그것을 재빨리 들여와 얇은 찻잔을 만들어 세계 시장에 내놓았다. 세계에 아리타야키가 널리 알려지게 된 것도 그 때문이다.

한국의 도자기 기술을 들여와 자기 것으로 개발하여 수출을 했던 그 똑같은 패턴으로, 현대에는 미국의 트랜지스터 반도체 기술을 들여와 새 상품을 개발하여 전 세계의 시장으로 내보내고 있다.

선달그믐에 등을 구부리고 도시코시 소바를 먹고 있는 궁상맞은 일본인의 모습 뒤에는, 그리고 세 모자가 메밀국수 한 그릇을 먹고 있는 청승맞은 광경 뒤에는, 1년 동안 천억 달러 이상의 무역 흑자를 내는 놀라운 비밀 무기가 감춰져 있는 것이다.

좁은 공간 속에서 일어나는 일

구멍가게의 문화적 특징

도시코시 소바를 먹으며 섣달그믐을 보내는 그 시간적 배경 없이는 『한 그릇 메밀국수』의 드라마는 일어날 수도 없고 또 그 같은 감동을 자아낼 수도 없다는 사실을 알았다. 그런데 북해정이라는 소바집 공간적 무대가 아니었다면 어떻게 되었을까? 그것역시 시간적 배경 못지않게 중요한 비중을 차지한다.

이 동화는 섣달그믐의 시간축과 북해정의 공간축의 교점 위에서만 존재할 수 있는 이야기이다. 모든 상황 설정이 그렇게 되어있다. 그곳이 보통 종업원이 대여섯만 되는 식당이었더라면 문닫는 순간까지 찾아온 손님을 받아들였겠는가. 세 사람이 한 그릇을 시키는 주문에 응할 수 있었겠는가. 그리고 식당 사람들이 1년 뒤에 그들의 모습을 기억하고 마음을 기울일 수 있었겠는가.

작은 가게이기에, 부부가 경영하는 자기 집 안방 같은 소바집이었기에 이 모든 드라마는 비로소 가능해진다. 한마디로 좁은 공간만이 연출해낼 수 있는 드라마이다. 손님들이 귓속말로 내밀한 이야기를 해도 카운터에서 들을 수 있을 만큼 좁은 공간이었기 때문에, 소바집 주인과 손님 사이에 따뜻한 암묵의 온정과 신뢰가 오갈 수 있다. 근본적으로 이 이야기는 벌판의 드라마가 아닌 것이다.

일본 사람들은 전통적으로 이 좁은 공간을 '후레아이노바觸れ合いの場'라고 부르기도 하고, '잇사곤류[一座建立]' 또는 그냥 '좌座'라고도 한다. 손님이 오면 4조 반(다다미 넉 장 반)의 좁은 다실로 들어가 서로 무릎을 맞대고 차를 마시는 다도茶道야말로 좁은 공간의 드라마를 연출하는 후레아이요 잇사곤류인 것이다.

일본 사람들은 어떤 단체나 모임의 명칭에 '좌'라는 글자를 잘 붙인다. 별이 한자리에 뭉쳐 있는 것을 우리는 '성좌星座'라고 하는데, 그들은 사람이 별자리처럼 함께 모여 있는 '인좌人座'를 '좌'라고 부르고 있는 것이다.

한자를 차근차근 뜯어보면 알 수 있듯이, 그 글자는 천장과 벽의 모양을 나타내는 엄 자 밑에 사람 둘이 땅바닥[土]에 앉아 마주보고 있는 형상을 나타낸 것이다. 작고 동그란 메밀국수 한 그릇을 가운데에 놓고 동그랗게 모여 앉아 있는 세 모자의 모습, 그것이 바로 일본인이 가장 큰 생활원리로 삼고 있는 '좌'의 세계이다.

우리는 북해정의 4조 반 다실처럼 아늑한 공간 속에 앉아 메밀국수 한 그릇을 먹고 있는 광경을 보면서 무엇을 연상하는가? 그것은 추운 겨울날 따뜻한 고타츠[炬燵]를 한가운데 놓고 고양이들처럼 등을 웅숭그리고 동그랗게 모여 있는 전통적인 일본의 자노마(안방) 광경이다. 그리고 그것을 조금 확대한 것이, 넓은 벌판에 가도 서로 수레바퀴처럼 둥글게 모여 앉아 오손도손 속삭이고 있는 일본 특유의 집회 형식인 구루마자[車座]이다.

쇼토쿠 태자[聖德太子] 때부터 국시國是로 삼아왔던 화和의 이상, 그리고 그것을 추구하는 방법인 후레아이(서로 모여 일체가 되는 것)의 신조를 원고지 50매 분량밖에 안 되는 이야기로 옮겨놓은 것이 이 동화요, 일본 전 열도를 10여 평으로 축소해놓은 것이 북해정 소바집이다. 거기에서는 손님이나 주인이나 모두가 한 식구처럼 그려진다.

처음엔 세 모자, 다음엔 세 모자와 북해정 부부, 마지막에는 그 소문을 듣고 찾아온 동네 사람들로 그 후레아이는 커져간다. 점점 확대되어 이 작은 북해정이라는 공간은 북해도 일본 공간, 그리고 세계의 공간이 된다. 그러나 그것들을 지탱해주고 있는 중심축은 여전히 북해정 2번 테이블 위의 메밀국수 한 그릇이다.

그러므로 일본이란 사회는 아무리 도시화하여 그 공간이 크고 복잡해져도 화和의 축을 이루는 메밀국수 한 그릇의 이 작은 공간을 살려나가려고 한다. 이 공간을 갖지 못하면 일본에서는 살아가기 힘들다(그것을 일본인들은 '무라하치부'니 '잇피키오카미'라고 부른다).

고니시키는 왜 요코즈나가 되지 못했나

일본의 전통 씨름인 스모를 보면 안다. 서양 레슬링처럼 했다
가는 곧 씨름판 밖으로 밀려나고 말 것이다. 그 살아 있는 표본이
하와이 출신 씨름꾼인 고니시키[小錦]이다. 미국 국적을 가진 그가
일본에서 씨름을 하기 위해서는 몸에 훈도시(남자의 음부를 가리는 폭이
좁고 긴 천)만 걸쳐 될 일이 아니라, 몸무게 300킬로가 나가는 스모
계 최대의 거구이면서도 '작은 비단'이라는 뜻의 고니시키로 개
명을 해야 한다.

그리한 후, 몇 번이나 우승을 차지했음에도 씨름꾼의 최고 자
리인 요코즈나[橫綱] 자리에 오르지 못했던 것은, 일본의 순혈국주
의보다는 화의 사상이 무엇인지를 몰랐기 때문이다. 일본의 씨름
계가 고니시키에게 요코즈나 자격을 주지 않았던 것은, 그의 핏
줄보다도 매너에 대해 더 많은 거부감을 갖고 있었기 때문이다.
한마디로 고니시키는 씨름의 정신(화의 사상)을 모르는 사람이라는
이야기이다.

일본의 씨름은 경기 자체보다 경기를 치르는 과정의 여러 가지
의식儀式을 더 소중하게 여긴다. 무엇보다도 경기장에 입장하는
바쇼이리場所入り는 단순한 입장이라기보다 관객들과 씨름꾼이 서
로 어울려 하나가 되는 화의 의식이기도 한 것이다. 씨름꾼들이
씨름판에 입장하기 위해서는 반드시 객석 통로로 들어오도록 되
어 있고, 또 관객들은 입장하는 씨름꾼들의 벌거벗은 그 우람한

몸을 직접 만져보기도 하는 것이다. 이러한 씨름의 바쇼이리의 매너는 바로 관객석 사이에 나 있는 가부키의 하나미치[花道]라는 특수한 무대와도 같은 것이다. 그리고 연기자의 몸과 관객의 몸이 서로 와 닿는 것 같은 관계를 일본인들은 '후레아이触合い'라고 부르고 있다. 일본 어디에 가나 후레아이라는 말을 듣고 볼 수 있다.

그런데 딱하게도 하와이 시민인 이 역사力士는 일본의 그러한 후레아이 문화, 화의 문화에 대해서 둔감했던 것이다. 말하자면 바쇼이리에서 고니시키의 거구를 직접 만져보려는 팬들을 밀쳐내기도 하고 화를 내면서 욕을 하기도 했던 것이다. 뿐만 아니라 서양의 프로 레슬링에서는 관객들에게 어필하기 위해 반칙도 하고 야수와 같은 잔인성을 보여주기도 한다. 바르트의 말대로 철저하게 자기를 드러내 보이는 스포츠이다. 그러나 스모는 정반대이다. 이겨도 져도 자기 감정을 노출해서는 안 된다. 그러므로 상대가 넘어져 승부가 끝나면 일어서려는 선수를 손을 내밀어 도와주는 것이 불문율로 되어 있다. 그러나 고니시키는 상대가 도효(씨름판) 밖으로 나간 뒤인데도 계속 공격적 자세를 보였다.

씨름의 기량만이 아니라 일본 씨름이 갖고 있는 이러한 정신적인 면, 매너를 존중하는 것이 일본 문화의 특성이다. 이를테면 스포츠는 도道이다. 비록 구멍가게 같은 작은 메밀국숫집이라고 해도 손님을 소중히 여기는 화의 사상, 후레아이의 문화를 밑바닥에 깐 상도商道를 여실히 보여주고 있는 것이다.

상인, 요코즈나

상점 문을 닫으려고 할 때 찾아온 협수룩한 손님, 그것도 세 사람이 한 그릇의 메밀국수를 시켜 먹으려는 골치 아픈 손님을 싫은 기색 없이 따뜻하게 대해준 이 북해정 주인 부부는 바로 상인으로서의 요코즈나로 그려져 있는 것이다.

실제로 경제대국이라는 일본에는 북해정같이 한 가족이 꾸려나가는 작은 가게가 많다. 다방·음식점·잡화점 등 어디에서고 북해정 같은 가게를 볼 수 있다. 그러나 중요한 것은 실제로 물리적으로 작고 좁은 공간이 아니라, 설령 그것이 현대적인 대형 백화점이라고 해도 그것을 경영하는 방법이나 정신은 북해정 같은 가게를 그 원형으로 삼고 있다는 점일 것이다. 그렇기 때문에 미국의 컨비니언스convenience가 일본에 와서 경영 방식을 바꾸게 되고, 그 결과로 대성공을 거두게 된 이유도 거기에 있다.

미국의 편의점 '세븐일레븐'은 알다시피 아침 7시에 문을 열고 밤 11시에 문을 닫는다는 데서 붙여진 이름이다. 그러나 그것이 일본에 들어오면 그 이름과는 달리 24시간 영업 체제로 바뀌고 만다. 작은 상점은 규모가 큰 백화점과 달라서 인간의 커뮤니케이션이 이루어진다. 그리고 그것은 바로 가정의 연장이며 동네의 한 구석이라는 데 그 특징이 있다. 따라서 일본의 세븐일레븐 같은 편의점은 영업시간만 24시간으로 바꾼 것이 아니라 한 지역의 정보 매체 구실을 하게 된다.

미국에서와는 달리 서류 복사, 사진 현상, 택배, 그리고 '로손' 같은 편의점에서는 전기·가스·전화요금 등 공공요금 수납을 대행하는 서비스까지 맡고 있다. 가게가 동리의 미디어로 바뀐다. 스토어에서 스테이션으로, 그래서 새로 생겨나는 편의점(컨비니언스 스토어)을 그들은 '마을 냉장고'라 부르기도 한다. 24시간 문이 열린 집 근처의 편의점은 바로 자기 집 냉장고와 다를 게 없다.

그리고 그것은 자기네 부엌일 수도 있다. 일일이 장을 보아 자기 부엌에 넣어두지 않아도 필요할 때 필요한 물건만큼 언제나 갖다 쓸 수 있는 것이 슈퍼마켓과 다른 작은 가게의 힘이다.

섣달그믐마다 사람들이 모여 도시코시 소바를 먹는 북해정이야말로, 일본의 작은 가게들이 지니고 있는 정보 미디어의 역할을 하고 있는 것이다.

『한 그릇 메밀국수』의 마지막 대목에 나오는 다음과 같은 구절을 읽어보자.

그로부터 또 수년의 세월이 흐른 12월 31일 밤이었다. 같은 동의 상점회 멤버로 한 가족처럼 지내고 있는 이웃들이 가게 문을 닫고 북해정으로 모여들기 시작했다. 북해정의 도시코시 소바를 먹은 뒤 제야의 종소리를 들으며 친구와 가족들이 한데 어울려 가까이 있는 신사神社로 첫 참배(하쓰모)를 하러 가는 것이 최근 5, 6년 전부터 있어 왔던 관례였다. 그날 밤에도 9시 30분이 지나 생선가게 부부가 사시미 모듬 접시를 양손에 들고 들어오자, 신호라도 한 듯 서른 명 넘는 친구들이 술과 안주 따위를 손에 들고 차례차례 모여들어, 가게 안의 분위기는 무르익을 대로 무르익어갔다.

북해정은 소바집이라고 하기보다 그 타운의 미디어로 변신되어 있었던 것이다. '최근 5, 6년 전부터'라는 말이 암시하듯이, 이 같은 가족적 분위기는 추억처럼 사라져가는 옛날의 유물이 아니라 새로 생겨난 풍습으로 그려진다.

세 모자가 비록 시간이 지난 뒤지만 북해정 소바집을 찾아온 이유도, 북해정 소바집을 삶의 한 미디어로서 인식했기 때문이다.

노렌이란 무엇인가

상도商道의 상징물

섣달그믐이라는 시간을 보다 구체화한 것이 도시코시 소바였듯이, 북해정의 공간적 배경을 더욱 두드러지게 하는 것은 노렌[暖簾]이다. 노렌은 원래 햇볕을 가리기 위해 처마에 차일처럼 드리운 천을 뜻하는 말이다.

그러나 에도 시대 때 상점에서 이 노렌을 많이 사용하고 거기에 자기네 상점 옥호를 물들여 걸어놓았기 때문에 상업 문화를 상징하는 말로 쓰이게 되었다. 상인들은 그 노렌을 자기 점포의 로고 마크로 사용한 것이다. 가시적인 간판만이 아니라, 노렌이라고 하면 그 점포의 신용이나 전통과 같은 무형의 재산까지도 나타내는 말로 쓰였다. 국가에는 국기가 있고 군인에게는 군기가 있었듯이, 상인들에게는 노렌이라는 상인 깃발이 있었다고 생각하면 된다.

에도 시대의 상인들에게 있어서 이 노렌은 자신의 분신 같은

것이어서, 대를 물려주기도 하고 열심히 봉사한 종업원에게는 노렌와케暖簾分け라 하여 가게를 따로 차려 분가를 시키기도 한다. 그렇기 때문에 심지어 화재가 날 때에는 그 상가의 역사와 얼이 배어 있는 노렌을 구하려다가 타 죽는 일이 생기기도 했다. 군국주의가 지배한 전쟁기에도 상인들은 자기네의 노렌을 지키기 위해서 군부의 명령에 복종하지 않았던 많은 일화를 남기고 있다. 이세伊勢 신궁 앞에서 그 순례자들을 상대로 수백 년 동안 떡을 팔아온 아카모치야가 군인들의 위문용으로 떡을 대량 생산하여 납품하라고 강요당한 적이 있었지만, 그 질을 보장할 수 없다는 이유로 끝내 거부했다는 일화도 그중의 하나이다. 품질이나 서비스를 저하시키는 것은 노렌을 더럽히는 일이라고 생각했기 때문이다.

이 만화책에서도, 작은 소바집이지만 북해정이라는 노렌이 자랑스럽게, 그리고 당당한 자리를 차지하고 있다. '북해정'이라고 쓴 노렌이 한 프레임 전체를 차지하고 커다랗게 클로즈업되어 있는 것을 보더라도 알 수 있다. 그 동화에서는 하루 일을 마친 소바집 부부가 "노렌을 그만 내립시다"라고 말하는 순간에 문제의 세 식구가 들어와 그 드라마의 막이 오르게 된다. 그리고 이이야기의 끝부분은 "신설에 반사되어 유리창 불빛에 어렴풋이 떠오른 북해정이라고 쓴 노렌이, 한발 일찍 온 정월 바람에 나부끼고 있었다"라는 묘사로 마감된다. 그러니까 노렌에서 드라마가 시작하여 노렌에서 그 드라마가 끝난다. 이 이야기를 열고 닫는 막과 같은 구실을 하고 있는 것이 북해정 노렌이다.

그러나 이 이야기의 주인공 자리에 있는 어머니나 북해정 주인 부부의 이름은 전연 겉에 나타나 있지 않다. 아이들 이름이 대화 속에서 딱 한 군데 나오긴 하지만, 그나마 성은 비치지도 않는다. 이 이야기를 읽거나 들으면서 눈시울을 적시는 사람들도 거의 개인 이름 같은 것은 기억하지 못한다.

그렇다면 대체 그 눈물은 누구에게 흘리는 눈물일까? 하지만 개인 이름이 아니라 북해정 소바집 이름은 선명하게 남아 귀에 쟁쟁하다. 적어도 일본에서만은 '인생은 짧고 노렌은 길다'이다.

조닌 문화

우리와 마찬가지로 에도[江戸]에도 사농공상土農工商 사민의 구별이 있어 명목상으로는 상인이 최하위 계층으로 되어 있었으나, 우리와는 달리 그들은 서구의 부르주아처럼 겐로쿠[元祿] 시대만 되어도 이미 사무라이의 힘을 압도하는 계층으로 부상한다. 이른바 '조닌ちょうにん'이라고 불린 사람들이다.

일본과 한국의 문화, 그리고 사회에 가장 차이가 있는 것이 있다면 그것은 바로 이 노렌으로 상징되는 상인 정신이다. 노렌은 커녕, 상점을 뜻하는 '가게'란 말이 '가가假家'에서 왔듯이 기둥조

차 제대로 세우지 못한 것이 우리의 상업 문화였다. 이 이야기를 끌고 나가는 감동의 원줄기는 바로 소바집 부부의 철저한 상인 기질에 있다.

노렌 문화가 없었다면 이 이야기도 없다. 왜냐하면 조리대의 불도 이미 다 끄고 문 닫을 준비를 마친 폐점 시각에, 그것도 섣달그믐날 밤에, 또 세 사람이 와서 1인분만 시키는 손님을 싫은 기색 없이 오히려 반겨 맞아주었기 때문에 그 드라마는 시작될 수 있었던 것이다.

선비의 나라, 일찍이 노렌 문화라는 것을 가져본 적이 없었던 우리라면 이런 경우 어떻게 했을까 상상해보면 된다. 문전에서 내쫓아버렸거나, 그렇지 않으면 돈도 받지 않고 3인분의 메밀국수를 말아주었거나 했을 것이다. 그러나 북해정 주인은 비록 때늦게 찾아온 귀찮은 손님이요, 세 사람이 한 그릇을 시켜 먹는 가난한 손님일지라도 다른 손님과 똑같이 대한다.

150엔 동전을 내놓고 나가는 손님도, 만 엔짜리 지폐를 내놓고 나가는 손님도 다 같이 "아리가토고자이마시타"라고 고개를 숙여야 할 손님인 것이다. 사는 사람이 있기 때문에 파는 사람이 있다. 내 집을 찾아오는 손님이 있으므로 비로소 자기 직업이라는 것이 있다. 이러한 고객 지향적 발상은 일본에 국한된 이야기가 아니라, 상업 문화를 꽃피운 나라에서는 어디에서고 찾아볼 수 있는 현상이다.

미국의 백화점 왕 워너메이커John Wanamaker가 성공한 것도 바로 이 소바집 주인과 같은 마음을 가지고 고객을 대했기 때문이다. 그는 어렸을 때 1페니를 들고 상점에 갔다가 상점 주인에게 쫓겨 났던 일이 있었다. 그는 어린 마음에도 자기가 만약 어른이 되면 1페니를 들고 찾아오는 손님에게도 따뜻하게 서비스하는 그런 가게를 내겠다고 결심한다. 그는 일생 동안 어렸을 때의 그 마음 을 버리지 않고 실천했고, 그런 서비스 정신은 그를 백화점 왕이 되게끔 했다. 미국이 세계 최강의 나라가 된 것은 이러한 워너메 이커의 정신을 초석으로 삼았기 때문이라고 할 수 있다.

메밀국수 한 그릇을 시킨 손님인데도 난롯가의 2번 테이블로 친절하게 안내하고 조금 전에 손님들에게 하던 그대로 "가케 잇쵸!"라고 외치는 안주인, 그리고 그 말을 받아 "아이욧 가케 잇쵸!"라고 말하며 꺼진 불을 다시 켜고 국수를 마는 바깥주인의 그 모습에서 우리는 장사라는 것이 무엇인지, 서비스 정신이라는 것이 무엇인지를 느끼게 된다. 150엔짜리 가케소바 한 그릇을 파는데도 성심을 다 기울이는 것이 그 노렌 문화이다.

셋이서 한 그릇을 시켜 먹는 딱한 사정을 보고 안주인은 슬며시 3인분을 내자고 하는데도, 바깥주인은 오히려 손님이 거북해한다고 주문 그대로 한 그릇만 내놓는다. 우리 같았으면 아이들도 있겠다, 장사하는 입장을 떠나서 세 그릇을 차려주었을 것이며, 그까짓 150엔 안 받는다고 망할 것 아니라며 아예 돈도 받지 않았을 것이다.

　그러나 북해정의 원리는 다르다. 장사하는 사람은 어떤 경우라도 장사하는 사람의 길을 벗어나서는 안 된다. 장사는 장사, 인정은 인정이다. 더 정확하게 말하자면 인정마저도 상도商道의 하나이다. 그렇기 때문에 소바집 주인 부부는 카운터 뒤에서 모자 간의 말을 엿듣고 눈물을 흘리면서도 그 그릇 수와 받을 돈은 정확하게 셈을 한다. 그렇다고 약정서대로 가슴에서 한 폰드의 살을 도려내겠다는 베니스의 상인은 아닌 것이다. 주문대로 1인분을 내놓으면서도 눈치 안 채게 사리 반 덩이를 더 넣어준다. 그리고 이듬해 메밀국수 값이 200엔으로 올랐을 때는 그들이 나타나기 전에 메뉴판을 뒤집어 옛날 가격 표시로 바꿔놓기도 한다.

　계산은 계산대로 하면서도 그들이 '닌조[人情]'라고 부르고 있는 인간의 마음은 잃지 않으려고 한다. 닌조와 계산의 모순이 갈등이나 대립이 아니라 융합하여 한 덩어리가 되었을 때 비로소 프로 상인이 되는 것이다. 이것이 일본의 상도요 상술이다. 그러한 마인드로 노렌을 지켜가는 것이 북해정을 번창하게 만들고, 패전의 잿더미에서 일본 전체를 오늘과 같은 경제대국으로 일으켜 세운 상인 문화였다고 할 수 있다.

　이 노렌 중시의 문화라는 것을 딱딱한 말로 옮기면 상업 긍정의 사상을 뜻하는 것이고, 경제적 용어로 하자면 자본주의 정신이라고 할 수 있다. 일본이 중국이나 한국과 달리 하루 일찍 근대화한 것은, 그리고 자본주의 경제에 성공을 거둔 것은 근대화 이전에 그와 같은 상업 긍정의 문화가 싹터 있었기 때문이라고 풀이하는 사람들이 많다.

이시다 바이간의 심학

동서양 할 것 없이 근대화 이전에는 상업이나 상인을 부정적인 눈으로 보아왔으며, 그런 점에 있어서는 일본이라고 하여 예외는 아니다. 유통에 대한 인식이 없었던 전근대 사회에서는 생산에 종사하는 농민과는 달리 사고파는 일에 대해 정상적인 일이라고 생각하지 않았다. 즉 극단적으로 말하면, 단지 물건을 이 자리에서 저 자리로 옮기면서 막대한 이익을 얻는 반윤리적인 행위로 간주한 것이다.

그러나 일본에는 비록 우리와 같은 귀곡천상貴穀賤商의 유교나 불교의 금욕적인 종교의 틀 안에서도 상업 긍정론을 들고 나온 몇몇 사람들이 있었다. 가령 가이야스[海保靑陵] 같은 사람은 "상업 자본의 발달을 긍정하여 그것에 적응하지 않으면 무사들도 살아남기 힘들 것"이라고 역설했다. 그리고 무사의 주종 관계를 '의義'라고 규정한 유가의 윤리에 대해서 반기를 들었다. 그는 군신 관계는 '의'가 아니라 상업 관계의 '이利'에 의해서 맺어져야 한다는 시장 원리를 내세웠다.

그의 말에 의하면 "군君은 신臣을 사는 것이고, 신은 군에게 자기를 파는 것이다." 물론 이러한 극단적인 중상주의적 발상은 '사무라이들은 군주에게 얽매여 있고, 농민은 토지와 기후에 얽매여 있고, 장인匠人은 자신의 기술과 연장에 얽매여 있지만, 상인은 이익에 따라 욕망에 따라 일하기에 따라 자유롭게 능력주의 자유 경쟁 속에서 마음대로 살아갈 수 있다'는 오사카 상인들의 생각을 등받이로 하고 있는 것이다.

실제로 에도 시대 때의 상인들은 무사들에 필적할 만한 세력을 형성하고 있어서, "오사카의 부상富商이 한번 화를 내면 천하의 다이묘(봉건 제후)들이 떤다"라는 말도 있었고, "일본 땅은 겉에서 보면 무가武家, 안에서 보면 상가商家의 것"이라는 표현도 있어왔다. 그러나 서양의 부르주아와는 달리 조닌들은 무武와 상商이 공존하고 윤리와 이익이 어깨동무를 같이 하는 절충과 조화의 방향으로 노렌을 움직여왔다. 그것이 이른바 사혼재상士魂才商이라는 이상론이다.

미나모토 료엔[源了圓] 교수가 『도쿠가와 사상 소사[德川思想小史]』에서 증언하고 있듯이, 이하라 사이카쿠[井原西鶴]의 문학작품 속에 등장하는 에도의 조닌(상인)들은 근면과 검약으로 합리적인 생활을 하고 있는 자본주의 부흥기의 공통적인 특징을 지니게 되는 것이다.

그리고 이러한 자본주의 정신의 씨앗을 뿌린 사람이 바로 상인의 이익 추구에 대해 "국중의 자유를 증진하는 역할을 맡고 있는 직분"이라고 정의한 가마쿠라 때(16세기)의 승려 스즈키 세이산[鈴木正三]이었다. 그것을 다시 100년 뒤에 꽃피운 사람이 바로 상인들에게 결정적인 영향을 준 심학心學 운동의 창시자 이시다 바이간[石田梅岩]이다.

그는 "사士가 군주의 신臣이라면 상공商工은 시정市井의 신臣"이라고 하면서, "팔아서 이익을 얻는 것은 상인의 도"라고 당당하게 말하고 있다. 그 자신이 어렸을 때 상가의 점원 노릇을 했던 체험도 있어서, 그의 심학 운동은 상인들에게 그들이 나아가야 할 뚜렷한 방향과 신념을 주었다. 그리고 그 심학은 근면·검약·정직이라는 상도의商道義를 토대로 한 일본적 자본주의의 길을 열게 한다. 북해정 소바집의 노렌을 나부끼게 하는 그 바람 속에는 세이산과 바이간의 입김이 숨어 있는 것이다.

두 아이를 거느린 그 부인의 모습에서 우리는 근면·검약·정직의 세 가지 일본식 자본주의 정신을 엿볼 수 있다. 아침부터 밤까지 일을 하고 있는 것은 근면이요, 300엔을 아끼기 위해 도시코시 소바를 한 그릇만 시키는 것은 검약이요, 제날짜에 보상금의 빚을 갚기 위해 이와 같은 각고의 희생을 치르는 것은 정직이다.

검약 정신과 사치

300엔의 검약과 150엔의 사치

이 이야기를 몇 마디 말로 다시 줄여보라고 하면 누구나 이렇게 말할 것이다. '세 식구가 10여 년 걸려서 비로소 메밀국수 세 그릇을 함께 시켜 먹게 된 이야기.' 그래서 일본의 평론가들도 이 이야기를 '빈보 모노가타리(가난 이야기)' 유형으로 보고 있다. 그리고 이 이야기의 감동 역시 '아와레(애처로운)'에 두고 있다. 이 동화에 반론을 가하고 있는 사람들까지도 이 이야기를 가난에 두고 있다는 점에서는 일치된 태도를 보이고 있다. 한 식구가 150엔의 소바 한 그릇밖에 먹을 수 없었다면 대체 그들은 평소에는 무엇을 먹고 살았겠느냐라는 주장이 바로 그렇다. 그리고 제법 합리주의적 사고를 자랑하는 평자들 가운데는, 그 돈으로 라면을 사서 끓여 먹으면 더 배부르게 먹을 수 있고 남에게도 창피한 모습을 보이지 않았을 텐데 무엇 하러 그 궁상을 사서 하느냐는 의문을 편다.

그러나 조금만 머리를 기울여보면 이 이야기가 노리고 있는 초점은 결코 가난 그 자체가 아니라는 것을 알 수 있다. 따라서 그 감동도 단순한 동정이거나 애처로운 마음에서 생긴 것이 아니다. 왜냐하면 이들은 먹을 것이 없어 밤 10시까지 굶주리다가 150엔이 생겨서 메밀국숫집으로 요기하려고 찾아온 것이 아니기 때문이다.

이 이야기가 단순한 배고픔의 문제를 다룬 것이라면 반론자들의 의문대로 그 돈으로 왜 라면을 사서 집에서 끓여 먹지 않았는지, 무엇 때문에 남의 눈치를 봐가며 세 식구가 1인분만 주문을 하는 창피한 짓을 해야 했는지 답변하기 힘들 것이다. 하지만 이미 살펴본 대로 이들 세 모자가 소바집에 나타나는 것은 매년 섣달그믐날 밤 10시경으로 되어 있다. 북해정을 찾아오는 다른 손님과 똑같이 도시코시 소바를 먹으며 한 해를 청산하기 위해서가 아니다. 모르면 몰라도 섣달그믐 막판에야 겨우 빚을 갚고 나오는 중이었을 것이다(실제로 "오늘로 빚을 다 갚고"라고 어머니가 아이들에게 말하는 대목이 있다).

즉 돈이 없어서가 아니라 한 푼이라도 절약하여 빨리 남에게 진 빚을 갚으려 했기 때문이다. 그렇다.『한 그릇 메밀국수』의 이야기는 단순히 가난의 비참성을 다룬 이야기가 아니다. 결론부터 말하자면, 이 이야기는 일본인들이 에도 시대 때부터 수백 년 동안 생활철학으로 삼아온 겐야쿠[儉約]의 정신을 현대적 신화로 옮긴 것이다.

일본 사람들이 세상을 살아가는 데 있어 가장 기본적인 생활 신조의 하나로 삼고 있는 것이 있다면 바로 '겐야쿠'란 말이다. 동시에 가장 꺼려하는 금기어가 '제이타쿠(사치)'요, '오고리(사치)'라는 말이다. 한 푼이라도 아껴 쓰고 물건을 절약하는 사람은 '겐야쿠가'라 하여 존경을 받았고, 있다고 해서 돈을 함부로 쓰며 자기 과시를 하려는 사람은 '제이타쿠야'라 하여 비난과 경멸의 대상이 되었다.

그러므로 가장 값싼 음식인 메밀국수를 놓고서도 세 식구가 한 그릇을 시켜 먹는 이야기는 검약의 극한을 보여준다. 메밀국수는 제일 값싼 음식이다. 식구 수대로 두 그릇을 더 시켜봤자 300엔밖에 되지 않는다. 우리나라 돈으로 쳐도 2, 3천 원에 지나지 않는다. 다달이 5만 엔씩 보상금을 갚아나가는 그녀이다. 아무리 빚에 쪼들리고 생활이 각박하다 해도 마음만 먹으면 그래, 300엔을 쓸 수 없었겠는가. 그런데 그녀는 그 돈을 아끼기 위해서 한 그릇만 시킨 것이다. 그리고 빚을 갚고 나서도 한 그릇을 더해 두 그릇만 시켰을 뿐이다.

이 같은 검약은 누가 보아도 이미 산술적 문제를 떠난 것이라는 것을 알 수 있다. 경제적 가치로 따지기 이전의 문제이다. 결국 『한 그릇 메밀국수』는 일본의 검약 정신을 극한적으로 신화한 것이라고 할 수 있다.

제이타쿠비

이 이야기는 정말 검약 정신에 대한 이야기인가? 10여 년 걸려 겨우 한 사람 앞에 한 그릇의 메밀국수를 시켜 먹게 된 구두쇠 이야기인가?

한마디로 그렇지 않다. 10여 년 만에 다시 찾아온 이들의 말 속에 잘 나타나 있다. 청년은 그동안 지내온 이야기를 하면서, 취직이 되어 이제는 살 만하게 되었다는 말끝에 이런 말을 한다. "그래서 지금까지 살아온 가운데 최고의 제이타쿠ぜいたく(사치)를 계획하기로 했습니다. ……그것은 섣달그믐날에 어머니와 셋이서 삿포로의 북해정을 찾아가 3인분의 메밀국수를 시켜 먹자는 것이었습니다."

놀랍게도 그들의 입에서 흘러나온 말은 '최고의 제이타쿠'란 말이었던 것이다. 그러니까 섣달그믐날 셋이서 한 그릇의 메밀국수를 시켜 먹은 것은 최소한의 제이타쿠, 두 그릇을 시켜 먹은 것은 중간쯤 되는 제이타쿠, 그리고 마지막으로 세 사람이 세 그릇을 시켜 먹은 것은 최고의 제이타쿠가 되는 셈이다.

원래 외식을 한다는 것은 제이타쿠에 속하는 행위이다. 집에서 먹으면 쓰지 않아도 될 돈을 일부러 밖에 나와 소비하기 때문이다. 더구나 일가족이 함께 나와 도락으로 외식을 하는 경우가 특히 그렇다. 거듭 말하지만 이 일가족은 배가 고파서가 아니라 남들처럼 섣달그믐날의 도시코시 소바를 먹으러 온 것이다. 설날을 앞두고 도시코시 소바를 먹는 풍습은 한 해 동안의 노고를 달래며 새해를 맞이하는 일종의 휴식이요, 1년 내내 고생한 것을 풀며 고배를 푸는 잔치 문화라고 할 수 있다. 실용적인 물질주의의 입장에서 볼 때 잔치는 제이타쿠에 속한다는 것은 두말할 여지가 없다. '오늘 하루만이라도 너희들에게 호강을 시켜주겠다. 제이타쿠를 시켜주겠다. 1년 동안 열심히 일하고 절약하고 고생했으니, 한 해를 보내는 마지막 날 우리도 남들처럼 북해정에 가서 메밀국수를 먹어보자.' 이것이 두 아이를 데리고 북해정을 찾아온 가난한 어머니의 마음이었다는 것은 짐작하고도 남는다.

그렇다면 이것은 제이타쿠의 이야기인가? 그것 역시 아니다. 제이타쿠를 하면서도 300엔을 아끼는 검약의 이야기인 것이다. 검약이며 동시에 제이타쿠의 이야기, 제이타쿠이며 동시에 검약의 이야기, 더 구체적으로 말하면 150엔의 제이타쿠와 300엔의 검약을 나타낸 이야기인 것이다. 결국 『한 그릇 메밀국수』는 겐야쿠와 제이타쿠에 대한 극한적 미학을 하나로 묶어버린 이야기라는 것이다.

북해정의 마지막 손님인 그 여인은 일본의 제이타쿠의 문화인 오마쓰리ぉ祭り 문화의 원형을 보여주고 있다. 그리고 동시에 경제제민을 검약제민으로 바꾼 바이간[梅岩] 사상의 텍스트, 그리고 니노미야 손토쿠[二宮尊德]의 부활을 보여주고 있는 것이다. 여기에서 대립어였던 검약과 사치라는 말이 동전의 양면처럼 하나로

맞붙게 된다. 그것을 일본 말로는 '제이타쿠비[營況日](사치해 보는 날, 호강해보는 날)'라고 부른다. 1년 내내 절약을 해왔기 때문에 오늘 하루만은 제이타쿠를 해보자는 것—말은 사치이지만 실은 절약 문화, 인고의 문화에서 돋아난 역설의 꽃이라고 할 수 있다. 오미소카(섣달그믐)는 그들에게 있어서 그러한 제이타쿠였던 것이다.

상인商人의 철학

이 '150엔의 사치'가 만들어낸 절약의 미학과 눈물, 이것이 우리가 주목해야 할 바로 일본적 자본주의의 특징이며 그 신화이다. 단순히 천장에 조기를 매달고 보는 것으로 반찬을 삼는 자린고비의 구두쇠 이야기라면 눈물보다는 웃음이 앞섰을 것이다. 그리고 그런 절약이라면 소비를 부정하는 '반자본주의'의 이야기가 되고 말 것이다. 한마디로 그런 손님만 있다가는 북해정은 일찍이 문을 닫고 말았을 것이다.

이 인색과 검약은 어떻게 다른가? 구두쇠 이야기나 절약의 생활신조라면 우리라고 지어낼 이야기가 없는 것이 아니다. 한국의 가훈을 보면 빨래는 흘러가는 물에 해서는 안 된다는 것까지 있다고 한다. 빨래하고 남은 물은 곡식의 거름이 되므로 두엄이나 텃밭에 버리면 좋기 때문이다. 메밀국수가 아니라 국물 한 방울도 공으로 내버리려고 하지 않는 민족이 바로 우리 민족이다. 그러나 이 이야기의 검약은, 그리고 그 배경을 이루고 있는 바이간의 검약 사상은 구두쇠의 그것과는 다르다. 실제로 일본 자본주의의 창시자라고 불리는 바이간의 검약론을 살펴보면, 이 이야기와 너무도 유사하다는 데 놀라지 않을 수 없다.

일본 자본주의 정신의 둥지라고 할 수 있는 이시다 바이간은 이렇게 말한다.

"검약이라는 것은 세상에서 흔히 말하는 것과는 다른 것이다. 나를 위해서 인색하게 구는 것이 아니라, 세상을 위해서 세 개 쓸 것을 두 개만으로 족하게 하는 것을 검약이라고 한다."

세 그릇 시켜야 할 메밀국수를 한 그릇만 시키고 그것으로 충분히 족했던 이 이야기는 바이간의 정의 그대로 검약의 완벽한 모형이다. 만약 세 식구가 한 그릇의 메밀국수를 먹고 앉아 있는 것이 단순한 가난 때문이었다면, 그것은 비평가들이 오해하고 있는 것처럼 '빈보 모노가타리(가난 이야기)'나 '아와레 모노가타리(애처로운 이야기)'에 흔히 등장하는 그런 장면으로 보였을 것이다. 그리고 그것이 자기를 위해 한 푼이라도 돈을 더 모으기 위한 것이었다면, 그것은 한낱 구두쇠의 추한 광경으로 비쳐졌을 것이다.

그러나 그 여인은 남의 빚을 갚기 위해서, 남편에게 입은 피해자들의 보상을 위해서 그리고 자기가 한 그 약속을 지키기 위해서 세 그릇의 메밀국수를 한 그릇의 메밀국수로 줄인 것이다. 그리고 그 마음은 단순한 절약이 아니라, 한 푼이라도 헛되게 돈을 쓸 수 없다는 부채자의 양심이다.

바이간은 검약에 대한 자기 체험을 이렇게 고백하고 있다. 내장이 약한 탓도 있었지만 그는 검약을 위해서 하루 이식주의二食主義를 택해왔다. 자기가 검약한 한 끼의 양식은 세상에 돌아 결국은 남이 먹게 될 것이기 때문이다. 그러나 45세가 되는 해에, 끼니를 거르는 것은 목숨을 깎는 것과 같다는 단명설을 듣고는 곧 삼식주의三食主義로 돌아간다. 바이간의 검약은 모든 것을 살리기 위한 것이지, 죽이고 부정하기 위한 것이 아니다. 바이간이 말하는 검약은 종교적인 금욕주의도 아니며 맹목적인 사리를 위한 인색도 아니라는 데 그 특성이 있다. 한마디로 그것은 상도와도 통하는 합리주의적 검약이며 일본적 자본주의의 원형이라고 할 수 있는 윤리관이다.

세 모자가 여느 날 끼니를 때우기 위해서 북해정을 찾아와 그와 같은 일을 벌였다면, 비록 그것이 빚을 갚기 위한 절약이었다 하더라도 바이간의 검약 정신과는 거리가 멀다. 필요 없는 군살을 빼는 검약이어야지 생살을 베어내는 비합리적 절약을 추구해서는 안 된다. 섣달그믐날의 도시코시 소바이기 때문에 비로소 세 그릇을 한 그릇으로 줄이는 것이 검약의 표본이 될 수 있는 것이다. 왜냐하면 그것은 끼니를 때우는 급식이 아니라 기분을 위한 외식이었기 때문이다.

이 기분 내기의 제이타쿠를 최소한으로 억제하는 것이 바로 검약의 기본이고, 상업 국가 일본이 지향하고 있는 사회이기도 하다. 제이타쿠와 검약의 두 모순을 교묘하게 조화시키고 결합시키는 것, 이것이 바로 바이간과 『한 그릇 메밀국수』의 텍스트적 특성이다.

CMOS와 액정 기술은 왜 일본에서 꽃피었는가

일본이 오늘날 전자분야에서 세계 시장을 독점하게 된 그 중요한 원인도 알고 보면 이러한 검약, 한 그릇을 셋이 나눠 먹는 상상을 초월한 근검절약의 성격에서 비롯된 것이라고 볼 수 있다. 일본의 전자업계가 전후에 처음 손을 대기 시작한 것은 소비 전력을 최소한으로 줄일 수 있는 분야였다. 오늘날 반도체의 주류를 이루고 있는 CMOS에 전력투구를 하게 된 이유도 거기에 있다.

CMOS형의 반도체는 호주머니 속에 들어가는 카드형 전자계산기와 손목시계에 많이 이용되는 것으로, 그 크기·무게, 그리고 소비 전력을 절약하는 축소지향적 대중 상품을 개발하는 데 결정적인 역할을 한다. 미국에서는 전력 소비에 신경을 쓰지 않는 컴퓨터용이 중심이어서 속된 말로 자잘하고 쩨쩨한 CMOS에 손을 대는 메이커는 거의 없었다. 남들이 쳐다보지 않는 자잘한 시계나 휴대용 전자계산기 분야에서 근면하게 갈고닦은 CMOS는 컴퓨터 메모리 경쟁에서 승리의 발판이 된다.

액정 분야도 마찬가지다. 액정은 액체가 되기도 하고, 결정되면 고체가 되기도 하는 이상한 성질을 지니고 있는 물질이다. 처음 이것이 오스트레일리아에서 발명된 1888년 당시에는 아무도 관심을 갖지 않았다. 응용 면에서는 1963년 전압을 주면 분자의 정렬이 바뀌어 동시에 빛을 투과시키는 것이 달라진다. 이것을 이용하여 미국의 RCA 사의 윌리엄즈 씨가 편광판과 합쳐 빛의 스위치로서 사용 가능하게 되었다. 그러나 미국에서는 액정을 사용한 표시 장치를 시도했지만 이용도가 없어 도중에서 포기하고 말았다. 이 기술 역시 일본인들이 앞서 말한 시계나 휴대용 전자계산기와 작은 전자제품에 응용하게 됨으로써 꽃피우게 된 것이다(1973년 샤프가 최초로 액정을 실용화하여 휴대용 전자계산기를 만들어냈다). 텔레비전 같은 비교적 커다란 전자제품의 표시 장치는 모두 브라운관으로 되어 있지만, 호주머니 속에 넣고 다니거나 손목에 차고 다니는 전자시계 같은 데에는 그것을 사용할 수 없다. 말하자면 축소지향적 전자 개발 방식에서만 브라운관을 대치할 수 있는 액정이 진가를 발휘하게 된다. 액정이야말로 일본인의 축소지향적 성격과 여러모로 궁합이 잘 맞는 환상의 물질이었던 것이다.

CMOS와 마찬가지로 액정 역시 사람들의 비웃음을 살 정도의 잔재주에 지나지 않는 것이었으나, 그 기술을 갈고닦아 이제 액정의 TFT(박막薄膜 트랜지스터)는 고화질의 컬러텔레비전은 물론 노트

북 컴퓨터나 작은 부피와 가벼운 무게를 생명으로 삼고 있는 항공기기 등의 모든 전자제품의 디스플레이 장치로 이용되고 있다. 20세기를 브라운관의 시대라 한다면 21세기는 액정의 시대가 되는 것이다. 그래서 지금 이 기술을 독점하고 있는 일본인들은 연 1조 엔에서 2조 엔의 세계 시장을 독차지, 자기네끼리 경쟁을 벌이고 있는 중이다.

이렇게 에너지와 공간을 절약하는 핵심적 기술이 일본에서 개발되고 또 산업화에 성공하게 된 것은 바로 『한 그릇 메밀국수』의 일본적 풍토의 산물이라고 풀이될 수 있다.

JAL의 페인트 벗기기

근검절약의 정신은 현재에도 일본 기업에 면면히 이어져 내려온다. 가령 비교하기 좋은 국제 항공 회사의 경우를 예로 들어보면 알 수 있을 것이다. JAL은 버블 경제의 여파로 불황이 몰아치자 전 노선의 점보 화물기의 도료를 벗겨냈다. 비행기의 무게를 조금이라도 덜기 위해서이다. 동체 부분에서 페인트를 벗겨내면 기체의 무게는 150킬로쯤 가벼워진다. 하루 열 시간을 난다고 하면 대당 연간 드럼통 200개의 기름이 절약되는 셈이다. 그리고 정기적으로 동체를 칠하는 수고와 경비도 절약된다.

그러나 동체에 칠한 페인트 무게가 줄면 얼마나 줄겠는가. 전체 기름 소비량에서 차지하는 비율은 새 발의 피 정도에 지나지 않는다. 그러나 이러한 절약은 실용적 가치 이전에 기름 한 방울이라도 아껴야 한다는 JAL 정신에서 비롯된 것이다. "기름 한 방울은 피 한 방울"이라고 했던 일제 말 전시 구호와 똑같은 발상의 산물이다. 그것은 일종의 절약정신의 상징적 전략이며 JAL 전체 사원들의 마음에 긴장감을 일으키는 자극제였던 것이다.

아무리 절박한 사정이라도 150엔밖에 하지 않는 메밀국수이다. 한 그릇을 시키나 세 그릇을 시키나 돈으로 치면 300엔 차이밖에 되지 않는다. JAL이 비행기의 칠을 벗기는 행위는 바로 그 300엔을 아끼려는 『한 그릇 메밀국수』의 원형과 통한다. 이러한 극단적인 절약 행위는 경제적인 측면이 아니라 문화적 시각에서만 이해될 수 있는 행위이다. 일본에서 베스트셀러가 되어 화제를 모으고 있는 『청빈의 정신』이 그것을 잘 설명해주고 있다.

JAL의 이 같은 절약 운동은 경제성보다도 정신적인 것, 하나의 목표를 향해 함께 협심하는 공동체의 '화和 의식'이다.

150엔짜리 한 그릇 메밀국수를 세 식구가 나눠 먹는다는 것은 가난이나 검약의 뜻만을 담고 있는 것은 아니다. 물질적인 레벨에서가 아니라 정신의 차원에서 보면 쇼토쿠 태자 때부터 금과옥조로 삼고 있는 일본인의 '화和 사상'을 보여주고 있는 것이기도 하다. 그 한자의 자원에 대해서는 이론이 많지만, '화'라는 것은 곡식을 뜻하는 벼 화禾에 입 구口 자를 합친 글자로, 먹을 것을 서로 공평하게 나눠 먹는 뜻이라고 알려져왔다. 한 그릇의 검약 정신보다도, 셋이서 한 그릇을 놓고도 화기애애하게 서로 권하고 양보하면서 맛있게 먹는 정황이 보는 사람의 감동을 더욱 자아내게 하는 요소이다.

흔히 들어온 천국과 지옥의 차이를 나타낸 일화 한 편을 다시 생각해보면, 이 장면이 지니고 있는 뜻을 보다 명확하게 알게 될 것이다. 천국과 지옥은 조금도 다를 것이 없다는 것이다. 똑같은 식탁에 똑같은 음식, 그리고 같은 길이의 긴 젓가락이 놓여 있다. 그런데도 식사 때의 광경을 보면 지옥은 아비규환을 이루고 있는데 천국은 평화롭기 짝이 없다. 왜냐하면 지옥에서는 서로 다투어 음식을 독차지해서 먹으려고 하지만 젓가락이 길어서 입에 제대로 들어가지 않는 것이다. 남의 젓가락을 막으랴, 집어서 먹으랴 갖은 짓들을 다 하지만, 그들은 눈앞에 음식을 놓고서도 배를 채우지 못하고 처절한 싸움만 벌인다.

그러나 천국은 같은 조건인데도 화기애애하다. 긴 젓가락으로 음식을 집어 자기 입으로 가져가는 것이 아니라 상대방 입에 서로 넣어주기 때문이다. 아무리 젓가락이 길어도 상대방 입에 넣어주기 때문에 조금도 불편하지 않다. 그래서 같은 음식, 같은 젓가락인데도 지옥에서 사는 사람들은 늘 싸우고 늘 배가 고프지만, 천국에서 사는 사람들은 늘 정겹고 늘 배가 부른 것이다.

한 그릇이기 때문에 오히려 이 세 모자의 '화'가 생기고 굳어진다.

기쿠바리와 숨기기

휴먼 드라마 속의 인간관계

『한 그릇 메밀국수』는 인간과 인간의 관계를 나타낸 휴먼 드라마이다. 자연이라든가 혹은 유별난 사건 같은 것은 거의 찾아볼수 없다. 북해도의 북국 정취를 나타내고 있는 것이라야 겨우 끝장면에서 잠깐 내리다가 만 눈 정도이다. 거기에 비하면 짧은 동화인데도 등장하는 인물의 수와 그 인간관계는 상상외로 다양하고 복합적이다.

그래서 이 이야기의 주인공이 누구인지 한마디로 답변하기 힘들다. 메밀국수 한 그릇을 시킨 여자 손님인가, 아니면 북해정 소바집 부부인가? 그리고 우리에게 감동을 주는 것은 한 그릇 메밀국수를 시킨 부인의 지독한 검약과 그 의지인지, 혹은 국수 한 그릇 시킨 손님을 소중하게 대하는 북해정 주인의 상도덕이요 그 인정인지…… 그 감동 역시 분명하게 말할 수가 없다.

그것은 한 인간의 이야기가 아니라 주와 객이 서로 얽혀 있는 인간관계의 이야기이기 때문이다. 우선 음식을 시킨 객 쪽에서부터 따져가 보자. 그 객의 입장은 한 개인이 아니라 세 사람으로 구성된 가족이다. 그렇기 때문에 그 가족 안에도 어머니와 아들이라는 모자 관계가 뚜렷하게 부각되어 있다. "우리 둘이 힘을 합쳐 어머니를 돕자"고 말하는 아들과 그 도움을 감사하게 생각하는 어머니가 그것이다. 그러면서도 한편으로는 형제끼리의 수평적 관계가 나타난다. 작문을 쓴 당사자인 아우와 학부모로 대신참석하여 학생들에게 인사를 하는 형의 입장이 그렇다. 이런 형제 관계가 발전하여 학교생활을 통한 교우 관계라는 아이들 세계가 나타난다.

그 인간관계의 끈은 직접 등장하고 있는 이야기에서만 끝나지 않는다. 교통사고를 내고 세상을 떠난 남편과 그 여주인공의 부부 관계. 여덟 명의 피해자 가족에게 보상을 하게 된 가해자와 피해자의 관계가 있다. 그리고 빚을 갚기 위해서 직장을 갖게 되고, 열심히 일한 덕분에 보너스를 받게 된 사원과 경영주의 관계도 생겨난다. 이 세 사람을 에워싼 인간관계의 그물만 보더라도 모자 관계, 형제 관계, 교우 관계, 부부 관계, 채권 채무자의 관계, 그리고 직장 관계……. 이 이야기의 근본을 이루고 있는 북해정 주인과의 주객 관계를 빼고서도 넉넉잡아 여섯 종류가 된다. 그리고 그 인간관계의 어떤 한 가지 끈이 끊어지거나 바뀌어져도 이 이야기는 근본적으로 무너지고 만다. 교통사고를 내고 죽은 남편을 잊고 그 여인이 다른 곳으로 개가를 했다면, 절대로 메밀국수 한 그릇의 그 작고도 큰 드라마는 벌어지지 않았을 것이다.

또 아이들이 어머니를 돕는 모자 관계의 효와 서로 의좋게 지내는 형제 관계의 우애가 없었더라면, 한 그릇을 시켜놓고 세 사람이 먹는 그런 장면은 생겨날 가능성이 없다. 그리고 열심히 일하는 사원(여주인공)에게 보너스로 보답하는 경영주가 없었다면 빚을 그믐 전에 다 갚고 오랜만에 한 그릇의 메밀국수가 두 그릇으로 불어나는 드라마의 발전도 일어나지 않았을 것이다. 그렇지 않았더라면 그때 그 세 식구는 카운터에까지 들리는 은밀한 이야기도 나누지 않았을 것이고, 북해정 부부도 영영 그들의 속사정을 몰랐을 것이다. 결국 북해정과 그들의 주인·손님의 관계도 깊어지지 않았을 일이다.

북해정의 주인 쪽은 어떤가. 그쪽 역시 한 개인이 아니라 부부관계의 복수로 이루어져 있다. 단순한 부부 관계가 아니라 북해정 내에서 남편은 주방장이고, 아내는 주문을 받고 음식을 날라다 주는 종업원이다. 북해정의 무대에서는 부부의 가족 관계가 그대로 직장 관계, 한 회사에 있어서의 사원 관계와 일치한다. 북해정의 번영은 부부의 화합, 그리고 그 근면과 친절로 이루어져 있다. 그것은 다시 발전하여 북해정을 찾아오는 손님들과의 관계로 연계된다.

그러므로 자연히 이야기 속에서는 북해정과 손님 관계가 그 중요한 줄기를 이룬다. 그것이 북해정 주인과 단골손님과의 관계이며, 2번 테이블의 행운을 찾아 모여드는 젊은 고객들이며, 해마다 도시코시 소바를 먹으며 설을 맞이하는 동네 나카마[仲間]들의 모임이다.

손님 관계도 다층적이다. 그중에 특수한 고객 관계를 이룬 것이 세 모자와의 관계인 것이다. 최종적인 그 단계는 소바집 주객 관계가 주와 객만이 아니라 손님과 손님의 관계, 즉 이 이야기의 마지막 장면처럼 소바를 먹으러 온 손님들이 세 모자를 맞이하며 박수를 치는 손님끼리의 기묘한 인간관계로 발전된다. 그러므로 이같이 섬세하게 얽혀 있는 그 인간관계의 거미줄을 한 가닥씩 살펴가 보면, 일본의 집단주의가 과연 무엇인지를 몸으로 실감할 수 있게 된다. 그리고 이렇게 많은 인간관계를 맺어주고 지탱해주는 그 끈들을 찾아내게 되면 예외 없이 우리 한국 말로는 옮기기 어려운 일본 특유의 키워드가 나타나게 된다는 것을 눈치채게 될 것이다.

기쿠바리

단순한 이야기 속에 이렇게도 많은 인간관계가 복합적으로 나타나 있지만, 그러한 관계를 이루고 있는 패러다임은 아주 단순한 몇 가지 키워드에 의해서 반복 사용되고 있다. 그 첫 번째가

누구 눈에도 금세 띄게 되는 '기쿠바리氣配り'라는 말이다. 같은 한자 문화권이기 때문에 한국인과 마찬가지로 일본인들도 '기氣'라는 말을 잘 쓴다. 분위기, 기분, 기운, 기세 등 생활용어에서 일치하는 말들이 그대로 통용된다. 그런데 기쿠바리라는 말은 한국말에는 없다. 문자 그대로 하면 '기운을 남에게 나누어준다'는 뜻이지만, 일본인들은 남에게 신경을 써주는 행동 일체를 포괄하는 개념으로 쓰고 있는 말이다. 좀 더 구체적으로 말하면, 자기 행동을 자기중심으로 하는 것이 아니라 상대방의 입장과 마음을 배려해서 행동하는 경우이다.

우리나라 말로 하자면 표면적으로는 배려에 가깝고, 실질적인 뉘앙스로는 눈치에 가까운 말이기도 하다. 그런데 그것이 눈치를 보는 것과 근본적으로 다른 것은, 눈치는 이쪽에서 상대방의 압력 때문에 수동적으로 신경을 쓰게 되는 경우인데, 일본의 경우에서는 자발적으로 자기 쪽에서 신경을 써주는 적극적인 윤리의 범주에 들어가는 말이다. 쉽게 말하면 장사하는 사람들이 손님에게 물건을 팔 때의 서비스 정신, 그리고 물건을 만드는 장인이 그것을 사용하는 소비자를 생각하는 마음이 기쿠바리의 원형이라고 할 수 있다.

이 이야기의 경우, 왜 그 여자 손님이 하필 남이 문을 닫는 시각에 북해정에 나타났는가 하는 것을 풀어주는 낱말이 바로 이 '기쿠바리'인 것이다.

어느 해설가들은 이 여자가 빚을 갚으려고 밤낮을 가리지 않고 뛰었기 때문에 그날도 늦게 일터에서 돌아왔을 것이라고 토를 단다. 그러나 우리의 관심은 그런 물리적인 시간의 개연성이 아니라, 그녀의 행동을 설명해줄 수 있는 내면적인 필연성인 것이다. 만약 일을 끝내고 일찍 돌아왔다 할지라도 그녀는 그런 시각에 나타날 수밖에 없었을 것이다. 직접 이 이야기의 지문에도 나타나 있는 것처럼, 소바집에서 가장 바쁜 때는 섣달그믐날이다. 앞에서 이야기한 대로 도시코시 소바를 먹고 묵은해를 결산 하려는 일본인들의 풍속 때문이다. 그것을 일본 주부 중의 주부로 그려져 있는 그녀가 몰랐을 리가 없다. 그러므로 한창 붐비는 시간에 세 식구가 한 테이블을 차지하고 앉아서 메밀국수 1인분만을 시켜 먹는다는 것은, 장사하는 사람과 자리를 기다리는 손님들에게 다 같이 폐를 끼치게 되는 것이다. 그리고 자신에게 있어서도 남의 눈들이 잔뜩 있는 자리에서 한 그릇만 시켜 먹는 것이 얼마나 창피한 일인지 잘 알고 있는 것이다.

메이와쿠오 가케루나

손님들이 다 가고 없는데도 그 여인은 "저, 메밀국수 1인분인데 되겠습니까?"라고 머뭇거리면서 어렵게 이야기를 한다. 어머니만이 아니라 메밀국수 1인분을 주문할 때 만화 속의 아이들 표정에는 겸연쩍어하는 빛이 잘 나타나 있다. 이러한 표정, 말투, 몸짓, 그것을 한마디 말로 나타낸 것이 '기쿠바리'이다.

남편이 교통사고로 죽기 전에는 한 가족이 단란하게 살았을 것이다. 그 시절에는 아마 틀림없이 다른 사람들처럼 섣달그믐날이 되면 도시코시 소바를 먹으러 북해정 같은 소바집을 다녔을지 모른다. 그날도 아이들은 옛날 생각을 했을 것이고, 어머니를 졸라 소바 먹으러 가자고 했을지도 모른다. 그러나 어머니는 일찍 가면 폐가 되니 기다렸다가 손님들이 다 가고 나면 가서 딱 한 그릇만 나눠 먹고 오자고 했을 것이다(처음부터 '메밀국수 한 그릇'이라는 것을 알고 왔던 것은 아이의 작문에서도 암시되어 있다).

남에게 폐를 끼치는 것을 일본 사람들은 '메이와쿠[迷惑]'라고 한다. 그리고 일본인들이 아이들에게 사회 교육의 제1장 제1과로 가르치는 말이 '타닌니 메이와쿠오 가케루나他人に 迷惑を 掛けるな'이다.

이 같은 기쿠바리는 손님 쪽에만 있는 것이 아니다. 소바집 주인들은 손님이 미안해할까 봐 역시 기쿠바리를 한다. 손님을 위해 기쿠바리를 하고 있는 장면은 이 동화의 도처에서 발견할 수 있다. 그 첫 장면이 "소바를 3인분 내자"는 아내의 말에 "그렇게 하면 오히려 손님이 신경을 쓰니 안 된다"는 남편의 말이다. 이때 신경을 쓴다고 한 말이 일본 말로는 '기오쓰카우'라고 되어 있는데, 이때의 '기氣'는 바로 '기쿠바리'라고 할 때의 그 '기'이다. 그것을 직접 일본 말로 표현하면 손님이 '기오쓰카우' 할까 봐 '기쿠바리'를 하고 있는 장면이다. 그러면서도 아내나 그 손님이 눈치채지 않게 몰래 사리 반 덩어리를 더 넣어준다. 그런 행동을 우리는 '기쿠바리의 기쿠바리'라고 할 수 있다. 기쿠바리는 섬세한 상호 관계를 통해서만 가능하게 되고 그 균형을 이룰 수가 있는 것이다. 그러므로 자연히 이 기쿠바리의 연출은 기쿠바리를 하고 있다는 사실까지도 눈치채게 해서는 안 된다. 그렇게 되면 사회적 연출이 붕괴된다.

이 인간관계에서 기쿠바리가 없었다면 『한 그릇 메밀국수』의 동화는 태어나지 않는다. 한번 생각해보라. 이 세 모자가 소바집에서 1년 중 가장 바쁘다는 섣달그믐날 밤에 손님이 밀려드는 것도 아랑곳하지 않고 1인분의 메밀국수만 시켜놓고 한 자리를 독차지하고 있었더라면 어떠했을 것인가.

또 반대로 문을 열고 어렵게 들어와 겨우 메밀국수 1인분만을 시켜 미안해하는 손님을 향해서 귀찮다는 내색을 보였거나 혹은 거지 다루듯이 불손하게 했다면 그들이 이듬해에도 다시 찾아왔겠으며 아이들은 작문에 소바집 이야기를 썼을 것인가.

음향을 탐지하여 자동으로 제어해주는 사운드 센서라는 첨단 기술은 월남전 때 미군이 밀림전을 하기 위해 개발한 것이다. 그러나 일본인들은 그 기술로 '코골이 방지기'라는 상품을 만들어냈다. 필요는 발명의 어머니라는 말대로 밀림에서 야습을 해오는 베트콩들을 막기 위해서 사운드 센서가 생겼듯이, 코골이 방지기는 집단주의적 행동을 잘하는 일본 기업의 필요에서 생겨난 것이다. 왜냐하면 일본 기업에서는 연수회다 간담회다 하여 사원들의 합숙 여행을 많이 하기 때문이다. 그래서 만약 코를 심하게 고는 사람이 하나라도 끼게 되면 전 사원이 잠을 설치게 된다. 그러므로 기업체들은 베트콩의 습격을 저지하는 신무기의 개발 못지 않게 코골이 방지기의 개발이 절실해졌던 것이다. 한마디로 메이와쿠 방지 산업이다. 메이와쿠는 집단주의를 깨뜨리는 최대의 적이기 때문에 그와 같은 사상이 생겨난다.

왜 야사시이를 요구하는가

기쿠바리는 서로를 염려해주고 상대방의 아픔을 자기 아픔으로 느끼는 마음을 가질 때 비로소 가능해진다. 그러한 마음을 일본말로는 '야사시이優い'라고 한다. 이 말 역시 일본 사람들이 일상생활 가운데 잘 쓰는 말의 하나지만, 우리말에는 딱 들어맞는 게 없다. 부드럽다, 상냥하다, 따뜻하다, 착하다 등 여러 가지 복합적인 뜻이 함께 들어 있는 말이다.

이 동화에서 북해정 바깥주인은 아주 무뚝뚝한 사람(부아이소 나히토)으로 그려져 있다. 만화를 보아도 광대뼈에 네모진 딱딱한 얼굴을 하고 있다. 우리는 그러한 성격 설정이나 표정이 오히려 이 '야사시이'를 강조하기 위한 아이러니의 기법이라는 것을 곧 알 아차리게 된다. 그는 2인분만 시킨 그 손님 가족에게 몰래 3인분 의 양을 담는 것이다. 그것을 엿본 아내가 "당신은 무뚝뚝해 보여 도 속마음은 착한 사람"이라고 하듯이, 일본 문학에는 주인공들 의 이 감춰진 야사시이의 극적 효과를 이용한 작품들이 두드러지 게 많이 나타난다.

그 대표적인 것이 일본 가부키에도 곧잘 등장하게 되는 그 유 명한 '벤케이의 눈물'이라는 것이다. 일본인들이 거친 사무라이 의 가슴속 깊이 묻어둔 그 야사시이를 강조하는 것은, 윤리 의식 이라기보다는 이러한 야사시이의 감성에 의존해서 인간관계와 집단 사회를 유지하고 있기 때문이다.

가부키의 그 '벤케이의 눈물'의 미학은 복잡한 일본 지하철의 한 광경을 노래한 현대시 속에서도 엿볼 수가 있다. 길지만 야사 시이라는 것이 무엇인지, 그것이 현대에서는 어떻게 변질되어가 고 있는지를 알기 위해서 전문을 읽어보도록 하자.

늘 그랬던 것처럼 그날 전차도 만원이었지.
그리고 늘 그랬던 것처럼 젊은 애들은 앉아 있었고
노인네들은 서 있었다.
고개를 수그리고 있던 소녀가 일어서더니 자리를 양보했지.

얼른 노인네가 그 자리에 앉았다, 고맙다는 인사도 없이.

노인네는 자리에서 일어나 다음 역에서 내렸다.

소녀는 다시 제자리에 앉았지.

다른 노인네가 소녀 앞으로 밀려왔어. 소녀는 그냥 고개 숙인 채로 있었다.

하지만 다시 일어나 노인네에게 자리를 양보하고 말았지.

노인네는 다음 역에서 인사도 없이 내렸다.

두 번 일어난 일은 또 일어난다더니

다른 노인네가 소녀 앞으로 또 밀려왔다.

딱하게도 소녀는 고개를 숙이고 이번에는 자리에서 일어나지 않았지.

다음 역에서도 또 다음 역에서도 아랫입술을 꼭 깨문 채, 몸이 굳은 채로…….

나는 전차에서 내렸다.

딱딱하게 굳어 고개를 숙인 채

소녀는 어디까지 타고 갔을까.

마음이 여린 사람들은 언제나 어디서나 수난자가 되는 법.

왜냐하면 마음이 여린 사람들은

남의 아픔이 제 아픔처럼 느껴지니까

여린 마음으로 가책을 느끼며 어디까지 갈 것인가.

아랫입술을 깨물며 거북한 마음 때문에

아름다운 저녁노을도 보지 못하고.

미국 차에는 없는 실내 손잡이

문학에서만이 아니라 이 기쿠바리와 야사시이는 일본의 산업 현장에서도 나타난다.

일본 자동차가 미국 자동차와 다른 특징의 하나는 세단 내부의 도어 바로 윗천장에 손잡이를 달아놓았다는 것이다. 미국이나 유럽 차에는 없는 것이 왜 일본 차에만 있는가? 서서 흔들려가는 전차도 아닌데 자동차 천장에 손잡이를 달아놓는다는 것은 이치에 맞지 않는다. 그래서 합리주의자들인 서양 사람들이 설계한 자동차에는 그것이 없다. 그러나 실제 자동차를 이용하는 고객 입장에서 보면, 손을 올려 무엇인가 높이 있는 것을 잡으려고 하는 마음이 있다. 이치가 아니라 이러한 이용자의 마음을 생각해서 그 자리에 손잡이를 붙여준 것이 일본 차이다. 일본 제품이 세계 시장을 제패하게 된 이유 가운데 하나가 사용자에 대한 이같은 기쿠바리이며 야사시이이다. 그리고 서구 사회에서도 이 야사시이를 뒤늦게 도입해서 21세기의 전략으로 내세우고 있는 것이 이른바 하이터치 상품이다.

흔히 말하듯이 서구 사회를 지탱하고 또 끌어가고 있는 것은 개인주의이다. 그리고 개인과 개인을 잇고 있는 것은 바로 대립

관계이다. 이 대립이 있기 때문에 사회는 발전하고 끝없이 새로운 변화를 가져온다. 갈등과 마찰은 나쁜 것이 아니며 오히려 자극과 경쟁을 통해 자기 자신은 물론 사회나 국가 전체의 향상을 이룩하게 된다. 누가 뭐라고 간섭하거나 도와주지 않아도 개개인이 이렇게 경쟁하고 대립하면서 각자가 분발하며 성장해가는 것이 우리가 오늘날 겪고 있는 자본주의 사회의 기본 틀이다.

그러나 일본 사회는 이와는 다른 틀을 가지고 발전해간다. 한마디로 개인주의가 아니라 집단주의의 성격이 강하다. 그것은 대립이 아니라 합의, 마찰이 아니라 양해와 타협, 그리고 자기주장이 아니라 상대방의 뜻을 읽는 '오모이야리[易地思之]'이다.

그래서 서구의 근대 사회를 계약 사회라 하고, 일본은 합의 사회 또는 야마모토 시치헤이 같은 평론가의 말을 빌리면 '하나시아이(말로 풀어가는)' 사회라 하는 것이다.

그 결과로 미국에는 변호사가 75만 명이나 되는 데 비해서 일본의 경우에는 겨우 2만5천 명밖에 되지 않는다.

감추기와 나카마

기쿠바리의 단계가 훨씬 더 농밀해지면 이번에는 숨기기, 감추기가 된다. 이 동화에 나오는 인간관계의 중요한 연기는 숨기기, 감추기를 통해서 전개되어간다. 큰 것만 따져도 수십 건이 넘는 숨기기를 이 이야기 속에서 찾아낼 수 있다. 우선 모자 관계를 보아도, 빚을 다 갚을 때까지 아버지가 저지르고 간 사고와 보상금을 갚아나가는 일을 어머니는 아이들에게 숨겨왔고, 또 아이들은 어머니에게 학교에서 온 학부모회의 통지서를 숨기고 대신 나간다. 그리고 작문에 「한 그릇 메밀국수」를 쓰고 그 낭독을 하게 된 학교 일도 숨겨왔다.

북해정 주인 부부 역시 서로 숨기기를 한다. 내심으로는 그 여자 손님을 초조하게 기다리면서도 겉으로 내색을 하지 않는다. 매년 섣달그믐에 모여드는 손님들도 마찬가지다. 내놓고 이 모자를 기다리는 속마음을 감추려고 한다.

북해정 주인이 모자 일가족에게 베푸는 일련의 관심과 친절은 모두가 이런 감추기의 연속으로 되어 있다. 그것이 몇 개나 되는가를 한번 계산해보라. 주문한 것보다 메밀국수를 많이 담으면서도 그것을 몰래 숨긴다. 2번 테이블에 예약석이라는 팻말을 갖다 놓고 그 가족을 기다리다가도, 막상 그들이 나타나면 그 팻말부터 얼른 치워 눈치채지 못하게 한다. 또 가격이 올랐는데도 이들에게 부담을 주지 않기 위해서 옛날 가격표가 적힌 메뉴판으로 뒤집어놓는다. 세 모자가 나누는 이야기를 듣고 카운터 뒤에 숨어서 주인 부부가 수건 끝을 서로 끌어 잡아당기며 우는 것도 그런 숨기기의 일부이다.

그러나 이런 숨기기의 비밀들은 서로 털어놓게 되거나 이심전

심으로 상대방에게 전달됨으로써, 즉 비밀을 공유하게 됨으로써
내밀의 관계를 강화하게 된다. 이러한 숨기기와 비밀 털어놓기
의 과정은 이 동화를 구성하고 있는 가장 중요한 플롯이 되어 있
다. 이러한 숨기기를 일본 말로는 '우치와[內輪]' 그리고 털어놓기
를 '우치와바나시'라고 한다(은밀한 이야기, 밀담, 나이쇼바나시라고도 한다).
'우치와'라는 말은 본래 가족 내부를 뜻하는 말이었으나, 진짜 혈
연관계가 아니라도 동질성을 지닌 집단 내의 성원들이면 모두 이
개념에 속하게 된다. '우치와'를 문자 그대로 읽으면 '내륜[內輪]'으
로 동그라미 안이라는 뜻이다. 그리고 이 동그라미 안으로 들어
오게 하는 것이 앞서 본 대로 숨기기와 털어놓기이다. 비밀을 뜻
하는 영어의 '시크릿secret'은 원래 '분비물'을 뜻하는 라틴어에서
비롯된 말이라고 한다. 땀이든 침이든 모든 분비물은 체내 깊숙
한 곳에서 배어 나온 것이다. 이 체액처럼 끈끈한 것에 의해 맺어
지는 집단을 그 과정대로 펼쳐 보여준 것이 이 『한 그릇 메밀 국
수』의 줄거리라고 할 수 있다.

그러니까 이 동화는 일종의, 북해정이라는 한 소바집의 우치와
바나시인 것이다. 전연 낯선 손님, 단지 한 그릇 메밀국수의 거래
관계밖에 없는 세 모자가 어떻게 북해정의 한 우치와가 되는가
하는 단계로서 그 마지막 장면은 음식점 고객이 바로 그 음식점
의 '나카마'가 되는 이야기라고 할 수 있다.

다시 생각해보면 이 동화의 끝 장면은 단순한 감동이 아니라

섬뜩한 느낌을 주는 어떤 공포심을 일으키기도 한다. 그 공포심은 10여 년 걸려서 끝내 같은 날 같은 시에 나타나 기어코 메밀국수 3인분을 시켜 먹는 그 집념 때문만은 아니다. 주소도 이름도 모르는 손님을 10여 년 동안이나 식탁을 비우고 기다리고 있는 북해정 주인의 끈질긴 기다림도 아니다. 그것은 원래 입장과 그 이해가 서로 다른 음식점 주인과 손님 관계가 어느덧 하나의 나카마로 변해버린 데 있다. 북해정 부부 가족은 파는 쪽이요, 세 모자 손님은 사는 쪽이다. 사는 것과 파는 것은 입장이 서로 다른 것이다.

우리가 아직도 동업자를 일본 말 그대로 나카마라 부르고, 고객과는 달리 동업자끼리만 통하는 시세를 나카마 가격이라고 하는 것을 생각해보더라도, 원래 사는 사람이 파는 사람의 우치와가 될 수는 없는 것이다. '사람을 보면 모두 도둑으로 알라'는 것이 에도 시대 상인들의 생활 철학이요, 그 신조이기도 했다. 사고파는 거래에는 부자父子도 없다는 것이 냉혹한 상인들의 물질 세계였다. 그렇기 때문에 그들이 믿을 것은 우치와이며 나카마이다. 나카마를 한자로 쓰면 '중간仲間'이 된다.

'하게미'와 '간바루'의 사회학

그런데 이 이야기의 라스트 신은 10여 년 만에 돌아온 손님이 장사하는 사람끼리 모인 북해정 섣달그믐의 우치와 잔치에 나와 하나의 나카마처럼 우치와바나시를 하고 비밀을 공유하는 집단의 하나로 바뀌게 된다.

그래서 일본 사회를 '의사 혈연 집단'이라는 말로 정의하고 있는 학자도 있다. 혈연으로 맺어진 가족이 아니면서도 일본의 집단들은 가족 관계와 유사한 특성을 지니고 있다. 일본의 웬만한 모임은 야쿠자들처럼 모두가 호형호제하는 혈연적인 성격을 지니고 있다. 그리고 그 조직을 지배하는 종의 관계는 오야분[親分] 고분[子分]의 부자 관계와 같다. 일본에서 '오야지(아버지)'라는 말은 혈연관계로서의 아버지만을 의미하는 말이 아니다. 보스는 다 아버지인 것이다.

그러므로 우치와 나카마의 동질성으로 단결하여 사회 전체의 발전을 꾀해가는 것을 이상으로 삼고 있는 집단주의적 일본 사회에서는, '하게마사레루励まされる(격려받다)', '간바루頑張る(버티다)'라는 말이 대립과 마찰, 그리고 경쟁심이라는 말에 대응한다. 이 말 역시 일본 사람들이 인사말로 가장 많이 애용하고 있는 단어 가운데 하나이다. '하게무'는 우리말로 '독려督勵'라고 할 때의 '려勵'에 해당하는 것이다. 영어의 인커리징encouraging과 맞먹는 말이다. 어느 나라에서나 경쟁자는 항상 가까운 데 있는 것이므로 사촌이 논을 사면 배가 아픈 것으로 되어 있지만, 일본은 그것을 '하게무'의 관계로 옮겨 나카마 의식을 고취하는 것으로 바꿔가려고 해왔다.

이들이 어떻게 해서 나카마가 되어가는지, 그리고 그 원동력인 '하게무'라는 것이 무엇인지 우리는 그 단서를 직접 이 동화 속에서 찾아볼 수 있다.

『한 그릇 메밀국수』에서 '하게미'에 대한 말이 직접 나오는 대목을 읽어보면 이렇다.

12월 31일 밤 세 식구가 먹은 한 그릇의 메밀국수가 정말 맛있었다는 것…… 세 사람이 한 그릇만 시켰는데도 소바집 아저씨와 아주머니는 "감사합니다. 새해 복 많이 받으십시오"라고 큰 소리로 인사를 해주었다는 것, 그 인사말은 꼭 '지면 안 돼! 간밧테(열심히 뛰어)! 힘껏 살아야 한다!'라고 하는 소리처럼 들렸다는 것, 그래서 준은 이 다음에 어른이 되면 자기도 손님들에게 "열심히 뛰세요. 힘껏 사세요"라고, 또 정성껏 "감사합니다"라고 말할 수 있는 일본 제일의 소바집 주인이 되겠다는 것, 이런 것을 큰 소리로 읽었던 거예요.

그리고 수년의 세월이 흐른 뒤 다시 그들이 이 소바집을 찾아 왔을 때에도 이와 똑같은 '하게미'에 대한 말을 반복한다.

우리는 15년 전 섣달그믐날 밤 어머니와 함께 셋이서 1인분의 메밀국수를 시켜 먹었던 사람들입니다. 그때 그 한 그릇의 메밀국수에 '하게마사레루', 셋이서 열심히 살아갈 수 있었지요.

소바집 주인(파는 사람) 쪽에서 보면 손님을 '하게무(용기를 주는 짓)' 한 것이 되고, 손님 쪽에서 보면 '하게마사레루(용기를 받는 짓)'가 된다.

그러나 이 '하게미'라는 말은 손님 쪽에서만이 아니라 북해정 주인의 입에서도 똑같이 나오고 있는 말이다. 식당을 모두 고쳐 놓고도 낡은 2번 테이블의 옛 의자와 식탁을 남겨둔 것을 이상하게 생각한 손님들의 질문에, 북해정 주인은 '한 그릇 메밀국수' 이야기를 하면서 이렇게 대답한다.

이 테이블을 보면서 그것을 우리의 '하게미'로 삼고 있답니다. 언젠가 손님이 다시 우리를 찾아줄지도 모른다는 생각에, 그때 그 테이블로 맞이하려고 말입니다.

모자 세 사람은 북해정 주인에게서 힘을 얻고, 북해정 주인 부부는 모자 세 사람의 힘을 입어 번창해간 것이다. 이 공존공영의 법칙을 일상생활에서 표현한 것이 '하게미'요, '간바루'라는 일본 인사말이다.

기쿠바리에서 시작된 인간관계는 남에게 폐를 끼치지 않으려는 소극적인 행위에서 차차 야사시 → 오모이야리 → 우치와바나시 → 우치와나카마 → 하게미로 발전하여 공존공영의 세계로 나간다. 이것이 개인주의에 토대를 둔 아메리칸 드림과 대조를 이루는 집단주의의 재패니즈 드림이다. 그리고 그 꿈의 중심은 제임스 딘 주연의 영화 〈자이언트Giant〉에서 보듯이 대유전이 아니라 150엔짜리 작은 한 그릇 메밀국수이다.

소바집 주인과 의사

이 동화에서 한 그릇의 메밀국수를 나눠 먹던 가난뱅이 아이는 의사가 되어 고향에 돌아오는 것으로 되어 있다. 그것 역시 이런 '하게미'의 시각을 통해서 보면 그 의미가 더욱 확실해진다. 왜 하필 의사가 되었다고 했는가? 우리 식으로 말하면 의사란 이른바 '사士 자' 붙은 인기 직업의 하나로 고생 끝에 낙을 얻게 된 경제적 의미로 해석되기 쉽다.

그러나 전체 이야기의 문맥으로 보면 일본에서 제일가는 메밀국숫집 주인이 되겠다고 한 그 아이의 원래 포부와 결코 무관한 것이 아니다. 의사 역시 북해정 소바집 아저씨 아줌마처럼 곤경에 빠져 있는 손님들에게 따뜻한 말과 삶의 용기를 북돋워주는 친절을 보여줄 수 있는 직업이기 때문이다.

그 메밀국숫집 주인이 하얀 가운을 입고 진료소에 나타난다면 어떤 의사가 될 것인가? 현실적으로 북해정 주인과 같은 기쿠바리 하게미의 정신을 살리면 요즘 일본 의학계에 일고 있는 개혁

물결과 같은 것이 되는 것이다.

요즘 일본 의학계에서는 환자들에게 진료 카드를 공개하고 그 카드 내용도 보통 사람들이 알아볼 수 있게 적도록 해야 한다는 운동이 벌어지고 있다. 일본의 의학 관계 의식 조사를 보면 네 명에 한 명꼴로 의사의 진료에 불만을 표시한 것으로 나타나 있다. 그중에서도 특히 진료에 대해 충분한 설명을 해주지 않는 것에 대한 불만이 가장 많아서 50퍼센트를 차지하고 있다는 것이다.

이러한 통계는 의료에 있어서 환자에 대한 의사의 '기쿠바리' 와 '하게미'가 얼마나 소중한 것인가를 일깨워준다. 한방이든 양의이든 환자에 대해서 의사는 일방통행적 치료를 해주는 경우가 많다. 한방에서는 약 봉지에 환자가 읽을 수도 없는 약명을 초서로 그냥 갈겨 써주기도 하고, 양의들은 라틴어·독일어의 전문용어로 처방전을 쓴다. 그나마 그 부적 같은 진료 카드를 환자에게 보여주지도 않는다.

진료 카드를 환자에게 보여주고 병을 자세히 설명해준다는 것은, 의사와 환자가 하나의 우치와 나카마가 된다는 것이다. 병과 싸우는 손님에게 어깨를 쳐주며 큰 소리로 "간밧테"라고 말해주는 북해정 주인의 서비스 정신인 하게미인 것이다. 파는 사람과 사는 사람의 관계를 치료해주는 사람과 치료를 받는 사람의 관계로 바꿔놓듯이, 이『한 그릇 메밀국수』의 인간관계는 무한히 확대, 확산해갈 수 있다.

신화 만들기

제단이 된 2번 테이블

『한 그릇 메밀국수』 이야기에서 우리가 감동을 받으면서도 한편으로 이상하게 생각하게 되는 대목이 있다. 그것은 매년 섣달 그믐이면 2번 테이블에 팻말을 놓고 10여 년 동안이나 세 모자를 기다리는 북해정 주인의 행동이다. 그냥 기다리는 것이 아니라 마치 제사를 지내듯이 일정한 시간, 그리고 제방을 붙이듯이 예약석이라는 팻말을 놓고 아무리 붐벼도 그 자리만은 비워두고 있는 그 행동이다. 더구나 그 테이블과 의자 역시도 보통 것이 아니라 그 당시 그들이 앉아 있던 옛날 것을 그대로 보존한 것이다. 한마디로 이 같은 행동은 일상적인 것과는 구별되는 의식儀式 행위에 속하는 것이라고 할 수 있다.

일본의 문화를 지탱하고 있는 것 가운데 하나가, 그리고 우리와 다른 문화가 바로 모든 행위를 양식화하는 데 있다. 이른바 일정한 형식으로 정형화하는 일종의 틀 만들기이다. 마음이 있어서 어떤 양식이 생겨나는 것이 아니라 양식이 있기 때문에 마음이 생겨난다. 이런 원리는 차를 마시는 다도에서 노·가부키 같은 생활 예술작품에 이르기까지 일본 사회의 광범위한 영역에 뻗쳐 있다.

우리가 생각하는 멋의 개념은 이와는 반대로 틀을 깨려고 하는 데서 생겨난다. 파격의 미학이다. 우리의 탈춤이나 판소리가 일본의 노·가부키에 비해 가장 다른 것도 이 점이다. 우리의 판소리는 형식의 구속에서 벗어나려고 하는 일탈성이 강한 데 비해서, 일본 것은 극한까지 그 형식미를 닦아간다. 그들은 그것을 '미가쿠磨く' 또는 '케즈루削る'라고 한다.

이 같은 양식과 의식화에서 생겨나는 것이 이른바 '신화'라는 것이다. 모든 종교가 그렇듯이 신화라는 허구성을 떠받치고 있는 기둥이 이 의식이다.

이 동화는 의식화와 신화의 허구 속에서 살아가는 일본적 문화의 특성이 어떤 것인지를 잘 보여준다. 매년 섣달그믐날 10시, 예약석의 그 2번 테이블은 '행운의 테이블'이라는 하나의 신화를 만들어내게 되는 것이다. 이 소문을 듣고 먼 곳에서까지 와서 이 테이블에 앉아 메밀국수를 사 먹고 가는 여학생, 또는 이 테이블이 빌 때까지 기다렸다 주문을 하는 젊은 부부들이 들끓는 것이다.

기능적인 면에서는 그 테이블은 오히려 불편하다. 북해정이 번창하기 이전의 것으로, 개조된 다른 새 테이블보다 낡고 더럽다. 그런데도 사람들이 그 테이블에 앉으려고 하는 것은 그것이 가진 신화적인 상징성, '행운의 테이블'이라는 허구 때문이다. 2번 테이블은 일종의 제단으로 바뀐 것이다. 그 허구가 현실을 압도하기 위해서는 십수 년이라는 그 역사적 지속성, 해마다 벌이는 북해정 주인의 그 제례적 행위가 계속되어야 하는 것이다.

손님은 물론 북해정 주인 역시 세 모자를 기다리는 것 자체가 생활의 일부가 되고, 그러한 빈자리를 만들어놓고 예약석 팻말을 놓지 않으면 한 해를 지낸 것 같은 생각이 들지 않는 것이다.

세 모자가 나타날 시간이 되면 북해정 주인 부부가 공연히 마음이 들떠 불안해하는 것이라든가, 입 밖으로 꺼내지는 않지만 서로 그 테이블을 엿보는 행위 같은 것은 신을 기다리는 종교적인 태도와 매우 유사하다.

이 신화 만들기는 어느 시대 어느 사회에서나 발견할 수 있는 것이지만 일본은 현실과 신화를 완전히 혼용한다는 점에서, 그리고 그것이 아주 세속화해 있다는 점에서 다른 어떤 민족보다도 두드러져 있는 것이다.

이 동화의 내용만이 그런 것이 아니라, 이 동화가 일본에 실제로 파문을 던진 가케소바 증후군의 유별난 현상을 놓고 보더라도 일본 문화의 허구성과 그 신화 만들기가 어떤 것인지 알 수 있다.

일본 사회는 이 동화의 구조와 매우 흡사하다. 짧은 동화지만 이야기는 더욱 단조해서 거의 되풀이로 되어 있다. 무대도 시간 설정도 똑같다. 이야기의 주인공이 초등학교 학생에서 대학을 졸업, 성인이 되어 취직을 하게 되는 동안의 이야기인데도 시간은 매년 12월 31일(섣달그믐날) 10시경으로 고정되어 있다. 그리고 주인공이 이사를 하고 이동을 하는데도 무대는 북해정의 소바집으로 고정되어 있다.

그러나 그 되풀이 속에서 달라지는 것이 있다. 그것은 메밀국수를 주문하는 그릇 수이다. 처음에는 한 그릇, 다음에는 두 그릇, 마지막에는 세 사람이 각각 1인분씩인 세 그릇을 시킨다. 이 그릇 수의 증대가 이야기 전개의 지렛대가 되는 것이다.

1억 2천만의 눈물

1987년 5월 이 동화가 처음 나왔을 때만 해도 별로 화젯거리가 되지 않았다. 원래 이 이야기는 동화 형식으로 만들어진 것이어서, '구릿고노 가이'라는 구전동화 모임의 통신 판매망과 강연장의 직판 형태로 보급되어 왔기 때문에 몇몇 동호인 사이에서나 알려진 정도였다.

그러던 것이 1년 뒤 FM 도쿄 제작의 연말 프로 〈가는 해 오는 해〉에서 이 동화가 전문 낭독되고, 《산케이産經 신문》의 사회면 머리기사로 알려지면서부터 뒤늦게 갑자기 주목을 받기 시작했다. 방송국에는 1천 통이 넘는 청취자의 투고가 몰려들어 재방송을 했고, 국회에서는 질문대에 오른 공명당 의원 한 사람(오쿠보 나오히코)이 15분가량 이 『한 그릇 메밀국수』를 낭독하여 시끄럽던 장내가 숙연해지면서, 이윽고 각료석에 앉아 있던 총무처 장관이 눈물을 흘리는 뜨거운 장면이 벌어지기까지 했다. 드디어 이 동화는 구리 료헤이 작품집 속에 수록되어 일반 서점에서 판매되기 시작, 일약 베스트셀러 목록에 오르게 되고, 《주간 문춘》이 '편집부원도 울었다'는 선전 문구를 달고 전문을 게재했다.

그러자 전 일본 열도가 눈물로 침몰되는 사태가 벌어졌다. '이 이야기를 읽고 울지 않고 배기는 사람은 없습니다. 그러므로 전차 속에서 이 책을 읽어서는 안 됩니다' 혹은 '정말 울지 않고 견딜 수 있는지 한번 시험해보십시오'라는 말들이 신문잡지에 쏟아져 나오게 되고, '나도 울었습니다'라는 제목 아래 작가, 예술인들을 비롯 일본의 저명인사들이 총동원되어 눈물 흘리기 콘테스트 특집이 등장하기도 했다.

활자만이 아니라 후지 텔레비전 같은 방송국에서는 이 동화를 무려 닷새 동안이나 낭독자를 달리해 가면서 되풀이 방송, 그것을 시청하는 사람들의 우는 모습을 실황 중계하기도 했다. 게스트로 나온 연예인들의 우는 얼굴을 비롯하여 시내의 각 초등학교와 사친회를 찾아다니며 남녀노소, 각계각층의 눈물 장면을 카메라에 담아 공개했다. 일본인들이 잘 쓰는 말로 하자면 '1억 총 눈물'의 바다가 재현되고 있었던 것이다.

단순한 감동에서 끝나는 현상이 아니었다. 경시청에서는 이
『한 그릇 메밀국수』를 복사하여 일선 수사관들에게 배포했다. 피
의자 신문을 할 때 우선 이 동화를 읽혀 눈물을 흘리게 하고, 마
음이 순수해진 그 순간을 틈타서 자백을 시키라는 아이디어였다.

외톨이가 될까 봐 두려운 사람들

만약 울지 않는 사람이 있으면 이미 그는 일본인이 아니다.
1억이 총 울어야 한다. 남들이 다 우는데 울지 않는 사람이 있다
면 그것은 무라하치부(마을에서 따돌림을 받는 외톨이)가 된다. '다모리'라
는 일본의 유명한 코미디언은 방송 중 이 동화를 비꼬는 말을 했
다. 울리는 이야기이기는 하나 좀 지나치다는 의견이었다. 그러
자 젊은 사람들로부터 항의 편지가 쇄도하고, 결국 다모리는 대
학 강단에서 젊은이들을 모아놓고 자신의 입장을 해명하는 강연
회를 갖기에 이른다. 이런 현상을 두고 일본 언론이나 학계에서
는 '소바 증후군' 또는 '가케소바 현상'이라고 부르기도 했다.

동화 속에서는 2번 테이블의 신화가 생겨났듯이, 현실 속에서
도 그와 똑같은 『한 그릇 메밀국수』의 신화가 탄생하고 있었던
것이다.

그런데 더욱 우리를 놀라게 하는 것은 이와 같은 일본인들의

신화 만들기만이 아니라 이 『한 그릇 메밀국수』는 신화의 붕괴 과정을 동시에 보여주었다는 것이다. 여기에서 우리는 더욱더 일본 문화의 특이성을 체험하게 된다. 우리는 안데르센의 동화 『인어공주』 이야기를 사실 이야기로 믿었던 사람들이 뒷날 그것이 허구의 이야기라는 사실을 알고 코펜하겐에 세운 인어상을 부수었다는 이야기를 듣지 못했다. 그리고 로렐라이의 전설이 사실이 아니라 하여 관광객이 발길을 돌리고, 하이네의 그 유명한 노래가 불려지지 않게 되었다는 말을 듣지 못했다. 그러나 이 동화는 이토록 일본 전 열도에 눈물의 신화를 만들어내고서도, 그것이 원래 허구를 다루는 소설인데도 불구하고 실화가 아니라는 이유로 금세 냉담하게 돌아서 그 뜨거웠던 바람은 언제 불었느냐는 듯 꺼져버리고 말았다.

즉 이 동화가 선풍을 불러일으키게 되자 이것이 진짜 이야기냐 허구냐로 관심이 모아졌다. 더구나 이 동화의 책머리에 "이 이야기는 지금으로부터 15년 전의 12월 31일 삿포로 시에 있는 소바집 북해정에서 생긴 일로부터 시작한다"라는 도입문이 적혀 있었기 때문에 더욱 그랬던 것이다. 그래서 사람들이 이 동화 속의 주인공들이 지금 어디에서 무엇을 하고 있는지 궁금증을 갖게 되고, 그에 대한 온갖 풍문이 떠돌기 시작하게 된다. 형이 현재 삿포로 종합병원에서 소아과 의사를 하면서 어머니와 함께 살고있다느니, 동생이 교토에서 은행원으로 일하고 있는데 곧 소원대로 메밀국숫집을 연다느니, 심지어는 동생이 결혼을 하게 되어 작가인 구리 씨가 주례를 서게 되었다느니 하고 말이다.

허구와 사실의 갈등

그런가 하면 또 한편에서는 "세상이 이렇게 떠들썩한데 그게 사실이라면 어째서 그 모델들은 지금껏 잠자코 있는가. 이야기는 처음부터 허구를 사실인 척 꾸며낸 작가의 사기극이다"라는 비난이 일기 시작했다. 뿐만 아니라 1989년 6월 2일 《석간 후지》, 《도쿄 신문》, 《포커스》지 등은 이 작가의 과거 신상 문제에 대해 일제히 폭로성 기사를 내보냈다.

엉뚱하게도 "내가 그 소바집 주인"이라고 하며 나타난 사람은 3년 전에 작가인 구리 료헤이 씨로부터 속았다는 야마오카 고조 씨였다. 자기는 북대의학부의 소아과 의사지만 뜻이 있어 병원을 그만두고 동화작가가 되려고 공부를 하고 있노라고 하며, 자기 집에서 신세를 지고 있었는데 가짜 의료행각 등이 발각되자 자신의 자동차를 훔쳐 타고 달아난 사람이 바로 『한 그릇 메밀국수』의 작가 구리 료헤이임을 고발한 것이다.

실화냐 허구냐와 작가의 신상 문제가 이번에는 매스컴의 초점이 되면서 『한 그릇 메밀국수』의 뜨거운 눈물은 점차 식어갔고, 그 감동의 불꽃은 곧 꺼져버리고 말았다. 하지만 다시 1992년 이 이야기는 영화화되어 상영되었고, 어느 지방 기업체에서는 이 감동의 이야기를 그대로 묻어두기에는 너무 아깝다고 하여 만화로 만들어 그 붐의 심지에 다시 불을 붙이는 운동을 펼쳤다(그것이 바로 필자에게 보내온 만화책이다). 구리 료헤이를 위한 모임이 열리고, 그의 고향에서는 특별 영화 시사회와 강연회 등을 개최하여 그야말로 '하게마시 모임'을 가졌다.

이 이야기를 둘러싼 이상과 같은 사회적 반응에서 우리는 동화보다 더 흥미 있는 신화 만들기의 양면성을 엿볼 수 있다.

신화 만들기의 전통과 역사

일본의 검객에 대한 무용담이라는 것은 대개가 다 일본의 이 신화 만들기의 소산이다. 거듭 말하자면 신화란 어느 민족, 어느 시대에도 있는 것이므로 일본만의 현상이라고 할 수 없다. 문제가 되는 것은, 신화가 신화로서가 아니라『한 그릇 메밀국수』의 그것처럼 막바로 역사와 현실에 밀착하여 구별할 수 없이 혼융되어버리는 데 있다. 구체적인 예를 들어보면 이해가 빠를 것이다.

일본의 미에[三重] 현에 있는 이가[伊賀]라는 곳에는 사적으로 까지 지정되어 있는 '伊賀越 複讐紀念碑'라는 비석이 있다. 350년 전 일본의 신화적인 검객 아라키 마타우에몬[荒木又石衛門]이 이곳에서 서른여섯 명을 벤 칼싸움을 벌인 현장이라는 것이다. 전설이나 신화의 경우 그것이 백 명이면 어떻고 천 명이면 어떻겠는가. 신화는 어디까지나 신화이므로 트집 잡을 것이 못 된다. 그러나 이 경우에는 신화가 아니라 하나의 사적이요 역사로서 실존했던 한 인물의 기록인 것이다. 정말 한 인간이 서른여섯 명을 한 자리에서 칼로 베어 죽일 수 있는 것일까? 일본 사람들은 이것을 실제로 믿고 있으며, 신화가 아니라 사실의 역사로 생각하고 있다. 하지만 당시 관官에서 조사한 기록을 보면, 아라키가 칼싸움에서 쓰러뜨린 상대는 서른여섯 명이 아니라 겨우 두 명 뿐이다. 그 나머지는 다른 사람의 칼에 맞아 중상을 입었다가 뒤에 부상으로 죽은 사람까지 두 명 정도이다.

이것이 일본 특유의 그 신화 만들기에 의해서 두 명이 네 명으로 불어나고, 다시 그것이 쉰여덟 명으로 불어났다가, 너무 과장이 심하여 허구성이 짙어지자 다시 수를 줄여 서른여섯 명으로 낙찰을 보게 되었다는 것이다. 일본 사람치고 '아라키 마타우에몬의 서른여섯 명 기리斬り(베기)'의 신화를 신화로 인식하는 사람은 거의 없다. 그것이 사적으로 지정되어 있는 것처럼 엄연한 역사적 사실로 믿고들 있다.

그래도 이런 것은 무용담이므로 별로 피해를 주지는 않는다. 그러나 당장 역사에 큰 영향을 끼친 근대 인물에 대한 신화화는 단순한 이야깃거리가 아니라 일종의 종교를 낳게 되어 모든 것에 영향을 주게 마련이다.

일본 사람들은 '노기 다이쇼[乃木大將]'라고 하면 청빈하고 청렴한 일본의 대표적인 군인상으로, 군신으로 떠받들고 있다. 노기[乃木] 대장이 오직汚職에 관련이 있다고 말한다면 이 말을 믿으려고 하는 일본 사람은 거의 없을 것이다. 그러나 노기 대장은 지금 바로 노기 신사神社가 있는 도쿄 한복판 그 자리에 광대한 저택을 짓고, 마흔 명이나 되는 고용인을 부리며 살았다.

"대장 월급으로 어떻게 여러 사람을 고용하실 수가 있습니까?"라고 누군가가 걱정스레 물었더니 노기 대장은 "걱정할 것 없어. 오쿠라[大倉]가 전부 지불해주니까"라고 대답했다는 것이다. "오쿠라가 왜 그 돈을 지불하지요?"라고 거듭 묻자 "글쎄, 나도 잘 몰라. 그저 군화를 오쿠라 이외에서 사서는 안 되게 해주었지"라고 말하더라는 것이다.

이것이 바로 오직이 아니고 무엇인가? 오쿠라가 지불해주고 있는 그 사용인들의 급료는 뇌물인 것이고, 특정 기업에서 군화를 사게 하는 것은 엄연한 특혜 조치인 것이다. 그런데도 일본 사람들은 청렴한 군신 노기 장군의 신화를 사실로서 믿고 있는 것이다.

이런 사례를 들자면 끝이 없다. 한국인에게도 낯익은 임진왜란 때의 악명 높은 가토 기요마사[加藤淸正]의 무용담은, 일본인의 신화 만들기의 대표적인 표본이라는 것을 알 수 있다. 특히 한국에 쳐들어와 호랑이 사냥을 한 이야기는, 호걸 가토 기요마사의 성가를 올리는 무용담으로 삼척동자라도 다 알고 있을 정도로 유명하다. 그러나 조금만 사적을 뒤져보면 가토 기요마사는 칼이나 창을 다룰 만큼 무예를 닦았던 흔적이 거의 없다. 있다면 총을 쏠 줄 아는 정도라는 것이다. 그런데도 호랑이를 장창長槍으로 찔러 죽인 것으로 되어 있는 것은 총으로 쏘아 죽인 호랑이를 곁에 있는 부하의 창을 받아 창으로 찌른 듯이 연출을 한 것뿐이라는 것이다.

거의 믿을 수 없는 이야기처럼 들릴는지 모르나, 가토 기요마사는 임란 때 고니시[小四行長]보다도 용명勇名을 떨친 것으로 알려져 있지만 실은 한국의 정규군과는 거의 맞붙어 싸운 적이 없다. 고니시 군의 뒷전을 쫓아가거나, 조선군이 없는 동해안으로 해서 북상을 했기 때문이다. 그러고는 단천의 은산을 수중에 넣고 은을 캐어 도요토미에게 헌상했다. 경주 지역에서는 민간인을 학살하여 코를 잘라 바쳐 전공을 올린 것처럼 보고했다. 실제 싸움은 남이 하고 전공은 가토가 독차지한 것이다. 그런데도 일본 사람들은 임란 때 승전을 한 장군을 가토로 알고 있다.

허구를 사실로 만드는 일본 환상

일본의 집단주의를 움직이는 힘의 원천은, 이렇게 허구를 사실로 만들고 신화를 역사로 믿게 하는 특성 가운데 있다. 거기에서 생겨난 것을 바로 '의사 혈연주의擬似血緣主義'요, '의사 신화주의'라고 명명할 수 있다.

일본인들이 '한 그릇 메밀국수 증후군'이라고 불렀던 그 이상 현상들은 다른 합리적 분석으로는 도저히 설명할 길이 없을 것이다. 메밀국수 한 그릇을 놓고 국회에서 만홧가게에 이르기까지 1억 2천이 눈물을 흘린 그 '눈물놀이'는 대체 무엇이며, 신문 소설도 아닌 동화가 실화가 아니라는 이유로 하루아침에 쓰레기통에 내던져지는 것은 또 무엇인가? 그것은 역사와 신화의 영역에 혼란을 일으키고 있는 '일본병'으로밖에는 설명할 도리가 없다.

라인 강의 로렐라이 전설이 진짜가 아니라 꾸며낸 이야기라고 해서, 그곳을 찾는 관광객의 발길이 줄었다거나 그것을 노래한 하이네의 시와 슈베르트의 음악의 인기가 떨어졌다는 말은 듣지 못했다. 벤자민 프랭클린의 번갯불 시험으로 인해 벼락의 정체가 드러났다고 하여, 제우스 신이 부정되거나 거꾸로 제우스 신화를 믿는 기업가가 올림포스 동산에 전기 회사를 차리려 했다는 말을 들은 적이 없다.

허구의 영역과 사실의 영역을 혼동하는 것은 일종의 정신질환이다. 흔히 연극을 보던 관중 가운데 하나가 그것을 사실로 알고 무대로 뛰어올라 악역을 맡은 배우를 공격하는 일이 벌어지는 것이 그 징후의 하나인 것이다.

그리므로 일본 문학사에서 가장 득이한 현상이 '사소설私小說'

이라는 개념이다. 사소설이란 작가가 직접 자기에게 일어난 이야기를 써야 한다는 이론이다. 그리고 이런 사소설이 지금도 일본 문학의 주류를 이루고 있다.

역사의 상징적 영역은 호모 파베르Homo Faber에 의해서, 신화의 상징적 영역은 호모 픽토르Homo Pictor에 의해서 움직인다. 좀 더 포괄적으로 말하자면 호모 파베르는 문명을 낳고, 호모 픽토르는 문화를 낳는 것이다. 그러나 이 두 개의 영역이 혼란을 일으키거나 하나로 통합되면 '한 그릇 메밀국수 증후군' 같은 이상 현상이 벌어지게 된다. 그리고 그 병의 특성은 누구도 병으로 생각하지 않는데 심각성이 있다.

진주조개란, 이상 물질의 침입으로 병에 걸린 조개들이다. 그런데 이 조개의 병이 만들어내는 진주가 아름다운 광택을 가지고 있기 때문에 건강한 조개보다도 훨씬 더 귀한 대접을 받게 된다.

『역사의 종말』을 쓴 프랜시스 후쿠야마Francis Fukuyama도 지적한 바 있듯이, 일본의 역사를 세계사의 흐름 속에서 관찰해보면 분명 소련의 역사와 마찬가지로 이질성을 띤 종양의 일종이라는 것이다. 다만 소련이 악성이라면 일본의 그것은 양성이라는 점만이 다르다는 것뿐이다.

상징을 역사로 믿는 그 징후 가운데 정점을 이루고 있는 것이 2천 년 동안 한 번도 끊이지 않고 내려왔다는 만세일계의 천황 상징이며 그 제도이다. 그리스의 경우로 치자면 제우스 신의 자손

이 그리스 왕 노릇을 하고 있는 것과 같다. 2차 대전 때의 특공대들이 "천황 만세!"를 부르며 죽어간 것이 그 일본병의 특이한 증상이라고 할 수 있다. 그리고 전후에는 어느 맥주 회사의 퇴직 사원이 천황 폐하가 아니라 "기린 비루ビ-ル 만세!"라고 부르고 죽었다는 이야기로 바뀐다.

이렇게 허구와 사실이 일체가 되는 일본병의 증후군이 군국주의 이데올로기와 만나면 우리가 겪었던 그 가혹했던 식민주의 통치가 되고, 그것이 산업주의 실용성과 만나면 오늘의 경제대국을 만든 일본식 경영이 된다.

그러나 그 같은 병으로 해서 『한 그릇 메밀국수』의 운명처럼 하루아침에 그 아름답던 눈물의 이야기가 거품 이야기로 꺼져버리게 된다. 일본에 불황을 몰고 온 바로 그 거품 경제처럼 말이다.

혼다와 폭주족

장 가방Jean Gabin과 시몬느 시뇨레Simone Signoret 주연의 프랑스 영화에 〈르 샤(Le chat, 고양이)〉라는 것이 있다. 은퇴한 노인의 생활을 그린 이야기이다. 그 영화에는 변화하는 시대의 의미를 묘사한 장면들이 많이 등장한다. 그중에서도 특히 인상적인 것은 장 가방이 길가에 세워놓은 남의 오토바이를 손으로 만져보면서 젊은 시절의 환상에 젖는 장면이다. 오토바이 뒤에 지금의 아내를 태우고 첫사랑을 하던 때의 그 기억이다. 그때 오토바이 임자인 젊은이가 나타나자 장 가방은 이렇게 말한다.

"여보게 젊은이, 나도 젊었을 때에는 멋있는 오토바이를 한 대 가지고 있었지. 데이비슨이었어. 그런데 이 오토바이는 뭐야?"

그러자 젊은이는 "혼다!"라고 대답한다. 장 가방은 처음 들어 보는 말에 약간 놀라면서 "혼다, 혼다라고?" 하고 낯선 말을 되뇌어 보인다.

장 가방이 한창 인기를 날리던 흑백영화 시대처럼 데이비슨의 시대도 갔다. 그리고 일본의 시대, 혼다의 시대가 온 것이다. 우리는 그 노인의 처량한 뒷모습에서 서구 문명의 황혼을 느낀다. 그리고 이제는 중천에 뜬 혼다의 눈부신 태양을 본다.

그런데 바로 그 혼다 오토바이의 신화를 만들어낸 주인공 혼다 겐이치로의 일생과 성공담을 들으면, 누구나 『한 그릇 메밀국수』에서 받았던 것과 같은 감동을 받게 된다.

혼다는 북해정 소바집 주인처럼 뒷골목 작은 공장에서부터 장사를 시작한다. 거기에서부터 착실히 기업을 일으켜 오토바이로 세계 제일, 자동차 일본 3위의 거대한 신화의 성을 만들어낸다. 당대의 경영자로서, 기술자로서 그의 매력적인 인간상을 그린 전기는 수없이 출판되어 사람들에게 깊은 감동을 준다.

그러나 이렇게 한몸에 존경을 받고 있는 일본 기업의 상징적인 물은 조금만 각도를 달리해서 바라보면, 요란한 소리를 내며 거리를 질주하는 폭주족이요, 소음 공해를 전 세계에 퍼뜨린 원흉으로 돌변할 수도 있다.

"아름다운 꽃밭에는 무서운 독사도 있다"라고 경고한 것은 셰익스피어였다. 누구나 아름다운 꽃에만 눈이 팔려서 발밑의 독사를 보지 못하기 때문에 꽃밭의 독사는 한결 더 무서운 법이다.

일본의 작가 아베 마키오[阿部牧郎]는 혼다 꽃밭의 독사에 대해서 이렇게 설명했다.

혼다는 기술자의 행복을 한 몸으로 구현한 인물이다. 소년 시절부터 기계가 좋아서 모든 것을 잊고 개량 개발에 온 정신을 팔아왔다. 밤낮으로 쉬지 않고 연구에 몰두했다. 몇 번이고 어려운 장벽에 부딪혔지만 굴하지 않고 일에 매진, 차례로 우수한 차車를 세상에 내놓았다.

초일류 기업의 사장이 된 뒤에도 혼다는 뒷골목 작은 공장 주인 그대로였다. 일을 하는 데는 엄격했지만 부하에 대한 오모이야리(따뜻한 배려)가 있었고 공평무사했다. 그는 손님이 원하는 오토바이를 개발해 그것을 양산, 세계 시장에 내놓아 환영을 받았으며, 일본 경제에 헤아릴 수 없이 많은 공헌을 했다.

그러나 동시에 그는 일생을 오토바이 만들기에만 골몰하여, 다른 것을 모르는 외길 인생에 빠진 오타쿠족ぁたく族이었다. 오타쿠족은 자기의 좁은 세계에 틀어박혀 주위의 다른 일에 대해서는

둔감하다. 혼다는 자기가 만든 오토바이가 어떤 소음을 전세계에 뿌리고 다니는지 전혀 알지 못했다. 혼다가 자나 깨나 엔진을 너무 만진 나머지 난청증에 걸려, 오토바이의 소음이 얼마나 시끄러운지를 느끼지 못했다는 사실은 여간 상징적인 일이 아니다.

폭주족들이 자기도취에 빠져 오로지 자기가 밟아대는 엔진 소리와 스피드밖에는 감지할 수 없었던 것처럼, 혼다 역시 기술자로서 경영자로서 오로지 앞만 보고 일에 매진함으로써 자기 세계 이외의 것에 대한 바깥 소리를 들을 수가 없었다. 오타쿠족이었던 그는 공평무사한 대경영자가 되었고, 동시에 같은 이유로 소음 공해의 원흉이요, 폭주족의 대부가 되기도 한 것이다.

혼다에게만 해당하는 이야기가 아니다. 일본 기업이, 일본인 전체가 혼다와 같은 길을 걸어왔다. 그래서 세계로부터 혼다와 같이 번영했고 혼다처럼 존경을 받았다. 그러나 역시 혼다와 마찬가지로 일본 열도에만 틀어박힌 폐쇄적인 오타쿠족이 되었고, 동시에 세계에 여러 가지 마찰로 인한 소음을 일으켜도 자기가 만든 것을 자기 귀로 듣지 못하는 사람들이 되고 말았다.

오타쿠족이 바깥 세계로 나가면 폭주족으로 변하듯이, 안으로 똘똘 뭉친 우치와가 밖으로 향하면 세계 시장을 질주하는 무역 폭주족으로 변한다. 일본 사람 때문에 실업자가 늘어나고 수백 년 동안 쌓아 올린 기업들이 쓰러져도, 그들은 그 소리를 듣지 못하는 난청자가 되어버린다. 따라서 일본을 향한 세계의 소리는 시기와 질투에서 나온 '재팬배싱(Japan bashing, 일본 때리기)'으로밖에 들리지 않는다.

사카야 다이지가 지적했듯이, 수십만의 보트피플이 바다 위를 떠다닐 때 그것에 동정을 표시한 일본인은 거의 없었다. 오히려 일본 정부의 훈령은 바다에 이상한 것이 떠 있으면 도망치라는 것이었다. 그러다가도 그 보트피플 속에 캄보디아인과 결혼을 한 나이토[内藤]라는 일본인 여성이 한 사람 있다는 것이 알려지자, 매스컴은 벌집을 쑤셔놓은 것처럼 수선을 피웠다.

폭주족들은 오로지 자기의 폭음 이외의 것은 듣지 못한다. 자기 머리를 보호하고 있는 헬멧 속에 감춰진 선글라스 너머로 보이는 외길 한 줌밖에는 보지 못한다.

그렇다. 그렇게 된다. 조심스럽게, 문을 조심스럽게 열고 들어와 "저…… 메밀국수 1인분만 되겠습니까"라고 말하던 그 여인의 한없이 공손하고 나직한 목소리가, 북해정 밖 다른 세계로 나가면 귀가 먹먹한 폭주족의 오토바이 소리로 변하고 만다. 10여 년 만에 다시 돌아와 처음으로 세 식구가 세 그릇의 메밀국수를 시킬 때 북해정에 울려퍼졌던 화기애애한 북해정 안의 박수 소리—나카마들의 그 박수 소리가 일단 산맥을 넘고 바다를 건너 바깥 세계로 번져가면 1천억이 넘는 달러가 쏟아지는 황금의 폭음이 되는 것이다. 김이 모락모락 나는 메밀국수 한 그릇을 가운데 두고 세 식구가 사이좋게 도시코시 소바를 먹고 있는 그 꽃밭의 정경 속에는 우리가 모르는 뜻밖의 독사가 숨어 있다.

한국인과 「한 그릇 메밀국수」

한국의 어느 칼럼니스트는 『한 그릇 메밀국수』를 읽고 그것을
한국인과 이렇게 비교한 적이 있었다.

우리 한국 사람이라면 못 사 먹을 지경이면 차라리 가지를 말지, 한
그릇 갖고 셋이 나누어 먹는 궁상을 소바집에까지 가서 떨지는 않았을
것이다.

첫 해와 둘째 해에는 한 그릇을 셋이서 나누어 먹고, 그다음 해에는
두 그릇을 셋이, 그리고 10여 년 뒤에야 비로소 세 그릇을 셋이 먹었다
는 데서, 자신의 분分대로 사는 일본 사람과 분보다 체면을 중요시하는
우리 한국 사람의 차이가 대조되는 것이다.

이 이야기의 주인공보다 소바집의 주인에게 보다 그 분分 의식을 강
렬하게 느낄 수 있다. 세 모자가 와서 메밀국수 한 그릇을 시켰을 때,
측은하게 생각한 소바집 안주인은 세 그릇을 말아 내놓으려 했다. 한데
바깥주인은 "안 돼, 오히려 그 때문에 불편하게 생각할 거야"하며 애써
세 모자가 지키려는 분을 눈물 흘리며 보장해주고 있다. 무서운 일본
사람들인 것이다.

우리 우동집 같으면 한 그릇 갖고 셋이 나눠 먹는 손님 따위는 시덥

지 않게 여기거나, 가엾게 여겼다면 세 그릇 말아주고 돈을 받지 않거나 했을 것이다. 나의 분도 주변 상황에 따라 흔들리고 남의 분도 지켜주지 못한다. 자타自他 간에 분을 지키지 못하기에 의타적依他的이 되고 매사에 남의 탓만 하며 원망할 거리도 많아진다. 스스로의 분을 지키며 역경을 이겨내고, 또 그 분이 흐트러지지 않게끔 보장해주는 일본 사람들의 분 의식이 소복이 담긴『한 그릇 메밀국수』이다. 일본 사람들은 울었다지만 우리 한국 사람은 일본 사람 대하는 시각視角을 달리해야 할『한 그릇 메밀국수』이기도 하다.

그러나 이 칼럼을 인용 보도한 일본 사람들은 칭찬으로서가 아니라 일본인의 이 같은 '외곬'의 오타쿠족에 대해 우려하고 있는 것이다. 스스로 반성해야 된다는 결론을 덧붙이고 있다.

일본 경영의 비밀과 혼다의 비극

목표 관리의 중시

이 아름다운 이야기, 감동적인 동화를 뒤집어보면 폭주하는 혼다 오토바이처럼 폭음이 생겨난다. 우리가 늘 배우자고 하는 일본 기업이나 그 친절하고 청결한 사회 역시 속살을 들여다보면, 검은 매연이 보이고 귀를 먹먹하게 하는 비정한 쇳소리가 들려오는 경우가 많다. 특히 요즘의 일본이 그렇다. 미담이 하루아침에 스캔들로 변하듯이, 그토록 세계를 풍미했던 일본 경영이 이제는 미국을 비롯하여 세계의 천덕꾸러기로 전락될 위험성이 보인다.

지난 10년 동안 미국의 기업들이 일본식 경영과 생산 방식을 도입하기 위해 투자한 돈(설비와 종업원 훈련비 등)은 무려 760조 원이 넘는다고 한다. 그러나 그 실적은 들인 돈에 비해서 너무나도 미미한 것이라고 했다. 그래서 요즘 미국에서는 일본을 배우는데 앞장을 서왔던 기업들이 등을 돌리기 시작했고, 제너럴 모터스, 포드 같은 기업들은 일본식 경영과 생산 방식을 공장에서 몰아내기에 바쁘다. 그렇게 인기가 높았던 일본의 저스트 인 타임just in time의 시스템에 대해서도 더 이상 관심을 팔지 않게 되었다.

아마도 갑작스러운 붐을 타고 등장했다가 속절없이 꺼져간 『한 그릇 메밀국수』동화 한 편의 운명은 일본형 경영의 상승과 추락을 그대로 보여주는 한 편의 드라마라고도 할 수 있다.

사실 이 이야기를 자세히 뜯어보면 일본형 기업경영 시스템과 대단히 유사한 구조를 지니고 있다는 것을 알게 된다. 일본의 대표적 기업인 NCC의 부사장 미즈노 사치오[水野幸男] 씨가 지적 한 일본형 경영의 네 가지 특징을 이 동화에 대입해보면 참으로 흥미진진한 결론을 얻어낼 수 있을 것이다.

일본형 경영의 특징은 첫째, 목표 관리의 중시에 있다고 한다. 전문용어로는 '매니지먼트 바이 오브젝트management by object'란 것으로, 기업이 한 목표를 설정해놓고 전 종업원들을 그 목표를 향해 몰아가는 경영 방식이다. 마치 퍼진 햇살을 한 렌즈의 초점으로 수렴시키면 나무를 태울 수 있는 강렬한 화력이 생겨나듯이, 이러한 목표 설정은 회사의 전 구성원들의 마음과 행동을 하나로 통일시킬 수 있다.

곁눈질이나 군생각을 할 겨를이 없어진다. 그리고 그 목표를 달성하기 위해서는 여러 가지 문제점을 해결하고 애로를 뚫고 나가는 시련과 도전이 생겨나게 된다. 그러므로 그 목표는 실행가능성이 희박한 너무 높은 곳에 두어서도 안 되고, 그렇다고 놀면서도 달성할 수 있는 낮은 데 두어서도 안 된다. 어느 정도 노력하면 달성할 수 있는 목표를 설정해놓고 그것을 성취하는 기쁨과 보람을 얻도록 해주어야 한다는 것이다. 그것이 목표 관리의 노하우이다.

전후의 일본 기업들은 뚜렷한 목표 설정을 할 수 있었다. 폭격으로 잿더미가 되어버린 공장을 다시 일으켜 세워야 한다는 것, 그리고 서양을, 특히 미국을 따라잡아야 한다는 분명한 목표 설정이 되어 있었다. 그리고 그들은 아무 생각 없이 오로지 그 목표점을 향해서 주야로 달렸던 것이다.

일본 경영의 비밀

이 같은 일본 경영의 첫 번째 특징을 『한 그릇 메밀국수』로 축소시켜보면, 바로 우리가 지금까지 보아온 그 메밀국수 한 그릇이 나타난다. 이 세 모자 앞에 놓인 인생의 목표란 아주 뚜렷한 것이다. 그 목표는 세 식구가 세 그릇의 도시코시 소바를 먹을 수 있게 되는 것이다. 그런 날을 위해서 그들은 잠시도 쉬지 않고 뛴다. 그 목표를 달성하기 위해서 어머니는 체크무늬 옷 한 벌로 견디며 보상금을 갚기 위해 일하고, 아이들은 신문배달과 밥 짓는 일을 한다. 오로지 한 그릇의 메밀국수가 세 그릇의 메밀국수로 되기까지 그들은 슬픔도 염치도 부끄러움도 마다하지 않고 10년간을 뛰었던 것이다. 그리고 그것은 왕자님을 만나는 신데렐라와 같은 환상의 꿈이 아니라 아주 평범하고 작은 일상의 목표, 소시민으로 열심히 살아가면 누구나 도달할 수 있는 그런 높이에 있는 목표이다.

북해정의 부부가 가게를 경영하는 방식도 그와 똑같다. 그들은 섣달그믐에 세 모자가 다시 찾아와줄 것이라는 기대를 가지고 열심히 일한다. 그것이 그들의 희망이며 보람인 것이다. 이미 설명한 바대로 이 이야기의 시간 설정을 1년의 마지막 날에 둔 것도 이런 시각에서 보면 매우 효과적이라는 것을 알게 된다. 한 해의 목표 설정과 그 달성을 위해서 가장 좋은 날이 바로 한 해를 마감하는 섣달그믐이기 때문이다.

10여 년 동안이나 예약석을 마련해놓고 한 해를 보내고 또 한 해를 맞이하는 이 부부의 가상 목표의 설정이야말로 일본형 경영의 목표 관리에 가장 잘 부합하는 특징이라고 할 수 있다. 그래서 북해정은 번영할 수가 있었다. 극단적으로 말하자면 세 모자가 나타나도 큰일인 것이다. 왜냐하면 1년 동안 기대를 갖고 열심히 일하게 한 섣달그믐의 목표물이 사라지고 말기 때문이다.

여기에 일본형 경영의 중대한 시련이 생겨난다. 과연 기업의 그 목표는 정말로 삶의 가치가 있는 목표가 될 수 있는가 하는 회의이다. 단순한 사람들은 눈앞의 당근을 보고 뛰는 말처럼 그렇게 될 것이다. 그러나 좀 더 복잡하고 넓은 시야를 가지고 있는 사람들은 생의 목표를 그렇게 단순화시킬 수도, 획일화시킬 수도 없다.

그래서 『한 그릇 메밀국수』를 읽고 감동하는 한국인들에게 그리고 일본을 배워야 한다는 한국의 기업인들에게 막상 '이 이야기 속의 주부처럼 살겠는가?'라고 물으면 고개를 내저을 것이다. 남의 보상금을 갚기 위해서 체크무늬 반코트 한 벌로 세상을 살아가겠느냐고 물으면, 그리고 1년 동안 낙이라고는 섣달그믐날 세 식구가 150엔짜리 메밀국수 한 그릇을 나눠 먹는 것밖에 없는 그런 생활을 자기 분으로 알면서 평생을 살아가겠느냐고 물으면 선뜻 그렇다고 대답할 사람은 그리 많지 않을 것이다.

단순히 고생스러워서가 아니다. 아마도 머리 좋은 사람이라면 모파상의 「목걸이」 생각이 나기 때문이라고 할 것이다. 남의 것을 빌려 차고 갔다가 잃어버린 보석 목걸이가 진품인 줄 알고 그것을 갚기 위해서 일평생을 바쳤던 마틸드 부인처럼 될까 봐서 그러는 것이다. 즉 자기가 철석같이 믿고 있었던 생의 목표가 만약 진짜 목걸이가 아니었다면 그것을 위해 노력한 자신의 생은 물거품이 된다.

생의 진정한 목표란 과연 무엇인가? 왜 사는가? 무엇을 위해서 우리는 뛰는가? 그 삶의 목표는 정말 가치가 있는 것인가?

'헛되고 헛되니 또한 헛되도다'라는 이러한 물음에 비껴가려면 슬픔을 모른다는 바쁜 꿀벌들처럼 오직 일만 해야 한다. 눈가리개를 한 말처럼 한 곳으로만 트인 시야를 향해서 정신없이 뛰어야 한다.

그러나 인간은 곤충과 달라서, 당연히 질문하고 회의하고 끝없이 자기 해체를 시도한다. 구렁이도 철이 오면 허물을 벗는데 일본 사람이라고 예외가 있겠는가. 앞으로 올 21세기에는 여가 시간이 많아지고 일하는 시간은 점점 짧아진다.

전통적 개념의 일벌들, 이른바 물건을 생산하고 운반하는 근로자들이 점점 사라져서 2000년경에는 이들의 비율이 전체 노동력의 6분의 1, 또는 8분의 1을 넘는 선진국은 없을 것이라고 추정하고 있다. 이에 대체되는 지식 근로자들은 한결 까다롭고 생각도 그렇게 단순하지가 않다. 복합적 사회에 있어서 단일적인 목표 관리란 컬러텔레비전을 놓고 흑백텔레비전만을 보라고 강요하는 일처럼 어리석은 일이다.

팀워크와 개인주의

일본형 경영의 두 번째 특징은 팀워크라는 것이다. 이른바 일본 특유의 집단주의적 성격을 이용한 경영 방식이다. 집단책임에 의해서 팀워크의 힘을 발휘하여 품질을 향상시키고 생산성을 올린다. 한마디로 마을 사람들이 협력하여 논밭에 물꼬를 대고 모를 심는 것 같은 농업 생산 방식을 공업 생산 방식에도 적용한 경영시스템인 것이다. 이러한 팀워크는 연공 서열제라든가 종신 고용제와 같은 시스템으로 뒷받침을 하고 있다. 그리고 조직 면에서는 QC 같은 소집단 운동이 되기도 한다.

이미 설명한 바 있어 자세히 언급할 필요도 없이, 북해정은 부부가 경영하는 가게로서 그야말로 종신 고용제와 연공 서열제의 원형이라고 할 수 있는 가족 시스템으로 되어 있다. 가족을 하나의 회사에 비긴다면 부부란 이혼을 하지 않는 한 종신 고용제라 할 수 있고, 부자나 형제 관계는 연공 서열제라 할 수 있다.

팀워크는 북해정만이 아니라 손님으로 찾아왔던 세 모자 역시 마찬가지이다. 그들은 메밀국수 한 그릇만 셋이서 나눠 먹었던 것이 아니라 일할 때에도 함께 힘을 모은다. 어머니가 밤낮으로 직장에 다닐 수 있었던 것은 막내가 어머니 대신 밥을 짓고 가사를 돌보아주었기 때문이다. 그리고 예상보다도 일찍 보상금의 빚을 갚을 수 있었던 것은 큰아들이 신문배달을 해서 도왔기 때문이다. 이 이야기는 한 가족이 이룩한 팀워크의 성공담이며 그 승리의 이야기라고도 할 수 있다.

손님의 주문을 받고 "가케 잇쵸!"라고 아내가 외치면 조리대에 있는 남편이 "아이욧 가케 잇쵸!"라고 복창을 하는 북해정의 그 정경은 열심히 일하는 일본의 부부, 문자 그대로 부창부수하는 일본인의 단란한 가족을 엿보게 하는 것이지만, 동시에 광란의 일본 군국주의 군대를 연상시키는 것이기도 하다. 왜냐하면 가케 잇쵸와 같이 무엇인가를 복창하는 것은 일본 집단주의의 원적지라고 할 수 있는 사무라이 문화(군사 문화)의 하나로서 초등학교 때부터 강요해온 훈련인 것이다. 어느 군대 사회이든 군사 문화란 자연히 단순성, 규율성, 반복성, 집단성의 훈련으로 이루어진다. 북해정 부부가 온종일 손님에게 큰 소리로 고맙다고 말하며 허리 굽혀 인사하는 것이나, 주문 음식을 복창하는 버릇이나 그리고 섣달그믐 그 정해진 날과 그 시각에 정해진 식당으로 잊지 않고 찾아오는 규칙적이고 반복적인 행동은 일종의 군사 문화의 변형인 것이다.

요즘 우리가 군사 문화란 말을 잘 쓰고 있지만, 진짜 군사 문화가 무엇인지를 알려면 일본 사회를 들여다보면 된다. 아직도 여학생은 해군 옷인 세라복을 입고, 남학생은 육군 군복과 같은 '쓰메에리[詰襟](세워진 칼라에 훅을 단 것)' 제복을 입고 다니는 나라인 것이다. 『한 그릇 메밀국수』의 이야기 형식 자체가 군사 문화가 갖고 있는 요소들을 완벽하게 구비하고 있다. 장소와 시간, 그리고 "저…… 메밀국수 1인분인데……"라고 판에 박은 듯한 대사 등 규칙적인 반복성을 최대한으로 살린 것이다.

무엇을 제조한다는 것 역시 집단적이고 규칙적이고 반복적인 행위이다. 일본이 우수한 공업국이 된 데에는 이러한 기계적인 제조술이 적성에 맞고, 또한 앞서 말한 것 같은 철저한 무가 사회의 역사적 배경이 그 뒷받침이 된 것을 이유로 들 수 있다. 너무

비약하는 것이라고 말할는지 모르나 우리가 '일본을 배우자'라고 하는 것은 바로 이 같은 군사 문화를 배우자는 말이 되기도 하는 것이다.

일본 경영의 모델이라고 할 수 있는 마쓰시타[松下] 그룹에서는 세계의 어느 곳에 흩어져 있든 수만 명의 사원들이 매일 아침마다 정해진 시간에 똑같은 사가社歌를 부르고, 똑같은 사시社是를 외치고, 똑같은 동작의 의식을 되풀이하고 있는 것이다. 적어도 이들의 조직과 팀워크를 보면 마쓰시타 군단이라고 불러야 할 것이다.

그러나 한국인의 경우는 체질적으로 이런 집단적인 의식을 유치하고 멋쩍은 것으로 생각한다. 닭살이 돋고 어색한 웃음이 앞서게 된다.

한국인만이 아니다. 유치원생이 아닌 정상적인 어른들이라면 남의 말을 따라서 복창하고, 여럿이 줄을 서서 남이 하는 대로 흉내를 내는 그 치기에 대해서 망신스러운 느낌이 들 것이다. 국제공항에서 깃발을 든 안내원의 뒤를 졸졸 따라다니는 일본인 관광객들은, 우리 눈으로 보기에는 유치원 아이들이 선생을 따라서 소풍을 나온 것같이 보이지만, 그들은 조금도 부끄럽거나 어색한 표정을 짓지 않는다.

일본인 자신들도 거품 경제 이후 일본식 경영에 대해서 적지않은 회의를 표명하고 있다. 그들 자신이 벌써 종신 고용, 연공 서

열 등 일부 일본 경영의 간판을 내리고 회사를 재구축하는 일을 서두르고 있다. 무엇보다도 집단주의적 방법이나 의사 혈연주의적 체제가 통용되기 힘든 시대를 맞고 있기 때문이다.

교향악단과 재즈 밴드의 조직

그 이유는 피터 드러커Peter Drucker가 『후기 자본주의 사회The Post-capitalistic Society』에서 언급하고 있는 것처럼, 앞으로의 기업은 더 이상 19세기식 군대 조직에서 배우기보다는 한 사람 한 사람이 자기 악기를 다루면서도 전체가 하나의 조화를 이루는 교향악단의 조직, 또는 지휘자조차 없는 재즈 밴드에서 더 많은 것을 배우게 될 것이기 때문이다.

그리고 후기 자본주의 시대의 생산 요소는 이제 더 이상 자본도 토지도, 그리고 노동도 아니라 '지식'이라는 점이다. 이 지식은 만화와 같은 유아성, 단순 반복 규칙, 그리고 집단주의적 군사 문화로써는 도달할 수 없는 세계이다. 틀에 얽매이지 않는 개인의 창의력과 동시에 한 집단에 참여하는 통합적 질서이다. 이것을 흔히 홀론holon이라는 말로 표현한다. 홀론이라는 말은 전체를 뜻하는 그리스어의 홀로스holos와 개인을 뜻하는 온on을 합성한 것으로, 집단주의나 개인주의를 다 같이 배격한 새로운 통합 관계를 나타내는 말이다. 개인과 전체의 조화와 정보의 공유화, 그리고 책임과 권한의 분산화 등으로 홀로닉 매니지먼트의 시대가 오게 된다는 것이다.

미래에 대한 장기 전략

일본형 경영의 세 번째 특징은 기술의 내재화, 즉 단기 이익이 아니라 R&D에 투자하는 미래에 대한 장기 전략에 있다고 말한다. 매상고의 10퍼센트에서 12퍼센트를 기술개발에 투자하여 부가가치가 높은 상품을 만들어나가는 전략이다. 미국의 경우에는 단기 이익을 내지 않으면 주주들로부터 압력이 들어오기 때문에 장기 계획이나 확실치 않은 개발 프로젝트를 세우기가 어렵다. 그러나 일본 기업은 이익이 없더라도 회사 내부에서 컨센서스가 이루어지기만 하면 곧바로 승인할 수 있다. 그 대표적인 예가 NEC에서 개발 투자한 반도체 공장의 청정실이다. 청정실을 만들었을 때 과연 투자한 만큼의 효율이 생기느냐 하는 것은 실제 만들어보지 않고서는 예측할 수 없다. 밖에서 그 모델을 찾을 수 없는 것을 자체 내에서 해결하려면 그 같은 위험 부담을 끌어안아야만 한다.

서비스 업종이기 때문에 제조업과는 비교가 어렵지만, 북해정의 빈자리 예약석이 바로 그러한 경영형을 상징한다. 손님들이 북적대는 가장 큰 대목날에 올지 안 올지 모르는 손님을 위해서 빈자리의 예약석을 하나 만들어두는 것—이것이 단기 이익보다도 미래에 투자하는 R&D의 정신이다. 그리고 세 모자에 대한 이 같은 서비스는 북해정의 노렌에 하나의 부가가치를 주게 된다.

이러한 경영형은 하드웨어의 제조에는 대단히 바람직스러운 경영방식으로 대두되는 것이지만, 그것이 개인의 창조력을 토대로 한 소프트웨어에서는 팀워크나 R&D와 같은 것으로는 만족할 만한 결과를 얻지 못한다. 몇백 명이 한데 어울려 물샐틈없는 팀워크로 작곡을 하고 소설을 써도 한 사람의 재능 있는 작가를 따르지 못한다. 일본의 비디오디스크는 세계 시장을 거의 석권하고 있지만, 그 속에 들어가는 비디오테이프는 할리우드를 비롯하여 대부분이 외국 것들이다.

세 모자가 나타났기 때문에 그 예약석은 비로소 보람과 빛을 갖게 된다. 하지만 만약 그들이 영영 나타나지 않았더라면 그것은 한낱 공허한 빈자리로 남을 수밖에 없었을 것이다. 일사불란의 질서대로 움직일 때 일본은 강하다. 그러나 예외적인 것, 반복적인 데서 벗어난 새로운 미지의 세계에 대해서는 적응력을 잃고 마는 것이 일본형 경영의 약점이기도 하다.

한국인들은 정반대로 이 의외성이나 우연적인 것에 대한 순발력이 강하다. 준비하고 따지고 예측하여 행동하는 장기 계획은 부족하지만, 순간순간의 위기를 꾸려나가는 임시변통에 대해서는 탁월한 적응력을 보이는 것이다. 누누이 이야기하지만 21세기는 컴퓨터가 하지 못하는 영역, 즉 숫자로 계산할 수 없는 인지 능력·순발력, 그리고 우연적 상황에 대처하는 직관력 등의 요소가 경영 면에도 크게 작용한다. 21세기의 경영은 장기적인 예측이나 대비 못지않게 이른바 애매한 것(fuzzy), 우연적인 것, 이른바 랜덤니스randomness의 상황에서 순간순간을 선택하는 시적 직관력을 필요로 하는 시대인 것이다.

과당 경쟁의 의미

네 번째 특징은 과당 경쟁이다. 일본의 기업은 서로의 경쟁심을 돋우어 긴장감과 성취 욕망을 부추긴다. 외부만이 아니라 내부 경쟁도 치열하다. 이 같은 과당 경쟁 체제를 통해서 종신 고용제이면서도 실력주의 사회를 만들어낸다.

잘 알려진 대로 일본의 상가에서는 장자가 있어도 무능하면 가업을 전승시키지 않고 유능한 직원을 데릴사위로 삼아 상속을 시킨다. 오사카 상인들 가운데는 적자 상속이 아니라 삼 대째 데릴사위로 가업을 전승하고 있는 경우도 많다.

비록 이야기에는 직접적으로 나타나 있지 않지만, 북해정 가게 주인이나, 의과대학을 졸업, 국가시험에 합격하여 인턴이 된 큰아들, 은행에 취직한 작은아들은 모두가 과당 경쟁에서 살아남은 자들이다. 초등학교 때 쓴 작문의 내용이 이런 치열한 경쟁 사회의 일면을 잘 설명해주고 있다. 이른바 '닛폰이치(日本一, 일본에서 첫째가는……)' 사상이다. 거의 맹목적인 승부욕은 일본형 경영의 원동력이라고 해도 지나친 말이 아니다.

『한 그릇 메밀국수』의 이야기를 읽고 감동하는 사람이나, 일본 기업의 눈부신 성장과 경제적 번영을 부러워하는 사람이나 그 궁극의 시선은 바로 이 네 가지 기둥으로 쏠리게 된다. 목표 관리, 팀워크, 장기적 포석, 경쟁의 승부 근성, 이런 것들이 만들어낸 일본 상품은 불침 항공모함 같은 것이지만 문제는 이것을 뜨게 만든 부력이다. 물이 없으면 뜨지 못한다. 우리는 그 항공모함을 보고 그것이 떠 있는 바다의 수면을 망각하는 수가 있다.

'시아게[仕上]'라는 일본 말

우리만이 아니라 세계가 일본을 배우자고 말한다. 불량품이 거의 없는 일제 상품을 놓고 감탄하는 사람들은 그렇게 외친다. "일본을 배우자!"

한일 상품의 불량품 발생률을 비교해본 사람이라면 누구나 그렇게 힘주어 말할 것이다. 자동차 주물의 경우, 우리의 불량품 발생률이 5퍼센트인 데 비해서 일본은 3퍼센트에 지나지 않는다. 그리고 컬러텔레비전의 경우, 우리 제품은 2.6퍼센트의 꼴로 불량품이 발생하는데, 일본은 1.4퍼센트로 우리의 절반 정도밖에 되지 않는다. 이 경우만이 아니라 전 종목의 상품에 걸쳐서 우리의 불량품은 일본의 배를 넘는다고 보아야 한다.

한국 사람들은 아직도 일을 하거나 물건을 만들 때 마지막 끝마무리를 하는 것을 '시아게'라고 한다. 이를테면 끝마무리나 끝손질을 하려는 개념 자체가 우리에게는 결여되어 있기 때문에 이렇게 일본 말을 그냥 빌려 쓰는 게 아니냐고 국민성을 들먹거리는 사람도 많다.

우리는 물건을 만들 때 적당히 대충대충 하지만, 일본 사람들은 혼신의 힘을 들여 꼼꼼하게 끝까지, 그리고 철저하게 손을 본다. 한마디로 일본 사람들은 우리보다 독하게 물건을 만든다는 이야기가 된다.

그러므로 우리가 일본 사람처럼 '시아게'를 잘하는 국민이 되려면, 불량품 제로의 상품을 만들어내려면 이 지독한 마음을 배워야 한다는 말이 된다. 쉽게 말해서, 15년 걸려 세 식구가 세 그릇의 메밀국수를 시켜 먹는 이 지독한 마음을 배워야 한다는 말이다.

그러나 이 지독한 마음이 그 목표에 따라서는 참으로 끔찍한 것으로 나타날 수도 있다. 작은 예를 하나 들어보면, 에도 시대때의 봉건주의가 얼마나 지독한 것이었나를 알기 위해서 우리는 잠시 도노사마[殿樣](영주)의 밥상을 넘겨다볼 필요가 있다. 만약에 도노사마가 먹는 밥 속에 작은 뉘 하나가 섞이거나 돌 하나라도 들어 있으면 음식을 만든 주방장은 그 자리에서 목이 달아났다. 쫓겨났다는 말이 아니라 진짜 칼로 목을 쳐 죽였다는 것이다. 자기 목에 주야로 시퍼런 칼이 드리워져 있는데 대충대충 밥을 지을 사람이 어디 있겠는가. 작은 뉘, 돌 하나가 바로 자기 목숨인데 눈을 부릅뜨지 않을 사람이 어디 있겠는가. 불량품 제로 운동의 근원은 도노사마 밥상을 차리는 에도의 부엌에까지 그 줄기가 닿아 있는 것이다.

일본 사람들은 열심히 일하는 것을 '잇쇼켄메이[一生懸命]'라고 하는데, 이 말뜻은 일생의 목숨을 건다는 것이다. 비유가 아닌 것이다. 뉘 하나만 들어가도 목이 잘리고 생배를 째고 죽어야 하는 (셋푸쿠, 切腹) 그 엄격한 봉건제 사회 속에서 살아온 백성들은 아무리 작은 일이라고 해도 늘 목숨을 걸고 일을 해야 하는 것이다.

기모노 속에 숨겨진 속살

일본인의 특징인 협력 단결심과 같은 아름다운 풍습도, 그것을 발생시킨 역사적 배경이나 사회적 환경을 분석해보면 그 찬미가는 장송곡처럼 우울해진다. 일본 사회에서는 집단을 위해서 개인을 희생시키는 것을 아무렇지 않게 생각해 왔다. 당하는 사람 쪽에서도 그것을 당연한 것으로 받아들이도록 길들여져왔다.

우리는 『한 그릇 메밀국수』의 어머니의 모습이 참으로 아름답

게 보이지만, 목표를 향해서 일로매진하는 그 무서운 여인의 모습을 에도 시대로 환원하면 '고가에시[子返し]'나 '마비키[間引き]'를 하던 무서운 어머니로 변신한다. 고가에시라는 말은 하느님에게 '자식을 다시 돌려준다'는 뜻이며, 마비키라는 것은 채소 같은 것을 '솎아내기' 한다는 뜻이다.

즉 먹을 것이 없는 가난한 집에 아이가 태어나면 그 갓난아기를 죽이는 것을 그렇게 불렀던 것이다. 죽이는 방법도 잔인하기 짝이 없었다. 맷돌로 눌러 죽이기도 하고, 굶겨 죽이기도 하고, 때로는 물을 묻힌 창호지를 코에 붙여 질식시켜 죽이는 수도 있었다. 자식 죽이는 것이 하도 만연하니 도쿠가와 막부에서는 금령을 내렸고, 때로는 보조금을 주어 자식을 죽이지 못하게 했다.

메이지 초에는 딸을 매춘부로 파는 일이 많았다. '업자들은 그 부모로부터 딸을 사서 동으로는 북남미, 서로는 중국, 북으로는 시베리아와 만주, 남으로는 인도네시아와 인도'로 전방위 해외 수출을 했다. 일본이 자랑하는 수출의 개척 상품 제1호는 바로 일본 여자들이었다. 민족주의로 이름난 후타바 데이[二葉亭]라는 작가는 심지어 이런 글을 쓴 적이 있었다.

창녀가 가는 곳에는 반드시 일본 상품이 따라가게 마련이다. 그리하여 일본의 지반을 굳혀간다. 시베리아에 다소나마 일본 상품이 진출하게 된 것은 그녀(팔려간 일본 창녀)들 덕택이다.

『일본 홍도 총기日本弘道叢記』 제1호(명치 25년)에서 니시무라[西村茂樹]는 그런 상황을 이렇게 적고 있다.

요즘 일본 여자들 가운데 타국에 나가 취업을 하는 자가 날로 늘고 있어, 일본 여자가 세계적으로 천시의 대상이 되고 있다…… 구미의 여자들은 논할 것도 없고, 우리가 멸시하는 중국·조선과 같은 나라에서도 그런 예를 찾아볼 수 없다.

도덕성의 문제라기보다는, 공공연히 매음 수출업자에게 딸자식을 파는 지독한 일본 부모들의 비정한 마음이 우리를 놀라게 한다. 우리는 일본보다 더 가난하게 살았지만, 먹는 입을 덜기 위해서 자식을 맷돌로 눌러 죽이거나 매음녀로 팔아넘기는 일은 거의 하지 않았다. 그렇게 모진 민족이 아니었기 때문이다.

한국의 인정주의

한국인은 인정주의 때문에 일본 사람과 같은 비정한 짓을 흉내내지 못한다. 밥 속의 뉘가 아니라 세종대왕이 탄 연이 부서져 '지존한 옥체'를 다치게 했는데도 그 책임자인 장영실은 파직을 당했을 뿐이다. 더구나 천한 종 출신이었는데 말이다.

형刑 제도를 봐도 그렇다. 실제로 일본에는 산 사람을 끓는 가

마솥에 넣어 삶아 죽이는 중국의 팽형 같은 것이 있었다. 하지만 한국인들은 인정주의 때문에 차마 그런 짓을 하지 못했다. 그래서 말로는 팽형이라고 했지만 실제로 집행하는 것은 종로 거리에 끌어내어다가 끓는 가마솥에 발이나 손을 담갔다 꺼내는 것으로 그쳤다. 이를테면 삶는 척만 한 것이다.

『춘향전』을 읽어봐도 그렇다. 악명 높은 변학도의 형장인데도 춘향이를 매질하는 형리들은 귓속말로 이렇게 말한다. "살살 때릴 것이니 입으로는 죽는 소리를 지르게!" 사정을 봐서 때리는 시늉만 하는 이른바 정장情杖이라는 것이다.

상품을 만드는 데 있어서의 철저함과 형을 집행하는 데 있어서의 엄격함은 그 뿌리가 같은 것이다. 자식을 죽이는 비정함과 일개 집단인 기업을 위해 개인을 희생시키는 경영술은 결코 다른 가지의 잎이요 꽃이 아닌 것이다.

일본인들에게서 배우지 말자는 것이 아니다. 『한 그릇 메밀국수』의 세계에 대한 감동이 잘못된 것이라는 이야기도 아니다. 기모노 속에 숨겨진 속살을 보라는 이야기다. 그러고 나서 일본을 배우고 일본을 뛰어넘는 샛길을 찾아야 한다는 것이다.

『한 그릇 메밀국수』 속에 담긴 그 많은 의미를 맛본 다음에 우리는 일본의 만화, 일본의 소설 그리고 일본의 경영을 받아들여야 한다는 것이다.

II
『축소지향의 일본인』 그 이후

『축소지향의 일본인』 그 이후

『축소지향의 일본인』이 출간된 뒤 신문·잡지 등의 서평을 비롯하여 독자들로부터 많은 편지를 받았다.

서평이나 편지에는 분에 넘치는 찬사도 있었으나, 한편 졸저의 내용에 대한 의문의 표시나, 보다 상세한 설명을 요구하는 것들도 많이 있었다. 그래서 기회가 있으면 답변하려고 생각해오던 중 다행히 이번에 일본 고단샤[講談社]에서 문고판으로 출간하게 된 것을 계기로 여기 중요한 쟁점 몇 가지를 골라서 답변하고자 한다.

책 이름에 대하여

책 이름 속의 '縮み(축소, 縮小)'라는 말에 대하여 일반적으로 그 어감 때문에 전체적인 내용이 오해를 받을 우려가 있다는 의견이 많았다. 그 한 예로서 고난[甲南] 대학의 이노우에 다다시[井上忠司]

교수는 《아사히 저널》의 서평(1982. 4. 23)에서 "나는 때때로 마치 훌륭한 두루마리 그림을 보고 있는 듯한 심정으로 그 글을 읽었다"라고 말하면서도 '축소'라는 말에 대해서는 다음과 같은 고언 苦言을 하고 있다.

저서의 명쾌한 필치는, 특히 문학을 소재로 한 대목이나 문학적인 표현에 잘 드러나 있는 것으로 생각된다. 그러나 나는 하나만은 끝까지 의문을 금할 수 없었다.

'축소'라는 용어는 이 교수가 분석을 위해 만들어낸 개념이다. 일반적인 분석 개념의 어감의 가치는 되도록 뉴트럴neutral한 것이 바람직하다. 그런데 일본어에서 '축소'라는 어감은 결코 중립적이 못된다. '축소된다' 혹은 '축소 현상이 있다'고 들었을 때 우리 일본인 이 먼저 연상하는 말은 일일이 예를 들 필요도 없이 마이너스의 가치밖에 없을 것이다.

저서의 의도는 어디까지나 '축소지향'의 일본인을 재평가하는 데 있었을 것이다. 그러나 '축소지향'이라는 어감은 우리 일본인들에게 한때의 반성을 촉구할 수 있었다고 하더라도, 자신自信과 활력을 갖게 하기는 어렵다. 좀 더 뉴트럴한 용어를 택했더라면…… 하고 애석한 생각이 든다.

특히 이 책이 간행된 후 '축소지향'이라는 말을 매스컴에서 다루었는데, 그것이 어느새 '경輕·박薄·단短·소小'라는 말로 대치된 것을 보더라도 이런 의견에 일리가 있다고 생각한다.

　그러나 나 자신도 그것을 모르고 있었던 것은 아니다. 그래서 '지지미(축소)'라는 말에 괄호를 붙여서 표기했던 것이다. 말하자면 일상적인 말에서 따온 것이 아니라 특수한 전문적 개념을 나타내고 있는 용어라는 것을 밝혀주기 위해서였다. '지지미'란 하나의 조어造語인 것이다. 수축이니, 축소니, 또는 경·박·단·소라고 말하면 하나의 현상밖에 설명할 수 없다. 이 책에서의 '축소'라는 용어는 이미 언급한 바와 같이 '채우다' '삭제하다' '끌어들이다' 등등을 포함시킨 것이며 정신적인 것에나 물질적인 것에나 구별 없이 사용할 수 있는 개념으로써 쓰였다. 마치 매슈 아널드 Matthew Arnold가 비평 정신을 '호기심curiosity'이라는 말로 나타낸 경우와 같다. 호기심이라고 할 때 영어의 일반적인 어감은 부정적인 것이다. 무엇 때문에 아놀드가 그런 위험 부담을 안으면서까지 호기심이라는 말을 사용했는지를 생각해보면 알 수 있을 것이다.

'아마에(甘え, 응석)'에 대한 반론

　'아마에'가 일본의 독특한 말이라고 주장한 도이 다케로[土居健郎] 씨에 대해 그와 같은 말이 한국에도 있다는 지적은 강한 반응을 불러일으켰다. 도이 씨 자신이 다른 학술 논문에서 이에 대해 해명하고 있다. 『아마에ᅡᆺᇰᆢᇰ의 구조』를 간행한 후, 어느 한국인 간호사로부터 한국에도 '아마에'와 같은 말이 있다는 말을 듣고 알게 되어, 다른 학술 논문에 그것을 지적해두었다고 한다. 아시는 바와 같이 내가 지적한 것은 도이 씨가 가까운 한국에 그런 말이 있는지 없는지 알아보지도 않고, 영어에 없으므로 곧 일본의 독특한 말이라고 생각한 단순한 발상에 대한 비판이었다. 말하자면 그 책을 쓴 당시의 일이므로 그것을 나중에 알게 되었는가의 여부와는 직접 관계가 없는 일인 것이다.

'의(の)'의 연용連用에 대하여

이시카와 다쿠보쿠[石川啄木]의 「동해의 작은 섬」의 분석에 대해 특히 많은 반응을 보였는데, "이 전통이 현대의 시에도 이어져 있는가?"라는 질문을 받은 적이 있다. 물론 직접적인 '의'의 연용이 아니더라도, 이와 같은 정신에 의거한 발상을 도처에서 찾아볼 수 있다는 것은 말할 필요도 없다. 그러나 여기서는 그 한 예로서 가장 전위적인 시를 썼다고 하는 기타조노 고쿠에이[北園克衛]의 「단조로운 공간」을 들어본다.

흰 사각

의 속

의 흰 사각

의 속

의 흰 사각

의 속

의 흰 사각

의 속

의 흰 사각

여기서는 여덟 개의 '의'로 다섯 개의 '사각四角'이 연결되어 있다. 그러나 '의'를 몇 개 썼느냐 하는 것보다는 그 연용에 의해 무한히 수축되어가는 사각(4각)의 사각형의 시각적 운동에 주목해 주기 바란다.

'일본에는 확대지향이 없는가'에 대한 반론

일본에는 확대지향도 있다는 의견이 있는데, 특히 와타나베 쇼이치[渡部昇一] 씨는 도다이지[東大寺]나 닌도쿠료[仁德陵], 그리고 전쟁 중의 전함 '야마토[大和]', 전후에는 매머드 탱커tanker와 매머드 제철소, 대기업 등이 '축소 문화'와 동시에 공존하고 있다는 예를 들어, "모처럼 새로운 시점에서 쓴 책이지만, 그 예리한 흥미의 대부분을 단지 축소 때문이라고 보는 것은 유감스럽다"라고 단언하고 있다. 그러나 참으로 유감스러운 일은 어떤 사람을 왼손잡이라고 말했을 때, 그 사람이 "아니, 나는 오른손도 쓸 수 있어요"라고 답변했을 때의 아연함이다.

일본의 의리·인정에 대해 언급한 베네딕트의 『국화와 칼』에 대하여 무의리·몰인정을 나타낸 역사상 인물의 이름을 들어 반박하는 것은 쉬운 일이다. 문제는 문화를 재단裁斷하는 방법론에 있는 것이다. 와타나베 씨의 지적을 기다릴 것도 없이, 이미 나 자신이 닌도쿠료나 나라[奈良] 대불大佛의 예를 든 적도 있다. 특히 일본의 대기업들이 외형으로는 거대 기업이면서도 그 경영 방식을 보면 중소기업과 같거나 사업 부문을 분할하여 경영하는 축소지향적 경영 방식을 지니고 있다. 매머드 탱커와 매머드 제철소, 대기업의 외견만을 보고, 곧바로 거대주의巨大主義라고 생각하는 것은 그야말로 단락短絡이라는 것이다. 그 속에 숨어 있는 일본적인 경영이 얼마나 축소지향에 의존하고 있는가에 대해서는 되풀이하여 말할 필요가 없을 것이다.

그리고 매머드 탱커가 어째서 지금 소형화小型化해가고 있는지, 그리고 극단적인 예로서 그것을 해체하여 소규모의 탱커 네 척으로 개조하고 있다는 사실에 와타나베 씨도 눈길을 돌려야 할 것이다.

전함 '야마토'는 일본의 군국주의가 확대지향으로 갔다는 나의 지적에 대한 뒷받침에 지나지 않는다. 여러 말 할 것도 없이 "조약돌이 바위가 되어……"라는 일본 국가의 첫머리부터가 일본의 확대지향을 대표하고 있다.

여기서 중요한 것은 축소와 확대의 두 지향 중에서 어느 쪽을 향했을 때, 보다 일본적인 특질이 나타나는가에 대한 것이다. 4조 반의 다실茶室보다 닌도쿠료 쪽이 더욱 일본적이라고 말할 사람은 아마도 없을 것이다.

이 책의 방법론에 대하여

'축소'란 어디까지나 '확대'의 대립 개념으로서 비로소 그 의미가 주어진다. 즉 '수축'과 '확산'의 대립은 자연과 문화를 불문하고 모든 변형 생성 법칙을 서술하는 가장 유효한 운동 개념인 것이다. 괴테는 『식물의 변태Die Metamorphose der Pflanzen』에서 그 양극 개념을 취하여 자연을 관찰했으며, 고전주의와 낭만주의를 논할 때 많은 예술사가藝術史家들이 흔히 '수축'과 '확산'을 원용援用하는 것을 볼 수 있다. 지금은 바슐라르Gaston Bachelard를 비롯하여 조르주 플레Georges Poulet 같은 비평가들이 역동적力動的 상상력을 탐지하는 키워드의 하나로 사용하고 있기도 하다.

나는 그것을 비교 문화론에 응용한 것이므로, 축소지향의 일본인들에게만 나타나 있는 의식 현상意識現象이라고 말하는 것은 아니다. 일본의 문화는 과연 어느 지향으로 나아갔을 때 더욱 그 특색을 나타내는가, 그리고 다른 나라의 문화와 비교하여 일본의 문화는 수축과 확산이 어느 운동에 의해 더욱 그 차별성을 나타내는가에 대한 관찰의 표명이다.

언뜻 보면 단순하게 생각되지만 축소지향과 확대지향의 대립은 질서와 혼돈, 폐쇄와 해방, 구상과 추상, 형식과 실질, 긴장과 이완, 구속과 자유, 집중과 분산 등 수많은 대립 체계의 상징적인 의미를 갖고 있으므로 문화의 폭넓은 분야를 조명할 수 있는 잣대가 될 수 있다.

본래 수축과 확산은 동사動詞에서 만들어진 개념이므로 역학적力學的인 것이다. 더욱이 이데올로기적인 가치를 내포하고 있지 않기 때문에 문화에 대해서 보다 중립적인 서술이 가능해진다.

'축소한다'거나 '확대한다'는 술어는 주체(주어)와 대상(목적어)을 자유롭게 바꿀 수 있으므로, 문화 현상의 여러 가지 패러다임을 만들 수 있다. 그러므로 겉으로 볼 때는 그 분야가 다르고 관계가 없는 듯이 보이는 것 사이에도 그 교차점을 발견할 수 있다. 인간과 동물을 주어로 하여 생각하면 그 사이에는 큰 간격이 있지만, 가령 '달려간다'는 술어를 중심으로 보면 인간이 달려가거나, 말이 달려가거나, 혹은 자동차가 달려가도 '달려간다'는 역학적인 현상에 있어서는 동일한 것이 될 수 있다.

이와 마찬가지로 물건을 만드는 사람이건 시를 짓는 하이진[俳

人, 하이쿠를 짓는 사람]이건 같은 공통점을 지니게 된다. 즉 '축소'라는 시각에서 보면 열일곱 개 문자로 압축된 하이쿠[俳句]와 열다섯 개의 돌로 만든 료안지[朧安寺]의 세키테이[石庭]는 공통성을 갖고 있다. 주체를 바꿔 넣은 것처럼, 이번에는 그 대상을 바꿔 넣어도 마찬가지이다. 축소하는 대상이 꽃과 같은 자연이 되면 꽃꽂이가 되고, 그것이 전자제품이 되면 트랜지스터가 된다.

이와 같은 방법론을 취하면 고대의 전통 문화와 현대의 물질문화를 같은 시각에서 관찰할 수 있으며, 가시적인 물질 문화와 불가시적인 정신 문화를 같은 문맥 아래 두고 분석할 수도 있다.

'접어두기만 하는 부채는 벌써 부채가 아니다'에 대하여

사이타마[埼玉] 대학의 하세가와 미치코[長谷川三千子] 교수는 《도서신문》(1982. 2. 20)에 쓴 서평에서 부채를 접을 때에는 '축소'지만 펼 때에는 그 반대라는 것, 즉 부채의 기능에 양면성兩面性이 있는데 그 일면밖에 보지 않았다고 말하고 있다.

그러나 나의 관점은 부채의 기능 또는 그 현상이 아니라, 그 발생론, 즉 부채를 만들게 된 발상에 대해서인 것이다. 쥘부채는 보통 부채인 단선團扇을 축소한 것이다. 쥘부채를 펴서 단선이 만들어진 것이 아니다. 부채를 편다는 것은 단선으로 돌아오는 것을 의미한다. 쥘부채와 마찬가지로 우산을 생각해보면 이해가 빠를 것이다. 삼단으로 꺾어 접어 소형 우산을 만든 그 발상법은 축소지향적인 데서 생겨난 것이지, 그것을 펴는 기능도 있기 때문에 확대지향의 산물이라고 할 수는 없지 않겠는가.

하이쿠는 축소지향이 아니라는 의견에 대하여

하이쿠는 축소지향이 아니라, 오히려 확대지향이라고 주장하는 평자도 있었다. 도미 세키도[富井赤兔] 씨의 평도 그중의 하나이다.

하이쿠를 축소지향으로 본 필자의 의견은 '기레지(하이쿠에서 구절의 단락에 사용하는 조사·조동사 등)' 등 그 읽는 방법을 모르는 한국인의 오해에서 비롯된 것이라는 주장이다.

하이쿠에 대한 내 관점을 다시 요약하면 『만요슈[萬葉集]』의 장가長歌가 『고킨슈[古今集]』의 와카[和歌, 일본 고유의 단시]로 축소되고, 그것이 다시 아래 구절이 생략되어 5·7·5의 열일곱 문자로까지 축약縮約된 단시형短詩型이 된 것이 하이쿠라는 것이었다. 누가 보더라도 『만요슈』의 장가가 확대되어 하이쿠가 되었다고 말할 수는 없을 것이다. 하이쿠는 짧은 말에 담긴 큰 세계라는 것을 나는 지금까지 수차례 되풀이해서 말해왔다.

그 내용에 있어서도 "거친 바다야, 사도佐渡에 가로놓인 저 은하수"와 같이, 하이쿠 문학은 하이쿠가 지향하고 있는 세계가 아무리 크더라도 순간과 특정한 공간을 지닌 구상적具象的인 이미지를 나타내고 있다는 점에서 이데올로기적, 추상적인 문학 세계와 구별된다.

확대주의擴大主義의 문화를 다른 말로 표현하면 이데올로기 지향의 문화라고 할 수 있다. 하이쿠가 축소지향의 문학이라는 것은 그 형식을 떠나서도 반反이데올로기의 문학이라는 데 그 특성을 두고 있다.

부적符籍과 워크맨 문화는 관계가 있는가

전통 문화와 현대의 일렉트로닉스(전자공학)에는 어떤 연관이 있다는 나의 가설假說은 기업인들에게 가장 관심을 크게 불러일으킨 부분이다. 오쿠노미야→나카노미야→사토노미야→미코시[腰輿] 가미다나(집 안에 신을 모신 감실)→부적이라는 축소지향적 발상을 현대의 산업에 응용하면 과연 어떤 것이 생기게 될까 하는 것도 자주 받은 질문 중의 하나였다.

나는 그 좋은 예로서 워크맨 문화를 들고 싶다. 멀리 있는 것을 가까이 끌어들여 축소시킨 대상이, 그 성질과 기능까지 변환을 일으킨 것이, 다름 아닌 현대의 부적인 워크맨일 것이다. 테이프 리코더가 점점 축소되어 헤드폰 스테레오라는 새로운 제품이 출현되었기 때문이다.

소니의 PR 센터 부장인 구로키 야스오[黒木靖夫] 씨의 말에 의하면, 워크맨이 생겨난 것은 1978년 말, '테이프 리코더 사업부의 젊은 기사 하나가 심심풀이로 손수 만든 것이 그 발단'이라고 한다. 대체 이 젊은 기사의 심심풀이란 무엇이었겠는가? 말할 것도 없이 그것은, 얼굴이나 손발을 떼어내 고케시나 아네사마 인형과 같은 특수한 장난감을 만든 저 일본인의 축소지향의 산물이었다. 그 기사는 프레스콘(테이프 리코더)에서 스피커를 떼내고, 스테레오의 서킷을 장치하여 재생 헤드를 스테레오로 하고 이어폰 잭을 개조하여 스테레오에 헤드폰을 끼운 것이다.

이를테면 리코딩의 기능을 제거하고 재생 쪽을 강조하자마자 테이프 리코더는 축소된 휴대용의 스테레오 컴포넌트로 바뀐 것이다.

이신다이 명예회장도 모리다 회장도 모두 강렬한 헤드폰 논자論者로, 그것을 보는 순간 곧 상품이 된다고 단정했다고 한다.

"근년의 고급 오디오는 100W×100W 이상의 엄청난 출력出力으로 재생하지만 인간의 고막에 도달하는 에너지는 그 10,000분의 1도 안 되지 않는가. 그 대부분의 에너지는 벽과 천장과 마루가 흡수해버린다."라는 모리다 회장의 헤드폰 예찬을 듣고 있으면 단순한 에너지 절약 이상의 뜻이 담겨 있는 것을 느끼게 된다. '끌어들이는' 문화—멀리 떨어져 있는 자연을 가까이 끌어들여 틀을 만들어 피부로 느끼려는 축소지향이 비즈니스의 사회에 나타나면 그 직전까지 예상도 하지 못한 천억 엔의 새로운 시장이 열리게 된다. 연간 300만 대 판매로 세계를 석권한 워크맨, 프랑스의 사전에까지 수록되어 세계의 시민권을 얻은 워크맨, 그러나 출생은 매우 작은 세계였던 것이다.

스피커를 제거하고 하이파이의 소리를 헤드폰으로 직접 고막에 끌어들여 귀로 접하는 워크맨의 감각, 그것은 밥상을 도시락으로 바꾸고 거목을 분재로, 먼 데 있는 산속의 신사神社를 부적으로 만들어 몸에 끌어들이는 축소지향의 현대적인 변신이 아니고 무엇이겠는가.

일본의 '나루호도[成る程]'의 기술에 대하여

지금까지 일본의 기술은 흔히 모방의 그것이라고 말해왔는데, 내가 전개한 '나루호도의 기술과는 어디가' 다른가 하는 질문에 대답하려면 혼가도리[本歌取り](노래 등에서 의식적으로 선인의 작품을 본떠서 짓는 것)의 예를 두고 생각해보는 것이 좋을 것이다. 다른 나라에서는 수치로 여기는 모방이, 『신고킨슈[新古今集]』의 대부분이 『고킨슈』의 노래를 본뜨고 있는 것처럼, 일본에서는 오히려 창작 기법의 하나로 공인되어 있다. 그것은 단순한 모방이 아니라 오히려 독특한 재능으로 중시되고 있다.

하이쿠의 제1인자인 바쇼[松尾芭蕉]도 그랬다.

"두견이 우누나, 5월의 분꽃도 몰래 사랑을 하나 보다."

『고킨슈』의 이 노래에서 아래 구절의 일곱 자를 생략하고 5월을 5척尺이라고 한 글자만 바꿔놓음으로써 그는 전혀 다른 시 세계를 창작해내고 있다.

"두견이 우누나, 5척의 분꽃"이 그것이다.

이런 경우는 일본의 상상력이 축소지향적이며, 무無에서 유有를 만들어내기보다 유에서 유를 만들어내는 데 적합함을 보여주고 있다.

이 노래를 짓는 기술은 앞에서도 언급한 것과 마찬가지로 조총이나 일렉트로닉스 제품 등을 만드는 기술에까지 이어지고 있다.

일찍이 일본은 도자기의 후진국으로 중국이나 한국에 비해 몇 백 년 뒤떨어져 있었다. 일본에서 도자기를 처음 만들기 시작한 것은 17세기에 들어와서이며, 한국의 도공陶工 이삼평李參平의 손에 의해서였다. 그러나 일단 만들기 시작하자 그야말로 순식간에 개발이 진행되어 이조의 백자가 가키에몬[柿右衛門]의 아카에[赤繪] 자기로 변하기도 하고, 독특한 대량생산 시스템(분업화)이 생겨나기도 하여 나베시마 한[鍋島藩] 등에서는 유럽에 수출, 당시의 곡물생산을 웃도는 이익을 올렸다고 한다.

이와 같은 단순한 모방을 초월한 일본 기술의 축소지향의 독자성을 마키노 노보루[牧野昇] 씨는 다음과 같이 설명하고 있다.

일본의 기술개발에 대형 프로젝트가 적은 것은 사실이다. 우주 개발, 점보 항공기, 고속 증식로 등에서의 약세는 부정할 수 없다. ……

작은 창조력을 많이 쌓아나가는 일본 방식이 대뜸 큰 것을 노리는 구미식에 비하면 떨어진다거나 창피하다고 생각하는 것은 옳지 않다.

그러므로 흔히 말하는 바와 같이 일본이 미국에 뒤지는 산업은 U. S. A.의 머리글자대로 언더그라운드Underground(지하 탐사 기술), 스페이스Space(우주 산업), 어뮤즈먼트Amusement(오락 산업)이며, 모두 확대에 약한 것을 보여주고 있다.

비디오테이프 리코더를 제일 먼저 발명한 나라는 미국이다. 광대한 대륙의 나라인 미국에서 방송 시간의 시차時差를 극복하기 위해 개발했던 것이다. 말하자면 확대지향의 산물이었다.

1951년, 미국의 빙크로스비 프로덕션을 비롯하여 RCA 사의 연구에 의해 VTR 기술개발에 성공하고 1956년에 미국의 암펙스Ampex 사에 의해 실용화되었다. 그러나 무게가 435킬로그램이나 되어 발명 당시의 녹음기와 마찬가지로 방송국의 전문 분야 이외에는 상품으로서의 시장성市場性을 갖지 못했다.

그런데 확대지향에서 생긴 그 VTR이 일본의 축소지향의 세례洗禮를 받게 되자, 곧 경량輕量·소형화小型化되어 홈 비디오의 문이 열리게 되었다. 그리하여 드디어 1970년대 후반이 되자 극장 영화를 조그마한 하나의 카세트에 담은 소니의 BETA와 빅터Victor

의 VHS가 출현하여 그것이 세계 시장의 90퍼센트를 차지하는 인기 상품이 되었던 것이다.

　같은 비디오라도 미국에서는 '대륙'의 공간을 정복하려는 발상에서 만들어지고 일본에서는 4조 반의 거실에 끌어들이기 위해 개발된 것이므로 그 지향성은 전혀 다른 것이다.

　이와 같은 발상에서 생긴 기술의 특색은 농업에도 나타나 있다. 와세다 대학의 쓰쿠나미 조지[筑波常治] 교수는 '세계 3대 주요 작물'인 벼·밀·옥수수 중에서 유독 일본에서만 옥수수가 예외가 된 이유에 대해, 그것은 옥수수의 식물체가 크기 때문이라고 풀이하고 있다. 그리고 일본 농업의 기본에는, 소형 농작물을 문자 그대로 손수 돌보아 기르는 집약 농업集約農業에 의해 토지에 대한 수확량을 늘리려는 자세로 일관되어 있다는 것이다.

　품종 개량도 대체로 소형화의 방향을 지향한다. 그리고 일본의 농업적 특성은 농작물을 강아지나 고양이와 같은 애완물처럼 품 안에서 키우듯이 다루는 농업이라고 쓰쿠나미 조지 교수는 지적한다. 이러한 견해를 뒷받침하는 것이, 트랜지스터와 마찬가지로 세계를 놀라게 한 농림10호라는 난쟁이 밀이다. 그것은 전쟁 전에 이와테켄[岩手縣] 농사 시험장에서 육성된 키가 50센티밖에 안 되는 초단간超短稈의 소형 품종이다.

　그 진기함에 깜짝 놀란 미국인 농업 기사에 의해 그 품종이 본국으로 보내지고 다시 개량되어, 그 뒤에 인도에서도 재배, 약

7천만의 인구가 기아에서 구제되었다고 한다. 이러한 공적은 이 품종 개량으로 노벨상을 받은 플로그 자신의 말대로 모두가 '농림 10호' 덕분이었다(《일본농업신문》 1982. 4. 26. 쓰쿠나미 조지, 「축소지향과 일본 농업」).

안과 밖 — 일본의 폐쇄성에 대하여

일본인들의 축소지향이 대외적으로 향하면 폐쇄성으로 나타나게 된다. 어느 나라든지 국익國益을 우선하므로 외국에 대한 폐쇄성을 갖고 있다. 유독 일본 문화만의 현상이랄 수는 없다. 그러나 모든 문화론은 상대적이고 비교론적인 것이므로 그 정도가 문제 된다.

입춘 전날, 일본인은 "오니(귀신)는 밖, 복은 안" 하고 외치면서 콩을 뿌린다. 이와 같이 안과 밖을 분명히 구분하고 거기에 오니와 복을 대응시키는 풍습은 다른 나라에서는 별로 찾아볼 수 없다.

뿐만 아니라 같은 의미의 말까지도 안과 밖의 구별에 의해 달라진다. 도널드 킨Donald Keene 씨가 지적한 바와 같이 같은 섬이라도 일본의 섬은 반드시 '시마島'라고 부른다. 가고시마[鹿兒島]이고 쓰시마[對馬島]이다. 그러나 외국의 섬은 '시마'가 아니라 어디까지나 '도'이다. 제주도이고 괌 도이다. 배의 이름도 일본에서는 '마루丸'라고 끝에 붙여 '니혼마루[日本丸]'라고 부르지만 외국 배는 '마루'라고 하지 않고 '호號'라고 한다. 그러니까 '퀸 엘리자 베스 마루'가 아니라 '퀸 엘리자베스 호'라고 부르는 것이다.

무역 마찰에 대한 일본의 논리도 그렇다. 미국이 오렌지를 수입해달라고 요구하면 일본은 곧 농민을 내세워 머리를 옆으로 흔들지만, 자동차를 팔 때에는 미국 노동자들의 처지를 생각하지 않고 미국의 에너지 절약에 공헌한다는 논리를 편다.

또한 '시장을 개방한다'고 하면서도 사실은 눈에 보이지 않는 관세 장벽이 있어, 일본 시장은 굳게 닫혀 있다는 비난을 받고 있다. 예컨대 미국 담배는 일본에 1.4퍼센트밖에 들어와 있지 않다. 이것은 유럽에서의 20~30퍼센트의 셰어share에 비해 문제가 되지 않을 만큼 적은데, 이에 대해 일본 측에서는 미국 담배 회사들의 광고 부족으로 그 원인을 돌린다. 그러나 저 유명한 구로다 지소[黑田支所] 사건에서 보는 바와 같이, 담배 소매점에 "미국 담배가 팔리면 곤란하므로 자동판매기에 그것을 넣어서는 안 된다. 상점에 둘 경우에는 눈에 띄지 않게 숨겨두라"라고 문서로 명령하고 있었던 것이다.

그리고 골프의 공식 시합에서도 세계에서는 윌슨Wilson을 사용하는데, 일본만은 일본제 던로프Dunlop를 사용한다거나 일본 시장에서 백만 개 팔리고 있는 금속 배트도 미제는 불과 2천5백 개밖에 들어와 있지 않다고 한다. 수입하는 금속 배트에 안전 검사를 하여 S표의 안전마크를 붙이도록 하는 제도 때문이다. 그 검사를 받자면 시간이 걸릴뿐더러 검사 기준도 코에 걸면 코걸이 식으로 애매한 것이어서 결국 외제품은 핸디캡을 갖게 되는 것이다.

이상의 몇 가지 사례는 게이오 대학의 가토[加藤寬] 교수가 지적한 것이므로 과장된 것이라고는 볼 수 없다.

무엇보다도 GNP로 비교하면 개발도상국 원조 비율이 프랑스의 0.6퍼센트에 비해 일본은 그 절반인 0.3퍼센트에 불과하다.

대국주의大國主義와 소국주의小國主義에 대하여

일본이 대일본주의를 표방하고, 영토 확장과 군비 확장을 추진하여 확대지향으로 나아갔을 때, 일본의 지식인 중에 축소지향의 전통을 지켜 그에 입각하여 그 방향을 비판한 사람은 없었는가 하는 의문이 일어나는 것도 당연할 것이다. 대일본주의가 일본을 온통 삼켜버렸을 때에도 소일본주의의 전통을 찾아볼 수 있었다. 마쓰다 히로시[增田弘] 씨는 오늘날 소일본주의의 본질적인 연구를 찾아볼 수 없지만, 우선 그것을 정의하면 "일본의 주권적 영토를 종래의 주요 네 섬과 주변의 여러 작은 섬으로 한정하고, 거기 입각한 평화주의 또는 경제주의적 발전론"이라고 말하고, 이시바시 단잔[石橋湛山]의 사상에 대해 언급하고 있다.

이 소일본주의 계보는 고토쿠 슈스이[幸德秋水](일본의 사회주의자. 대역사건에 관련되어 사형), 우치무라 간조[內村鑑三](일본 종교가, 무교 회주의 주창자)로부터 시작되며 각자의 사상에 입각하여 소국주의를 제창했다. 그 후 동양경제신문사의 논설진은 자유주의자의 입장에서 다이쇼[大正] 초기 이후 영토 확장주의와 보수주의를 의미하는 대일본주의에 이의를 제기했다. 이시바시 단잔은 일본이 확대지향에 적합하지 않다는 것을 간파하고 전쟁 전 만주 포기론을 내세워 아시아 대륙에 진출하려는 제국주의적 정책에 쐐기를 박으려고 했다. 이시바시 단잔은 단순한 평화주의적인 시각에서뿐만 아니라 20만이 3억이 넘는 영토를 거느리는 역할을 충분히 수행하고 있는 영국과는 달리, 일본은 해외 영토를 차지해도 경제적인 이득을 좀처럼 올릴 수 없다는 문화론적 입장에서도 그런 주장을 폈던 것이다.

"대만·조선의 병합을 보면 그 지역에 대한 우리 무역이나 이민은 크게 늘었으나, 반면에 이로 말미암아 막대한 비용과 노력勞力을 국민이 지출하고 있다. 만약 그 비용과 노력을 일본 본토에 사용한다면 우리 상공업은 크게 발달되었을 것이다"라고 말하고 있는 것이 그것이다. 단잔은 「대일본주의의 환상」이라는 글에서도 일본이 해외에 영토를 갖게 되면 그것이 전쟁의 원인이 되어 오히려 일본에 불이익이 된다는 실리적인 정책 제시를 하고 있다.

단잔의 사상은 스미스—밀—맨체스터 학파의 사조와 홉슨 등
의 경제학에서 영향을 받은 것이라는 연구도 있지만, 그 뿌리는
역시 축소지향적인 일본의 전통에 의거해 있는 것이다. 그 때문
에 영국의 확대지향적 식민지 정책을 부정하는 소영국주의에 접
근할 수 있었던 것이다.

역사의 긍지와 먼지[2]

일본의 이중 장부적 역사 서술

일본은 지금 '성장의 연대'에서 '마찰의 연대'로 옮아가고 있는 듯한 느낌을 준다. 그것은 지금까지 온 세계가 아낌없이 박수를 보낸 바 있는 '갈채의 연대'가 끝나고 비난의 노성이 시작되었다는 것과도 같다.

'높은 나무일수록 바람을 탄다'는 속담처럼 한 나라라도 커지면 당연히 마찰쯤 일어나는 법이라고 말하면 그뿐일 것이다. 그러나 무역 마찰을 비롯하여 IBM 사건과 같은 기술 마찰, 그리고 지금 한창 그 떠들썩한 역사 왜곡의 교과서 마찰이 잇따라 일어

---

[2] 이 글은 일본의 종합지《중앙공론中央公論》1982년 10월호 특집「교과서 문제의 핵심」에 실린 것이다. 표제「역사의 긍지와 먼지」의 '긍지'와 '먼지'가 일본 말로는 다 같이 '호코리'라는 같은 소리로 발음된다. 따라서 이 표제는 '긍지와 먼지(호코리)'의 동음이의同音異義를 사용한 풍자적인 뜻을 지닌다.

난 것을 보면 그렇게 말해버릴 수만은 없을 것 같다.

그것이 태풍이라면 기상대 예보를 듣고 경계 태세를 갖출 수도 있고, 그 태풍이 지나가는 것을 견디기만 하면 그 위기를 넘길 수도 있지만, 국제 마찰의 해일海溢은 자연현상과는 달리 그 원인이 일본인 자신의 내부에 있으므로 그렇게 단순히 끝날 것 같지가 않다.

특히 한국과 중국을 비롯하여 아시아 제국으로부터 맹렬한 비난을 받고 있는 역사 교과서의 검정 문제는 외교·정치 문제라기보다는 다름 아닌 일본인 자신의 역사 문제이며, 일본인의 의식구조 그 자체에 관한 근본적인 쟁점이라고 생각된다.

우선 같은 동아시아 문화권에 뿌리를 내리고 있으면서도 일본은 중국이나 한국과는 그 역사에 대한 관념이 본질적으로 다르다는 점을 들지 않을 수 없다. 한국은 중국과 마찬가지로 역사는 사마천司馬遷의 역사관에 의거하여 서술되어왔다. 역사 사실의 서술은 객관적이며 또한 신성한 것이어서 절대군주였던 왕이라 할지라도 함부로 사적史籍을 볼 수도 뜯어고칠 수도 없었다. 언론의 자유라는 개념이 없었던 봉건시대에도 춘추사관春秋史官이라는 특별한 직능은 아무도 범할 수 없는 것이었다. 그러므로 정의는 '청사에 길이 남고' 불의는 '역사의 심판'을 받는다고 생각해왔다. 일본에서도 이와 비슷한 말이 없는 것은 아니지만 그 현실은 '역사의 심판'보다는 언제나 '칼의 심판'에 의해 움직여왔다.

야마토[大和] 정권의 기록이라든지 외교 문서의 작성을 담당했던 사부史部는 일본인이 아니라 일본으로 건너온 외국인이었고, 그나마도 7~8세기경 율령제律令制를 도입한 일본은 '가마쿠라[鎌倉]' 이후 뿌리조차 내리지 못하고 말았다. 현실적으로 힘을 쓴 것은 율령이 아니라 '이기면 관군官軍, 지면 역적'이라는 '힘'의 논리였기 때문이다. 일본인 자신이 '대세사관大勢史觀'이라고 하는 역사의식에서는 종이에 글로 기록한 역사 따위는 휴지와 같은 것이었다. 따라서 한국·중국과 달리 역사를 체계화하는 전통도, 그 객관성을 보유·유지하려는 철저함도 희박했다.

일본 역사 자체가 체계적으로 서술될 수 없다는 야마모토 시치헤이[山本七平]의 의견처럼 역사의 체계는 만세일계의 천황에 있었으면서도 그 당시의 상황을 실제로 좌우한 것은 바쿠후[幕府]였기 때문이다.

일본인다운, 역사다운 역사를 서술한 것은 메이지[明治] 유신의 개화 이후의 일이며, 그것도 서구 학자들의 도움에 의한 것이라는 것이 거의 정설이라고 할 수 있다.

개인이나 집단을 막론하고 일본에서의 역사 기록의 전통은 중국과 한국에서 볼 수 있는 궁정의 춘추사관의 그것이 아니라, 오히려 상업도시인 '사카이' 상인들이 거래를 매일 기록하는, 장부 기입의 습관에서 찾아야 할 것이다. 장부 기입식 역사 서술은 의義와 불의不義가 아니라 이익과 손해를 기준으로 한 것이었다. 이익을 위해서는 세금을 속이기 위한 허위 장부를 만들어도 상관없는 것이었다.

이 이중 장부적 역사 서술의 역사는 편리하게 개조할 수 있으며, 필요에 따라서는 날조해도 된다는 사고방식을 갖게 된다.

그렇기 때문에 문교부 검정관이 아닌 제1급 학자까지도 자기 나라에 불리하다 싶으면 원문에는 '가라쿠니[韓國]'라고 명시되어 있는 『고지키[古事記]』까지 '외국外國'이라고 얼버무려 해석하기도 하고, 아스카[飛鳥] 문화를 말할 때 법륭사法隆寺의 석가삼존을 지은 안작조鞍作鳥가 엄연한 '백제인'인 것을 알면서도 '대륙'의 영향을 받은 것이라고 구렁이 담 넘어가듯이 했다. 식민지를 통치하는 데 필요하다 싶으면 총독 정도를 갈아치우듯이 그렇게 역사를 임의로 바꾸어버린 것이 바로 황국사관皇國史觀이란 것이었다.

그러나 정말로 바꾸어야 할 것은 바꾸지 못하고 있는 것이 일본인이다. 과거 역사의 과오와 죄를 참회하고 반성함으로써 그것을 새로운 역사로 바꾸지 못하는 것이 일본인의 역사 감각이다. 생선 가시까지 버리지 않고 가마보코(어묵)로 만들어 먹는 국민이니까, 그리고 또 히데요시[秀吉]의 '쓰쓰이즈쓰[筒井筒]의 찻잔'에 얽힌 얘기처럼 깨진 자기도 다시 붙여 쓰는 국민이니까, 죄악의 역사라 해도 버리지 않고 때워 쓰려고 한다.

그러므로 일본의 역사 구조는 1층은 헤이안[平安] 시대의 신덴[寢殿] 양식, 2층은 가마쿠라[鎌倉] 시대의 쇼인[書院] 양식, 3층은 젠인[禪院] 양식으로 건축된 금각사金閣寺의 3층 사리전舍利殿과 같은 것이 되어버린다. 일본의 역사는 변하는 것이 아니라 쌓이는 것이다. 전통적인 스포츠인 일본 씨름과 외국에서 들어온 야구가 동시에 국기國技처럼 국민에게 사랑받은 것도 마찬가지 현상이라 할 것이다.

일본어의 혼란과 그 위기

이러한 일본인의 역사관이 교과서 마찰을 불러일으킨 것처럼, 또 한 가지 원인으로 일본인의 독특한 언어 인식을 들 수도 있다.

일본인은 말의 의미와 그것이 의미하는 실체가 엇갈려도 별로 신경을 쓰지 않는 이상한 국민이다. 일본인은 가게를 닫고도 밖에는 태연히 '준비 중'이라는 팻말을 붙인다. 구미에서는 'Closed' 혹은 'Ferme'다. 그러므로 '준비 중'이라는 말을 곧이곧대로 믿고 닫힌 가게 문 앞에서 계속 기다리고 있는 가련한 피해자도 생기 는 것이다. 그 피해자란 다름 아닌 교과서 마찰의 피해자인 중국 인이며 한국인이다. 같은 한자를 사용하기 때문에 그런 낭패를 당하게 되는 것이다.

벽에 걸린 시계가 고장이 나도 일본인은 고장이라 하지 않는다. 어디까지나 수리 중이다. 외국인이 '토끼장'이라 부르고 있는 2DK 주택도 일본인들의 말을 빌리면 맨션[豪邸]이 된다. 광인狂人

도 일본에서는 광인이라 하지 않고 '가와리모노[変り者](색다른 사람)'라 하고, 노인이 치매증에 걸려 망령이 난 것도 '황홀한 사람 [恍惚の人]'이라고 부른다.

이러한 언어의 구사법대로 하자면 일본은 아무리 심한 전쟁을 해도 절대로 질 염려가 없다. 패전이 아닌 종전終戰이 있을 뿐이며, 점령군이 아닌 진주군進駐軍이 있을 따름이기 때문이다.

그러나 실체를 감추는 언어의 속임수가 역사 교과서에 나타나면 그저 웃음거리로만 돌릴 수 없게 된다. '침략'이 '진출'이 되어버리기 때문이다. 이것은 역사의 문제라기보다는 일본어의 위기를 단적으로 나타내는 '국어 교육'의 문제이다. 이런 각도에서 보면 교과서 마찰의 원인은 실제의 모습을 바로 보고 그것을 적절하게 이름 짓는 '산문 정신'의 결여에서 생겨난 것이라 할 수 있다. 샤르트르를 인용할 필요도 없이 이름 짓는다는 것은 상황을 인식하고 또 그것을 변화시키는 행동 그 자체인 것이다. 인류는 핵무기로 멸망하기 전에 말[馬]을 사슴[鹿]이라 부르고 사슴을 말이라고 부르는 것같이 이름을 잘못 짓는 위기, 언어의 폭력에 의해 멸망한다고 해도 과언이 아닐 것이다. 그것이 바로 전쟁을 평화라고 부르는 조지 오웰의 그 유명한 소설 『1984년』의 상황이다.

역사 교과서 검정에 나타난 언어의 혼란을 한국의 국사편찬위원회의 지적을 통해 몇 가지만 추려보아도 전쟁을 평화라고 부르는 인류의 말기 증상을 엿볼 수가 있다.

예를 들면 한국이 외교권을 상실한 1905년 제2차 한일협약에 대해 일본의 교과서(『상설일본사詳說日本史』, 山川出版社)는 이렇게 썼다.

일영동맹日英同盟을 개정(제2차)하여 영국에게 일본의 보호국화를 승인 시켰다. 이것을 배경으로 하여 동년 중 제2차 일한협약을 체결하여 외 교권을 접수하고 한성에 통감부를 설치하여 이토 히로부미[伊藤博文]가 초대 통감이 되었다.

이에 대해 국사편찬위원회는 다음과 같이 반박했다.

일제는 조약 체결 과정에서 예상되는 한국민의 저항과 한국 정부의 반대를 저지하기 위해 군대를 증파하여 무력시위를 감행, 한국의 황제 와 대신들을 위협했다. 특히 조약 체결에 적극적으로 반대한 참정 대신 을 일본 헌병이 회의장으로부터 끌어내어 감금하고, 한국 황제의 반대 를 무시한 채 불법적으로 조약의 성립을 일방적으로 공고해 버렸다.

이 조약 체결을 통해 일제는 한국의 외교권을 완전히 박탈하고 통감 부를 설치하여 한국을 보호국화했다.

그런데 그들이 박탈한 한국의 외교권을 일본은 합법적으로 접수했 다고 왜곡하여 그들의 침략 행위를 정당화하려 했다.

인용이 좀 길어졌으나 본시 이런 지적을 하나하나 열거하는 것이 이 글의 목적이 아니다. 그러나 반드시 말이 얼마나 혼란되어 있는가는 짚고 넘어가야 할 것이다.

동척東拓이라는 회사에 의한 토지조사 사업에서는 토지 '수탈'을 '수용'으로 바꿔치웠고, '3·1독립운동'은 '데모와 폭동'으로 둔갑했다. 같은 어법으로 신사 참배는 '강요'가 아닌 '장려'가 되어버렸고, 징용은 '강제 연행'이 아닌 '동원'이 되었다. 더 나아가서는 정신대挺身隊도 그저 '미혼 여성이 공장 직공으로 뽑혀 와 일한 것'이 되었다. 그러므로 한국인 여성들을 데려다가 일본군 위안부를 삼은 만행은 어디론가 점잖게 나들이를 가버렸다.

잠깐 봐도 알겠지만, 이상의 예는 현대사에 국한된 것이다. 한국의 국사편찬위원회는 고대로부터 현대에 이르기까지 24항목 116군데에 걸쳐 그 왜곡 사실을 언급했다.

자국의 군대를 자위대라 이름하고 군함을 특함特艦, 탱크를 특차特車라 부르는 것쯤은 우리가 상관할 바 아니다. 아무리 자위대라 하더라도 그 자위대를 직접 눈으로 보면 그것이 곧 무장한 군대라는 것을 누구나 알 수 있을 것이다. 아무리 군함을 특함이라 부르더라도 그것이 한가로운 유람선이 아니라는 것쯤은 삼척동자라도 다 알고 있는 일이다.

그러나 역사 서술은 추상적인 것이어서 강제 연행을 강제 연행이라고 똑똑히 말하지 않는 한, 65만을 넘는 한국인이 어째서 지금 일본 안에서 살고 있는지 알 도리가 없을 것이다. 결국 그런 역사 교과서는 자국민을 '역사의 문맹자'로 만드는 것이며, 따라서 이웃 나라에 대한 무지로 고립의 역사를 만들어가게 되는 것이다.

일본 문화와 '화和'의 특성

교과서 마찰의 제3의 원인은 지금까지 일본 사회를 움직여온 바로 그 '화'의 문화 때문이다. '화'는 지금까지 일본인의 '파랑새'였다.

어느 나라 사람이든 간에 음식을 먹은 다음의 인사말은 '딜리셔스delicious'와 같이 대개가 그 '맛'에 관한 치사이다. 그러나 일본인만은 예외여서 '고치소사마[御馳走様]'라고 한다.

그 한자의 자해字解에서도 알 수 있듯이, '맛[味]'이 아니라 요리를 만들기 위해 '바쁘게 뛰어다닌 것[馳走]'에 대한 감사인 것이다. 인사말만이 그런 것이 아니다. 롤랑 바르트Roland Barthes가 이미 지적한 바와 같이 일본의 요리는 다도茶道처럼 손님 앞에서 직접 만드는 것이 그 특색으로 되어 있다. 보통 요리는 벽 저쪽 보이지 않는 주방에서 조리되어 운반되는 것이 상례인데, 일본 요리는 그 벽을 허물어버리고 만다.

일본의 유소쿠[有職] 요리나 스키야키 같은 요리의 특성은 '만드는 사람'과 '먹는 사람' 사이에 벽을 두지 않는다. 만들고 먹는다는 각각 다른 두 개의 과정이 한 장소에서 이루어지고 있기 때문이다. 부엌에서 쓰는 도마가 손님 상 위에 올라갔다 내려갔다 하는 풍습도 그 예 중의 하나다.

그러므로 만드는 사람과 먹는 사람이 각각 일방통행하는 것이 아니라, 먹는 사람은 만드는 과정을 알고, 만드는 사람은 먹는 과정을 아는 상호 입장의 교환성에 일본 요리의 그 구조적 특성이 있는 것이다. 그것이 다름 아닌 쇼토쿠 태자[聖德太子] 때부터 일본 문화를 지배해온 이른바 '화'의 구조이다.

다도에서는 그것을 '잇자곤류[一座建立]'라 한다. 주인이 차를 끓이고 손이 그 차를 마신다. 4조 반짜리 좁은 다실에서 일정한 격식에 맞춰 서로의 마음을 교환함으로써 주객일체의 한 몸이 되는 문화를 만들어낸다.

그러므로 일본 문화의 구조에서 '화'나 '좌'의 패러다임을 찾아내는 것은 별로 어려운 일이 아니다. 주객의 '화'를 만드는 요릿집 도마가 가부키[歌舞伎]의 무대에서는 하나미치[火道]가 된다. 그것은 무대와 관객을 잇는 열 칸이나 되는 긴 판자 길이다. 그것은 곧 연기자와 관객이 한 군데서 만나는 '화'의 장소이다. 연기자는 벽 뒤에서 슬쩍 나오는 것이 아니다. 관객 사이로 뻗은 하나미치를 통해 등장하는 연기자는 도마 위에 놓인 채 손님 상에 오르는 그 싱싱한 생선과 마찬가지다.

일본이 패전의 잿더미 위에서 경제대국으로 발돋움한 요인 가운데 우선 첫손가락에 꼽히는 것은 바로 이 하나미치의 경영 방식 때문이라고 할 수 있다. 고도성장 중에서도 노사 관계가 원만하게 운영된 것은 고용자와 피고용자 사이에 하나미치가 있었기 때문이다. 그것이 소위 버텀 업(上向式)의 의사 결정이라든지, 종신고용제, 또 연간 천억 엔의 이익을 가져오는 일본 기업의 QC 운동 등의 특색 있는 재패니즈 매니지먼트이다.

일본 기업에서 사장의 평균 월수月收는 그 회사의 신입사원 봉급의 7.5배 정도이다. 그렇기 때문에 고용자와 피고용자의 관계는 대립보다도 '잇자곤류'의 '화'로 이어질 수밖에 없다.

생산자와 소비자의 관계도 그렇다. 거기에도 하나미치가 있어 생산자는 소비자 입장에서 상품을 만들어내고 있기 때문에 불량품을 검사 과정이나 소비자의 고발에 의해 없애는 것이 아니라 생산자 측에서 미리 불량품을 내지 않도록 온 정성을 기울인다.

따라서 일본의 자동차는 미국의 그것에 비해 고장률이 3분의 1밖에 안 된다고 한다. 그래서 일본의 소비자들은 미국의 랠프 네이더Ralph Nader와 같은 소비자보호운동의 영웅을 배출하지 않았다. 반대로 신발매품이 나오면 언제나 호기심을 갖고 금세 사주는 40만 명 정도의 이른바 '옷초코초이(덜렁쇠)'들을 탄생시켰다. '파는 사람' '사는 사람' 사이에도 하나의 좌座가 있음은 일본의 백화점 시스템에서 금세 엿볼 수 있다.

이 '화'나 '좌'의 패러다임은 사람들 사이에서만 있는 게 아니라 인간과 기계도구 사이에서도 발견할 수 있다. 전통적으로 일본인은 물건이나 도구를 의인화하는 습관이 있어 부인들은 바늘을 위로하여 그것에 감사하는 '바늘 공양제[針供祭]'를 드린다. 또 문필가들은 다 쓴 붓을 버리지 않고 땅속에 묻어 붓무덤[筆塚]을 만들었다.

요즈음에는 공장 노동자가 산업 로봇에게 그 같은 행동을 한다. 로봇에게 자기가 좋아하는 가수 명을 붙여 부르기도 하고, 아침에 출근하면 그것과 마주 서서 라디오 체조를 하기도 한다.

'요리를 만드는 사람과 먹는 사람' '배우와 관객' '고용자와 피고용자' '생산자와 소비자' '파는 사람과 사는 사람', 그리고 '인간과 도구'……. 이런 2항 대극二項對極의 구조를 '화'의 1항 구조一項構造로 바꾸는 것이 일본 문화의 특성이기 때문에, 문학까지도 '작가와 독자'가 그 입장을 순번을 따라 교환하는 일본 특유의 렌가[連歌] 형식이 생겨난다.

연중連中이라는 그룹은 시를 짓는 사람들이며 동시에 그것을 읽는 사람들이다.

밖에서 불화를 이루는 '화'의 문화

그러나 이런 '화'의 구조가 일단 '안'에서 '밖'으로 나가면 정반대의 성격으로 물구나무를 선다. '화경청적和敬淸寂'의 4조 반의 다실 내의 논리가, 넓은 밖의 세계로 나가면 '화和'는 '불화'가 되고, '경敬'은 '폭력', '청淸'은 '탁濁', 그리고 '적寂'은 '소란'으로 표변하는 것이다. 그러므로 조용한 다다미 위에서 꽃꽂이를 하고 밥공기를 들고 있는 얌전한 일본인의 모습이 일단 나라 밖으로 나가면 구미 신문에 자주 오르내리는 시사 만화처럼 중세의 갑옷에 일본도를 찬 사무라이가 혼다의 오토바이를 타고 질주하는 모습으로 바뀌게 된다.

《타임》지에서 지적한 것처럼, 해외의 일본 세일즈맨은 14세기경의 무장 상인[倭冠]과 조금도 다를 바가 없다. '다도'와 같은 '화'의 문화는 '불화'를 수출하는 '왜구의 문화'가 되는 것이다. '안'에서의 '화'가 '밖'에서의 '불화'가 되는 현상은 서로 필연적인 연관성을 지니고 있다. '안'의 '화'가 강할수록 '밖'의 배타주의도 강해지는 함수 관계를 가진 것이 일본 문화이기 때문이다.

'안'의 논리와 '밖'의 그것이 정반대이기 때문에 낡은 인형을 버리지 않고 신사神社에 모셔 인형 공양을 하는 일본인들이지만, 인형이 아닌 인간일지라도 자기 울타리 밖의 인간에게는, 즉 10만 명이나 되는 인도차이나의 난민들이 보트로 표류하고 있어도 결코 구제의 손길을 뻗치지 않는다. 그래서 그들은 단 몇 명밖에 난민을 받아들이지 않은, 세계에서 가장 인색한 국민이 되어 버리고 마는 것이다.

자유 무역이란 민족 간의 상호 이익을 위한 개방주의에서 나온 것인데, "귀신은 밖으로, 복은 안으로[鬼は外 福は內]"라고 외치면서 새해를 맞이하는 일본인들에게는 자국의 이익만을 위한 정책에 불과하다는 비판을 받게 된다. 그래서 일본인은 외국의 상사商社가 일본에 들어오면 '진출'이라는 말 대신 '상륙'이라 하고, 외국 기업이 문을 닫고 나가면 '철수'가 아니라 '퇴각'이라는 말을 쓴다.

그런데도 일본군이 폭격으로 남의 나라의 주권을 유린한 '침략'에 대해 만화책도 아닌 역사 교과서에서 '진출'이라고 표현한다. 자기 나라 안에 진출해 온 외국의 기업은 '침략'이라고 생각하면서 '총독부'를 한국 땅에 세운 역사는 미쓰비시 상사나 미쓰이 물산이 지점 하나 차린 것쯤으로 표현하고 만다.

집중호우식 수출로 상대국의 기업을 멸망시켜 실업자를 양산한다. 온 세계가 불황에 빠져도 혼자 고도성장의 꿈을 꾸는 일본은 연못의 물이 말라갈 때 물을 댈 생각은 하지 않고 붕어를 맨손으로 잡을 수 있다고 기뻐하는 자와 똑같은 행동을 취하고 있다. 그렇기 때문에 '화의 문화'는 국제 문화의 시각에서 본다면 '쇄국적 문화'에 불과하다. "일본은 세계를 향해 도대체 무엇을 줄 수 있는가?"라고 개탄한 우치무라 간조[內村鑑三]의 탄식은 일본이 경제대국이 된 오늘날에 있어서도 여전히 달라지지 않았다.

1981년 오타와 서밋Ottwa Summit에서 스즈키[鈴木善幸] 수상이 내건 것은 '화'의 철학이었다. 그것은 스즈키 정권이 내세운 국내의 슬로건이기도 했다.

'하모니'라고 간단히 번역된 그 '화'라는 말이야말로 '안'에서는 '복'이며 '밖'에서는 '귀신'이 되는 일본 문화의 핵이라는 사실을 알았더라면, 그리고 그 '화'가 칼을 들면 태평양전쟁이 되며 수판을 들면 오늘의 무역 마찰이 된다는 논리를 알았더라면, 게다가 또 그 '화'라는 것이 옛날 국내에서의 인기 작전 때문에 국제 세론을 무시한 마쓰오카 요스케[松岡洋右]에 의한 국제연맹 탈퇴와 같이, '외교'가 항상 '내교內校'가 되어버리는 일본의 특유한 외교 정책의 뿌리라는 사실을 알았더라면 아마 레이건이나 대처가 그토록 만면에 미소를 띠고 박수를 보내지는 않았을 것이다.

일본인은 일본이 국제화하지 않으면 안 된다고 신개국론新開國論을 외치고 있으나, 한편으로는 그 국제화가 일본 문화의 '화'의 구조를 파괴하게 되지나 않을까 하는 불안감을 품고 있다.

그래서 '에도[江戶]의 쇄국 시대로 되돌아가지 않으면 안 된다'고 하는 신에도론[新江戶論]이 학계 일부에서 일어나고 있으나, 그 논자들이 좀 더 대담한 사람들이라면 그렇게 먼 에도까지 거슬러 갈 것 없이 태평양전쟁 직전의 '군국주의' 시대로, 또 대동아 공영권의 그 시대로 되돌아가야 한다고 외쳤을는지도 모른다. '화'의 일본 문화는 일시 그들에게 군사대국의 위세와 또 오늘날 같은 경제대국의 번영을 주었지만, 동시에 그것은 이웃 나라를 침략하고 세계를 전쟁의 무대로 바꾸고 인류로부터 자기 민족을 고립시킨 또 하나의 무서운 지진이었음을 부정할 수 없다.

지도상으로는 일본 열도가 마치 진주 목걸이처럼 아름답게 보인다. '화'의 상징이다. 그러나 동시에 그것은 지금이라도 곧 화살을 쏠 것처럼 팽팽하게 휘어진 '활'처럼 보인다. '침략'의 상징이다. 안에 있는 '화'의 논리를 밖의 세계에까지 확대시키는 참다운 개국 시대의 문화가 탄생되지 않는 한, 일본의 번영과 성장은 이웃 나라나 세계 인류에게 공헌하기는커녕 피해와 공포를 줄 뿐이다.

반일 감정은 이제 한국인의 전유물이 아니라 온 세계에 퍼져 있다는 사실을 일본인 자신이 깊이 알 때가 온 것이다.

일본의 애국자가 잊고 있는 것

교과서를 개정하려는 일본의 그 상황을 이해 못 하는 것은 아니다. 어느 나라나 제 나라 역사에 대한 긍지를 갖고 싶어 한다. 그리고 그 긍지를 자기 자식에게, 미래의 역사를 구축해가는 사랑스러운 자식에게 가르치고 싶어 한다.

메이지 유신 이래 '쫓아가 추월하자'라는 정신으로 서양 문명의 뒤를 쫓아온 일본이 이제 그 낡아버린 슬로건의 껍데기에서 벗어나 21세기의 새로운 지평을 향해 서 있다. 그러므로 어린이들이 제 나라 역사에 자신감을 갖도록 해야 한다는 심정을 이해 못 하는 것도 아니다. 지금까지 교과서에 나타난 일본 현대사의 모습은 아무리 긍정적인 견해로 보더라도 '서양의 선량한 학생, 아시아의 나쁜 선생'의 이미지에서 벗어날 수 없다. 그것은 자학적인 역사 서술이라고 가슴을 치는 애국자들도 많다. '아버지! 당신은 강했었다'라고 노래했던 군국주의 시대의 그 용감한 군가가 역사 교과서에서는 '아버지, 당신은 침략자였다'고 벌레 우는 소리로 노래되고 있다.

피 끓는 애국자들은 이래서는 안 되겠다고 생각한다. 그래서 '침략의 역사'를 '진출의 역사'로 그 이미지를 바꾸지 않으면 안 되겠다고 마음먹는다. 그렇게 안 하면 일본 어린이들은 아시아에 복귀할 수 없다. 죄인의 얼굴을 하고는 이웃 나라 사람들에게 아무런 발언도 할 수 없으며 아무런 일도 할 수 없다. "우리는 침략한 것이 아니다. 그저 진출했을 뿐이다!"라고 부르짖고 싶은 것이다.

그러나 불행하게도 이 애국자들은 한 가지 중요한 사실을 잊고 있다. 부르크하르트Jacob Burckhardt의 말, 즉 "조국에 대한 역사의 참다운 연구는 세계사와 그 법칙을 비교·관련시켜 제 고향을 바라보는 데 있다"라고 한 말이다.

아니, 그것보다도 매우 상식적이고 직절적直截的인 말을 잊고 있다. 역사의 긍지[矜](호코리)는 역사의 먼지[埃](호코리)를 감춤으로써 얻는 것이 아니라 그 먼지를 텖으로써 참다운 긍지[矜](호코리)를 얻을 수 있다는 사실에 대해서이다. 가령 지금 독일이 그 역사 교과서에서 아우슈비츠의 학살을 '학살'이라 하지 않고 보호 받은 유태인들이 집단 가스 자살을 했다고 기록했다면 그 나치의 죄를 그 역사의 현장에 있지도 않은 어린아이들에게까지 짊어지게 하는 것이 된다. 그것을 감추지 말고 스스로 분명히 비판함으로써 자기 자식들에게는 아무 죄도 없다는 부재 증명을 해주지 않으면 안 된다.

이웃 나라에서 항의가 있었기 때문에 할 수 없이 교과서를 수정한다는 것은 아무런 의미도 없는 일이다. 미래의 어린이들에게 어떤 형태의 역사를 만들어주어야 할 것인가? 또 미래의 어린이들이 어떻게 하면 이웃 나라로부터 사랑을 받는 친구가 될 수 있는가? 그것에 합당한 교과서를 만들기 위한 개정 작업이 이루어질 때 비로소 일본을 보는 우리의 눈도 달라지게 되는 것이다.

커지려는 꿈을 버려라

교과서 마찰의 원인을 심층적으로 더듬어가면, 일본은 지금 교과서보다 더 먼저 개정해야 할 중대한 과제가 있음을 알게 될 것이다.

기적적 부흥을 이룬 일본에게 보내진 박수 소리가 지금 왜 시끄러운 비난의 소리로 바뀌었는가를 냉정하게 스스로에게 묻지 않으면 안 된다. 그것은 일본의 번영에 대한 단순한 질투에서 나온 것이 아니며 맹목적인 반일 감정에서 비롯된 것도 아니다. 일본에 번영을 가져다준 바로 그 빛 자체 속에서 생겨난 그림자 때문이다.

나는 이미 졸저 『축소지향의 일본인』에서, "일본(일본인)이여, 도깨비가 되지 마라, 잇슨보시[一寸法師]가 되라."라고 충고한 일이 있다. 무역 마찰도, 교과서 마찰도 같은 뿌리에서 나온 두 개의 가지에 지나지 않는다. 하나를 물질의 위기라 하면, 또 하나는 정신의 위기를 나타낸 것이라고 할 수 있다. 그리고 그 뿌리는 확대주의에의 꿈이다. "앉은뱅이꽃만큼의 작은 사람으로 태어나고 싶어라." 소세키[漱石]의 글이었던가? 이런 소망을 가지고 이웃과 사귀어간다면 일본은 반대로 어떤 면에서도 대국이 될 수 있다. 그러나 일찍이 있었던 군국주의와 같은 확대주의를 동경한다면 오히려 재로 변한 벌판의 비극을 입게 된다.

가미카제[神風]는 언제나 불어오는 것이 아니다. 이웃 나라와 함께, 세계와 함께 일본인이 공존할 수 있는 새로운 '화의 교과서'를 만들지 않는 한, '일본 열도의 침몰'은 한낱 소설 속 얘기로만 그치지는 않을 것이다.

'교과서'를 잃어버린 일본인

낡은 교과서를 버리는 일본의 문화사

작년에 나온 1만 엔짜리 새 지폐에는 후쿠자와 유키치[福澤諭吉]의 초상화가 들어 있다. 그런데 오늘날의 일본인은 그 초상을 볼 때 어떤 느낌을 갖는지 자못 궁금하다. 더구나 금년은 그가 「탈아론脫亞論」이라는 글을 《시사신보時事新報》에 발표한 지 꼭 100년이 되는 해이기 때문이다.

그러나 "악우惡友와 친한 자는 악명惡名을 함께하는 것을 면할 수 없다. 나는 솔직히 말해서 동방의 악우를 사절하는 바이다"라는 「탈아론」의 한 대목을 잊지 않고 있는 아시아인의 시선과 일본인의 시선 사이에 깊은 단절이 있을 것임은 확실하다. 따라서 이 새 지폐에는 요즈음 갑작스레 중요한 이슈로 등장한 이른바 '태평양 시대'의 운명이 새겨져 있다고도 하겠다.

사절당한 악우였던 한국인·중국인들과 함께 일본은 새로운 태평양 시대를 이룩해 나가지 않을 수 없고, 또 그렇게 하기 위해서는 '탈아입구脫亞入歐'에서 '탈구입아脫歐入亞'로의 일대 전환이 필요하기 때문이다.

더구나 후쿠자와 유키치의 초상을 좀 더 눈여겨보는 외국인은 메이지 유신의 이론만이 아니라 일본의 역사 문화 전체의 모습을 볼 수 있는 것은 물론 목소리마저 역력히 들을 수 있는 것이다.

아시아를 버리고 유럽으로 들어간 후쿠자와 유키치의 행동 패턴에는 그때까지 일본의 특질을 형성시켜온, 몇천 년에 이르는, 이른바 문화적 전략이라는 것이 숨겨져 있는 것이다.

후쿠자와 유키치도 처음에는 한·중·일 세 나라의 연대連帶 강화를 역설하고 있었지만, 그것이 별로 이로울 것이 없음을 알아차리자 손바닥을 뒤집듯 정반대의 탈아론으로 바꾸어 협력자라고 생각하던 한국을 '야만이라고 평하기보다는 차라리 요마악귀妖魔惡鬼의 지옥국地獄國'이라고 매도罵倒하는 대상으로 바꾸고 말았던 것이다.

하기야 그가 이런 식으로 급선회를 한 것은 우리나라를 비롯한 아시아 여러 나라에만 한정되는 것은 아니다. 그는 처음에는 열렬한 난학蘭學(네덜란드 전래傳來의 유럽학)의 신봉자여서 쓰키지뎃포즈[築地鐵砲州](현 도쿄도都 중앙구中央區 진정漆町)에서 난학숙蘭學塾(네덜란드어 학원)을 개설했지만, 그 이듬해 영어 간판뿐인 요코하마[橫浜]를 보고, 네덜란드어를 배워서는 별로 큰 힘을 쓰지 못하리라는 사실을 재빨리 깨닫게 된다. 그러고는 아무런 미련도 없이 난학을 차

던지고 곧바로 영학英學(영국 중심의 유럽학)으로 전향했던 것이다.

그의 '탈아입구脫亞入歐'에는 '탈란입영脫蘭入英'이라는 작은 모티프가 있었음을 간과해서는 안 된다.

일본의 문화사를 한마디로 간추려 말한다면 그것은 끊임없이 새로운 '교과서'를 찾아 헤매는 문화사인 동시에 낡아버린 교과서는 헌신짝 버리듯 내던지고 멸시하는 것이었다고도 할 수 있다.

그것은 지볼트Philipp Franz von Siebold의 경우만 보아도 잘 알 수 있다. 난학 붐이 처음 일어날 무렵에는 가장 존경받는 스승이요 영웅이기도 했던 지볼트였지만, 1959년 그가 31년 만에 다시 일본을 찾아왔을 때는 아무도 거들떠보지도 않는 늙은이에 지나지 않았다. 서글픈 뒷모습을 보이며 1962년에 되돌아간 지볼트를 1천 년 전의 일본으로 옮겨놓아보면 아마도 이마키노데히토今來の才伎(『웅략기雄略記』에 나오는 백제의 장인匠人)라고 불리던 한국인의 모습을 느끼지 않을 수 없을 것이다.

동방의 악우惡友라 하여 사절당했던 한국인도 5, 6세기 무렵에는 메이지 시대의 서양인들처럼 어엿한 스승으로서 극진한 대접과 환영을 받았던 것이다.

이것은 비단 나만 하는 이야기가 아니라, 일본 고대사 연구의 대가였던 고故 이노우에 고테이[井上光貞]도 백제의 승려 혜총惠聰(서기 595년 도일渡日)과 고구려의 승려 혜자慧慈(?~622)를 스승으로서 대접했고, 백제의 승려 관륵觀勤(서기 602년 도일)이 역서曆書를, 고구려 화승書僧 담징曇徵(579~631)이 회화의 기법은 물론이요, 물감이라든가 먹의 제조 방법도 전수했던 6세기 말에서 7세기에 걸친 한국인의 활약상을, '메이지 시대의 구미歐美의 외인교사外人敎師가 서구 문명의 이식移植을 위해 수행한 역할과 똑같았다'고 말하고 있는 것이다.

탈아입구脫亞入歐의 교과서는 다시 제자리로

여기서 문제가 되는 것은 일본의 고대 문화가 한국에서 전수된 것이라는 점보다는 일본이 어떤 식으로 외래 문화를 본받고, 이어 그것을 어떤 식으로 차버렸는가를 엿볼 수 있게 하는 원형이 바로 우리나라였다는 점이다.

수隋·당唐에 사신과 유학승留學僧을 직접 보내 중국에서 새로운 교과서를 입수할 수 있게 되자 그전까지는 소중한 교과서였던 한국을 멸시하거나 헐뜯기 시작했던 것이다. 그리하여 그전까지는 존경의 대상으로 '이마키노데히토'라 불리던 한국인이 천황天皇에게 굴복한 '귀화인歸化人'으로 둔갑되고 마는 것이다.

우리 문화를 교과서로 했던 아스카[飛鳥]·나라[奈良]의 도읍이 중국(長安)을 교과서로 하는 교(京:京都)로 옮겨짐에 따라 최초의 선생이었던 한국인들은 쓸쓸한 뒷모습을 보이면서 퇴장하게 되는 것이다.

그러나 중국 역시 이윽고 한국과 똑같은 운명의 길을 걷게 된다. 네덜란드인들이 찾아오고 난학이 들어와 스기타 겐파쿠[杉田玄白](1733~1817)에 의해 난학이 한학漢學보다 과학적이라는 사실이 증명되자, 몇백 년 동안 떠받들어오던 중국의 교과서는 하루아침에 헌신짝처럼 버려지고 그 자리에 난학이 들어서게 되는 것이다.

사쿠마 쇼잔[佐久間象山](1811~1864)은 주자학朱子學의 대가였으면서도 중국(淸)이 아편전쟁阿片戰爭에서 패배하자, 즉시 서양 학문으로 전향하여 대포 만들기에 골몰하게 된다.

주자학은 한국에서 일본으로 전주된 이념지상理念至上의 학문이었는데, 일본의 주자학자는 한국과 달리 이렇게 쉽사리 손바닥을 뒤집고 마는 것이다.

한국 역시 중국을 본받았지만 이로울 것이 별로 없음을 알면서도 그렇게 지조 없이 전향할 수는 없었던 것이다. 명나라가 멸망하고 청나라가 들어섰을 때 조선 왕조는 중국 대륙의 새로운 지배자 청나라를 받들게 되는 과정에서 몹시 저항했던 일을 우리는 잘 기억하고 있다.

유럽 문물에 밝았던 경세가經世家 혼다 도시아키[本多利明](1744~1821)는 "일본은 섬나라이기 때문에 대륙국인 중국 문물을 배워야 아무런 도움이 될 수 없으므로 같은 섬나라인 영국을 본 받아야 한다"고 주장했다.

이런 식으로 중국인도 마침내 한국인과 마찬가지로 처량한 뒷모습을 보이며 물러갔던 것이다.

이렇게 보면 '탈아입구'의 발상은 실상 새삼스러운 것이 아님을 알 수 있다. 같은 서양 문화 중에서도 네덜란드는 영국·프랑스·독일로 바뀌고 이윽고 유럽 전체가 물러선 다음에는 미국이 그 교과서를 대신하게 되는 것이다. 최초의 선생이 한국이었다면 이제 그 마지막 선생이 된 것은 2차 대전 후의 미국이었다고 할 수 있다.

일본의 교과서는 한국·중국·네덜란드·유럽, 그리고 미국으로 옮겨가 요즈음에 와서는 이제 더 이상 교과서로 삼을 나라가 바닥나고 말았던 것이다. 서쪽으로 서쪽으로 가다가 보니 마침내 제자리로 돌아온 것이다.

교과서와 전향의 이러한 문화사를 쉽게 표현한 말이 바로 저 '오이스게 오이코시(따라잡고 앞지르자)'라는, 그들이 '히캬쿠[飛脚]'라고 불렀던 구호였다.

천 년 동안이나 일본인은 줄기차게 달리고 달려 오늘에 이른 것이다.

따라잡히고 앞지르기당하지 말자

이러한 관점에서 보면 미국을 앞지르려고 하는 80년대의, 즉 오늘날의 일본은 진무[神武] 천황 이래의 전체 역사가 하나의 종지부를 찍게 되는 중요한 시기라고 할 수 있다. 교과서가 없는 문화라는 것은 이제까지 일본을 지탱시켜온 '따라잡고 앞지르자'는 구호가 사라지게 되었다는 것을 의미한다.

일본이 스스로의 교과서가 되는 시대—미국을 앞지르고 나니 이제는 자기 자신의 뒷모습에 신경이 쓰이게 되는 시대가 다가온 것이다.

이런 실정을 직감적으로 나타내는 말이 '태평양 시대'라는 말이며, 좀 더 좁혀서 말한다면 요즈음 일본 문화에 두드러지게 나타나고 있는 한국 콤플렉스 신드롬이다. 즉 '한국인이 몰려온다'고 하는 강박관념이 바로 그것이다. 산업계에서는 부메랑(boomerang, 던지면 곡선을 그리며 되돌아오는 오스트레일리아 원주민의 무기) 현상으로 섬유·제철·조선·자동차처럼 한국에 기술을 주어 거꾸로 먹혀버리지나 않을까 하고 두려워한다. 그래서 출판계에서는 『도전하는 한국』『일본이 한국에 패하는 날』『미소 시대美蘇時代 다음에는 일한 시대日韓時代가 온다』따위 책이 쏟아져 나오고, 연예계에서는 〈돌아와요 부산항에〉와 함께 조용필 붐이 휩쓸고, 갓 태어난 한국 프로야구에 유달리 관심을 쏟는 따위의 현상이 바로 그것이다.

이러한 신드롬은 한국인 자신의 눈으로 보면 어쩌면 혼자서 북치고 장구 치는 격 같아 보인다. 지나친 겸손이 아니라, 일본과 한국을 있는 그대로 비교해보면 아무래도 일본이 너무 허풍을 떨고 있는 것이 아닌가 하는 생각이 든다.

경제·기술력 등에서 두드러진 격차가 있음에도 불구하고 한국이 뒤쫓아 오고 있다는 투의 강박관념은 지금까지는 뒤를 쫓던 자가 오히려 쫓기는 처지가 되었다는 사실을 반증하는 것이다.

요컨대 'Japan as No.1'이 되니, 이제는 '따라잡고 앞지르자'가 '따라잡히고 앞지르기당하지 말자'라는 구호로 바뀌지 않으면 안 되는 것이다.

'따라잡고 앞지르자' 문화의 시대에는 우리나라가 첫 번째 교과서가 되었던 것처럼, '따라잡히고 앞지르기당하지 말자'는 새로운 시대에도 마찬가지로 또다시 그 첫 번째 모델이 된 것이다.

'한국이 강력해지고 있다. 한국에게 앞지르기당한다. 한국이 뒤쫓아 온다.' 이런 투의 말은 메이지 시대의 일본 젊은이들에게 서양을 '따라잡고 앞지르자'는 강박관념으로 몰아넣었던 것과 똑같은 기능을 갖고 있다. 앞지를 나라가 더 이상 없게 된 시점에서 그 대역을 맡게 되는 것은 의당 뒤쫓아 오는 나라이며 그 모델이 바로 한국이라는 것이다.

일본 문화는 끊임없이 그러한 긴장을 필요로 하고 있다. 그러나 그것은 단지 허구일 뿐, 현실에 있어서 우리나라는 뒤쫓는 나라의 모델로서는 별로 큰 역할을 하지 못하고 있다. 또한 일본이 계속 선두에 서서 태평양 시대를 여는 역할을 맡을 수도 없다.

대서양이 세계사의 중심이었던 서유럽 문명 시대에는 유럽 여러 나라를 그저 뒤쫓아 가기만 하면 되었지만, 태평양 시대에는 뒤쫓아 오는 나라들과 함께 달려나가지 않으면 안 된다.

'따라잡고 앞지르자'고 하던 시대의 논리와 행동 방식으로는 '따라잡히고 앞지르기당하지 말자'고 하는 새로운 시대를 살아나가기는 어려운 것이다.

지난날 헌신짝 버리듯 내던졌던 동방東方의 악우惡友와 함께 태평양 시대를 살아가기 위해서는 등을 돌렸던 가장 오래된 교과서인 한국 문화에 대한 새로운 접근 방법이 필요할 것이다.

일본인은 죄어서 힘을 낸다

일본에는 아시나카조리[足半車履]라는 신발이 있다. 발뒤축을 땅에 대지 않고 뛰기 위해 만들어진 신발이다. 빨리 달리기 위한 것인 동시에 발소리를 죽이고 적에게 접근하기 위한 것이기도 했다. 한국 문화에 대한 일본인의 이해 역시 아시나카조리처럼 발뒤축이 땅에 닿지 않는 사례가 많이 있다.

예컨대 어떤 언어심리학자는 "조선어에는 원래 연애에 관한 어휘가 적고, 따라서 젊은 남녀가 아카시아나무 그늘에서 사랑을

속삭이게 될 경우에는 일본 말을 섞어 쓰지 않으면 안 된다"라는
어처구니없는 소리를 한 적이 있다.

이 말이 사실이라면 어떻게 해서 일본의 연애 소설이 그토록
많이 한국어로 번역될 수 있었을까?

이러한 미신 같은 소리가 아무런 의심 없이 받아들여지고, 또
다른 언어학자의 저서에도 그대로 인용되고 있다는 것은 한국과
일본은 전혀 다른 나라라는 '탈아적脫亞的'인 발상에서 온 것일지
도 모른다.

이러한 차이를 강조하는 것은 참으로 난처한 일이며, 서로가
이해의 폭을 넓히기 위해서는 동일한 아시아 문화이면서도 각각
그 특질이 다른 점을 명확하게 인식할 필요가 있는 것이다.

일본인은 부지런하다고 한다. 그렇다면 한국인은 게으름뱅이
말인가? 혹은 같은 아시아의 가까운 나라라 하여 한국인도 부지
런하다고 보게 되는가? 지금까지의 한일 문화의 비교는 이와 같
은 흑백 논리로 결정되어왔다. 즉 유사類似와 대립對立이다. 그러
나 유사 중의 대립이라는 시점에서 보면 좀 더 색다른 각도에서
의 접근이 가능해진다.

똑같이 부지런하다고 하더라도 한국인과 일본인의 특질의 차
이에서 오는 색다른 점이 있게 마련이다.

똑같이 꿀을 빨아 먹으면서도 벌과 나비는 차이가 있다. 벌은
꽃을 향해 일직선으로 날아가지만, 나비는 너울너울 춤추듯 날아

서 다가가는 것이다.

　직선과 곡선, 긴장과 이완의 차이를 곧바로 진지성과 불성실, 일과 놀이에 단편적으로 결부시켜서는 안 된다. 다른 것은 단지 그 방식이나 스타일일 뿐이기 때문이다.

　일본인을 '벌꿀형'이라고 한다면 한국인은 '나비형'이라고 할 수 있을 것이다.

　일본인의 근면성은 '잇쇼켄메이[一所懸命]'라는 말에서 볼 수 있듯이 생명을 거는 것이지만, 우리가 이상으로 하는 것은 '쉬엄 쉬엄 일하는 것'이다.

　『축소지향의 일본인』에서도 밝힌 적이 있지만 일본의 힘은 조일 때에 솟아나고 한국의 힘은 풀어놓을 때에 솟아난다. 따라서 일본인은 어떤 큰일을 하려면 머리에는 '하치마키[鉢卷](머리띠)'를 질끈 동이고 어깨에는 '다스키[襷](한쪽 어깨에서 반대쪽 허리로 걸쳐 매는 조붓한 형겊 고리)'를 걸고 사타구니에는 '훈도시[褌]'를 바짝 조여 매지 않으면 안 된다. 그래서 긴콘이치반[緊褌一番]이라느 니도리시마리야쿠[取締役]라느니 하는 일본 특유의 어휘가 생겨난 것이다. 일본에서 유행되고 있는 것이 한국에서도 곧잘 퍼지는 일이 많지만 입시 수험생들을 위해 '필승'이니 '합격'이라고 쓴 '하치마키'를 파는 일은 없다.

　격려의 말도 한국과 일본의 경우에는 현격한 차이를 보인다.

　일본에서는 '간밧테[頑張って]'라든가 '기오쓰키[氣を引き]'라고 한다.

정신 바싹 차리고 긴장을 하라는 이야기이다. 그러나 우리나라에서는 '마음 푹 놓고', 즉 긴장을 풀고 편안한 마음으로 시험을 치르라고 한다.

항상 긴장하고 있는 일본인

이 벌꿀형과 나비형은 식생활食生活에 있어서도 차이를 나타내고 있다. 일본인들은 음식을 들 때에도 잔뜩 긴장을 한다. 빈틈없이 깔끔하게 만들어진 요리는 두말할 나위도 없고, 그것을 기명器皿에 담는 방법에 있어서도 꽉 짜여진 형식에서 한 치도 벗어남이 없다. 심지어는 가이세키 요리[懷石料理](만드는 대로 한 가지씩 내어놓는 고급요리)에서 볼 수 있듯이, 차려내는 음식을 일일이 해설을 들어가며 먹는 것도 있다. 음식을 들면서 이렇게까지 격식을 차리는 나라는 일본뿐일지도 모른다.

이러한 식생활 문화의 긴장감이 극치에 달한 것이 바로 복요리다.

"복어국 먹고 살았음을 깨닫는 기침起寢이런가(ふく汁の我活きて居る寢覺かな)"라고 읊은 요사 부손[與謝蕪村](1716~1783)의 하이쿠처럼, 옛날의 일본인은 목숨을 걸고 복어를 먹었던 것이다. 일본인은 복어를 최고의 진미로 즐겼는데, 그것이야말로 먹는 쾌락에까지 죽음의 긴장을 끌어들인 증거라 하겠다.

한국의 식탁은 이와는 정반대이다. 별로 젓가락이 가지 않는 반찬까지 온갖 찬을 한상 가득히 벌여놓고 그야말로 나비가 이 꽃 저 꽃 날아 앉듯이 이 찬 저 찬 맛을 보면서 음식을 드는 것이다. 그 상차림도 풍부하여 3첩·5첩·7첩 반상飯床에서 9첩·12첩 반상에 이른다.

또한 한국인의 의상에는 정해진 치수라는 것이 없다. 바지는 허리통에 맞춰서 마름질하는 법도 없이 적당히 헐렁하게 지어, 누가 입든 맞도록 되어 있다. 치마 역시 치마폭을 충분하게 잡아 발걸음을 옮기는 데 아무런 불편이 없다. 빈틈없이 몸에 꽉 맞게 지어 안짱다리 걸음으로 잔걸음질 칠 수밖에 없는 일본 여성의 '기모노'와는 대조적이다.

한 치 빈틈도 없이 빡빡하게 치수를 맞추는 기모노 마름질의 수법은 건축이나 가구에서도 잘 나타나 있다. 한 치의 빈틈도 없이 짜 맞춘 장지문이라든지 장롱의 서랍 같은 것이 모두 그렇다. 모든 목수 연장은 중국이나 한국에서 들어온 것이지만, 유독 대패만 일본인이 발명하게 된 것을 보아도 짐작이 간다.

그런데 한국 가옥의 장지문은 치수가 잘 맞지 않는 것이 많다. 이것은 기술 수준의 차이가 아니라 기질의 차이에서 오는 것이다. 일본인은 빈틈이 생기는 것을 허용하지 않지만, 한국인은 그런 일에는 별로 신경을 쓰지 않는다. 혹 어쩌다 틈이 벌어지면 종이라도 발라서 막으면 된다는 사고방식이다. 똑같이 장지문을 채용한 건축 문화를 가지고 있으면서도 한국의 가옥에만 문풍지라는 것이 있게 된 까닭도 이 때문이다. 꽉 짜인 것이라든지 빈틈없이 정확한 것에서는 오히려 숨 막힐 것 같은 답답함을 느끼는 것이 한국의 나비형 푸는 문화이다.

이러한 정신에서 일본의 다인茶人들이 사랑해 마지않던 한국의 다기茶器가 태어난 것이다. 그것은 기하학적인 치수의 치밀성으로는 도저히 맛볼 수 없는 유연한 아름다움이다.

중국의 문인 임어당林語堂(1895~1976)이 말하듯, 터널을 뚫을 때 양쪽에서 빈틈없이 계산해서 한가운데에서 한 치의 착오 없이 제대로 관통하게 하는 것이 일본을 포함한 서양의 합리주의 문화의 이상理想이었다. 그러나 한국이라든지 중국의 전통 문화에 있어서는 양쪽에서 적당히 파 들어가 중간에서 맞으면 다행이고, 그렇지 않으면 굴이 두 개가 되니까 또 그런대로 나쁠 것이 없지 않느냐 하고 대범하게 생각하는 것이다.

의식주에 나타난 한일 문화의 차이를 단편적으로 비교해보았지만 놀이에 있어서도 그러한 차이가 뚜렷하게 드러난다.

놀이 문화라는 것은 원래가 긴장을 푸는 릴랙스relax에 있는 것인데, 일본인은 놀 때에도 긴장을 풀지 않는다. 파친코 하우스에서는 전쟁이라도 하듯이 군함 행진곡의 요란한 군가가 흘러나오며 사람들은 결사적으로 놀고 있다.

색주가色酒家에서 시간제를 최초로 도입한 것은 아마도 일본인

일 것이다. 유곽遊廓에 손님이 오면 주인은 향불을 붙여 향이 타 없어지는 시간을 하나의 단위로 해서 '하나 다이 잇폰[花代一本]' 이라느니 '센코니혼[線香二本]'이라는 식으로 계산을 한다.

이것은 'Time is money'라고 보기보다는 시간을 한정시키지 않으면 긴장이 풀어져 놀이에 흥이 나지 않는다는 일본인의 독특한 심리를 이용한 상법이라고 할 수 있다. "꽃[線香]을 아쉬워하고 닭을 미워한다"라고 하는 옛 노래가 있는 것을 보아도 그들은 시간을 아쉬워하면서 창녀와 색정을 즐기는 긴장감을 맛보아왔음을 알 수 있다.

허구와 레토릭rhetoric에 지배되는 일본 문화

그런데 물건을 만들 때는 치밀하고 엄밀한 일본인이지만 형태를 갖추지 않는 것에 있어서는 비교적 어물쩍대는 구석(いい加減なところ)이 있다.

'가겐[加減]'이라는 말 그 자체가 얄궂기 짝이 없다. 글자 풀이로 보면 무엇을 더하고 뺀다는 말인 만큼, '가겐'한다는 것은 엄밀하게 하지는 않는다는 뜻이다. '가겐'이라는 말의 뜻 그 자체가 어중간 어물쩍한 것이어서 나쁜 의미로도 좋은 의미로도 쓰이고 있다. '가겐가이이[伽減がいい]'라고 하면 더하고 빼는 것이 센스(감)란 말처럼 좋은 뜻으로 사용되지만, 그것을 뒤집어 '이이가겐[いい

加減'이라고 하면 엉터리라는 부정적인 뜻이 된다.

이것은 일본인이 원리·원칙을 가지고 세상을 살기보다는 그때그때 상황에 따라 편리하게 대응하면서 조절해왔다는 증거이다. 일본의 경영 평론가 야마모토 시치헤이[山本七平]가 지적하고 있듯이, 일본에는 상속권이라든지 결혼 제도 등에 일정한 원리·원칙이 없었다. 아들을 의절義絶해서 내쫓는가 하면, 거꾸로 남을 양자로 삼아 집안을 잇게도 한다.

한국에서는 자녀를 의절하는 법도 없거니와, 핏줄이 다른 남을 양자로 삼아 상속자로 만드는 일은 생각할 수도 없다.

종교적인 이념만 해도 마찬가지이다. 유교는 중국에서 한·일 두 나라로 똑같이 전래되었지만 그 수용의 형식은 전혀 다르다. 한국인은 유교의 원리·원칙을 그대로 받아들였지만 일본은 그야말로 가감을 해서 자기 편한 대로 수용했다.

그래서 한국에서는 아직도 동성불혼同姓不婚의 원칙이 살아 있다. 그러나 일본에서는 에도 초기에 주자학이 전래된 이후에도 사촌끼리 육촌끼리 결혼하는 것에 아무런 모순을 느끼지 않았다.

동성불혼이라고 명확하게 적혀 있는 『소학小學』을 읽고 나서 이미 그 전에 결혼했던 사촌 간인 아내와 이혼한 에도 전기前期의 유학자 노나카 겐잔[野中兼山](1615~1663)의 경우는 보기 드문 예로 손꼽힌다.

일본의 가장 오래된 사서史書 『고지키[古事記]』의 '아마노이와 토

[天の岩戸]' 이야기는 일본 특유의 수사법을 밝혀줄 원형이다.

아마테라스오미카미[天照大神]가 굴속에 몸을 숨기고 바위 문을 닫아버리자 온 세상은 어둠 속에 묻혀 온갖 흉변凶變이 한꺼번에 일어난다. 이 위기를 어떻게 넘길 것인가?

아마도 이것이 한국의 신화神話였다면 신들이 모여서 못된 스사노오노미코토[須佐之男命]를 쫓아버릴 테니 제발 다시 나와주십사 하고 빌었을 것이다. 말하자면 원리·원칙에 따라 논리적으로 해결하려고 든다.

그러나 일본의 신화에서는 스사노오노미코토를 추방한 것은 '아마노이와토'가 다시 열린 다음이었다. 신들은 원리적인 방식이 아니라 일종의 속임수로써 아마테라스오미카미가 바위 문을 열고 다시 나오도록 꾀여내는 것이다. 원리보다는 레토릭, 말하자면 감각적인 이미지로 위기를 넘긴 것이다. '나가나키도리[長鳴鳥]'를 울게 하거나 거울을 만들어 칠흑 같은 어둠 속에 아침의 이미지를 꾸며내는 연극을 했다.

더할 수 없이 두려운 공포의 시기에 일본의 신들이 생각해낸 것은 아메노우즈메노미코토[天鈿女命]의 춤과 모든 신들이 큰 소리로 웃어대는 연기였다. 어둠 속에서 자그마한 아침을 꾸며내는 허구로, 비통한 눈물을 웃음소리로 바꿔치기하는 연극으로 위기의 역사를 바꿔놓는 것이다. 지금까지 일본은 사상·이념보다는 이 같은 이미지의 미학美學·허구로 나라를 이끌어왔던 것이다.

이 허구와 레토릭의 끝판에는 다지카라오노미코토[手力男命]의 억센 체력이 발휘되고 있다는 점도 잊어서는 안 된다.

한국의 이념이 일본에서는 미학적 이미지가 되고, 한국의 선비 사상은 일본에서는 힘(武士道)이 된다. 한국(중국)에서는 제아무리 절대 권력을 자랑하는 제왕이라 할지라도 사관史官이 기록하는 춘추春秋는 개찬은커녕 읽어보는 것마저 금지되어 있었다. 그러나 일본에서는 『니혼쇼키[日本書紀]』를 보면 알 수 있듯이, 율령국가律令國家를 만들기 위해 공공연한 역사 조작이 이루어져도 아무렇지 않게 여겼던 것이다.

다도를 비롯하여 일본인은 여러 가지 격식을 만들었지만, 이러한 허구의 세계가 실생활을 압도하고 있다. 허구가 지배하고 있는 일본적인 레토릭에 관해 좀 더 쉬운 예를 들어보기로 하자.

유명한 검객 아라키 마타우에몬의 복수담에 '열쇠가게 앞 네거리의 결투[決鬪鍵屋の辻]'가 있다. 이때 아라키 마타우에몬이 실제로 베어 죽인 적은 두 명이라고 하지만, 전승傳承에 의하면 서른여섯 명으로 되어 있다. 그런데 실상은 백 명이든 천 명이든 어느 나라에서나 영웅담에는 과장이 따르게 마련이니까 구태여 따지고 들 것까지는 없을지도 모른다. 그러나 문제가 되는 것은 서른다섯 명도 서른일곱 명도 아닌 서른여섯 명이라는 숫자상의 조작이다. 참으로 그럴듯하여 사실과 전승을 분간하기 어렵게 되어 있다. 허구를 사실처럼 꾸며대는 레토릭의 솜씨에 의해 일본 문

화에서는 허구와 사실을 분간하기가 매우 어렵게 되어 있다.

임진왜란(文祿·慶長役) 당시 일본 무장武將들은 전과戰果를 입증하기 위해 조선 왕조 백성들의 귀(코)를 베어서 도요토미 히데요시[豊臣秀吉]에게 보냈다. 몇십만 개라는 귀의 숫자를 볼 때는 굉장한 승리를 거둔 것으로 보이지만 실제로는 악전고투하고 있었던 것이다. 그렇다면 그 수많은 귀들은 어디서 난 것일까? 그것은 비전투원非戰鬪員인 부녀자와 어린이들의 귀까지 베어서 둘러 맞춘 것이다. 오늘날에도 일본의 교토[京都]에는 미미즈카[耳塚]라는 것이 있는데, 역사서歷史書에는 "가토 기요마사[加藤淸正]가 군기軍紀를 엄정하게 하여 현지인(한국인)의 존경을 받았다"라는 기록이 남겨져 있다.

이러한 모순은 '혼네[本音](속셈·진실)'와 '다테마에[建て前](명분·명색)'를 편의에 따라 적절히 이용할 줄 아는 일본 사회에서는 별로 대수로운 일이 아닌 것 같다. 태평양전쟁 중의 대본영 발표大本營發表 따위가 바로 그 전형적인 사례이다.

거짓을 진짜인 것처럼 꾸며대는 재능은 하기야 옛날이야기에만 있는 것은 아니다. 종이에 인쇄한 무늬목을 합판 위에 발라서 진짜 나무인 것처럼 속이고, 플라스틱으로 통나무 모조품을 만드는 재주에 있어서는 일본인을 앞설 민족은 아무리 찾아보아도 찾아낼 수 없을 것이다.

귀동냥에 능한 일본인

일본에는 '기키조즈[聞き上手](귀동냥 재주)'라는 말이 있다. 한국에는 '말솜씨가 좋다' '구변口辯이 좋다'는 말은 있어도 '기키조즈'라는 말뜻에 딱 맞는 말은 없다. 귀동냥 재주가 능하다는 말은 억지로 만든 말일 뿐, 널리 쓰이는 흔한 말은 아니다. 한국인과 일본인의 가장 두드러진 차이점은 일본이 '듣는 문화'라고 한다면 한국은 '말하는 문화'라는 점이다.

한국인은 전통적으로 자기주장이 강해서 남의 말에 다소곳이 귀 기울이기보다는 남을 설득하여 자기 말을 따르게 하려는 성향이 강하다. 그래서 남의 말을 잘 듣는 것은 '귀가 여리다'고 하여 주관 없고 줏대 없는 짓으로 친다. 그러나 일본인은 "하긴 그렇군(나루호도)" 하고 남의 말에 맞장구치면서 되도록 남의 말을 더 많이 끌어내는 재주에 능하다. 옛날 봉건 영주는 심지어 아시가루[足輕](신분이 낮은 졸병)들까지 불러서 이야기를 듣는 일까지 있었다고 한다. 오늘날의 일본에서도 믿음직하고 일 잘하는 상사일수록 부하의 말을 잘 듣는 사람으로 되어 있다.

그러고 보면 '듣는 문화'란 곧 정보 산업과도 이어질 수 있는 것이다.

가마쿠라 시대[鎌倉時代](1192~1333)부터 있었다는 일본의 독특한 닌자[忍者](염탐꾼)에서 볼 수 있듯이 일본의 정보 밀도의 높이는 세계적으로 오랜 역사를 자랑하고 있다.

그런데 이와는 달리 남을 가르치는 것을 즐기는 '말하는 문화'는 선교 문화宣敎文化로 이어지는 것이며, 중화사상中華思想의 중국인, 선비 사상의 한국인, 그리스도교 문화의 서양 선교사들에게서 찾아볼 수 있다.

한국인은 남을 가르쳐주는 것을 몹시 즐겨서 귀동냥의 재주가 뛰어난 일본인들이 슬슬 맞장구쳐가면서 솜씨 좋게 물으면 신바람이 나서 아는 것 모르는 것 있는 대로 모조리 다 털어놓고 만다. 중국의 고승인 청룡사靑龍寺의 혜과惠果는 같은 중국인 상좌上座들이 수없이 많았음에도 불구하고 일본인 유학승留學僧 구카이[空海](774~835)에게 금태양부 밀교金胎兩部密敎의 오의奧義를 전수했다.

이런 일과는 반대로 일본의 '듣는 문화'는 에도 쇄국 시대는 말할 것도 없고, 어느 시대이건 자기네가 지닌 것을 밖으로 내놓는 일이 거의 없었다. 따라서 '듣는 문화'는 끌어들이고 챙겨 넣는 문화라고도 할 수 있다. 그래서 그들은 임진왜란이 끝나자마자 도쿠가와 바쿠후[德川幕府]가 손이 발이 되도록 빌며 통사정하여 조선 왕조의 통신사를 모셔 가기도 했던 것이다.

일본은 섬나라여서 바다로 에워싸여 있으면서도 해양 민족이 아니라 해내海內 민족이라고 불리는 것도 이처럼 우리나라와 중국 대륙에서 문화를 흡수하여 자기네 문화를 가꾸었기 때문이다. 일본어에 '고인[强引]'이라는 말이 있는데 이 말처럼 우스꽝스러운

말도 달리 없을 것이다. '저놈은 강인한 놈이다'라고 하면 억지가
센 사람을 두고 하는 말인데, 억지가 세다는 것은 자기의견을 내
세우는 것인데도 그 말뜻은 반대로 '강하게 끌어들인다(引)'로 되
어 있기 때문이다.

일본 기업은 적극적으로 외국에 진출하고 있는데 이 역시 '강
인'이란 말뜻 그대로 밖으로 밀고 나가면서도 실상은 안으로 끌
어들이고 있는 것이다. 일본인이 국제화되지 못했다고 비판당하
는 것도, 외국에 진출한 일본 기업이 현지인 사회와 융합하지 못
한다고 흔히 지적당하는 것도, 실상 이런 점에 원인이 있는 것이
다.

라이벌은 발전의 원동력

한국과 일본은 같은 동양 문화의 뿌리를 나누어 갖고 있으며
외모로 보아도 좀처럼 분간하기가 어려울 정도로 닮았지만, 이처
럼 문화적 특성과 그 거리는 매우 큰 것이다. 우리가 명심해야 할
것은 이러한 단절의 크기가 아니라 그것을 어떻게 하면 서로 창
조적인 것으로 전환시킬 수 있는가 하는 점이다.

일본인이 한국인을 보면 느려터지고 흐리멍덩한 것처럼 보이
고, 거꾸로 한국인이 보기에는 일본인은 얌체 같고 소갈머리 없
는 것으로 보일 것이다. 일본인의 친절은 한국인이 보기에는 겉

치레와 아첨으로 보일 것이고, 한국인의 솔직함은 일본인의 눈에는 무뚝뚝하고 촌스러운 것으로 보일 것이다. 서로의 풍속·습관과 가치관이 다르기 때문에 장점이 단점으로 보이고 거기에서 오해의 싹도 트게 마련이다.

이러한 문화적 단절이 부정적인 면에서 받아들여진 것이 바로 후쿠자와 유키치의 '탈아론脫亞論'이었던 것이다. 그러니까 일본이 '탈아입구脫亞入區'에서 '탈구입아脫區入亞'로 궤도 수정을 하려면 이 같은 단절을 긍정적인 측면에서 받아들여야만 한다.

한국이나 중국을 이웃하게 된 것은 일본으로서는 크나큰 불행이라고 말한 '탈아론자脫亞論者' 혹은 한국인은 미친개와 같아서 가까이하지 않는 것이 상책이라고 말한 '멸아론자蔑亞論者'들과는 다른 새로운 이웃 나라에 대한 시점이 자리 잡히지 않는 이상, 일본의 태평양 시대는 지난날의 대동아공영권大東亞共榮圈처럼 헛소리로밖에 들리지 않을 것이다.

어떤 일본인 교수는 '클론 재팬Clone Japan'들과의 연대 강화를 제창하고 있다. '클론 재팬'이란 말은 일본인과 같은 체질을 가진 이웃 나라들, 말하자면 한국·싱가포르·대만, 최근의 중국 등을 일본인의 복제인간이라고 보며 자기네들이야말로 이들 모든 국민의 원형이라고 자처하는 말이다.

구체적으로 말하자면 일본인이 이웃 나라들을 찾아가 보면 그 나라들의 급격한 성장 패턴이 실상 몇 해 전의 일본의 모습과 비숫하다는 사실을 알게 되어 매우 복잡 미묘한 심경이 된다는 것, 즉 추격당하는 자의 일종의 초조감 같은 것을 느낀다는 것이다. 이런 말이야말로 바로 일본인이 스스로 자기의 뒷모습에 눈길을 쏟게 되는 시대로 들어섰다는 사실을 말해주는 것이다.

이웃 여러 나라의 이질성을 강조할 때는 '탈아론'이 되고 이와는 반대로 동질성을 강조할 때는 대동아공영권 같은 '입아론'이 되는 것이다. 이러한 동질성을 극단적으로 밀고 나간 것이 지난날의 '내선일체內鮮一體'라는 식민지 정책이었다.

'일본을 포함한 아시아 지역의 경제 성장, 특히 첨단 고도 기술의 발전은 한편에서는 유럽의 정체 및 부진과 대비해볼 때 매우 대조적이며 역사를 실감케 한다'고 하여 지금 일본에서는 새로운 입아정책入亞政策에 관심을 쏟고 있는 사람들이 늘어나고 있다. 그러나 탈아脫亞이든 입아入亞이든 태양을 향해 도는 해바라기 같은 체질의 산물임에는 변함이 없다.

신학자 토머스 버넷Thomas Burnet이 분명히 말하고 있듯이, '지知는 태양과 마찬가지로 그 궤도를 동쪽에서 잡기 시작하여 서쪽을 향해'갔던 것이다. 이와 마찬가지로 일본의 '본보기 문화'도 태양의 궤도를 따라서 돌기 시작하여 한국에서 중국, 중국에서 네덜란드, 유럽, 그리고 다시 더 서쪽으로 돌아가서 미국에 이르렀던 것이다. 그리하여 세계 문화의 중심은 서쪽으로 향해 가서 미국 서부의 선 벨트Sun belt와 같은 태평양 연안으로 옮겨가고 있다는 것이다. 그리하여 이제는 일본 자신과 아시아의 이웃 나라들이 보이기 시작한 것이다.

지구가 둥글다는 사실을 증명한 것은 마젤란이 아니라 실은 일본 문화사의 발자취였다고도 할 수 있다.

후쿠자와 유키치는 한국의 정체성停滯性을 강조하며 한편으로는 이와 대비해서 메이지 유신 같은 대업大業을 이룩한 일본은 오직 전진만을 거듭해야 한다고 주장했는데, 이렇게 전진에 전진을 거듭하다 보니 어느새 아시아로 다시 돌아오고 만 것이다.

일본이 아무리 '탈아입구' 하더라도 백인이 될 수 없었던 것처럼, 이제 와서 아무리 '입아'를 역설하더라도 당장에 아시아인의 믿음직한 친구가 될 수 있는 것은 아니다.

따라서 따라잡기 위해 서양을 배우던 일본은 이제는 앞지르기를 당하지 않기 위해 아시아를 올바로 보지 않을 수 없게 된 것이다. 그 새로운 시선은 어떤 것인가? 아시아 여러 나라를 이질異質로 보다가 또는 동질同質로 보다가 하던 지난날의 그 시선과는 다른 제3의 시선이어야만 할 것이다.

앞에서도 말한 것처럼 아시아의 동질성 안에 있는 이질성을 하나하나 포착해서 이해하고 그것을 가꾸어나가는 다양성 위에 태평양 시대의 문화를 이룩해야 한다.

일본에게 있어서 태평양 시대란 추격하는 문화에서 추격당하는 문화로의 전환을 의미하는 것이다. 요컨대 추격할 대상이 있었기 때문에 성장·발전할 수 있었던 일본이 이제부터는 추격해 오는 상대방이 있기 때문에 발전하는 시대를 맞이하게 된 셈이다. 추격을 당한다는 것은 언뜻 생각하기에는 불안하고 초조할 것 같지만 실상은 새로운 자극과 활력을 일깨워주는 박차拍車의 기능이 숨어 있기도 한 것이다. 일본에 대해 강한 경쟁력을 갖춘 이웃 나라가 등장한다는 것은 긴 눈으로 볼 때는 오히려 손해가 되기보다는 이득이 많을 것이라는 사실을 일본인 자신들이 알아차려야 할 것이다.

일본은 인구에 있어서는 아시아 지역의 10분의 1이 채 못 되지만, GNP에 있어서는 아시아 전체보다도 더 크다. 이러한 상황 아래에서는 새로운 태평양 시대라는 것은 헛구호에 그치게 될 것이 뻔하다.

좀 색다른 예를 들자면 한국의 프로 야구가 강해지는 것이 일본의 야구를 강화시키는 지름길인 것처럼 아시아 여러 나라의 경쟁력을 강화시키는 것만이 21세기의 일본을 강화시키는 원동력이 되어줄 것이다.

라이벌이란 말은 강을 의미하는 '리버river'에서 온 말이라고 한다. 말하자면 같은 냇물을 마시고 사는 사람이 '라이벌rival'인 것이다. '에너미enemy'와는 달리 이 이웃의 경쟁자인 라이벌은 서로서로 발전시키는 원동력이 된다. 따라서 라이벌이 쓰러지면 자신도 쓰러지고 만다.

한국이 일본을 앞지를 것인가 하고 묻기 전에 한국의 경쟁력이 강화되는 것이 일본으로서 플러스가 되는가 마이너스가 되는가를 먼저 생각해보아야 할 것이다.

'따라잡고 앞지르자' 하는 슬로건이 '따라잡히고 앞지르기당하지 말자'는 슬로건으로 바꿔어가는 일본의 미래에 있어서 그 모델이 되는 나라 중의 하나가 바로 한국이다.

천 년도 더 전에 내던져버린 지난날의 교과서를 다시 겸허하게 손에 들고 복습해야만 될 시대가 다가오고 있는 것은 아닐까?

'확대지향'형 일본의 조건

사랑을 파는 일본인

일본 국내에는 한국인이 80만 명이나 된다. 대부분은 일본에서 30년 이상이나 살았고, 3세 아이들까지 기르면서도 법률적으로나 사회적 지위로나 아무런 보장이 없다. 이것은 정치적 문제가 아닌 문화의 문제이다. 이 한국인들의 기득권을 인정하고 같이 생활하는 자리를 만들지 않는 한 일본인 자신이 괴로워지고, 일본 문화 자체가 불행해질 것이다.

가령, 일본인끼리는 바위덩어리 하나(一枚岩)가 되어 참된 컨센서스를 만들어낼 수 있다 하더라도 일본 열도에 사는 80만 한국인과의 관계를 소홀히 한다면 이는 일본인과는 상종할 수 없는 민족이라는 것을 세상 사람들에게 선전하고 있음과 같다고 해도 과언이 아니다. 세계 사람들 모두는 친구다. 일본인의 번영은 인류의 번영이라 하더라도 자기 나라 안에 있는 이민족異民族에게 그렇게 못된 짓을 하고 있는 것을 보면 아무도 신용해주지 않을 것이다.

예를 들어 반핵운동反核運動을 할 경우 미국인이라면 그 운동에 참가한다. 일본인은 일본에 조금이라도 불리하다고 보면 지식인이거나 정치가이거나 모두 잠자코만 있다. 이러한 것이 앞으로의 큰 과제일 것이다.

일본은 창이 하나 부러지면 끝장이다. 창이 셋이 서서 비로소 확대할 수 있다. 미국 기업가들도 중국 등지에서 비즈니스를 해서 그 이익을 가져간다. 그러나 그와 동시에 미션 문화가 있어서 선교사들이 가난한 사람들에게 빵을 나누어주기도 하고 사랑을 팔기도 했다. 일본은 언제나 상품만 팔았지 사랑을 판 적이 없다. 그러므로 첫 번째 창이 부러지면 그를 대신할 두 번째 창, 세 번째 창이 없다.

구미 문화의 강한 점은 침략성도 있으나 세상 사람들을 위해서 자기 자신을 희생하여 봉사하는 사랑도 있다는 점이다. 마리 아 테레사 수녀, 슈바이처 등 사랑을 팔고 문화를 팔았다. 일본의 테레사, 일본의 슈바이처는 하나둘 예외적으로 있긴 하지만 문화나 사랑을 파는 사람은 없다. 일본이 현재 처한 무역 마찰은 결코 단기적으로는 해결되지 않는다. 그러니 일본에서는 앞으로 탄생하는 아이들에게 바른 해결법을 지금부터 가르쳐야 할 것이다.

침몰하는 배 위에서 포커하는 사람

얼마 전에 일본에서 『일본 침몰日本沈沒』이라는 저서가 베스트 셀러가 되었었다. 이것은 매우 상징적이다. 일본인 각자의 번영은 세계의 번영과 연관이 없다. 일본인만의 번영을 생각했으니까, 멸망할 때도 일본인만의 멸망을 생각한다. 정말로 일본 열도가 망할 때 다른 나라 사람들이 일본 사람을 살려줄 것인가 어떤가 약간 불안하다.

한국은 작은 나라지만 SF 소설 등이 잘 팔리는 것은 한국인이 망한다는 얘기보다 인류가 멸망한다는 얘기 쪽이다. 아무리 한국인이 애를 써도 이상한 우주 괴물이 나타나서 지구가 파괴된다는 발상이지, 그 속에 한국인만 번영한다는 것 따위는 생각지 않는다.

일본은 확실히 경제대국이고 훌륭한 번영을 이룩하고 있지만, 세계 전체가 멸망할 때 일본만 번영한다는 일이 과연 있을 수 있을까? 침몰하는 배 안에서 포커를 하여 돈을 땄다고 해서 정말 기쁠까?

지금 인류라는 커다란 배가 폭풍우를 만나 조금씩 침몰해가고 있다. 사람들은 마스트나 스크루를 걱정하지만 포커까지 신경 쓸 겨를이 없다. 일본인은 포커만 생각하니까 크게 돈을 딴다. 침몰선 안의 포커 승리자를 진짜 승리자라고 할 수 있을까.

현재의 무역 마찰도, 일본이나 구미의 번영뿐만 아니라 온 세계 인류를 어떻게 부흥시킬 것인가를 생각하지 않으면 결코 해결되지 않는다. 일본의 디지털시계와 자동차는 아직은 팔린다. 그러나 세계의 경기가 더 나빠지면, 까놓고 말해서 일본의 수출 상품의 90퍼센트는 없어도 된다. 시계가 없어도 태양으로 알 수 있고, 워크맨이나 테이프 리코더가 없어도 살 수는 있다.

마지막으로 남는 것은 의식주의 필수품이다. 배가 침몰할 때 제일 먼저 버려야 하는 것은 일본 상품이다. 인베이더 게임도, 차도, 카메라도 필요 없다. 마지막으로 남는 것은 허기를 메워주는 오렌지이며 식료품이다.

'축소'가 사는 세 가지 길

일본의 축소지향이 세계에 공헌하는 제일의 방향은 에너지 절약이었다. 처음으로 만들어진 디지털시계와 전탁電卓은 상당한 전력을 필요로 했었다. 지금의 액정液晶은 적은 에너지로 3년 내지 4년 동안이나 같은 기능을 유지한다. 대형보다 소형 자동차를 개발하여 가솔린을 많이 절약했다.

이들 '작은 거인'은 기능은 향상되고 반대로 에너지는 절약된다. 21세기를 살아가는 사람에게 있어 일본인의 이 축소지향을 배우지 않으면 에너지 위기를 피할 수 없을 것이다.

두 번째는 스페이스space 절약이다. 일본은 작은 섬이므로 이

레코[入籠] 상자처럼 스페이스 절약을 연구한다. 비행기에서 내리면 다른 나라 공항에서는 '아, 내렸구나!' 하는 기분이 든다. 그러나 일본의 공항만은 비행기에서 내려도 아직 비행기 안에 있는 듯한 기분에서 빠져나갈 수 없다. 왜냐하면 비행기 안은 스페이스를 생략하기 위해서 화장실, 식사 등 좁은 스페이스를 100퍼센트, 200퍼센트 살리고 있다. 일본의 호텔도 모두 그렇게 되어 있기 때문이다. 마치 커다란 747점보기에 타고 있는 듯한 기분이다. 일본인의 친절도 감정의 절약이다. 서로 감정을 소모하지 않기 위하여 유리그릇을 다루듯이 충돌을 피하고 있다. 모두 스튜어디스처럼 천천히 우아하게 걷는다.

세 번째가 머티리얼material의 절약이다. 일본은 첨단 기술로 작은 자료를 사용하여 기능을 높이는 이른바 작은 거인을 만들어낸다. 지구 자원이 점점 없어지고 있을 때는 축소지향적 자원 이용 방법이 절실해진다.

이 세 가지 방향으로 일본의 축소지향에 대해 세계는 주목하고 있다.

벚꽃을 장사에 이용하지 마라

그러나 지금은 '글로벌 피플global people'이 필요한 시기다. 공해 문제만 보더라도, 자기 나라만 깨끗한 공기를 지닐 수는 없다. 대

기권은 인류 전체의 것이며 거기에 공해가 일어나면 인류 전체에 그 영향이 미친다. 핵도 마찬가지다. 이 전체에 연관되는 문제에 있어서도 일본은 국내 문제만 생각한다. '귀신은 밖으로, 복은 안으로(鬼に外, 福に內)!'라는 말에 심벌라이즈되어 있다고 생각하지만 일본은 자기네 필요한 복만을 구하려고 한다. 이렇게 커다란 일본이 세계적으로 보면 이란보다도 리더 자격이 없다. 이란보다도 세계에 환원할 수 있는 건더기를 가지지 못했다.

일본의 축소지향은, 이제 세계가 큰 방향으로 가려고 할 때 엔진만 좋고 핸들을 잡을 사람이 없는 차와 같은 것이다. 아무리 엔진이 좋아도 사막으로 가든지, 산으로 가든지, 들판으로 가든지 할 그 핸들을 잡을 사람이 없다는 것이다.

일본의 문화야말로 고성능 엔진이다. 그러나 어디를 향해 갈 것인가 하는 인류의 커다란 목적에는 별로 공헌하고 있지 않다. 만일 일본의 비즈니스맨이 세계로 정말 확대해가고 싶으면 일본의 정치·경제뿐만 아니라 일본의 문화를 밖으로 내보내지 않으면 안 된다.

내가 일본에 왔을 때 일본에 문화가 없었다면 결코 친밀감을 느끼지 못했을 것이며, 아키하바라[秋葉原]에서 전기 제품을 한두 가지 사가지고 곧 돌아가버렸을지 모른다. 내가 고생하면서도 구태여 1년씩이나 체류했던 것은 일본에 훌륭한 문화가 있었기 때문이었다.

일본의 문화는 꽃의 문화다. 일본인만큼 꽃의 아름다움을 사랑하는 국민은 없다. 일본에는 사무라이[侍], 조닌[町人], 그리고 제 아미[世阿彌], 간아미[觀阿彌]들이 있었다. 그럼에도 불구하고 일본인은 지금까지 석 장의 카드 중 두 장의 카드밖에 사용하지 않았다.

메이지 유신 이래, 사무라이 문화를 군사대국으로서 대일본 제국에서 사용하여 실패했다. 제2차 대전 후에는 조닌 문화를 상인商人 문화로 하여 사용하고 경제대국이 되었다. 이 두 가지는 다 침략자라는 낙인이 찍혀 두려움의 대상이 되었다.

아름다운 일본 문화가 사무라이 문화나 조닌 문화만의 서번트Servant로서 꽃피면 벚꽃에도 가시가 있게 된다. 아름다운 벚꽃을, 평화로운 벚꽃을 '산병선에서 산화하라(散兵線の華と散れ)'는 식으로 군사대국 침략의 하나의 슬로건으로 이용했다. 지금 경제대국으로 성장한 일본이 또 아름다운 벚꽃 디자인을 장사와 돈벌이에 이용하고 있다.

꽃은 꽃으로 해방시켜주고, 문화는 문화로서 독립시켜야 한다.

꽃은 사무라이 문화나 조닌 문화의 서번트가 아니며, 이니셔티브initiative를 가진 문화를 만드는 일이 중요하다고 생각한다.

일본이 축소지향뿐만 아니라 이제부터 확대하려고 할 때, 사무라이 문화와 조닌 문화만으로는 침략성을 느끼지만 제아미·간아미가 만든 세키테이[石庭], 고바야시 잇사[小林一茶]가 만든 하이쿠 중 '때리지 말아라, 파리가 손을 비비고 발도 비빈다(やれ打てな蠅が

手を摺るめしをする)'와 같이 그렇게 작은 파리에게까지 따뜻하고 유머러스한 생명 경애의 델리키트delicate함을 가진 문화가 왜 사무라이 문화와 조닌 문화의 서번트로 화했는지?

아미阿彌들의 문화를 하찮은 것으로 생각하여 군사적·경제적 방면으로 이용했기 때문이다.

'확대지향'에의 과제

축소지향에서 확대 문화로 옮겨 갈 때 잊어서는 안 될 중심점은 제아미·간아미라고 불린 도보슈[同朋衆] 문화의 전통을 살려야 한다는 것이다. 레이저 디스크까지 만든 일본의 비주얼 문화는 세계에서 가장 우수한 제품을 만들었으나, 그 디스크나 비디오테이프에 넣을 내용은 텅텅 빈 것이 아닐까. 세계에서 가장 성능이 좋은 테이프 리코더나 스테레오 컴포넌트에서 울리는 음은 브람스 아니면 베토벤이며, 그리고 비디오테이프는 루브르 미술관을 보여주기도 한다.

지금까지는 술병을 만들어왔었다. 이미 병을 만드는 시대는 지나가버렸다. 술 그 자체를 만드는 시대가 온 것이다. 그것도 저쪽에서 에센스를 가지고 와서 물을 섞어 만든 것이 아니라 문화의 엑스트랙트extract를 제공하는 것이다.

일본의 도보슈인 아미들의 문화의 루트, 배경은 동아시아의 붓 문화, 한자 문화, 유교·불교 문화였었다. 이 동아시아적 컬처럴 아이덴티티cultural identity와 그 배경으로부터 시작해가지 않으면 일본은 고립될 것이다. 이제야말로 일본은 한국이나 중국, 지금까지 가장 경멸했던 아시아에 동방 회귀해야 한다고 생각한다.

지금까지 일본은 서양으로부터 따돌림을 받으면 할 수 없이 동양으로 돌아오곤 했었다. 앞으로 구미로부터도 사랑받을 길은 일본이 정말 동양으로 돌아오는 일일 것이다. 그러면 직접적인 마찰은 일어나지 않을 것이다. 그것도 정치·경제의 침략자로서 아시아에 귀환하는 것이 아니라, 동양 문화에서 자랐으면서도 구미 지향 때문에 탕아처럼 재산을 낭비한 일본이 크게 반성하여 이번에는 정말로 동양 문화, 아시아 문화를 위해서 지금까지 고생하여 이룩한 경제대국의 돈과 고도의 기술을 제공하기 위해서 돌아와야 한다고 생각한다.

이것은 절대로 추상적인 얘기가 아니다. 일본이 만든 비디오 디스크에는 한국의 옛 문화와 일본의 옛 문화를 넣어야 할 것이다. 실크로드에는 이미 상당한 관심을 쏟고 있다. 그러나 그것은 서양에의 길이다.

실크로드에 그만한 관심을 쏟는다면 정말로 자신의 혈맥의 향내가 나는 불교나 한자가 전해 들어온 동아시아의 길에는 왜 더 큰 주목을 기울이지 않는 것일까?

앞으로 일본이 사는 길은 자신들을 길러준 지열地熱과 같은 동아시아 문화의 동질성을 항상 생각해야 한다는 것이다.

일본이 비서구 국가의 새 문명을 열 때 둘도 없는 협력자가 되어줄 수 있는 것은 한국인과 중국인이며 같은 문화의 뿌리를 가진 아시아일 것이다. 경제나 무력이 아니라 그 문화를 존중할 때 비로소 일본 문화는 벚꽃을 벚꽃으로 피게 하여 짙은 향기를 주위에 뿜어낼 수 있을 것이다.

III

‘포스트 모던’과 아시아 속의 일본

일본의 친구는 누구인가

헤이세이[平成](현 일본 왕의 元號) 시대에 들어와서 일본은 새로운 도전을 받고 있다. 재팬 배싱, 버블 경제의 붕괴, 세계 경제의 블록화 등 일본은 정신을 가다듬을 틈도 없다. 특히 냉전이 끝난 세계는 지금 지역주의와 블록 경제의 파도를 타고 크게 흔들리고 있다.

이와 같은 상황 속에서 일본이 엔[円]을 중심으로 한 '아시아 블록'을 만들려고 한다면 어떻게 될까? 야박한 시각일는지 모르지만 일본에 도움을 줄 참다운 친구가 없다. 일본은 통상에 의해 세계의 고객들을 모아왔지만 진짜 친구 만들기에는 결코 성공했다고 볼 수 없기 때문이다. 친구를 만들기 위해서는 이해관계가 아니라 신뢰의 힘이 필요한 것이다.

분명히 일본에는 복아[復亞]를 제창하는 사람들이 많이 있다. 그러나 가장 중요한 일본 화폐의 1만 엔권에는 아이로니컬하게도 후쿠자와 유키치[福澤諭吉]의 초상화가 그려져 있다. 후쿠자와는 조선·중국을 망한 나라라고 부르면서 "동방의 악우惡友를 사절해야 한다"라며 소위 '탈아입구脫亞入歐'를 주장했던 인물이다.

이처럼 새로운 아시아의 감각도 갖지 않고 역사에도 신경을 쓰지 않는 사람들이 아무리 '아시아 블록'을 외쳐보아도 그것은 옛날의 대동아공영권의 복제판이라고 인식되어도 할 수 없을 것이다. 옛날에는 군사 침략으로 아시아 여러 나라의 신뢰를 잃었지만 오늘날에는 경제 마찰에 의해 이웃 나라 사람들과의 우정이 위협받고 있다.

그런데 일본의 비즈니스맨이 빚어내고 있는 마찰은 이미 17세기에도 그 원형을 찾아볼 수 있다. 그것은 1644년 에쓰젠[越前] 지역의 상인들이 풍랑을 만나 구舊 만주 지역에 표착漂着했던 때의 기록인 『달단 표류기韃靼漂流記』에 잘 나타나 있다.

그곳 사람들은 처음에는 표착했던 일본인들을 불쌍히 여겨 여러 가지 음식을 주는 등 그들을 도왔다. 그런데 일본 상인들은 자기들에게 준 음식 가운데 천연 인삼이 있음을 발견하게 된다. 그래서 '그곳 사람들을 꾀어내(たらし) 인삼이 있는 곳을 알아내어 그것을 가지러 갔다'는 것이다. 그로 인해 일본인들은 그 고장 사람들의 의혹을 일으키게 되고 그 결과 서너 명이 피살된다. 일본인들은 나중에 청조淸朝 관리에 의해 재판을 받게 되는데, 무죄 판결을 받는다. 상대를 해칠 생각이 없었다는 일본인들의 주장이 인정된 것이다. 그리고 오히려 달단 사람들이 벌을 받게 된다.

여기에서 주목해야 할 것은 꾀어낸다는 뜻의 '다라시[誑らし]'라는 상인 언어이다. 물건을 사고파는 상인의 세계에서는 '다라시'는 사기와 달라서 상술의 하나라고 여겨진다. 에도[江戶] 말에 의하면, 어린이 심부름 값도 '다라시'라고 했다 한다.

아무런 나쁜 짓을 하지 않았던 일본인들에게 피해를 입힌 달단 사람들의 행위는 오늘의 관점에서 보면 꼭 '일본 때리기'처럼 보일는지도 모른다. 그러나 일본인들은 목숨을 구해준 은인을 꾀어내어 이득을 보려고 했으니 완전한 무죄라고 잘라 말할 수는 없을 것이다.

아시아적 질서로 보면 덕德과 신信의 룰rule을 범한 것이 된다. 가령 그 고장 사람들을 꾀어내려 하지 않고 인삼이 가치 있는 상품이라는 것을 솔직히 가르쳐주었더라면 아무런 혐의도 받지 않았을 것이다. 그리고 사람을 죽이기에 이른 마찰도, 재판 사태도 일어나지 않았을 것이다. 다시 말해 에쓰젠의 상인들이 인삼을 독점하지 않고, 또한 그 고장 사람들의 무지를 이용하지 않고 자기들을 불쌍히 여겨 먹을 음식을 나누어준 사람들에게 따뜻한 마음의 접촉으로 응했더라면 모두가 해피 엔드로 끝났을 것이다.

오해하지 말기를 바란다. 400년 전의 일을 가지고 오늘 이 자리에서 그날 재판의 재심 청구를 하려는 것이 아니다. 오늘의 일본인들이 싼 인건비와 자원을 찾아 아시아를 헤매는 모습이, 에쓰젠의 상인들이 사람들을 꼬셔서 인삼을 찾으려 했던 모습처럼 비쳐 의혹에 찬 눈길을 받고 있지나 않은지를 말하고 있을 뿐이다.

오히려 '우물물 효과'도

일본에는 아시아의 경제 발전이 전부 일본 덕분이라고 믿고 있는 사람들이 많은 것 같다. 그러나 아시아 사람들 중에는 일본 기업은 가마우지[鵜]를 기르는 '가마우지쟁이'와 같다고 보는 사람이 적지 않다. 가마우지는 아무리 열심히 물고기를 잡아도 잡은 물고기를 자기 뱃 속에 넣지 못한다. 아시아 여러 나라 사람들이 아무리 열심히 제품을 만들어도, 아무리 열심히 수출을 해도 일본 독점의 하이테크 부품의 끄나풀에 목구멍이 묶여 있어 돈을 자기 안주머니에 넣지 못한다.

"일해도 일해도 여전히 생활은 편안하지 않아 물끄러미 손을 본다"라고 이시카와 다쿠보쿠[石川啄木]는 읊고 있지만 일본의 이웃 나라 사람들은 "일해도 일해도 생활이 나아지지 않아 물끄러미 일본인의 얼굴을 본다"라고 한탄한다.

'우리들이 뭐 나쁜 일을 하고 있는 것이 아니지 않은가. 그런 것이 마음에 걸린다면 일본 부품을 사지 않으면 그만이다. 그리고 빨리 자신의 기술을 개발하면 되지 않는가!'

바로 그 점에 문제가 있다. 얼마 전에 한국에서 동성東토이라는 중소기업이 도산했다. 이 회사는 이제까지 일본이 독점해 고가로 판매해온 TV용의 고압 다이오드를 사운社運을 걸고 개발해왔다. 서너 해 걸려서 간신히 시장에 내놓게 될 정도까지 이른 시점에, 일본의 경쟁 기업이 30퍼센트의 가격 인하를 단행해서 한꺼번에 경쟁력을 빼앗겼다.

한국에서는 1986년 이래 이와 같은 이유로 인해 도산한 회사가 50개 사에 이른다. 후발국의 기술개발을 쥐어 조이는 '고엽 작전'에서는 최고 70퍼센트의 가격 인하까지도 자행되고 있다. '잔혹하다고 말하지 마라. 그것이 자유 시장의 경쟁 원리이다'라고 한다면 할 말이 없다. 일본에서는 '이긴 쪽이 관군官軍'이라는 역사는 오래다.

그러나 이렇게 되어서는, 일본이 말하고 있는 '기러기 나는 식의 아시아 발전'은 기대할 수 없다. 맨 앞에서 나는 기러기가 일본이고, 그 뒤에 좀 떨어져서 날고 있는 게 한국과 대만, 싱가포르 등이다. 그리고 그 뒷줄로 나란히 아시아의 다른 나라들이 날고 있다. 맨 앞에서 날고 있는 일본이 발전하지 않으면 다른 나라들도 날 수가 없는 것은 확실하다. 하지만 이 이론을 그대로 받아들여서는 안 된다. 선두 기러기, 즉 일본 기러기가 너무도 빨리 앞으로 훨훨 날아가면 일행과 떨어지는 새가 되고 만다.

유럽의 블록화가 가능한 것은 소득과 기술의 갭이 적기 때문이다. 미합중국 중심의 나프타NAFTA의 경우도 아시아의 격차만큼 심하지 않다.

헤이세이의 원호元號가 '고르게 된다'는 의미인 것처럼 아시아 평등의 새로운 '평성平成' 사고가 태어나, 쇼와[昭和] 시대의 옛 역사로부터 대담한 이탈 재주를 보여주지 않는 한, 지구의 절반을 차지하고 있는 아시아의 지역 만들기는 대단히 어렵다. 이제까지의 일본인 사고방식에 의하면, 이웃 나라에 기술을 주고 나면 그것이 일본에 역수출되어 손해를 보게 된다는 것이다. 다시 말해 바로 '기술 쇄국'을 낳는다는 '부메랑 효과'이다.

그러나 좀 더 넓은 시야로 보면 다른 효과도 기대된다. 우물에서 물을 퍼내면 퍼낼수록 새 샘이 솟아나듯이, 기술을 밖으로 내놓으면 새 기술이 죽죽 뻗어나는 것이다. '부메랑 효과'는 '우물 물효과'로 바뀌고 일본도 아시아와 함께 번영케 된다.

동아시아의 문화를 살려라

정보화 시대를 좀 더 정확히 정의한다면 커뮤니케이션 혁명의 시대라고 말할 수 있다. 그러나 커뮤니케이션의 미디어를 개혁하는 기술만으로는 새로운 시대가 오지 않는다. 참다운 커뮤니케이션 시대를 가능케 하는 것은 '마음의 문제'이다. 동아시아를 하나로 빚어온 문화의 아이덴티티는 사람과 사람의 접촉을 귀중히 하는 '인仁'이며 '덕德'이었다.

낡은 이야기가 아니다. '인'은 사람 인人 변에 두 이二 자를 쓴다. 커뮤니케이션은 혼자 할 수 없다. 두 사람이 있어야 비로소 열린다.

서양의 '개個'를 기본으로 한 인간관계와는 다르다. 한자로 개인의 '개'라는 것은 사람(人)이 물건처럼 굳어진 모양을 표현하고 있다. 그러나 '인'은 '개'와는 달리 타인을 의식하는 부드러움이며 신뢰이다. '당신'이 있으므로 비로소 '내'가 존재하고 '내'가 있으므로 '당신'이 탄생하는 상호 공존의 관계이다.

아시아가 참다운 친구로서 하나의 블록이 되기 위해서는, 진정으로 이 아시아의 마음을 '뿌리'로 해서 커뮤니케이션의 꽃을 피워가지 않으면 안 된다. 아이들과 이야기하기 위해서는 아이들의 입장이 되지 않으면 안 되듯이, 어떤 지식을 갖고 있어도 일방적이면 통할 수 없는 것이 커뮤니케이션의 법칙일 것이다. 일본인들이 독주해도 새로운 커뮤니케이션 시대는 열리지 않는다.

또한 커뮤니케이션 시대가 독생獨生이 아니라 공생共生의 시대라는 것은 전화 하나만 보아도 알 수 있다. 자동차라든가 냉장고 같은 것은 혼자 독점하면 그 가치가 더욱더 높아진다. 그런데 전화와 같은 커뮤니케이션의 도구는 그와는 정반대이다. 자기 혼자 아무리 많은 전화를 가지고 있어 봤자 아무하고도 통화할 수 없다. 전화는 타인이 가짐으로써 비로소 자기 소유의 의미가 생기는 물건이다. 이것이 바로 '인仁'의 세계이며 커뮤니케이션의 법칙인 것이다.

오늘날 모든 가치가 기능에서부터 커뮤니케이티브적인 것으로 바뀌어가고 있다. 동아시아의 문화적인 동질성을 살림으로써 서양의 로고스 중심의 산업 시대로부터 인간의 감동을 구하는 '포스트모던'의 신세계가 열린다.

일본인들이 아시아 사람들과 함께 살아간다는 것은 세계 사람들과도 함께 살아갈 수 있다는 증거이며 또한 그 통로이기도 한 것이다.

그러나 일본의 커뮤니케이션은 아시아의 전통과는 달리 '인仁'이 아니라 '교巧'가 되고 있지는 않은지? 상점 문을 닫아도 '폐점'이라 하지 않고 '준비 중'이라 하며 시계가 고장나도 '고장'이라 하지 않고 '조정 중'이라 하는 것이 일본적 커뮤니케이션의 실체였던 것인가. 전쟁에 지고도 '종전終戰'이고 가격이 올라도 다만 '값이 달라졌습니다'라고 하는 일본의 레토릭은 저 에쓰젠 상인의 '다라시'의 전통이란 말인가.

오늘날 이웃 나라 사람들은 일본을 주목하고 있다.

'가을은 깊은데 이웃 사람은 무엇을 하는 사람인고?'라고. 바쇼는 세상을 떠나기 전에 아름다운 시구를 남겼다. 저물어가는 가을의 계절감—이에 의해서 처음으로 바쇼의 시선은 이제 까지 관심을 갖지 않았던 이웃에 돌려졌다.

헤이세이의 사람들을 이웃 사람들에게 향하게 하는 것은 '저물어가는 세기'라는 이 시대감일 것이다. 한 사람의 체온으로 살아갈 수 없는 '때'가 오고 있는 것이다. 옛날 군인처럼 오늘의 비즈니스맨처럼 곧장 돌진해 가는 시대는 이제 저물어가고 있는 것이다.

겸허한 마음으로 이웃의 아시아 사람들을 보아라. 마음이 있는 헤이세이의 이웃 사람들을.

일본을 위협하는 것은 땅 깊숙한 곳에서 일어나는 지진뿐만이 아니다. 마음 깊숙이 숨어 있는 지나친 자신自信이기도 한 것이다.

하이쿠[俳句]와 일본인의 발상

감을 먹으면 어째서 종이 울리나

한국인들은 한국을 '동방의 등불'이라고 한 타고르의 말을 자랑합니다. 그런데 일본인들은 "하이쿠는 세계에서 가장 짧은 시"라고 한 타고르의 말을 잊지 않고 있습니다. 그 덕분에 일본의 하이쿠가 5·7·5조로 구성된 열일곱 자의 정형시라는 것이 후지산만큼이나 전 세계에 널리 알려져 있습니다. "세계에서 가장 짧은 시"—이 매력 때문에 미국의 초등학교 교실에서는 하이쿠를 배우고 실제로 짓는 연습도 합니다.

축소지향의 일본 문화 가운데 하이쿠 문학처럼 그 특성을 잘 나타내 보여주는 것도 아마 없을 것입니다. 그래서 이런 우스개 이야기도 있습니다. 프랑스에서 대학생들에게 하이쿠를 가르치자 대학생들이 이렇게 말했다는 것이지요.

"선생님, 이제 제목은 다 알았으니 본문도 가르쳐주시지요."

14행 시가 몸에 밴 서구 사람들에게는 하이쿠가 시의 제목처럼 보였던 것이지요.

말이 다른 곳으로 샙니다마는 일본의 전통 음식인 가이세키 요리를 대접받은 외국인들이 그것이 식전에 나오는 오르되브르인 줄로 알고 본식이 나올 때를 목이 빠지게 기다렸다는 것과 같은 이야기입니다.

왜 하이쿠는 짧은가? 그것을 따져 들어가면 일본의 문학만이 아니라 일본인의 특이한 발상법의 뿌리를 캘 수도 있을 것이라는 생각을 나는 오래전부터 해왔습니다. 거슬러 올라가면 초등학교 교실에까지 이르게 되는 것이지요.

그렇습니다. 내가 처음 만난 하이쿠는 그 유명한 마사오카 시키[正岡子規]의 것이었습니다.

감을 먹으면 종이 울리네, 법륭사[柿くへば鐘が鳴るなり法隆寺].

그때에 내가 체험한 놀라움과 신기함은, 속담같이 짧은 말인데도 그것이 시라는 사실이었고, 모르는 말은 하나도 없는데도 제대로 해석할 수가 없다는 점이었습니다. 감이야 늘 먹는 것 아닙니까. 그 시인처럼 나도 곧잘 감을 먹었지만 법륭사의 종은커녕 학교 종도 울리는 일이 없었지요. 아무리 생각해봐도 감을 먹으면 왜 하필 종이, 그것도 법륭사의 종이 울리는지 도저히 상상이 가지 않았던 것입니다.

생각해보십시오. '감을 먹으면'은 하나의 조건법이 아닙니까. 보통 글 같으면 '감을 먹으면 달다' 혹은 '감을 먹으면 배가 부르다'처럼 될 것인데, 여기에서는 이상하게도 종이 울린다는 겁니다. 원인과 결과가 도대체 논리적으로 맞지 않는 거지요. 선생님께 여쭈어보기도 했지만 마사오카 시키라는 시인은 고쇼[御所](교토 내에 있는 옛 일본 천황의 거처) 감을 대단히 좋아했다라든가 하는 설명만 해줄 뿐이어서 막상 감을 먹으면 왜 종이 울리게 되는지는 아무런 해답도 얻지 못했던 것이지요.

그것만이 아닙니다. 동요라 해도 시라고 하면 달이니 구름이니 갈대니 하는 것들처럼 무엇인가 조금은 환상적인 꿈의 세계가 있게 마련입니다. 그런데 감을 먹는다는 것은, 아니 감이 아니라도 도대체 무엇을 먹는다는 것은 시와는 동떨어진 것으로 보였지요. 가을에 빨간 감이 열려 있는 풍경이면 몰라도, 그것을 따서 먹는다는 것은 사정이 다릅니다. 입 언저리 사방에 감을 묻히며 쩌금쩌금 먹는 거동은 너무나도 일상적이고 멋대가리 없는 광경입니다.

'시가 속담처럼 너무나 짧다. 앞뒤 줄거리가 먹히지 않는다. 그리고 그 소재도 산문적이다.' 대체로 이 세 가지 요인이 하이쿠를 처음 접했던 나의 충격이었던 것입니다.

사실 하이쿠를 처음 대하는 사람이면 누구나 조금씩은 나와 같은 느낌을 받게 될 것이라고 생각합니다. 한국인들은 논리적인 사고를 즐긴다는 면에서는 일본인들보다도 오히려 서양 사람에 가깝다고 말하는 사람들이 있습니다. 한국의 선비 문화는 글자 한 자 새기는 데 목숨을 걸었던 주자학이 그 주류를 이루고 있었습니다. 그러지 않으면 사문난적斯文亂賊으로 몰리는 것이지요. 앞뒤 이치가 닿지 않는 선문답禪問答을 즐겼던 일본인들과는 아주 대조적입니다.

하이쿠를 한국의 단시형인 시조와 견주어보면 그런 차이를 명확하게 알 수 있습니다. 한 행으로 되어 있는 일본의 하이쿠와 달리 한국의 시조는 초장, 중장, 종장의 삼장체로 되어 있습니다. 그래서 삼단 논법 같은 논리 정연한 구조를 이루고 있습니다. 초장에서는 문제를 제기하고, 중장에서는 그것을 발전시키고, 종장에서는 결론을 내립니다. 앞에서 말한 의미들은 '어즈버'니 '아이야'니 하는 감탄사로 요약되면서 자신의 느낌이나 주장을 정리하게 되는 것이지요. 결론을 낼 수 없는 문제라 해도 '나도 몰라 하노라'라고 명백하게 그 꼬리를 달아줍니다. 모른다는 것 그 자체가 결론이 되는 셈이지요.

하이쿠도 물론 5·7·5의 음절로 구성되어 있어서 앞의 다섯 글자가 상구, 가운데가 중구, 그리고 끝이 종구로 분리될 수 있습니다. 하지만 시조와 비교하면 단지 그것은 한 행 분량에 지나지 않는 거지요. 그 한 줄 안에 문제를 제기하고 풀어가고 결론을 낸다는 것은 무리입니다. 하이쿠는 아시다시피 여러 사람들이 한자리에 모여 한 사람이 한 구씩 지어 그것을 연결해가는 하이카이[俳諧]라는 연작 형태에서 나온 것 아닙니까. 그 맨 첫 번째 구인 홋쿠[初句]가 따로 떨어져 나와 독립된 시 형태로 발전한 것이 오늘의 하이쿠였지요.

그러니 맨 처음에 시구詩句를 짓는 사람이 한꺼번에 결론까지 내놓으면 어떻게 되겠습니까. 다음에 그것을 받아 시를 지어야 할 사람은 여간한 낭패가 아닐 것입니다. 따라서 뒤에 여러 가지 시구를 자유롭게 붙일 수 있는 공백과 가능성을 많이 남겨주어야 되는 것이지요. 그러니까 느슨하고 암시적인 구일수록 자기주장이 너무 강렬하지 않는 것이 좋을 것입니다. 자기주장을 억제하고 설명을 잘라낼 때 비로소 남과 어울리게 되는 것이지요.

논리적인 승리보다도 어렴풋한 공백을 남겨두어 분위기로 깨닫게 하는 것이 바로 선禪 문화의 본질인지도 모릅니다.

빈 찻잔과 배우俳優의 의미

나는 뒷날 일본의 어느 선승禪僧에 대한 일화를 듣고 빈 구석을 존중하는 하이쿠의 미학이 무엇인지를 깨닫게 되었습니다.

어느 날 젊은이 하나가 스님의 가르침을 받겠다고 선승을 찾아 왔지요. 그리고는 자기의 고민과 생각을 털어놓기 시작했습니다. 그런데 선승은 다 마시지 않은 그 젊은이의 찻잔에 자꾸 차를 따르는 것이었습니다. 찻잔에서 차가 넘쳐 흐르는 것을 보고 젊은 이가 물었지요.

"스님, 차가 넘쳐 흐르는데 왜 자꾸 차를 따르십니까?"

그랬더니 그 선승은 말했습니다.

"그렇소. 가득 찬 찻잔에는 차를 따를 수 없는 것이오. 잔이 비어 있어야 차를 따를 수 있듯이 마음이 비어 있어야 나의 가르침을 받아들일 수 있을 거요. 그런데 당신은 이곳에 오자마자 자기 이야기만 하고 있으니 이 찻잔처럼 차를 부어도 넘쳐흐를 수밖에 없지요. 먼저 잔을 비우시오."

하이쿠의 빈 찻잔 만들기는 의미를, 논리를, 그리고 자기주장을 하기보다는 오히려 그런 것들을 버려 비우는 작업이라고 할 수 있을 것입니다. 그 비우기란 일상적인 의미의 인과관계를 끊는 데서 시작합니다. 감을 먹는 일상적인 물질적 세계와, 법륭사의 종소리로 상징되는 탈속의 정신적 세계는, 논리적으로 보면 반대되는 것이라고 할 수 있습니다. 그러나 마사오카 시키는 하이쿠라는 빈 찻잔으로 교묘하게 이 두 세계를 열일곱 문자에 담아버린 것입니다.

그렇지요. 먹는다는 것은 미각 아닙니까. 혓바닥의 세계입니다. 그런데 종소리는 청각, 귀로 듣는 세계입니다. 가을날 차가운 공기 속에 울려오는 법륭사의 종소리와 감을 먹는 그 미각의 세계는 동떨어져 있는 것이면서도 잘 어울리게 됩니다.

그리고 법륭사는 아시다시피 천수백 년 전의 옛날 절입니다. 그 고건축물은 눈으로 볼 수 있는 영원의 시간이지요. 미각, 청각, 시각, 그리고 그 일순간 속에 영원의 시간이 마주칩니다. 성聖과 속俗, 순간과 영원, 물질과 정신—이 모순되는 것을 담는 빈 찻잔 이 바로 그 마사오카 시키의 하이쿠였던 것입니다.

우리를 당황하게 할수록, 단단하게 믿고 있던 것을 헤집어놓을수록 하이쿠의 가치는 높아지는 것이라고 할 수 있을 것입니다.

하이쿠라고 할 때의 하[俳] 자는 배우俳優라고 할 때의 바로 그 배俳 자입니다. 오늘날에는 '배우'라고 총칭하고 있지마는 옛날에는 희극 배우는 '배俳', 비극 배우는 '우優'라고 구별해서 썼다고 합니다. 즉 세속적이고 점잖지 못한 것이 '배'라고 한다면, '우'는 우아하고 비일상적인 것에 속해 있는 것이라고 할 수 있습니다. 행동적인 것이 '배'라고 한다면, 사색적인 것은 '우'입니다. 얘기가 다른 데로 튑니다마는, 노벨상을 받은 물리학자가 '우'라고 한다면, 이론이 아니라 기술을 응용하여 상품을 만들어내는 사람은 '배'라고 할 것입니다.

만약에 법륭사의 종소리를 법당에서 목탁을 치면서, 혹은 기도를 하면서 듣는다면 '우'가 되겠지만 길거리나 상점 툇마루에 걸터앉아 감을 먹으며 들으면 '배'가 되는 것입니다.

한마디로 하이쿠는 그 이름 그대로 '배'의 연기를 통해서 '우'의 세계를 뒤집거나 새롭게 고치는 역할 속에서 탄생되고 발전해

온 문학이라는 점에 그 특성이 있다고 할 것입니다.

'때·장소·사물'의 세 가지 코드

하이쿠가 짧다는 것은 누누이 『축소지향의 일본인』에서 검증을 거친 것처럼 일본인의 특성과 무관한 것이 아니라고 생각합니다.

한국인들은 별을 좋아했습니다. 일본에 있는 북두칠성의 신앙은, 이른바 일본인들이 '도래인'이라고 했던 한국인들의 종교였던 것입니다.

일본 학자들은 일본의 토착적인 문화에는 '별의 문화'가 없었다고들 말하고 있습니다. 신화에도 별의 이야기가 나오는 것은 딱 한 군데밖에 없다는 것입니다. 그래서 별 없는 문화의 전통 속에서는, 별을 읊게 되면 잇사[小林一茶]의 다음과 같은 하이쿠가 됩니다.

아름답구나, 창호지 구멍 속의 은하수여(うつくしや障子の穴の天の川).

넓은 들판이나 바다에서 올려다본 무한한 그 밤하늘의 별이 아니라 4조 반 작은 방 한구석, 그것도 창호지에 뚫린 작은 구멍을 통해 내다본 은하수인 것입니다. 그래야만 그 별은, 은하수는 아름다운 것이 됩니다.

　전형적인 일본 정원의 감상법은 방 안에 앉아 그 문틀 너머로 바라보는 것이라고 합니다. 무엇인가 틀 안에 넣지 않고는 못 견디는 일본인의 습성이 바로 그 창호지 구멍을 통해서 바라본 은하수인 것입니다. 무한대로 뻗쳐 있는 우주의 그 은하수를 바늘구멍과 같은 것으로 극소의 공간을 통해 바라다보는 이 역설적인 상황이야말로 하이쿠 문학의 본질을 이루고 있는 것이라고 해도 과언이 아닐 것입니다.

　물론 짧고 작은 것이라 해서 모두 하이쿠가 되는 것은 아닙니다. 하이쿠와 비슷하게 생긴 속담을 보십시오. 일본 속담에는 사실 하이쿠보다 더 짧은 형태를 지니고 있는 것이 많습니다. "티끌도 쌓이면 산이 된다(塵も積もれば山となる)"도 그중의 하나입니다. 만약 이 속담 위에 '쓰마라나이(하찮것없는)'라는 다섯 글자만 붙이면 5·7·5가 되어 형식상으로는 하이쿠와 조금도 다를 것이 없습니다. 그런데도 이 속담을 하이쿠라고 생각할 사람은 아무도 없을 것입니다.

　더 극단적인 예를 들어보면 일본의 표지판에 '이 언덕에 오르지 마라. 경시청(この丘に登るべからず 警視廳)'이라는 것이 있었다고 합니다. 하이쿠의 형식 그대로 5·7·5의 자수에 맞추어 써놓은 경고문이지요. 어째서 속담이나 경고문 같은 것은 하이쿠가 될 수 없는 것일까요. 결국 이 같은 예문에서 우리가 느끼고 짐작할 수

있는 것은 5·7·5의 그 형태보다도 하이쿠를 하이쿠답게 만드는 어떤 다른 힘이 있다는 사실입니다.

하이쿠에는 반드시라고 해도 좋을 만큼 세 개의 코드로 이루어져 있습니다. 그것은 '때[時]·장소[場]·사물[物]'입니다. 이 세 요소를 갖추지 않으면 속담이나 센류[川柳]와 같은 아포리즘 문학이되고 맙니다. 혹은 일본의 전통 시가인 와카[和歌]에서 뒷 구절의 7·7의 열네 음절만 잘라낸 노래에 지나지 않는 것입니다.

"티끌도 모으면 태산"이라는 속담에는 티끌이나 태산과 같은 사물은 있으나 그 사물이 존재하고 있는 특정한 시간이나 장소가 없습니다. 세계 어디에나 있는 티끌이며 그것이 모아져 태산이된다는 것도 관념일 뿐, 실재하는 산의 구체적인 장소성도 없는 것입니다.

까마귀의 탄생

그러면 과연 이 '때·장소·사물'의 코드가 어떤 것인지를 밝히기 위해 바쇼의 잘 알려진 하이쿠 하나를 놓고 생각해보기로 하겠습니다.

마른 나뭇가지에 까마귀가 앉아 있구나, 가을 저녁이여(枯れ枝に烏の止

まりけり秋の暮れ).

여기에서의 마른 나뭇가지는 장소를 나타내는 특정한 공간 코드입니다. 그리고 까마귀는 구체적인 대상물, 즉 사물에 속하는 코드이며, '가을 저녁이여'라고 한 것은 계절과 구체적인 하루의 시각을 나타내주는 시간 코드입니다. 다시 말하면 이 짧은 열일곱 문자 속에 일정한 장소와 공간, 그리고 개별화된 사물을 전부 갖추고 있는 것입니다.

그렇습니다. 하이쿠가 '축소지향의 노래'라고 하는 것은 형태만이 짧아서가 아닙니다. 그 내용의 구조 역시 이렇게 시간과 공간과 사물을 축소해놓은 결정체로 되어 있는 것입니다. 가을 저녁은 시간을 축소한 것이요, 마른 나뭇가지는 공간을 축소해놓은 것입니다. 그리고 그 가지 위에 앉아 있는 까마귀는, 세계의 까마귀를 특정한 하나의 까마귀로 축소시켜놓은 것이라고 할 수 있습니다.

그렇기 때문에 하이쿠를 정의하여, '한 장소에서 한순간에 일어난 일을 적은 노래'라고 하기도 합니다.

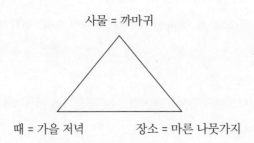

사물 = 까마귀

때 = 가을 저녁　　　　장소 = 마른 나뭇가지

그리고 "하이쿠는 아무것도 의미하지 않는다"라는 롤랑 바르트의 말도 있듯이, 하이쿠는 이 세 가지 조건을 조립해서 축소해내는 기술, 다시 말해 배열하는 문학이라고 할 수 있는 것입니다.

좀 유별난 비유 같지만, 하이쿠의 언어는 마치 인간의 유전인자인 DNA와 흡사하다고 할 수 있습니다. 수많은 생명체가 유전자의 조립방식의 구성에 따라서 생겨나듯이, 하이쿠는 여기에서 보는 것 같은 때·장소·사물을 여러 가지로 조합하여 만들어내는 감동의 생명체인 것입니다.

바쇼의 하이쿠를 보면 '쓸쓸하다, 스산하다, 외롭다'와 같은 일체의 자기 감정이나 상황 묘사를 하지 않고 있습니다. 단지 마른 나뭇가지와 까마귀를 함께 어울리게 함으로써, 그리고 가을 저녁의 시간 속에 결합시킴으로써 어떤 풍경, 어떤 의미, 그리고 어떤 삶의 느낌에 대한 것을 어렴풋이 나타내 보여주고 있는 것입니다.

그래서 하이쿠라는 것은, 읽거나 쓰거나 하는 것이 아니라 차라리 손으로 잡아들이는 것이라고 하는 편이 옳을 듯싶습니다. 순간 속에서 일어나고 있는 어떤 사물을 재빨리 잡는 것이지요. 카메라맨이 절묘한 순간을 놓치지 않고 셔터를 누르듯이 말입니다.

그렇다고 하이쿠가 하나의 그림, 하나의 사진처럼 시각적인 의미만을 지니고 있다는 것으로 오해해서는 안 됩니다. 앞에 소개

한 바쇼의 하이쿠는 나뭇가지에 앉아 있는 까마귀의 족자 그림을 보는 것과는 분명히 구별되는 다른 맛을 지니고 있는 것입니다. 소리 내서 그 구를 읽어보시지요. '카레에타니 카라스노도마리 케리 아키노쿠레'이고, 알파벳으로 적어보면 'KARE ETANI KARASUNOTOMARI KERI AKINOKURE'입니다. 어떻습니까. 'K' 음이 다섯 개나 들어 있지 않습니까. 일본어의 か(카) 자 줄에서 こ(코) 자 하나만 빠지고 카키쿠케(かきくけ)가 모두 들어가 있습니다.

그러니까 '까욱까욱' 하는 까마귀 울음 같은 그 'K'의 연음이 던져주는 음산하고 어둠침침한 소리가 이 하이쿠의 밑바닥에 깔려 있습니다. 그것은 때, 장소, 사물의 세 가지 코드가 자아내는 특성을 더욱더 두드러지게 하는 효과를 나타냅니다. 작자는 어디에서고 자기 모습을 드러내 보이지 않습니다. 이 시에는 형용사나 비유도 일체 제거되어 있기 때문입니다. 다만, 한숨과 같은 K 음을 타고 특히 '……있구나' '……저녁이여'라는 말미의 마무리 글자, 이른바 '기레지切れ字'를 통해서 새어 나오고 있을 뿐입니다.

이념과 사물

가을의 텅 빈 들판, 땅거미가 지기 시작하는 어스름한 저녁의 광선, 이 막막한 풍경은 나뭇잎이 떨어진 앙상한 나무로, 다시 그 나무에서 메마른 가지 하나로 줌인 되면서 그 초점이 하나의 검은 점과도 같은 까마귀로 응축되어버립니다.

이러한 까마귀는 흔히 노래로 들어오던 그런 까마귀들과는 아주 다른 것입니다. 동아시아 문화권에서 까마귀라고 하면 정형화된 몇 개의 개념이 따라다니게 마련입니다. '반포反哺의 효'라는 말이 있듯이 까마귀는 어릴 때 자신을 길러준 부모를 나중에 자라 돌본다는 것이지요. 까마귀는 효행을 상징하는 새로 관념화해 있다는 이야기입니다. 그래서 유교 문화권에서는 까마귀를 그냥 단순한 하나의 사물로 보지 않고 이데올로기화한 새로 보는 일이 많습니다. 그런 경우, 까마귀를 소재로 한 노래 역시 이데올로기의 색채, 관념적인 세계를 반영하게 되는 것입니다. 이 하이쿠를 쓴 바쇼 자신도 다른 잡문에서는 까마귀를 '반포의 새'라고 칭찬하고 있습니다.

동시에 까마귀는 색채가 검고 또 시체를 파먹는 새로 죽음이나 불길한 상징으로 노래되기도 합니다. 이 점에서는 서구 문화의 경우도 마찬가지입니다. 에드거 앨런 포Edgar Allan Poe의 시 「더 레이븐The Raven」의 그 큰 까마귀는 "네버 모어never more"라고 울고 있지요. 그것은 죽음을 나타내는 관념화한 새입니다.

한국의 시조 가운데 까마귀가 등장하는 정몽주의 시조가 있습니다.

까마귀 싸우는 골에 백로야 가지 말라.

성난 까마귀 흰빛을 세우나니

창파에 조히 셋은 몸을 더럽힐까 하노라

또한 상산商山의 시조도 있습니다.

까마귀 검다 한들 속까지 검을소냐.

자오반포라 하니 새 중에 효자로다.

사람이 그 안 같으면 까마귀엔들 비하랴.

뜻이 상반되어 있는 까마귀라고 해도, 시조 속의 까마귀들은
바쇼의 까마귀와는 아주 다릅니다. 바쇼의 까마귀(사물)는 가을 저
녁 시간이라는 어떤 순간과 마른 나뭇가지라는 특정한 공간 속에
존재하고 있는 까마귀입니다. 말하자면 세계에 있는 단 하나뿐인
개체로서의 까마귀로 존재하고 있는 것입니다. 그렇기 때문에 바
쇼의 그 까마귀는 사진을 찍듯이 찍을 수가 있는 것입니다.

무로마치 시대의 수묵화 가운데 까마귀가 이 마른 나뭇가지에
앉아 있는 정경과 꼭 닮은 그림이 있는데 여기에 나오는 까마귀
들은 두 마리, 세 마리 등으로 복수입니다.

『마쿠라노소시[枕草子]』에도 "가을 저녁, 노을이 화려하게 비치
고, 산과 인접해 있는 까마귀의 잠자리로 다가가니 서너 마리인

지 두 마리인지 까마귀가 날아가네. 가련도 해라"라고 되어 있다는 사실입니다.

그런데 이상한 것은 바쇼의 하이쿠를 영역한 것을 보면 까마귀가 단수로 되어 있다는 점입니다. 어째서 여러 마리가 아니라 한 마리로 되어 있는 것일까요?

시간과 장소와 까마귀가 어우러져 하나의 이미지를 만들어내고 있기 때문입니다. 마른 나뭇가지나 가을 저녁이 없다면 두세 마리의 까마귀가 될 것입니다. 그런데 마른 나뭇가지와 가을 저녁은 다 같이 쓸쓸하고 음산합니다. 그 분위기에 알맞은 까마귀는 역시 쓸쓸한 한 마리의 까마귀라야 할 것입니다.

그렇다면 앞서 소개한 시조 속의 까마귀는 몇 마리인가? 그것은 단수도 아니고 복수도 아닙니다. 관념화한 까마귀는 『이솝 우화』속의 까마귀처럼 특정한 장소와 시간과 관계가 없는 '세계의 까마귀'로 존재하기 때문입니다. 즉 효를 상징하거나 반대로 악을 상징하는 까마귀는 가을 저녁이든 여름 대낮이든, 혹은 나뭇가지에 앉아 있든 지붕 위에 앉아 있든, 그 개념에 아무런 변화를 주지 않습니다.

이념적인 까마귀는 단지 그것이 선인가 악인가 하는 가치 판단에 의해서 좌우됩니다. 그런데 바쇼는 '때'와 '장소'를 변화시킴으로써 까마귀의 의미를 바꿔주는 것입니다. 그래서 바쇼의 까마귀는 관념보다는 감성에 호소하는 하나의 독립된 사물로서의 얼굴을 드러내게 되고, 까마귀 자체가 쓸쓸함[侘]이나 적막함[寂]의 등가물이 되는 것입니다.

부연하자면 바쇼의 하이쿠에서 까마귀가 효나 악과 같은 관념과 관계없이 까마귀 그 자체로서 등장하고 있는 것은 '가을'과 '저녁', 그리고 '마른 나뭇가지'라는 그 때와 장소가 제시되어 있기 때문입니다.

그러니까 시조는 나쁘고 하이쿠는 좋다든가, 반대로 시조는 좋고 하이쿠는 나쁘다는 그런 이야기가 아닙니다. 시조의 특성과 하이쿠의 특성의 차이가 어디에 있는가를 이야기하고자 하는 것입니다. 즉 시조를 관념의 문학이라고 한다면, 하이쿠는 즉물적卽物的인 사물의 문학이라는 것에 주목해달라는 것입니다.

하이쿠의 '까마귀' 변신법

그렇기 때문에 하이쿠의 경우에는 선악의 관념이 아니라 때와 장소를 바꿔주는 것으로 서로 다른 까마귀를 만들어가는 것입니다. 다음 하이쿠 하나를 읽어봅시다.

못자리판을 굽어보는 숲속의 까마귀여(苗代を見て居る森の烏かな).

이 하이쿠의 까마귀는 이미 바쇼의 그것과는 아주 인상이 다릅니다. 까마귀가 놓여 있는 그 시간과 장소가 서로 달라졌기 때문입니다. 이 하이쿠의 까마귀는 가을이 아니라 봄, 그리고 저녁이 아니라 대낮에 있습니다. 그리고 앙상한 마른 나뭇가지가 아니라 푸른 숲속 무성한 이파리의 가지 위에 앉아 있습니다. 회색 들판이 아니라 그 까마귀가 바라다보고 있는 것은 초록색 못자리판입니다.

같은 검은 까마귀인데도 바쇼의 앞 하이쿠와 달리 생명력이 넘쳐나 있습니다. 이미 그것은 외롭고 쓸쓸한 까마귀가 아닙니다.

'지금' '여기' '나'의 현상학적 세계야말로, 하이쿠가 추구하고 있는 바로 그 세계입니다. 어떤 사물이든 '지금'이라는 시간, '여기'라는 장소를 갖고 있습니다. 그러나 추상적인 세계는 '지금'과 '여기'를 초월합니다. 까마귀가 효의 관념을 나타낼 때에는 어떤 장소, 어떤 시간에 한정되어 있는 게 아니라는 말을 다시 기억해주시기 바랍니다. 반포의 효심을 갖고 있다는 까마귀는 못자리판을 보고 있든, 가을 들판을 보고 있든, 그런 시간과 공간과는 상관이 없습니다. 결국 문학의 특성은, 인간과 사물을 현상적으로 인식하고, 추상적으로 파악하고 있는가에 따라서 좌우된다고 할 수 있습니다.

흔히 문학이라고 하면 의미의 예술이라고 생각하기 쉽지만, 사실은 그렇지 않습니다. 수천, 수백 년 동안 문학은 의미와 투쟁해온 것이라고 해야 할 것입니다. 작가들은 끝없이 의미를 탐구하고 있으면서도 한편으로는 의미의 울타리 밖으로 탈주하려는 모순 속에서 싸워왔던 것입니다.

'의미로부터 도망친다, 관념으로부터 해방된다.' 이런 지우개를 만들어내기 위해서 시인들은 외로운 모험과 새로운 미학에 도전하곤 합니다. 바쇼 역시 그런 시인 중의 하나였던 것이지요.

말에 먹힌 꽃

오늘날 하이쿠 문학의 연구가들에게는 좀 미안한 이야기가 될지 모르지만 일본 사람들은 힘들여 좋은 하이쿠를 만들어놓고는 그것에 이상한 해석을 붙여 망쳐놓는 일이 참 많습니다. 애써 관념에서 벗어난 언어들을 다시 관념으로 환원해버리는 경우입니다.

　　길섶에 피어 있는 무궁화 꽃을 말이 먹어치웠네(道のべの木槿は馬にくはれけり).

바쇼의 대표적인 하이쿠 하나를 놓고 생각해봅시다. 이 하이쿠는 열이면 열, 일종의 교훈을 담은 노래로서 해석되고 있습니다. '모난 돌이 정을 맞는다'는 속담과 같은 뜻으로 말이지요. 즉 무궁화 꽃이 사람이 많이 지나다니는 길가에 자랑스럽게 피어 있다가 말에게 먹히고 만 것처럼, 여러 사람 앞에 너무 나서기 좋아하고 자기 자랑을 하다가는 패가망신한다는 겁니다. 그래서 이 하이쿠에는 으레 '솟아난 말뚝은 얻어맞는다'는 일본 속담과 같은 뜻이라는 주석이 붙어 다니고 있습니다.

그러나 이 하이쿠가 실려 있는 원본들을 자세히 보면 이 하이쿠에는 '안전에(눈앞에서 일어난 광경이라는 뜻)'라든가 '마상음馬上吟(말 위에서 읊다)'이란 덧말이 붙어 있는 것입니다. 그 말에서도 엿볼 수 있듯이 이것은 예상치 않게 일어난 순간적인 한 사건으로서, 요즘 말로 하면 하나의 해프닝으로 벌어진 광경을 그대로 기술한 하이쿠라는 것입니다. 그랬기 때문에 바쇼는 이 사건을 우화적으로 보지 않도록 하기 위해서 그런 주석까지 달아놓았던 것입니다. 하나의 해프닝으로, 있는 그대로의 사건으로 봐주기를 바랐던 것이지요.

그런데도 사람들은 엉뚱한 해석을 해왔던 것입니다. 사실 이 하이쿠가 말에게 먹힌 무궁화 꽃처럼 잘난 체하다가는 큰코다친다는 교훈적인 뜻을 담은 것이라면, 대체 그 문학적 가치는 무엇이며 속담과 다른 하이쿠의 맛은 무엇으로 설명해야 하는가, 참으로 난처한 일이지요.

말하자면 관념적으로, 즉 우화적으로 읽지 않고, 있는 그대로 이 하이쿠를 읽으면 어떻게 되는지를 문자대로 분석해보십시오. 정말 하이쿠의 묘미가 무엇인지를 알게 될 것입니다. 바쇼 자신이 노파심에서 군말을 붙인 것처럼, 바쇼는 이 하이쿠를 말 위에서 읊고 있는 것입니다. 그 장소의 코드가 중요한 역할을 하고 있는 것이지요. 그렇습니다. 지금 바쇼가 말을 타고 길을 가고 있는 것입니다. 그런데 먼빛으로 길가에 무엇인가가 보입니다. 처음에는 잘 몰랐지만, 가까이 다가가자(말에 타고 접근해 가고 있다는 사실을 잊어서는 안 됩니다) 그게 아름다운 무궁화 꽃이라는 것을 알게 됩니다. 시인이 어찌 예사로 그 길가에 문득 피어난 소담한 꽃을 그냥 스쳐 갈 수가 있겠습니까.

'아, 이런 길가에 무궁화 꽃이 피어 있구나'라고 생각하며 물끄러미 그 꽃을 내려다보고 있는 순간, 타고 있던 말이 갑자기 그 꽃을 먹어버린 것입니다. 그 순간 바쇼는 깜짝 놀랐을 것입니다. 하이쿠에 그 놀라움이, 그 충격이 잘 나타나 있습니다.

꽃은 아름다운 것입니다. 가인들에게 늘 사랑을 받아온 소재였습니다. 바쇼도 예외는 아니었을 것입니다. 그런데 아름다운 꽃이 말에게 먹히고 만 순간 바쇼는 여지껏 몰랐던 꽃의 새로운 사물성을 깨닫게 된 것입니다. 아름답다는 관념만으로 바라본 꽃, 그 무궁화 꽃이 말에게는 한낱 먹이에 불과했던 것입니다. 꽃이 말의 먹이로 인식된 순간에 무궁화 꽃은 시 속의 문자가 아니라 정말 살아 있는 꽃으로 다가왔던 것입니다.

아름다운 꽃, 새와 짝을 지어 노래되어온 그 꽃이 바쇼에게 와서는 말에게 먹히는 즉물적인 꽃이 되고 맙니다. 이 예상치 않았던 해프닝 속에서 바쇼는 말[馬]의 시각을 통해 무궁화 꽃을 보게 된 것이며, 그 일순의 체험을 통해서 바쇼는 지금껏 어떤 시인도 읊지 못한 꽃의 알몸을 보게 된 것입니다.

무궁화 꽃은 먹을 수도 있는 것입니다. 그러나 인간은 무궁화 꽃이란 먹을 수 없는 것, 아름답기만 한 것, 시가로만 노래되어지는 것으로 관념화하여 수백, 수천 년을 살아왔습니다. 시집 속의 무궁화 꽃은 조화와 다름없게 된 것입니다.

바쇼는 무궁화 꽃을 먼지 핀 길가에 피어나게 함으로써, 그리고 길을 가는 말에게 먹게 함으로써 꽃을 관념의 틀에서 벗어나게 한 것입니다. 안전眼前에 피었다가 갑자기 사라져버린 그 바쇼의 꽃은, 어떠한 꽃보다도 더 허망하고 극적인 것이라고 할 수 있습니다. 감을 먹으며 법륭사의 종소리를 듣는 하이[俳]의 전통이 무엇인지를 알게 됩니다.

매미를 보는 시선

뒤에서 이야기하겠지만 말에게 먹힌 무궁화 꽃에 대한 놀라움은, 언제나 우는 것으로만 시가에 등장해왔던 개구리를 갑자기 연못 속으로 뛰어들게 한 그 충격과 같은 것이라 할 수 있습니다. 바쇼는 렌가[連歌]나 한시에 나오는 개구리와 전혀 다른 개구리를 노래 속에 등장시켰던 것처럼, 여기에서는 한 번도 생각해본 적이 없는 새로운 꽃의 모습을 보여준 것입니다.

　바쇼 자신도 근본사根本寺의 주지인 불정佛頂 스님 곁에서 참선을 한 적이 있었다고 합니다. 그때 "하이쿠란 무엇인가?"라는 스님의 물음에 대해 "하이쿠는 지금 현재의 일, 눈앞의 일을 읊는 것입니다"라고 대답한 뒤, 바로 이 무궁화 꽃의 하이쿠를 그 자리에서 읊었다는 것입니다. 그러자 불정 선사는 "좋구나. 하이쿠에도 이처럼 깊은 뜻이 있을 줄이야……"라고 감탄했다고 합니다.

　바쇼 자신도 이렇게 말하고 있습니다.

　　홋쿠[發句](하이쿠의 뜻)는 병풍 속의 그림과 같다고 생각하라. 자신이 구절을 만들려면 눈을 감고 그림을 보듯이 해야 한다. 그러면 사활死活이 스스로 떠오르는 법이다. 그렇기에 하이쿠는 형체를 먼저 그려 생각을 뒤에 따르게 하는 것이다. 모든 하이쿠는 첫 구절이건 뒷 구절이건 마음의 눈을 감고 현재 눈앞에 보이는 것만을 보아야 한다. 마음속에서 생각을 한다는 것은, 보이지 않는 것을 눈에 보이도록 떠올리게 하는 것이다.(25개조)

　바쇼의 까마귀가 '매미'로 바뀌면 어떻게 될까요? 시조의 까마귀와 하이쿠의 까마귀의 차이와 똑같은 법칙을 찾아낼 수 있을까요. 이 궁금증을 갖고, 매미를 노래한 하이쿠와 시조를 계속해서 비교해봅시다.

매미는 그 독특한 울음소리 때문에 동서고금을 통해 많은 화제를 던진 곤충입니다. 아나크레온Anacreon은 매미를 신처럼 여겨 그 울음소리를 크게 칭송했지만 이솝은 정반대의 해석을 내립니다. 매미는 여름 내내 일은 하지 않고 노래만 읊어대는 향락가로 살다가 겨울이 되면 누더기를 걸치고 음식을 구걸하는 거렁뱅이로 그려지고 있습니다.

까마귀처럼 우화의 세계에서는 관념적인 가치관이 지배하고, 그 결과는 '좋으냐 나쁘냐'의 윤리적 가치에 의해 결정됩니다. 그래서 매미는 신이 되기도 하고 거지가 되기도 하는 것입니다.

한국의 매미는 고려시대의 문인 이규보李奎報 때부터 청렴한 곤충으로 칭송을 받아왔습니다.

굼벙이 매아미 되어 나래 돋쳐 날아올라
높으나 높은 나무 소리는 좋거니와
그 위에 거미줄 있으니 그를 조심하여라.

이 시조의 매미는 진짜 매미가 아니라 의인화한 매미입니다. 매미는 시인처럼 노래를 부르고 청렴한 선비처럼 다른 생물의 피를 빨아먹지 않고 오로지 이슬만 먹고 살아갑니다. 그러므로 너무 높게 날지 말라는 것은 권세를 탐하지 말라는 것과 같지요. 그리고 높은 나무 위에 있다는 거미줄은 조정의 간신배들입니다.

그들의 모함으로 목숨을 잃을지도 모른다는 게지요.

이솝은 개미와 매미를 대립적으로 보고, 일하는 것과 노는 것 play and work이라는 대립 체계를 만들어냅니다. 그것처럼 시조 속의 매미는 거미와 대응됩니다. 까마귀와 백로(흑백=선악)가 대립되어 있었듯이 여기에서도 마찬가지입니다. 이규보의 말대로 매미의 몸에는 맑은 노래가 가득 차 있지만, 거미의 배 속에는 남을 옭아 매는 거미줄만이 가득 차 있는 것입니다.

유교 문화권에서는 중국 육운陸雲의 말대로 매미는 오덕五德을 가지고 있는 선비의 모범이 되는 것입니다. 머리에는 무늬가 있으니 그것은 '문文'이며 이슬을 먹고 사니 그것은 '청淸'이며, 곡식을 먹지 않으니 그것은 '염廉'이며, 집을 짓고 살지 않으니 그것은 '검儉'이며, 계절을 지키니 그것은 '신信'이라는 것입니다. 그래서 한국의 관리들이 쓰고 다니던 관에는 매미의 날개 모양이 달려 있었던 것입니다.

바위에 스며드는 매미 소리

그러나 매미가 하이쿠에 등장하면 이솝의 우화나 시조에 등장하는 매미와는 전혀 다른 존재가 됩니다.

고요함이여! 바위에 스며드는 매미 소리(閑かさや岩にしみ入る蟬の聲).

바쇼의 매미는 개미나 거미와 대립되어 있지 않습니다. 오히려 그 매미의 울음소리와 짝을 이루고 있는 것은 바위입니다. 그것은 관념이 아니라 오히려 감각에 속해 있는 매미인 것입니다. 매미 소리를 도덕적으로 듣고 있는 것이 아니라, 바위의 촉각을 통해 듣고 있는 것입니다.

바위는 딱딱한 촉감과 역학적인 중력감이 응결해 있는 것입니다. 논리적으로 보면 매미는 청각의 세계에 속해 있는 생물이고, 바위는 촉각의 세계에 속해 있는 무생물입니다. 서로 공통점이나 대응될 만한 요소가 없습니다.

더구나 이상한 것은 아무리 점수를 후하게 준다고 해도 매미들이 울고 있는 것은 결코 조용하다고 말할 수가 없습니다. 매미 소리는 시끄럽습니다. 그런데 바쇼는 그것을 '고요함이여!'라고 정반대의 진술을 하고 있는 것입니다. 그것은 매미의 울음소리에 공간성을 부여했을 때 비로소 가능해지는 것입니다. 즉 매미들이 울고 있는 장소는 바위산인 것입니다. 매미 소리는 나뭇잎 사이, 그러니까 숲 사이에서 울려 나오는 것이 보통이지요. 그런데 지금 바쇼가 듣고 있는 매미 소리는 메마른 바위에 스며들고 있는 것입니다. 만약에 매미가 숲에서 울고 있다면, 그것은 아무리 시적 역설이라고 해도 '고요함이여!'라고 감탄사를 붙일 수는 없을 것입니다.

매미는 여름의 한순간을 사는 하잘것없는 곤충입니다. 여름이

지나면 그 소리도 생명도 사라지지요. 그런데 그 매미 소리가 들려오는 바위산의 바위들은(이 하이쿠는 입석사에서 지은 것이고, 그 주위는 바위산으로 둘러쳐져 있다고 합니다) 정지된 시간, 태고의 시간 속에서 침묵하고 있습니다.

바위는 폐쇄된 존재의 눈꺼풀입니다. 그 눈꺼풀은 영원히 닫혀 있습니다. 비와 바람의 그 풍화 작용에 대해서 수천 년, 수만 년 동안 저항해온 존재입니다. 시간은 물론이고 어떤 사람도 저 딱딱한 바위 내부로 들어가본 적이 없었던 것입니다.

그 바위 속이란 무엇인가? 변화하지 않는 것, 영원한 것, 굳어 있는 것입니다. 그런데 지금 그 속으로 생생한 매미 소리, 한순간의 그 생명의 소리가 '스며든다'는 것입니다.

마치 비가 부드러운 흙 속으로 스며들듯이 매미 소리가 드릴처럼 그 굳어 있는 바위 속으로 침투해 들어가고 있다는 것이지요. 그럼으로써 비로소 매미 소리는 적막한 침묵으로 바뀌게 되는 것입니다. 바위가 흡수해버리는 매미 소리, 그것은 영원 속에 잠기는 순간의 시간인 것입니다.

듣기 좋지 않은 말을 계속해서 죄송스럽지만, 일본의 하이쿠 연구가들 가운데는 이 하이쿠를 잘못 풀이해주는 일이 많습니다. 바쇼가 이 하이쿠를 지은 것은 입석사를 찾아갔을 때입니다. 그런데 입석사 근처의 바위를 조사해본 결과 아주 부드러운 응회석이었다는 겁니다. 입석사의 바위들이 부드럽기 때문에, '매미 소리가 바위에 젖어든다'라는 표현이 가능해졌다는 풀이입니다.

매미 소리는, 부드러운 바위는 고사하고 흙바닥이라고 해도 결코 스며들어가는 것은 아닙니다. 그러므로 이 경우에는 가능성보다는 불가능성을 전제로 한 시적 표현이어서, 딱딱한 대상일수록 그 효과는 커지게 마련입니다. 만약 바쇼가 '고요함이여! 흙 속에 스며드는 매미 소리'라고 읊었다면 도저히 고요하다는 그 기분이 나지 않을 것입니다. 메마른 바위, 딱딱하게 굳은 바위일수록 이 시적 역설은 실감 있게 와닿을 것입니다.

뿐만 아닙니다. 대부분의 연구가들은 바쇼가 입석사에 도착한 시간이 저녁이었다는 사실을 들어 매미가 울고 있는 시간을 저녁으로 풀이하고 있습니다. 저녁이니까 매미 소리가 고요하다고 했다는 것이지요. 하이쿠를 논리로 설명하면 얼마나 멋이 반감되는가를 이 경우에서도 알 수 있습니다. 왜냐하면 이 작품의 번역 시 가운데는 거의가 한낮의 광경으로 그려져 있습니다.

사실 영화 〈하이눈High Noon〉처럼 여름 한낮이 아니면 매미 소리를 들으며 고요함을 느끼기 어렵습니다. 세계적으로 이름이 높은 시인 옥타비오 파스Octavio Paz도 "투명한 유리 속의 정적/매미 소리/바위를 뚫는다"라고 번역하고, "이처럼 밝고 투명한 풍경이 또 어디에 있을까. 인적이 없는 한낮의 장소. 햇볕이 내리쬐는 바위의 모습. 마른 공기 속에서 생동감이 있는 것은 매미 소리일 뿐"이라고 평하고 있습니다.

나는 전에 가르치고 있던 한국 대학원 학생 서른여덟 명에게 이 하이쿠를 읽게 하고, 그 광경이 '아침이냐 저녁이냐 대낮이냐'로 설문조사를 한 적이 있었습니다. 그중 서른네 명이 한낮이라고 대답했던 것입니다.

그렇지요. 여기의 고요함은 결코 소음을 재는 기계로는 잴 수 없는 고요함이지요. 일순간의 생명을 노래하는 '매미'와 영원히 굳어 있는 바위의 만남, 생명과 죽음이라는 것, 존재하는 것과 존재하지 않는 것, 기체와 고체, 그 사이에서 빚어지고 있는 고요함인 것입니다.

'옛 연못' '매미 소리'의 고요함

이 삶과 죽음의 경계선에 뛰어드는 것이 하이쿠의 모험이라고도 할 수 있습니다. "고요함이여, 바위에 스며드는 매미 소리"와 "옛 연못에 뛰어드는 개구리의 물가름 소리(古池や蛙飛びこむ水の音)"가 같은 것이라면 일본 사람들은 모두 화를 낼지 모릅니다. 그러나 이 두 하이쿠는 같은 것입니다.

거짓말인가 한번 '옛 연못'을 '바위'로 바꾸고 '개구리'를 '매미'로 바꾸고, '뛰어드는'을 '스며드는'으로 각각 바꾸어보십시오. 그 내용이 아주 똑같다는 것을 알 수 있을 것입니다.

"옛 연못에 뛰어드는 개구리의 물가름 소리"에는 여러 가지 해설이 있지만 공통적인 해답 가운데 하나는 '고요함'입니다. 미국의 영어 교과서에 실린 이 "옛 연못……" 하이쿠의 구절을 다시 그대로 직역해보면 '오래된 조용한 연못, 개구리가 뛰어든다. 풍덩. 또다시 고요함'으로 되어 있습니다. 본 하이쿠에는 고요함이라는 말이 없는데도 그것을 읽으면 어느 누구나 고요함을 느끼는 것입니다.

같은 동양 사람인 중국인의 번역을 보아도 마찬가지입니다. "새소리도 들리지 않는 옛 연못에 개구리 한 마리가 뛰어들어 적막을 깼다"라고 되어 있는 것입니다. 하나는 '고요함'을 깬 것으로, 다른 것은 '또다시 고요함'이라고 했지만 이 하이쿠가 고요함을 나타내려고 한 것이라는 점에서는 일치하고 있는 것입니다.

그 '고요함'의 세계는 앞에서 이야기한 매미의 고요함과 똑같은 세계라는 것은 바위와 옛 연못을 비교해보면 쉽게 알 수 있습니다. 그냥 연못이 아니라 옛 연못이라고 한 것이 그렇습니다. 못은 물이 고여 있는 곳입니다. 흐르는 냇물과는 아주 다릅니다. 더구나 몇백 년 묵은 연못이라면 더욱 그럴 것입니다. 우리는 시간이 흐르는 것을 흔히 '냇물과도 같다'라고 하는데, 그와 반대 이미지를 갖고 있는 옛 연못을 시간에 비긴다면 무엇이 되겠습니까. 그것은 정지해 있는 시간, 고여 있는 영원한 시간, 죽음의 시간이 아니고 무엇이겠습니까!

그렇습니다. 만약 이 옛 연못의 물을 고체화한다면 무엇이 되겠습니까. 이끼 낀 바위가 될 것입니다. 마치 바위를 액체화하면 옛 연못의 물이 되는 것처럼 말입니다.

그렇다면 바위에 스며드는 매미 소리는 바로 옛 연못에 뛰어드는 개구리의 물가름 소리와 같은 의미를 지니게 됩니다. 고여 있는 물, 굳어 있는 바위에서 받는 그 이미지가 죽음과 같은 영원한 시간이라면, 매미 소리와 개구리의 물가름 소리는 다 같이 생명의 한순간을 나타내는 소리인 것입니다. 액체화한 바위가 바로 개구리가 뛰어든 옛 연못이고, 고체화한 연못이 곧 매미 소리가 스며드는 바위였던 것입니다.

그러니까 영원과 일순간의, 모순된 시간이 하이쿠로 나타나면 마사오카 시키가 감을 먹으면서 영원한 시간이 고여 있는 법륭사의 종소리를 듣고 있는 고요함이 되는 것이고, 바위에 스며드는 매미 소리의 고요함이 되는 것이고, 옛 연못에 뛰어드는 개구리의 고요함이 되는 것입니다.

바위는 매미 소리에 의해서 몇천, 몇백 년 동안 굳게 닫힌 저존재의 눈꺼풀을 여는 것이며 수백 년 묵은 연못은 개구리가 뛰어들어 수면을 갈라놓는 그 소리에 의해서 고여 있던 시간들이 잔물결을 이루고 움직이는 것입니다.

개구리가 연못에 뛰어들 때 나는 소리는 개구리의 소리이면서도 동시에 연못의 소리입니다. 그 소리를 통해서 개구리와 연못은 하나가 되는 것입니다. 개구리와 연못은 서로 떼어놓을 수가 없습니다. 이렇게 반대되는 것이 하나가 되면서 생의 심연과도 같은 고요함이 떠오릅니다.

그렇기 때문에 하이쿠는 회화적이면서도 영원을 일순간으로 나타내는 극적 행동성을 갖게 되는 것입니다. 그러니까 "옛 연못에 뛰어드는 개구리의 물가름 소리"를 연극적 요소로 환원시켜 보면 뛴 연못은 '무대 공간'이 되고, 개구리는 '주인공'이, 뛰어드는 것은 '행동'이 됩니다. 그리고 그 물가름 소리와 고요함은 극의 이미지요, 주제가 되는 것입니다. 열일곱 글자 속에 무대 연극이 갖고 있는 모든 요소를 다 갖추고 있는 셈입니다.

소나무의 것은 소나무에게 배워라

결국 지금까지 관찰해온 하이쿠의 특성을 한마디로 줄이자면, 관념의 문학과는 달리 회화적이며 극적인 것이라고 할 수 있습니다. 바쇼는 사물을 자세히 관찰할 뿐만 아니라, 사물로부터 현상적인 의미의 세계를 끄집어내 오는 것입니다. 거기에서 "소나무의 것은 소나무에게 배워라"라는 유명한 바쇼의 말이 탄생됩니다. 그러니까 표현하려고 하는 것이 아니라 거꾸로 마음을 열고 대상을 끌어들인다는 것입니다. 그래서 나의 마음이 사물과 접촉하는 그 순간의 불꽃 속에서 삶의 의미를 발견합니다.

하이쿠는 관념의 문학이 추구하고 있는 것과는 달리, 주관적인 정념보다는 객관적인 관찰을, 그리고 결론보다는 탐색을, 주장보다는 발견을, 교훈성보다는 감성을 더 중시합니다.

하이쿠만이 아니라 삶의 태도에도 그런 것이 나타나 있습니다. 세계에 많은 민족이 살고 있습니다마는, 독이 있는 복어를 즐겨 먹었던 민족은 아마 일본 사람 위에 나서지 못할 것입니다. 복어를 '서시유西施乳'라고도 부릅니다. 서시는 아름답지만 그 아름다움 속에는 나라를 파멸시킨 파괴력이 있습니다. 복어 맛은 감미롭지만 그 쾌락의 유혹 속에는 사람의 목숨을 빼앗아가는 치명적인 독이 도사리고 있는 것입니다.

바쇼가 맨 처음 쓴 하이쿠 가운데에도 복을 먹고 노래한 것이 있습니다.

　　얼씨구, 아무 일도 없구나. 어제는 지나갔네, 복어국이여(あら何ともな
やきのふは過てふくと汁).

아침에 일어나 보니 자신이 살아 있다는 것을 알게 됩니다. 어제 복어국을 먹은 것이 탈 없이 넘어간 것입니다. 그래서 바쇼는 기뻐서 얼씨구라고 장단을 칩니다. 어제라는 말 속에 오늘이라는 살아 있는 그 시간이 생생하게 떠오릅니다. 늘 보던 태양, 집, 산, 작은 풀들, 복어국을 먹고 다음 날 아침에 깬 눈으로 보면 모든 것이 신선하고 아름답습니다. 생은 생으로서가 아니라 죽음과 마주쳤을 때 더욱 그 향기와 긴장을 더하는 것입니다. 마치 어둠을 통해서 빛을 보았을 때 더욱 그것이 찬란한 것처럼 말입니다.

복은 그런 긴장과 생명감을 고조시키는 비방이었던 것입니다. '매미 소리'에는 '바위'가 필요합니다. '감을 먹기' 위해서는 '법륜사'가 필요합니다. 생의 희열을 위해서는 복의 불안과 죽음의 그늘이 필요한 것입니다.

이데올로기로 변한 벚꽃

지금까지 서술해온 하이쿠의 특성을 한마디로 줄이면, 탈이데올로기의 문학이라고 할 수 있을 것입니다. 그렇기 때문에 그것이 이데올로기로 이용되거나 해석되면 예상치 않았던 엉뚱한 결과를 초래하게 됩니다.

한국의 시조는 아리스토텔레스가 말했듯이 시작이 있고 전개가 있고 종결이 있는 논리적 과정이라는 것이 있지만, 하이쿠는 단 한 줄의 말이 있습니다. 그것을 만약 결론으로, 즉 이데올로기적인 것으로 읽게 되면 마치 표어처럼 매우 위태로운 것으로 변질될 수도 있습니다. 하이쿠는 누누이 설명한 대로 무엇인가를 끌어내기 위한 맨 처음의 발상에서 나오는 첫 구인 것입니다. 문제를 이끌어내는 것이지, 문제를 해결하는 결론은 아닌 것입니다. 그러므로 하이쿠의 약점은 거기에 무엇이든 갖다 붙여도 좋게 되어 있다는 점을 들 수 있습니다. 즉 이데올로기 앞에서 무력해질 수밖에 없다는 것입니다.

일본의 벚꽃은 아름답습니다. 그러나 이데올로기로 화한 벚꽃은 위험하고 추악하고 비정합니다. 군국주의 시대의 일본인들은 바로 이 벚꽃을 왜곡하여 이데올로기화해버렸던 것입니다. 그 벚꽃에서 특정한 장소와 시간을 없애버리고, 그 자리에 무사도라는 관념을 들어앉힌 것입니다.

하이쿠 속의 벚꽃이 관념화한 예가 바로 일본인들이 애창했던 왕년의 그 군가입니다.

많은 가지에 가득 핀 벚꽃과 군복 깃의 색깔

벚꽃은 요시노 산에 피고 있는데 바람이 세차게 분다

일본 남아로 태어났으면

싸우는 전쟁터에서 벚꽃처럼 져라

— 일본 구 육군 보병가

가장 평화로워야 할 꽃, 가장 아름답고 향기로운 생명인 꽃이 이 군가에서는 전쟁과 죽음을 독려하는 북소리로 바뀌어 있습니다.

복어국을 먹고 생과 사의 경계의 긴장감을 노래 불렀던 하이쿠의 미학은, 이 군가에서 오직 죽음만이 강조되어 나타나 있을 뿐입니다. 그리고 피어나는 것이 아니라 지는 꽃으로만 미화된 그 벚꽃은 가미카제 특공대의 문화로 변질되고 맙니다. 원래 벚꽃은 순수한 미적 감상 대상으로 일본인의 사랑을 받아왔었지만, 그것이 무사도의 상징으로 이념화된 것은 1930년대(쇼와 10년) 군 국주의의 대두 때부터라고 합니다(齋藤正二). 단지 벚꽃을 보고 아름답다라고 하면 그만이었던 시절이 군국주의로 바뀌면 하이쿠의 발상도 오염되고 마는 것입니다. 바쇼의 시구에서 본 것처럼 매미는 바위와, 개구리는 연못과 어울리면서 생과 사, 순간과 영원이 미묘한 긴장을 가지며 어우러지던 것이, 군국주의에 오면 죽음의 일방 통로로 기울어지고 맙니다. 바위와 옛 연못만이 있고, 매미의 울음도 개구리의 도약도 사라지고 마는 것이지요. 그렇게 해서 하이쿠는 군국주의 시대의 침략적 표어로 바뀌게 되고 맙니다.

반대로 군국주의가 사라진 뒤 상업주의의 바람이 불자, 이 번에는 군사 표어로 납치되었던 하이쿠는 텔레비전의 커머셜com-mercial과 같은 선전 문구로 바뀌게 되는 것이지요. 바쇼의 후예들은 유능한 카피라이터가 되는 것입니다. "싸워라, 죽여!"라고 외치던 그 구호가 "사라, 소비하라!"의 광고문으로 바뀌면서, 이제는 생명의 한 면, 쾌락의 한쪽만 부풀어 오르게 된 것입니다. 매미의 울음소리만이 있고 바위는 없는 하이쿠가 된 것입니다.

그렇지요. 군국주의의 구호와 상업주의의 광고문에서 벗어나야 비로소 하이쿠의 정신은 회복될 수 있을 것입니다. 하이쿠의 특성이 무엇인지를 알고 있는 일본인들은, 군사대국이 되어 남의 나라를 짓밟으려 하거나 경제대국이 되어 남의 나라를 경제적으로 압박하는 일을 용서하지 않을 것입니다. 군인(사무라이)들이 주도해온 군국주의의 일본, 그리고 경제인(조닌)들이 이끌어온 일본 주식회사로서의 일본—그다음에 올 일본은 아마도 바쇼와 같은 하이진(俳人)이 주도하는 문화적인 일본이 되어야 할 것입니다.

저 노[能](일본 고유의 가면 음악극) 무대에 나오는 '비단 두루마리(卷絹) 이야기'와 같이 하이쿠가 승리하는 그런 시대가 와야 할 것입니다. 여러분들도 아마 그 이야기를 잘 알고 있을 것이라고 믿습니다. 비단 두루마리를 구마노[二能野] 신사神社에 헌납하라는 칙지勅旨를 받들어 도성으로부터 한 사자使者가 출발했던 것이지요. 그런데 이 사자가 도중 산길에서 아름다운 매화꽃이 피어 있는 것을 보고 감동한 나머지, 그 자리에서 떠나지 못합니다. 그러고는 그 아름다운 광경을 보고 시를 지어 읊었던 것입니다.

꽃과 시에 도취해 있던 사자는 그만 시간이 지나 비단 두루마리를 헌납하는 기한보다 뒤늦게 도착하게 된 것입니다. 결국 그 때문에 사자는 포승에 묶여 문책을 받게 되었습니다. 그런데 처형 직전에 무녀巫女가 나타나 사자의 포승줄을 풀라고 말합니다.

"저 사람은 아무 죄도 없다. 천신의 매화를 찬양하여 노래를 바쳤던 사람이다."

그러고는 그 사자에게 말하기를 "너는 어제 있었던 일의 전말을 증명하기 위해 마음속으로 매화를 칭송한 열일곱 자의 노래를 불러라. 그러면 내가 이에 화답하여 네가 남긴 아랫 구(短句:7·7)를 읊겠노라"라고 합니다. 그래서 이윽고 아름다운 매화의 화창話唱이 두 사람 사이에 벌어지게 됩니다.

구마노 신사의 신은 마키기누[卷絹](비단 두루마리)보다도 사자가 바친 노래를 더 좋아했던 것입니다. 그 무녀는 사자와 시를 화답하면서 사라지고, 사자는 자유로운 몸이 되어 풀려나게 된다는 것입니다.

기일 내에 비단 두루마리를 납품하는 사명이 이데올로기의 세계라고 한다면, 산중에 피어난 매화를 향해 시를 짓는 그 즐거움을 이른바 '하이카이 자유[排諧自由]'라고 할 수 있습니다. 그리고 그러한 하이카이의 정신은 화창하는 대구對句에 의해 완성되는 것입니다. 하이쿠는 앞의 5·7·5의 열일곱 자만 노래하고 나머지 종장인 7·7 음절은 신의 몫으로 남겨두는 것입니다. 저 고요함의 세계를 위해 남겨두는 것입니다. 바위 속에, 옛 연못 속에 말입니다.

바쇼는 말했지요.

"첫 구절만 읊고, 다음에 이을 화창의 공간은 남겨두거라. 다 말해버리지 마라."

일본의 군국주의와 경제대국주의의 그 확대지향 속에서는 진정한 하이쿠의 발상과 그 정신이 살아날 수 없지요. 아마 경제에도 하이쿠처럼 타인이 부를 노래를 위해 공백을 남겨두는 화창의 정신이 있어야 할 것입니다. 와카[和歌]에서 아래의 7·7 음절을 잘라냄으로써 하이쿠가 태어난 것처럼, 모든 시장을 독점하려고 들지 않고 조금은 비워둘 줄도 아는 축소지향의 경제가 일본의 새로운 번영으로 이어지게 될지도 모릅니다.

거품 경제로 악화된 일본의 그 불황이 어디에서 왔는지 다 잘 아실 것입니다. 경제를 실제 이상으로 부풀렸기 때문이었지요. 이제는 경제도 바쇼가 하이쿠를 짓듯이 그렇게 축소지향의 특성을 살려야 할 때가 온 것이라고 군말을 덧붙이면서 여기서 이야기를 끝내고자 합니다.

한국과 일본, 무엇이 다른가

해냐 달이냐

오늘 아침 제가 숙박하고 있는 호텔 벽에 걸린 판화를 보는 순간 미리 준비해 온 원고를 버리고 이 자리에서 다른 이야기를 여러분과 함께 나누어보고 싶은 생각이 났습니다.

그 판화는 서양의 어느 성을 그린 아름다운 판화였습니다. 호수가 있고, 언덕이 있고 그 위 공중에 달인지 해인지 모를 것이 떠 있는 그런 그림이었습니다. 그러나 그것이 낮 풍경인지, 밤 풍경인지 분간이 잘 가지 않는 것이었습니다. 공중에 떠 있는 것을 달로 보면 밤 풍경이겠고 해로 보면 낮 풍경이 될 것입니다. 보기에 따라서 낮으로도 보이고 밤으로도 보입니다.

그러나 저는 곧 그것이 밤 풍경임을 알아차릴 수 있었습니다. 만약 그 방에 머물러 있는 사람이 미국인이나 유럽인들이었다면 분명히 한낮의 풍경이라고 생각했을 것입니다.

왜냐하면 하늘에 둥 떠 있는 천체가 황색으로 칠해져 있었기 때문입니다. 일본 어린이들이나 한국 어린이들에게 해를 그리라고 하면 틀림없이 빨간색을 칠합니다. 그러나 유럽이나 미국의 어린이들에게 해를 그리라고 하면 반드시 황색 아니면 오렌지색을 칠합니다. 똑같은 해라도 문화의 차이에 따라 어떤 나라 사람들은 빨간색으로 표현하지만, 어떤 민족은 황색으로 표현합니다. 인간은 물리학적인 색이 아니라 문화를 통해서 자연이나 그 밖의 여러 가지 사물을 인식하고 있기 때문입니다.

그래서 처음에는 이 판화가 서양 사람이 그린 것인지, 한국인이나 일본인이 그린 것인지 잘 알 수가 없었는데, 그 색깔이 황색이어서 해가 아니라 달이라고 저는 생각했어요. 그러나 서양 사람들이 그린 것이라면 그것은 해가 됩니다. 그래서 가까이 가서 자세히 살펴보니까 그 판화에는 '미나미 게이코'라는 사인이 있었습니다. 일본인이 그린 것이었지요. 마치 그것을 증명이라도 하듯이 바로 밑에는 가느다란 갈대들이 그려져 있었습니다. 두말할 것 없이 그 판화는 밤 풍경이었던 것입니다.

어느 일본 학자(鈴木)도 지적한 바 있습니다만, 해외에 주재하고 있는 일본인 사원의 자녀들이 현지 학교에 가고 싶지 않다고 말한 일이 있었다고 합니다. 프랑스에서 일어난 일이었는데 어째서 학교에 가고 싶지 않느냐고 하니까, 아이들이 놀린다는 것이었습니다. 해를 그리라고 해서 빨간색을 칠했더니 다른 애들이 빨간 해를 그렸다고 놀려대더라는 것입니다. 그래서 학교에 가고싶지 않다는 것입니다.

일본 초등학교 학생이 유럽에 가면 이렇게 놀림감이 되겠지만 만약 그것이 한국에서였다면 그런 일은 없을 것입니다. 태양을 빨간색으로 칠해도 결코 그로 인한 소외감은 없을 것입니다. 바로 문화의 동질성이 있기 때문입니다.

그렇게 생각해보면 한국과 일본이 가깝다고 하는 것은 지리적인 문제만이 아니라, 하나의 문화의 색에 의해서 일본인과 한국인의 마음이 연결되어 있기 때문입니다. 잘 알고 계시듯이 물리학에서 말하는 색은 하나의 파장이 연속된 것이지만 그 광선, 광파를 보는 사람의 문화에 따라 분절分節의 방법이 다릅니다. 그래서 실질적인 자연색은 객관적으로 존재하지만 나라에 따라서 색을 보는 형태는 서로 다릅니다. 그렇기에 문화에 있어 동질성이 있느냐, 이질성이 강하냐 하는 것은 색을 연구해보면 드러납니다.

여러분들이 미국에 가면 가장 먼저 눈에 띄는 것이 바로 고·스톱의 사인입니다. 미국에서는 일본에서처럼 적신호, 청신호라고 하지 않습니다. 적신호와 그린 사인입니다. 다시 말해 녹색이지요. 그런데 일본에 오게 되면 적신호와 청신호가 됩니다. 대립하는 색깔이 다릅니다.

한국도 마찬가지입니다. 적신호와 청신호입니다. 그래서 미국인들이 자주 웃곤 하지요. 한국인들은 모두 색맹이 아니냐고. 하늘도 푸르고 나무도 푸르다고 합니다. 그러니까 색맹이라는 거지요.

그런데 그런 것이 아니지요. 미국인은 청색을 둘로 나누어 보지 않습니다. 그린으로는 나누어 보지만, 남藍색과 청색을 구별하지 않습니다. 그러니까 동양인인 일본인과 한국인은 무지개색을 정확히 일곱 가지 색으로 나누어 보고 있지만 미국인들은 여섯 가지 색으로 봅니다. 남색이 없어요. 근년에 들어서서 '인디고 블루'라고 해서 과학적으로 남색이라는 개념이 생겼습니다만, '인디고'라는 말을 쓰지 않는 한 블루라는 색깔 안에 남색을 포함시킵니다. 이는 상대적인 것이니까 같은 색이라도 분류 방법이 다르다는 것이지요.

이런 분절의 방법이 지구상에서 가장 가까운 것이 한국인과 일본인입니다. 그러니까 문화라는 것은 단편적인 것을 시각視覺하는 것이 아니라 자연이라든가 물건 같은 것을 나누는 분절, 이것을 아티큘레이션articulation이라고 합니다. 일본어로는 분산分散, 이산離散이라고 합니다. 이런 방법에 의해서 문화의 구조가 달라진다는 것이지요.

그리고 또 이 태양의 이미지는 중국에서 어떤고 하니, 중국의 국기는 옛날에는 청천백일기靑天白日旗였는데, 오늘의 대만이 그렇다고 봅니다만, 푸른 하늘과 흰 해이니까 흰색이 됩니다. 일본과 한국은 빨간 태양을 생각하고 있는데 희다는 것입니다.

여러분, 한국의 경복궁을 구경해보세요. 왕이 앉는 옥좌 뒤에 큰 병풍이 있는데, 그것을 날의 그림, 〈일월도日月圖〉라고 합니다만, 붉은 것은 태양, 누런 것은 달이 되어 있습니다. 그런데 중국인들은 흰 태양을 생각합니다. 중국은 국기도 붉은 원이 아닌 흰 원이지요. 이렇게 생각해보면 동양의 3국 가운데에서 가장 가까운 나라는 일본과 한국입니다.

또한 이미지 면에서도 같은 현상이 있습니다. 일본의 어느 상사원이 통조림을 중근동中近東에 팔려고 했어요. 사우디아라비아인가, 아무튼 그런 나라였어요. 그런데 아무리 팔려고 애써도 안 팔리는 거예요. 그래서 상표를 보이지 않고 테스트를 해보니까 자기 회사 통조림이 가장 인기가 있어요. 상표가 있는 그대로 사라고 하면 전혀 안 팔리고요. 그 이유는, 그 통조림의 트레이드마크가 태양이었기 때문입니다. 일본인들에게는 붉고 둥근 일장기의 태양이 대단히 좋은 이미지를 줍니다만, 사우디아라비아 같은 더운 나라에서는 대단히 나쁜 이미지를 주는 겁니다. 그러니까 상이한 컬처culture라는 것은 장사나 산업에까지도 큰 상관이 된다는 것이지요.

전쟁을 일으킨 이유를 보더라도 그래요. 문화의 이질성, 상대성을 모르기 때문에 싸움이 되는 수가 있습니다. 이스라엘이 7일 전쟁을 치렀지요. 그런데 사실 그때 전쟁이 일어나지 않아도 됐었습니다. 아랍 사람들은 언어와 행동이 전혀 다릅니다. 그들은 전쟁이 일어나기 전에, "이스라엘 사람들을 잡아서 남자는 바다에 버리고, 여자는 노예로 한다"라고 버젓이 신문에 써대곤 했지요. 그런데 말과 실제 그것이 의미하고 있는 내용은 전혀 다릅니다. 그러나 이스라엘 측에서는 그 말을 액면 그대로 받아들였던 것이지요. 이것이 문화의 차이입니다. 그 때문에 전쟁이 일어나게 되었다고 문화인류학자들이 지적하기도 했습니다.

한국 문화와 일본 문화의 이질성

그렇다면 한국과 일본은 동질성뿐이냐 하면 그렇지 않습니다. 동질성이 있으니까 이질성이 있습니다. 한국인이 일본인을 잘 알고 있듯이 일본인도 한국인을 잘 알고 있습니다. 왜냐하면 이 지구상에서 같은 문화의 분절법을 갖고 있기 때문입니다. 또한 같은 한자를 쓰고 있고요.

언어의 신택스syntax로 세계를 대별해보면 SVO형과 SOV형으로 나누어집니다. SOV형은 주어 다음에 목적어가 오고 그다음에 동사가 옵니다. 한국과 일본이 SOV형입니다. '나는 학교에 간다'라든가, '나는 밥을 먹는다' 하는 식으로 동사가 마지막에 옵니다. 그런데 서양이나 중국은 그렇지 않습니다. '나는 먹는다. 밥을'이라는 식이지요. SVO형입니다.

얼마 전에 서울대에서 일본어를 제2외국어에서 제외시켜 떠들

썩했던 일이 있었습니다. 그런데 잘 생각해보면 이 조치는 일본어를 얕보아서 내려진 것이 아닙니다. 반일 감정 때문도 아닙니다. 왜 그런고 하니, 프랑스어나 독일어를 배우는 데는 대단한 노력이 들어가지만, 한국인이 일본어를 배우기는 아주 쉽지요. 한국어와 일본어는 같은 신택스를 갖고 있기 때문입니다. 그래서 일본어를 제2외국어로 채택한다면 고등학교 학생들은 90퍼센트 일본어만 공부하려고 할 것입니다. 일본어를 좋아해서가 아니라 대학에 합격하기 위해서 훨씬 쉬운 일본어를 택하려고 하기 때문이지요. 그래서 이것은 교육상으로 너무 편파적이 아니냐 하는 이유가 대두되었던 것입니다.

그러고 보면 같은 한자를 사용하고 있지요. 언어의 신택스도 같은 교착어膠着語이니까 일본과 한국은 똑같은 것도 있고, 같기도 한데, 다른 차이도 거기에서 생깁니다.

'장어말'이라고 해서 일본어가 틀렸다고 말하는 사람이 있습니다. 예를 들어 식당에서 먹을 것을 주문합니다. 이때에 "나는 장어다"라고 말하지요. 그런데 이것을 영어로 직역하면 큰일 납니다. '내가 장어'가 되거든요. 그래서 세계에 이런 말이 어디 있느냐고 하면서, 이런 말을 쓰며 어떻게 선진국 대열에 끼어들었느냐고 했다는 것입니다. 이것이 유명한 '장어말'입니다.

그러나 한국인들에게는 전혀 아무런 하자가 없습니다. 한국인들은 "나는 쇠꼬리다"라고 말합니다. 한국어로는 '꼬리곰탕'이라고 합니다. '내가 쇠꼬리'가 되지요. 한국어로는 '장어'가 아니라 '쇠꼬리'인 셈이지요. 일본어와 똑같습니다.

그런데 이런 표현을 좀 더 연구해보면 조금도 뒤지는 표현이 아닙니다. 생략어인 까닭입니다. '나는 장어를 주문했습니다' '나는 쇠꼬리를 주문했습니다'입니다. 뒤끝을 잘라낸 표현입니다. 그러니까 상대방이, 그 잘라낸 인디터미네이트 플레이스indeterminate place, 확실하지 않은 공백을 알아서 메워버리는 것입니다. 그래서 말하는 자와 듣는 자가 함께 협력을 하는 것입니다. 말하자면 이것이야말로 가장 이상적인 언어인 셈입니다. 반은 이편에서 말하고, 나머지 반은 저편에서 채우는 것으로서 이것이 진짜 커뮤니케이션입니다. 일방적인 전달이 아니지요. '파티서페이트participate' 한다, '인볼브involve' 한다는 것이지요. 서양처럼 논리 중심적인 언어는 명령을 하거나 관리를 하거나 할 때는 알맞지만, 21세기라고 하는 서로 접촉하면서 마음과 마음으로 협조해 나가야 하는 문화의 시대에는 일본어, 한국어가 훨씬 유리하다는 것입니다.

나중에 다시 말씀드리겠습니다만, 한국인은 맥주를 마시기 위해 주문을 이렇게 합니다. "맥주"라고요. 그러면 점원은 "몇 병입니까?" 하고 묻지요. 손님은 "한두서너 병"이라고 합니다. 하나, 둘, 셋, 넷이 "한두서너 병"입니다. 그러니까 '하나, 둘, 셋, 넷'을 가지고 오라는 것이 됩니다. 그런데 우스운 것은 "네, 알겠

습니다"라고 하는 점원입니다. 뭣인고 하니 '하나, 둘, 셋, 넷'이
라고 는 했지만, 보아하니 이 사람들은 '세 병이 알맞다'거나 '두
병 정도로군'이라고 알아차리는 것입니다. 얼마나 친절합니까.
한국인 들은 불친절하다고들 하는데, 그렇지 않습니다. 서양 사
람들에게 'one or two or three or four bottles'라고 말했다면 큰
변이 납니다. 한 술 더 뜨는 사람이라면 몇 병이라고도 말하지 않
아요. "알아서 가지고 와"라고 합니다. 손님이 마시는 것인데 어
떻게 점원이 압니까. 그런데 일부러 애매하게 말합니다. 그러니
까 듣는 사람 이 상황을 잘 파악하려면 그 손님들에게 관심을 가
져야 합니다. 그래서 하나의 커뮤니케이션이 생기는 것이지요.
이것을 '하이어 커뮤니케이션higher communication'이라고 부릅니
다. 이것은 한국 사람이나 일본 사람이 억지로 붙여 말한 것이 아
니라 홀E. T. Hall 이라는 유명한 학자가 한 말입니다.

  만약 로봇이 주문을 받았다면 '에러'라고 할 것입니다. 언노운
코멘트unknown comment라는 말이지요. 이것은 분명히 '에러'로 나
옵니다. 그렇다면 어째서 인간은 '에러'라고 하지 않느냐 하면 바
로 인간이기 때문입니다. 사람과 사람의 교류는 사람과 기계의
연결과는 전혀 다릅니다. 그러니까 서양 언어는 로봇에겐 통하
겠지만, 일본어와 한국어는 사람과 사람이 아니면 통하지 않습니
다. 이런 점은 서로 생각해볼 동질성으로서, 그리고 이것이 21세
기에는 어떻게 교류하느냐 하는 것을 한·일 양국의 학자들이 새

시대를 맞는 문화론으로서 생각해보아야 할 것입니다.

　그렇다면 일본과 한국은 동질성만을 갖고 있느냐? 그렇지는 않습니다. 같은 한자를 사용하고 있으니까 오히려 오해가 심합니다. 영어와 일본어는 오해할 일이 없지만 같은 한자라도 일본인이 사용하는 한자와 한국인이 사용하는 한자는 다릅니다. 같으니까 오해가 일어납니다. 이질성이 심각한 문제가 된다는 것이지요. 이것이 제가 『축소지향의 일본인』을 쓰게 된 하나의 동기가 된 것이기도 합니다만, 어렸을 때에 선생님이 한 말이 생각납니다. "내일은 수수깡을 '사이쿠' 합니다"라고 했습니다. 사이쿠는 한자로 '세공細工'입니다. 세공이라면 잘디잘게 만드는 것이지요. 그런데 수수깡 세공을 한다는 것입니다. 아무리 생각해보아도 수수깡으로 어떻게 잘디잘게 만든다는 것인지 모르겠어요. 그런데 그 시간이 되고 보니까 수수깡으로 무엇이든 만든다는 것입니다. 그냥 공작인 거예요. 만드는 것을 어째서 세공이라고 했는지……. 일본인들은 그냥 만드는 것을 세공이라고 합니다. 그래서 만든다는 말과 자세하게 만든다는 말이 같습니다.

　세공도 좀 더 자세하게 만드는 것을 '소小'를 넣어서 '고사이쿠 [小細工]'라고 말합니다. 소세공한다고 하는데, 그것이 제대로 만들어지지 않으면 '부사이쿠[不細工]'라고 하지요. 이런 말은 한국인에게 전혀 통하지 않습니다. 세공이라고 하면 반드시 현미경을 통해서 무엇인가를 섬세하게 파거나 하는 일을 뜻합니다. 그냥 만드는 것을 세공이라고 하지 않습니다. 그리고 '부사이쿠'라는 말은 쓰지도 않습니다.

　이렇게 보면 일본인들은 무엇인가를 아주 작게 줄여서 치밀하게 만드는데, 한국인들은 좀 떠 있듯이 잘디잘게 만들지 않아요. 이처럼 문화의 접근 방법이 다릅니다. 같은 한자이면서도 어째서 세공이라는 문자를 한국인과 일본인이 다르게 사용하느냐. 이 상이점은 어디에서 오느냐? 그래서 이 말은 양자를 비교하는 객관적인 하나의 자를 제공하고 있다고 볼 수 있습니다.

　말도 같습니다. 일본어와 한국어는 신택스가 똑같지만 전혀 다른 것이 있습니다. 가장 크게 다른 것은 일본인은 '노(の:의의 뜻)'를 아주 빈번하게 쓴다는 것입니다. 그래서 한국의 텔레비전을 보고 있으면, 옛날 식민지 시절의 일본 헌병이 나와 떠들어대고 있는 말에는 반드시 이 '노'를 넣습니다. 한국어를 사용하면서도 '노'를 넣습니다. "당신노" "아픈 사람이노"라는 식으로 '노'를 넣는 것이지요. 다시 말해 한국어에도 '노'를 넣으면 일본어처럼 들리는 것이지요. 그래서 한국에 어떤 우스개 이야기가 있는가 하면 일본인과 한국인이 만든 시계를 비교해보면 언제나 일본인이 만든 시계가 몇 분씩 늦는데, 한국제 시계는 '똑딱똑딱' 하고 가는데 일본제 시계는 '똑이노 딱이노' 하고 가니까 늦는다는 것입니다. 한국어로 '노'는 '의'입니다만, 이 '노'를 두 개 겹치면 한국어가 되지 않아요.

그런데 일본의 유명한 시에는 반드시 '노'가 연이어 쓰이고 있습니다. 예를 들자면 우에다 빈[上田敏]의 「해조음海潮音」에 나오는 "가을의 날의 바이올린의 한숨 소리의"인데, 여기에는 '노'가 네 개 이상 들어가 있습니다. 그러고도 명문이 되는 것입니다. 한국에서 만약 '의'라는 말이 네 번 들어가는 작문을 쓴다면, 아마 초등학교 학생의 작문이라고 해도 낙제점을 받게 될 것입니다.

또한 한국인이 '벌레 소리'라고 하면 되는 것을, 일본인은 '벌레의 소리' 혹은 '반디의 불'이라고 반드시 '의'를 넣습니다. 같은 교착어이고, 똑같은 동사 중심의 문장을 쓰고, '장어말'도 똑같은데도 어째서 이런 상이점이 생기느냐. 이런 차이를 하나의 패러다임으로 만들어가면 저의 '축소지향'에 도달하게 되는 일본의 독특한 언어 사용을 알게 된다는 것입니다.

이시카와 다쿠보쿠의 유명한 "동해의 작은 섬의 갯벌의 흰 모래밭에……"라는 시, 이 시는 한국인들도 대단히 애송하는 시입니다만, 그 서정이랄까 감정에 있어서는 일본인과 한국인의 차이는 거의 없어요. 일본에는 섬이 많은데 한국에도 섬이 많지요. 풍토도 풍경도 같습니다. 그런데 이 시의 번역이 안 됩니다. 왜냐하면 "동해의 작은 섬의 갯벌의 흰 모래밭에 내 눈물에 젖어 게와 노닐다"인데 여기에는 세 개의 '의'가 겹쳐 나옵니다. 한국에서는 두 개 이상의 '의'를 겹치면 한국어가 되지 않아요. 그러니까 번역이 안 되는 것이지요. 번역이 안 된다고 하면 이것은 이질성을 말해줍니다.

그렇다면 도대체 이런 '의'를 겹치면 어떤 현상이 일어나느냐. '동해의' 동해라고 하면 일본 전체라고 해도 좋지요. 넓은 동해의 작은 섬의 '의'를 넣으면 곧 동해가 '동해의 작은 섬'이 되니까 바다가 쭉 쪼그라들어서 작게 됩니다. '작은 섬의 갯벌의'에서 이번에는 '갯벌'로 줄어들게 됩니다. '흰 모래밭에'에서도 다시 이번에는 '흰 모래밭에 내 눈물에 젖어 게와 노닐다'가 되니까 '의'가 세 번 겹치면서 어느새 '넓은 동해'가 '게 껍질'까지 축소되어버리는 것입니다. 5센티 정도까지 줄어든 것이지요. '내 눈물에 젖어'이니까 이는 눈물 한 방울로 압축된 셈이지요. 그러고 보면 다쿠보쿠와 함께 노니는 게는 그냥 게가 아니라 동해의 바다와 연결되어 있지요. 연결되어 대상을 쭉 축소해가면서 연이어 있다는 것입니다.

이와 똑같이 일본의 사회, 일본의 회사를 차분히 살펴보면 역시 이 '의'로써 서로 얽혀 있는 사람들의 생활이 눈에 잘 들어옵니다. 그것은 게이면서도 동해인 것입니다. 나는 게와 함께 노닐고 있지만 정말은 동해와 노닐고 있는 거다, 거기에는 작은 해안이 있고 흰 모래밭이 있다, 무엇인가 독립된 하나하나를 개별화하는 것이 아니라 모든 것이 연결되어 이어져 있다는 것입니다.

이렇게 한국의 한자 사용이라든가, 언어 사용이라든가, 분절의 방법, 자연 현상 같은 물질적인 현상을 보는 눈, 시각 분절의 방법등의 구조를 살펴보면 일본 문화의 패러다임과 한국 문화의 패러다임이 만들어집니다. 그렇게 해서 만들어진 패러다임을 사이에 두고 서로 이해가 가능하며, 접촉에 의해 자신의 문화를 보다 풍부히 하고 또 문화의 둘레를 넓혀갈 수도 있는 것입니다.

조이는 문화와 푸는 문화

이 짧은 시간에 여러분에게 한국 문화와 일본 문화의 동질성·이질성을 모두 이야기한다는 것은 불가능합니다만 대표적인 것, 여러분들이 오해하고 있는 것들만을 몇 개 들어보면, 이는 두 나라가 어떻게 같은 문화를 갖고 있으면서도 정반대의 것을 갖고 있느냐가 뚜렷이 보입니다. 마치 거울에 자신의 얼굴을 비추어보듯이, 자신의 얼굴이면서도 좌와 우가 다르게 나타나는 정반대의 것이 되듯 그렇게 다릅니다. 거울 속에 비친 이런 자신의 모습이 바로 한국과 일본의 문화인 것입니다.

먼저 일본에서 잘 사용하는 한자와 한국에서 자주 사용하는 한자를 살펴보면 일본 특유의 한자가 있음을 알 수 있습니다. 그 가운데 하나가 '조이다(締める)'라는 문자입니다. '조이다'는 실사糸변에 제帝라고 씁니다만, 중국의 한자 사전을 찾아보면 다만 '맨다'라는 뜻 이외에 다른 뜻은 없습니다. 그런데 이 문자가 등장하면 무엇인가를 응축시켜 꽉 조인다는 뜻이 됩니다. 그래서 일본

비행기를 타면 "좌석 벨트를 꽉 조이세요"라고 들리는 겁니다. 그러니까 일본어의 '조인다'라는 말과 한국어의 '맨다'라는 말에서 어디에 더 힘이 들어가고 있느냐 한다면 그것은 일본어이지요. 일본의 좌석 벨트는 좀 더 꽉 조인다는 기분으로 맨다는 감이 큽니다.

그래서 일본에서는 취체역取締役이라고 하면 잡아서 꽉 조이는 직책을 말합니다. 관리하는 사람을 조이는 직책의 사람이지요. 잡아 조인다는 것입니다. 한국에서는 이렇게 부르지 않습니다. 물론 한때 일본의 '取締役'을 직역해서 '취체역'이라고 했지요. 그런데 곧 바꾸었습니다. 조인다 '締'라는 문자는 한국의 한자 문자에는 없습니다. 일본어에서 온 것이지요.

그럼 이런 현상이 언어에만 있느냐 하면 그렇지 않습니다. 일본인은 열심히 무엇인가 하려고 할 때는 반드시 세 곳을 조여 매지요. 머리는 머리띠로 조여 매고, 양 어깨와 겨드랑이는 따로 조여 맵니다. 그리고 마지막에는 훈도시로 조여 맵니다. 그러니까 세 곳을 모두 조여 매는 것입니다. 그런데 한국인은 다릅니다. 머리띠를 매는 것은 머리가 아플 때뿐입니다. 머리띠를 매면 "당신 머리가 아픈 것이로구먼"이라고 말합니다. 병들었을 때만 띠를 매는 것이지요.

그러고 보면 한국인은 정반대입니다. 조이는 문화가 아니라 푸는 문화입니다. 그래서 한국인은 누군가와 싸움을 하게 되면 옷을 전부 벗어버립니다. "웃통 벗자"라고 하면 싸우자는 뜻입니다. 일본인은 조여 매고 싸우는데, 한국인은 벗고 싸웁니다. '조이다', '벗다'라는 것은 말에만 있는 웃음거리가 아니라 정말 모두가 그렇다는 것입니다.

그러니까 오늘날 상당히 여유가 생겨서 이제 일본에도 다른 문화가 생겨난 것처럼 보이기도 하고, 또한 경제적으로 풍요한 대국이 되었음에도 불구하고, 지금도 무엇인가 분주하게 서두르고 있습니다. 말도 빠르게 합니다. 한국인이 겉으로 보이기에는 거꾸로 긴장 문화로 조이고 있는 듯이 보이겠지만 그 문화의 근저는 정반대입니다. 일본은 역시 '조이는 문화', 한국은 '푸는 문화'이지요.

일본에서는 간바루がんばる(강하게 버틴다는 뜻)라는 말을 잘 사용합니다만, 한국에는 '간바루'와 똑같은 말이 없습니다. '잘해라' '잘 달려'와 같은 말은 있습니다만, '간바레(버텨라)'라는 말은 쓰지 않습니다. 일본 어린이들의 어머니들은 잘 느끼지 못하고 있습니다만 버텨서는 안 될 때, 릴랙스해야만 할 때, 마음을 풀어야 할 때인데도 일본인들은 이런 표현을 못 합니다. 그래서 신혼부부가 신혼여행을 떠나려고 신칸센[新幹線](일본의 고속 철도) 같은 열차에 탈 때, 이 신혼부부를 배웅하는 사람들이 무어라고 하는지 아십니까? 일생에서 가장 릴랙스해야 할 시기가 아닙니까. 허니문이란 그런 시기인데도 이들에게 "버텨라"라고 말하는 것입니다. 무엇

을 버텨 견디라는 것입니까? 이런 장면을 보고 있노라면 참 일본 문화라는 것이 고된 것이로구나, 참 혹독하구나라고 생각하게 되지요. 일생에서 가장 릴랙스해야 할 때도 그것을 표현하는 말이 없어서, 마치 공장에 갈 때와 똑같이 "버텨라"라고 하는 거지요.

이와 정반대가 한국입니다. 일본인이 신혼부부에게 "버텨라"라고 당부하는 것이 우습습니다만, 그렇다면 한국에서는 어떻게 할까요. 물론 "버텨라"라고 말하지 않습니다.

대학입시는 한국과 일본이 똑같습니다. 이 세상에서 입학시험 문제가 사회 문제화되고 있는 나라는 한국과 일본밖에 없을 것입니다. 그래서 '입시 지옥' 혹은 '입시 전쟁'이라고 부릅니다만, 사생을 걸다시피 온 정력을 기울여 잠도 자지 않고 공부해온 귀여운 자녀가 대학입시를 치러 갑니다. 그때 부모가 뭐라고 하느냐 하면, 일본이라면 당연히 '간바레', 즉 "정신 바짝 차려!"라고 말합니다. 그러나 한국에서는 "마음 푹 놓아라!"라고 말합니다. '마음 푹 놓아라', 다시 말해 릴랙스하라는 것입니다. '간바레'와는 정반대입니다. '마음 푹 놓고' '마음을 풀고' '침착하게'라는 것이지요.

이렇게 '조이는 문화'와 '푸는 문화'를 규명해가면 여러 가지 형태의 문화 유형이 드러납니다. 한국어로는 이것을 '해원 사상'이라고 하는데, 다시 말해 원한을 푼다든가 평생 고뇌를 풀어버린다든가 하는 것입니다. 한국인은 이런 것을 일생을 사는 데가장 중요한 생활 방식으로 생각합니다. 그래서 한국어에는 푼다는 뜻의 말이 많습니다.

그렇다면 일본의 긴장 문화는 어디에서 왔을까? 여기에는 여러 가지 설이 있습니다만, 한 예를 들어본다면 일본은 무가 사회武家社會, 한국은 선비 사회라는 차이가 있습니다. 한국과 일본은 같은 '사土'라는 문자를 씁니다. 무사武士의 '사士'는 사농공상士農工商의 '사士'와 같지만 의미는 정반대입니다. 일본에서는 그것이 사무라이를 뜻하고 한국에서는 그것이 문사文士를 뜻하지요. 그러니까 일본 사람은 예부터 10월 1일을 '사무라이의 날'로 기념했지요. '10월+月'의 '십+' 자와 '1일-日'의 '일-' 자를 합치면 한자의 '사士' 자가 되는 까닭입니다. 그러나 한국인은 '사士'를 '시侍'(사무라이라는 뜻)라고는 생각지 않습니다. '무사'가 아니라 '문사'입니다. 같은 글자가 이만큼이나 다르게 나타납니다. 이것은 '조이다'와 '풀다'의 원형이 되고 있다 해도 좋을 것입니다.

일본에는 무사도가 있어서 무사의 문화가 있었으며, 한국에는 문사의 문화는 있었지만 무사의 문화라는 것은 전혀 없었습니다. 일본에서는 5, 6세가 되면 반드시 칼을 차고 사무라이(무사)가 되었지요. 그리고 서당에 갔습니다.

한국에서는 이런 일은 전혀 없었습니다. '칼의 문화'가 아닙니다. 이처럼 긴장한다든가 무엇에건 꽉 조인다든가 '싸움에 이긴 후에 오히려 투구 끈을 조여 맨다'라는 것이 무사들의 정신이지요. 그러나 한국에서는 오히려 그런 정신 상태는 나쁜 것으로 되어 있습니다. 이처럼 서로 상이한 문화가 있는 거지요.

한자를 자세히 살펴보면 일본에서 사용하는 한자가 한국에는 전혀 없다는 점이 눈에 띕니다. 예를 들면 일본에서는 "신켄[眞劍]으로 합시다"라고 말합니다(연습이 아니라는 의미). 여기에서 말하는 신켄은 진짜 칼을 갖고 싸우는 것이지요. 그래서 진검 시합이 됩니다. 그러니까 진짜 칼을 등장시킵니다. '우라깃타裏切った(배반했다는 뜻)'라는 말은 칼로 뒤를 베었다는 뜻이지요. 도와준다는 조력도 '스케다치[助太刀]'라고 합니다. 옆에서 칼을 들고 있다가 도와준다는 뜻입니다. 오늘의 일본인은 이제 무사 문화가 끝났다고 생각하고 있을는지 모르지만, '스케다치' '우라기리' 혹은 '기루切る(자른다는 뜻)'라는 말, '시메기리締切り(마감이라는 뜻)'라든가 하는 말이 있지요. '시메기리'는 '조인 후 잘라낸다'는 뜻이지요.

저는 문인입니다만 한국에서 태어나 좋았다고 생각할 때가 한두 번이 아닙니다. 한국에서는 '마감'이라고 합니다만 일본어로는 '시메기리'입니다. 잡지사나 신문사에서는 '시메기리 시간'이라고 합니다. '조여서 잘라낸다'는 것인데, 저처럼 게으른 사람에게 이런 말은 무섭습니다. 일본인들은 그런데도 전혀 느끼지 못합니다.

저는 어렸을 때 일본인 친구 집에 놀러 간 일이 있는데, 가보면 사슴 뿌리로 만든 칼 받침대에 큰 칼과 작은 칼이 가지런히 놓여 있었어요. 그것도 제일 좋은 방의 아랫목 같은 데에 모셔져 있지요. 그런데 우리 집에서는 어쩌다 칼이 방 안에 놓여 있거나 하면 어머니가 새파랗게 질린 얼굴로, "이런 것을 누가 방 안에 들여놓았냐"라고 하면서 급히 부엌으로 가져갑니다. 두 나라가 이처럼 다릅니다. 무가 사회와 선비 사회라고 하는 패러다임의 차이를 보아야 합니다. 예컨대 한국에서는 '풀다' '흐트린다'라는 의미의 말이 많이 있는 반면, 일본에는 긴장을 표현하는 말이 많이 있지요.

저는 무사 가옥을 견학한 일이 있습니다. 그런데 그 집의 구조가 전혀 달라요. 일본의 무사 가옥은 그리 넓지 않습니다. 좁은 장소가 여러 개 있지만 천장은 높습니다. 왜 그런가 하면, 무사 가옥에서 칼싸움을 할 때 천장이 낮으면 칼을 휘두를 수 없으므로 천장을 높게 한다는 것입니다. 그래서 한국 가옥의 천장보다 두 배 쯤은 높습니다.

또 있습니다. 가옥의 한편 구석에 작은 흰 모래 언덕이 있어요. 이것이 무언가 하면, 갑작스럽게 칼싸움을 시작하게 되면 칼을 갈 시간이 없지요. 그런 때에 칼을 빼어 출진하면서 모래 언덕에 넣었다가 확 빼면 칼날이 갈린다는 것입니다. 그러니까 그것은 화재에 쓰기 위한 모래가 아니고 칼을 갈기 위한 모래입니다. 이런 것은 한국이라면 상상할 수도 없는 일입니다.

우구이스바리[鶯張り](밟으면 특유의 소리가 나게 만든 마루)의 낭하도적의

침입을 알아차리기 위해 만들어진 것입니다. 우구이스바리 소리는 소곤소곤하듯 작게 들리지만 거기에는 무서운 긴장감이 스며 있습니다. 언제 적이 쳐들어올지 모른다는 것—이런 것도 하나의 긴장 문화, 조이는 문화여서 한국의 '선비 문화'와는 크게 다른 점입니다.

그렇다면 한국의 '푸는 문화'란 무엇인가? 칼로 해결하지 않고 무엇으로 하느냐 하면 이렇습니다.

『삼국유사』 등을 읽어보면 무엇이 한국 문화인가를 알게 됩니다.

영재永才라는 이름의 유명한 중이 있었습니다. 어느 날 한밤중에 산길을 걸어가는데 도둑 떼 40여 명이 나타나 그를 둘러쌌습니다. 그리고 가진 것을 모두 내놓으라고 했어요. 그러자 이 중이 싱글싱글 웃습니다. 칼로 위협해도 웃기만 합니다. 그래서 그들이 "당신은 보통 사람이 아니군" 하고 말했습니다.

"무엇을 할 수 있느냐." "노래를 좀 부를 줄 안다." "그러면 노래를 한 곡 불러보라"라고 합니다. 그렇게 해서 이 중이 도둑 떼들에 둘러싸인 채 노래를 부르는 것입니다. 노래를 부르고 시를 읊습니다. 그런데 그것을 듣고 도둑들이 모두 감동해서 훔친 물건들을 전부 영재에게 주고 가버렸다는 것입니다. 시가를 잘 읊은 그 중도 훌륭했지만, 그것을 듣고 개심하여 눈물을 흘린 도둑 떼들도 흔치 않지요. 이런 도둑은 정말 세상에 흔치 않아요. 『레

미제라블』을 읽어보십시오. 장발장은 따뜻한 대접을 받았는데도 나갈 때는 어김없이 은촛대를 훔쳤습니다. 그런 것이 서양적인 것이지요. 그런데 시가에 약한 한국인은 눈물을 줄줄 흘립니다.

이것이야말로 한국 문화입니다. 단군 신화에서는 호랑이와 곰이 경쟁해서 곰이 이깁니다. 호랑이는 힘이 세지만, 꾹 참는 자기 자신의 정신력은 약합니다. 그래서 칠흑 같은 어둠 속에서 백 일 동안 자신을 깨끗이 하라고 일러도 호랑이는 할 수가 없었던 것입니다. 그러나 곰은 자신과의 싸움에서 이길 수가 있었어요. 곰은 어두운 밤이 지나고 아름다운 아침이 되었을 때 아름다운 여자로 변신합니다. 그리고 약혼을 하고 결혼을 합니다. 그렇게 해서 태어난 것이 한국인입니다. 이런 신화를 보고 있으면 역시 신화 속에도 무력주의는 전혀 없었다, 칼의 문화는 없었다, 그러했기 때문에 '조이는 문화'와 '푸는 문화'라는 상이한 패러다임이 만들어진 것입니다.

그뿐만이 아닙니다. 일본에서는 콤팩트에 무엇인가를 쑤셔 넣어 채웁니다. 이것 역시 '조인다'는 것과 같은 것입니다. 사방 벽속에 무엇인가를 차곡차곡 채우는 것이지요. 그런데 한국은 같은 쌀 문화를 갖고 있지만 채운다는 것을 모릅니다. 콤팩트에 꽉 채워 넣을 줄을 몰라요. 일본인들은 채우는 데 이골이 난 사람들입니다. 그러니 그들이 벤토를 만든 것이지요. 그러나 한국인들은 벤토를 만들지 않았어요. 도시락이라는 것이 있었지만 일본의 벤토는 아닙니다.

그렇다면 한국인들은 어떠했을까? 들에서 일하는 농사꾼들에게 점심때면 밥상째 그대로 가져갔던 것입니다. 그 큰 것을 말입니다. 오늘의 소니 제품을 보면 일본인들의 벤토를 잘 이해할 수 있습니다. 소니의 워크맨 같은 것은 어깨에 걸고 다니지요. 이와 같은 축소 방법을 한국인들은 잘 모릅니다.

한국에서는 문록文禄·경장慶長의 전쟁을 '임진왜란'이라고 부릅니다만, 이 당시에도 한국인들은 밥상을 들고 다니면서 싸웠던 것입니다. 한국에는 일본식의 '쓰메루詰める(채우다)'라는 말이 없어요. '간즈메[缶詰]'를 어떻게 부르냐 하면 '쓰메루'라는 말이 없기 때문에 '통조림'이라 합니다. 통에 쪄 조려서 넣는다는 것입니다. 그러니까 일본인들은 '쓰메라레나이모노(채워 넣을 수 없는 것)'가 '쓰마라나이모노(별 볼품없는 짓)'가 되고 맙니다. 채울 수 없으면 별 용도가 없다는 뜻이지요. 그래서 일본의 회사 조직을 보노라면 모두 회사 안에 꽉 채워져 있다는 느낌입니다. 그러나 한국에서는 채워 넣을 수가 없어요. 그래서 역시 개인주의가 강합니다.

이렇게 생각해보면 꼭 합당한 표현이 될는지 모르겠습니다만, '채워 넣다'라는 말은 하나의 프레임 속에 인간을 채워 넣는다는 패러다임의 문화가 여러 형태로 나타난다는 것입니다.

이것이 상징적으로 잘 드러난 것이 '둘러싸기'입니다. 원래 다도茶道 문화는 4조 반의 공간에서 실시되었던 것이 아니었습니다. 4조 반의 다실을 처음부터 만든 것이 아니라, 넓은 공간에서 일부러 4조 반 정도 크기의 공간을 벽으로 둘러서 만들어 그 속에 들어갔던 것입니다. 넓은 곳에 있으면 어쩐지 불안해서 차 맛이 안 난다, 그래서 4조 반의 둘레를 만들어 모두들 그 속에 들어가서 무릎과 무릎을 맞대고 앉아 있었던 것입니다. 그래야 좋은 차 맛이 났던 것입니다.

다도란 무엇인가? 사람과 사람의 접촉을 농밀하게 하기 위해 좁은 장소에 모인다, 그래서 센 리큐[千利休](16세기 일본 다도의 시조)는 1조 반 다이메[台目], 이것이 최고의 다실이라고 했던 것입니다. 다다미 한 장과 나머지 반을 갈라 다이메로 썼던 것입니다. 다회를 가질 때 마지막으로 들어오는 손님을 츠메갸쿠[詰の客](조여 드는 손님의 뜻)라고 합니다. 그 손님이 들어오면 모두 자리를 좁혀야 하는 까닭이지요. 그러자니 몸을 꼿꼿이 정좌를 해야 합니다. 그러고는 상대방을 서로 차분히 본다, 그래서 비로소 접촉이 된다는 것입니다.

따라서 적당히 해서는 안 됩니다. 모두가 차분히 눈여겨보고 있으니 차를 만드는 사람도 열중해야 하고, 마시는 사람도 만든 사람이 차분히 보고 있으니 열중해서 마셔야 하는 거지요. 이런 일기일회一期一會의 농밀한 관계, 팽팽한 긴장의 관계, 이런 것이 일본 문화의 패러다임이 되어 오늘의 일본 상품이 만들어졌고, 메이드 인 재팬은 이런 긴장감, 연마된 것, 농축된 것입니다. 릴랙스된 것이 아니지요.

그렇다면 센 리큐는 도대체 무엇을 했을까요? 다실에 일부러 정원으로 들어서는 나무문을 만들기도 했고, 작은 출입문을 달아 넓은 문으로는 들어서지 말고 그곳을 돌아서 들어오게 했던 것입니다. 그래서 도요토미 히데요시가 다실을 좀 더 크게 만들라고 했는데도 센 리큐는 "안 됩니다. 그보다 크게 만들면 다실이 아닙니다"라고 거절했던 것입니다. 물론 나중에 그는 자살을 강요당했지만요. 결국 도요토미 히데요시는 그것을 몰랐던 것이지요. 확대지향의 히데요시, 바다를 건너 넓은 대륙으로 향하려 했던 그는 농밀한 '축소 공간'은 알 수가 없었던 것입니다.

일본이 '축소지향'에서 '확대지향'으로 변하면 언제나 일본다움이 없어지고 일본에는 불행한 일이 일어납니다. 도요토미 히데요시가 바로 '확대지향'의 챔피언인 셈입니다. 원래 히데요시도 '축소지향'이어서 짚신을 품에 넣어 따뜻하게 했던 일이 있지요. 그런 높은 정신의 사람이 나중에는 금으로 접시를 만드는 등 외형에 치중한 일을 하며 거대주의로 치달아, 결국 임진왜란을 일으키는 등 비극을 낳은 것이지요.

일본에서는 하나의 스케일로서 '손'이라든가 '채운다'는 것이 특기여서, 일본인들은 손안에 들어오면 잘 다루지만 손보다 큰 것은 잘 다루지 못해, '데니오에나이[手に負えない](손 밖에 나다. 즉 마음대로 안 된다는 뜻)'라는 사태가 일어나지요. 일본인들은 너무 넓은 데로

나가면 어찌할 바를 모릅니다. 도요토미 히데요시가 그랬습니다. 국내에서 싸울 때는 천재였는데, 임진왜란을 일으켜 한국에 들어와 싸울 때나 넓은 바다에서 싸울 때는 계속 당하기만 했지요. 결국 좁은 일본 열도의 군사적인 천재가 외국 땅을 밟고 외국과 싸울 때는 들떠 있어서 뭐가 뭔지 모르게 되는 것입니다.

가방 문화와 보자기 문화

'채우는 문화'에 대립하는 것은 플렉시블flexible(융통성 있는)과 꼼꼼의 문화입니다. 한국에서 보면 일본인은 꼼꼼하고 한국인은 플렉시블하지요. '가겐[加減]'이라는 말을 봅니다. "가감加減이 안 좋다"라든가 "가감이 좋다"라는 말을 잘합니다. '좋은 가감'이라는 말은 플렉시블하니까 나쁘다는 뜻입니다. 그래서 "좋게 가감하다(ぃぃ加減にしろ)"라든가 "좋은 가감 같은 말을 하지 마(ぃぃ加減なことを言ぅな)"라는 말을 잘합니다. 이 가겐은 가하거나 감하거나 하는 플렉시빌리티인데, 이 말은 좋은 뜻으로도 쓰이고 나쁜 뜻으로도 쓰입니다. 여기서 일본의 한계가 있습니다. 좋은 뜻으로 쓰일 때는 한국적인 동질성을 갖게 되지만, 나쁜 뜻으로 쓰일 때는 이질성의 일본 문화로 되어간다는 것입니다.

플렉시블이 아니라 일본이 얼마나 꼼꼼하게 1밀리미터, 2밀리미터 정확하게 하느냐의 한 예가 있습니다. 일본어의 꼼꼼하고 정밀하다는 '기초멘[几帳面]'은 건축 용어에서 온 낱말입니다. 기초 멘은 기둥의 한 면입니다. 대패를 만든 것은 일본인입니다. 깨끗이 1밀리의 오차도 없게 대패를 사용합니다. 따라서 같은 장지문이라도 일본의 장지문은 딱 맞는데 한국의 장지문은 잘 안 맞습니다. 문풍지라는 종이를 거기에 붙여 틈을 막습니다. 한국인은 기술이 나빠서 그렇다고들 합니다만, 사실은 문화의 차이지요. 너무도 딱 맞게 1밀리미터, 2밀리미터 식으로 하면 안 된다는 것입니다.

센 리큐는 한국의 정밀을 즐긴 사람이 아니었습니다. 한국의 찻잔은 약간 움푹 파인 데가 있고 가지런하지 않으며 약간 뒤틀린 데도 있어요. 그것이 한적과 적막이란 면에서 대단한 가치가 있다는 것입니다. 한국인은 무엇인가를 만드는 데 있어 정확해서는 맛이 없다고 봅니다. 그렇게는 안 만든다, 기술이 있어도 그렇게는 만들지 않습니다. 1밀리미터, 2밀리미터 따져가며 만든 물건은 별로 볼 것이 없다는 것입니다.

중국에 가면 이런 점은 더 크게 나타납니다. 임어당이 이런 말을 했습니다.

일본인이나 미국인은 근대화된 산업 기계를 이용해서 1밀리미터, 2밀리미터를 다룬다. 그래서 터널을 팔 때는 정확하게 계산을 해서 1밀리미터의 오차도 없다. 그것을 문명의 승리라고 생각하고 있다. 그러나 중국인은 그렇지 않다. 그대로 적당히 파들어가서 도중에 만나면 그런대로 좋은 것이고 안 맞으면 터널이 두 개 생기니까 그것으로도 좋지 않은가.

이것이 임어당의 생각입니다. 산업 시대에 이렇게 적당히 일하다가는 큰일이지요. 터널 하나를 파는 데 드는 돈과 둘을 파는 데 드는 돈은 전혀 다릅니다. 그런데 하나도 좋고 둘도 좋다는 것입니다. 임어당의 말은 40년 전의 우스개 말이지만, 1밀리미터, 2밀리미터를 다투며 입맛 없이 돌아가는 산업 사회 후기에 들어서 보면 그의 조크는 인류가 새 역사를 만들어가는 데 있어서 하나의 임팩트로 받아들일 수 있을 것입니다.

일본인들이 얼마나 정밀하고 치밀한 것을 숭상해왔는지는 하나의 예를 통해 볼 수가 있습니다. 이 자리에서 그런 예를 들어 어떨지 모르겠습니다만, 제가 세계 여러 나라의 예를 조사해보니 여자와 놀 때도 치밀한 시간제를 도입한 최초의 민족이 바로 일본인이었습니다. 그것이 이른바 '화대花代'라는 것입니다. 화선향花線香이라는 것이 있어서 상방上方의 놀이 다실에 가면 반드시 여자들을 거느리고 있는 여자 지배인이 들어와서 이 화선향 한 대를 피워놓고 갑니다. 화선향 한 대 피울 시간에 맞추어 계산을 한다는 것이지요. 이것이 화대입니다. 그래서 여자와 놀면서도 눈은 저편의 화선향 쪽을 힐끔거릴 수밖에 없다는 것입니다. '아,

벌써 반밖에 없네' '아주 없어졌네' 하면서요. 이런 것은 시간을 정확하게 잰다기보다는 농밀하게 한다는 것이지요. 따라서 그 놀이 방법도 대단히 긴장된 속에서 하게 되지요. 시간이 많다고 해서 잘되는 것이 아니지요. 그러니까 좁은 공간, 제한된 시간에 들어서면 맹렬하게 여성에 대한 1대1의 행위가 되는 것입니다. 그래서 나는 처음에 "꽃을 아끼고 새를 미워한다"라는 교가[狂歌](풍자와 익살로 엮어진 노래)가 무슨 의미인지 전혀 몰랐습니다. 나중에 조사해보니 '꽃을 아끼고'에서 꽃은 진짜 꽃이 아니라 화선향이 지글지글 타 내려가고 있어서 그것을 아낀다는 것이고, '새를 미워한다'는 말의 새는 닭을 뜻하는 거였어요. 닭이 울면 새벽이 되어 이제 사랑하는 사람과 헤어져야 하니 "꽃을 아끼고 새를 미워한다"라는 일본 특유의 레토릭이 생기게 되는 것입니다.

그러니까 일본에는 칼의 문화나 조닌[町人]의 문화 같은, 한국에는 없는 것이 많지요. 『주신구라[忠臣藏]』라고 하면 한국이 그 원류가 되지 않나 생각하는 사람들도 있습니다. 주자학이 한국에서 들어왔기 때문입니다. 그래서 충신이 많은 『주신구라』는 일본적이라기보다 유교적인 한국인의 문화와 똑같다는 것입니다. 그런데 그렇지 않습니다. 개념이 다릅니다. 『주신구라』의 '구라[藏]'를 보십시오. 충신이 '곳간' 같은 곳에 가득 채워져 있다는 것입니다. 이것은 조닌적 사고방식입니다. 창고에 가면 곳간이 연달아 있어서 거기에 팔 물건들이 잔뜩 비축되어 있지요. 그러니 충신이라면 유교 문화이고 조닌 문화가 아니지만, 이것을 표현하는 방법은 바로 조닌적인 것이라는 점입니다. 충신을 마치 상품이나 물건처럼 취급해서 마흔일곱 명의 의사義士를 '충신장'이라고 하는 것입니다. '곳간'이라는, 무엇인가 가득 차 있다는 의미의 '장藏'을 붙인 것입니다. 그래서 겉으로 보면 이것은 유교 문화처럼 보이지만 레토릭적인 방법으로 분석해보면 확실히 조닌들의 경험에서 오는 '곳간'이라는 말을 사용하고 있습니다. 그러나 한국인은 충신을 결코 '곳간' 속에 차 있는 상품으로 생각하지 않습니다.

이것은 상인이라는 계급의 문화가 전혀 없었던 한국과의 차差라고 생각합니다. 한국에서는 이런 일이 한 번도 없었지만 일본에서는 한때 고양이가 말보다 비싼 값으로 팔린 적이 있었어요. 일본에서는 고양이가 애완동물이라기보다 쥐를 잡는다는 기능적인 면이 있어서, 양잠이 한창 성했을 때 누에를 잡아먹는 것이 쥐여서 쥐를 없애기 위해 고양이가 필요했고, 그래서 고양이 값이 치솟았다는 것입니다. 말 값이 두 냥, 세 냥 할 때 고양이 값이 닷 냥쯤까지 뛰어올랐다는 거지요. 이것은 농업까지도 상인적이었다는 말인데, 고양이 값이 닷 냥까지 올랐다는 예 하나만을 보더라도 일본은 한국과 전혀 다른 문화가 있다는 것입니다.

마지막으로 한국 문화와 일본 문화가 본시 동질성이 있으면서도 서로 다르게 된 것은 이 플렉시빌리티 때문입니다. 그것은 '보자기 문화'를 말합니다. 세계에서 가장 보자기를 잘 사용하는 민족은 일본인과 한국인입니다. 일본인은 한국인이 보자기를 사용하고 있는 줄을 잘 몰라서 보자기는 일본 특유의 것이라고 말합니다만, 오히려 본고장은 한국입니다. 한국의 보자기는 보다 플렉시블하지요. 보자기를 뜻하는 일본 말은 우연하게도 플렉시블(일본어로 '후로시키')과 발음이 흡사합니다.

여러분들도 잘 알고 계시듯이 서양 문화는 플렉시블이 아닙니다. 과학적, 논리적인 것은 플렉시블이 전혀 통하지 않습니다. 영화 '007 시리즈'의 제임스 본드가 사용하고 있는 가방이 있지요. 이 가방은 전혀 융통성이 없어요. 이것은 무엇을 넣는다는 것이 미리 배정되어 있는 칸막이식으로 체계화해 있습니다. 그러니까 자기가 잡혀 있을 때는 제임스 본드의 가방이 가공할 힘을 발휘할 수 있지만, 누군가가 술을 주거나 큰 수박 같은 것을 주면 전혀 들어갈 데가 없습니다. 그러나 보자기는 다릅니다. 쌀 것이 있으면 싸고, 없으면 없는 대로 그냥 접어서 가지고 다니면 됩니다. 그런데 가방은 언제나 똑같아서 넣을 것이 있으나 없으나 본래의 모습을 지키고 있어야 합니다. 이것이 미국인, 영국인, 유럽인들의 사고방식입니다.

구미 사회는 전체가 가방처럼 되어 있습니다. 용도에 따라 분류되어 있다는 것이지요. 그래서 어쩌다가 약간이라도 우연성이 일어나거나 혼란이 오면 큰 사건으로 이어집니다. 그러나 보자기라는 것은 둥근 것도 모난 것도 쌀 수 있고, 긴 것도 짧은 것도 쌀 ㅌ수 있지요. 또한 보자기가 플렉시블하다는 것은 기능 면에서도 같습니다. 도둑놈이 들어올 때는 얼굴을 가리고 들어왔다가 나갈 때는 훔친 물건을 싸 가지고 간다는 것입니다.

어째서 이처럼 편리한 보자기를 서양 사람들은 몰랐었는지 체형, 형태, 물건, 도구 등을 생각해보면 상자와 보자기는 대응됩니다. 그러니까 서양 사람들은 '넣는다', 한국인과 일본인은 '싼다'라고 합니다. '넣는다'와 '싼다'는 것은 여러 가지 패러다임을 만들어갑니다.

서양 사람들은 타운town에 사람을 넣습니다. 길을 마치 바둑판 같이 만들고, 여기부터는 다운타운, 여기는 오피스 타운이라고 나눕니다. 이것이 바로 가방이지요. 사람이 그 자리에 들어가는 것입니다. 그러나 한국과 일본은 그렇지 않습니다. 먼저 사람이 있어 마을을 만들었습니다. 길이 사람을 싸는 것입니다. 그러니까 도쿄는 이처럼 혼잡해서 구불구불하고 길이 왔다 갔다 합니다. 사람을 싸버리니까 그렇습니다. 다시 말해 서양의 타운은 사람을 '넣는 것'이니 차원이 다릅니다.

저는 처음에 서양의 타운이 좋다고 생각했습니다. 그런데 그렇지 않더군요. 저는 뉴욕에서 살았던 일이 있습니다만, 오피스 타운이어서 점심을 먹기 위해서는 지하철로 몇 킬로미터를 달려가야 합니다. '여기는 음식 먹는 데가 아니다. 여기는 오피스가 있는 곳이다.' 혹은 '여기는 먹기만 하는 데다. 여기는 잠만 자는 곳이다.' 이렇게 되어 있지요. 이처럼 비능률적인 일이 어디 있습니까?

일본이나 한국이나 오피스 타운이라도 '가케우동'을 먹을 수 있고 뭣인가 작은 물건들을 살 수 있습니다. 일본에는 어디를 가든지 소긴자[小銀座]가 있어서 이런 긴자, 저런 긴자 등 다양합니다. 그러니까 그런 구별을 하지 않습니다. 클래서피케이션classification(분류)을 하지 않습니다. 인간 중심이라는 관점에서 생각해보면 오히려 비인간적인 타운은 서양의 타운이라고 생각됩니다.

그러나 이 플렉시블도 한국인과 비교하면 일본인은 아직도 유연하지 않습니다. 왜냐하면 한국의 보자기에는 끈이 달려 있다는 것입니다. 보자기에 싸고, 그래도 안 싸지는 큰 물건은 끈으로 묶어 싸지요. 그러니까 단 한 층의 차가 있는 셈입니다. 한국의 보자기가 얼마나 발전된 것인가 하면, 여자들이 무엇인가 바느질을 할 때 옷 천이 남으면 그 조각 하나하나를 버리지 않고 두었다가 색은 색대로, 모양은 모양대로 여러 가지 형태로 맞추어 보자기를 만듭니다.

이것을 전문용어로 브리콜라주Bricolage라고 하는데, 우연의 소재를 가지고 여러 가지 색, 여러 가지 형태를 맞추어가는 것입니다. 그래서 아름다운 몬드리안의 추상화 같은 것, '조합'을 만들어가는 것이지요. 세계에 유례가 없는 것입니다. 그래서 지난해 일본에서 한국의 보자기전展이 개최되었을 때 일본인들이 깜짝 놀랐던 것입니다. 보자기는 일본인만이 갖고 있는 줄 알았는데 한국에는 보다 발전된 보자기 문화가 있다고 말입니다. 그러니까 이것을 일본 고유의 것이라고 생각했을 때는 반드시 한국 것을 먼저 조사해보아야 한다는 것입니다.

일본인은 해초海草를 먹는 세계 제일의 지혜 있는 민족이라고, 어떤 일본 문화인류학자가 말했다고 합니다. 그런데 어느 신문을 보니 해초도 한국에서 수입했다고 나와 있었습니다.

공생과 통신 시대

한국 문화와 일본 문화의 동질성과 이질성을 살펴보았는데, 21세기를 맞는 데 있어 가장 중요한 것은 무엇일까요? 그것은 공생과 사람의 사상입니다. 알고 계시다시피 서양에는 절대로 양의제兩義制가 없습니다. 이것을 익스클루시브exclusive(배타적인)라고 말합니다. 인클루시브inclusive(포함하는)와 익스클루시브. 문화의 패턴을 보면 일본은 익스클루시브적인 문화가 아닙니다. 인클루시브한 문화로서, 모순되는 것을 많이 갖고 있으면서 하나가 되고 있습니다.

서양에서는 서로 대립하는 것은 이항 대립이라고 해서 반드시 어느 하나를 배제합니다. 남자와 여자는 대립합니다. 사람이라는 개념 안에 남자와 여자 양쪽을 포함시킬 수가 없습니다. 맨man, 우먼woman은 있습니다만, '사람'이라고 할 때에는 다시 맨man이라고 합니다. 한쪽을 배제해버리니 여자는 억울할 수밖에 없지요. 남자와 여자를 한층 더 높은 차원으로 싸서 '사람'이라고 하면 되지요. 그러니 서양의 역사는 배제의 역사, 갈등과 투쟁의 역사일 수밖에 없습니다.

'낮은 밝다, 밤은 어둡다'도 마찬가지입니다. 낮과 밤을 합치면 24시간의 하루가 됩니다. 그런데 서양에는 '하루'라는 말이 없습니다. 라틴어에는 1일이 없습니다. '주루 니'라고 합니다. 낮과 밤이지요. 그렇다면 1일은 무엇이라고 하는가? 그냥 다시 '주루'입니다. 맨의 경우와 똑같습니다. 암캐를 '비치bitch'라고 합니다. 수캐는 '도그dog'이지요. 그렇다면 암컷과 수컷의 개를 무어라고 하느냐 하면 다시 '도그'입니다. 이런 것은 서양에는 반드시 있습니다.

그러나 한국어나 일본어에는 서로 대립하는 것을 하나의 패키지로 만드는 언어가 많습니다. '엘리베이터'라고 하면 위로 올라가는 것입니다. 그러나 엘리베이터는 위로 올라가기도 하고 아래로 내려가기도 합니다. 그런데 서양인은 엘리베이터라고만 하고 맙니다. 왜냐하면 아래로 내려가기도 하지만 주로 위를 향해 올라가는 것이기 때문에 이것은 올라가는 것이라고 합니다. 올라갔다가 내려갔다가 하는 것이 반대이니까, 이것은 함께할 수가 없다는 것입니다. 그래서 위로 오르는 엘리베이터입니다. 그러나 일본인이나 한국인은 승강기, 올라갔다가 내려갔다가 하는 승강기昇降機라고 정확하게 표현합니다.

또한 예로 출구와 입구가 있습니다. 각각 엑시트exit, 엔트랜스entrance입니다. 서양인은 반드시 출구, 입구라고 합니다. 한국인, 일본인은 나가면 출구, 들어오면 입구, 그래서 출입구라고 부릅니다. 한국은 이 공생 양의어가 일본에 비해 더 심합니다. 일본인은 빼닫이(서랍)를 뺍니다. 그런데 넣을 수는 없어요. 일본어로는 빼내다[引き出し]뿐입니다. 영어도 같습니다. 드로draw라는 말은 풀아웃pull out으로서 밖으로 내놓는다는 것이지요. 그러므로 일본인과 서양인의 빼닫이는 말만으로 볼 때 한번 빼내기만 하면 다시 넣을 수가 없지요. 그러나 한국은 '빼닫이'라고 해서 '빼다' '닫다'할 수 있습니다. 이것을 일본어로 직역하면 '빼내고 넣다[引き出し入れ]'가 됩니다.

그렇다면 이것은 어떤 의미를 갖는가? 이제 결론을 내려야 하겠습니다만, 모순되는 것을 좀 더 높은 차원으로 끌어올리는 것, 여러분들이 잘 알고 계시는 더블 바인드double bind라는 것입니다. 절체절명의 두 가지가 대립했을 때 그 프레임을 깨서 더 위로 올라가지 않으면 안 됩니다.

페이슨이라는 유명한 문화인류학자가 그렇게 말하고 있습니다. 이것은 서양인들에게는 대단히 까다로운 내용이겠지만 한국인, 일본인들에게는 쉬운 일이지요. 시칠리아 사람들이 "시칠리아 사람들은 모두가 거짓말쟁이다"라고 말했다면 어떻게 되는 것입니까? 그렇게 말한 사람도 시칠리아 사람이고 보면 거짓말쟁이가 거짓말이라고 했으니까 시칠리아 사람은 거짓말을 안 한다는 뜻이 되지요. 그런데 그것이 거짓말이라면 어떻게 됩니까? 이런 식으로 끝까지 가면 머리가 멍해져서 모두가 미치광이가 된다는 것입니다. 이것을 더블 바인드라고 합니다.

그러나 이 더블 바인드의 배제 문화인 바이너리 오퍼지션bina-ryoppositon(두 개의 대립)을 하나로 접합시킨 것이 바로 공생입니다. 그리고 사람의 사상이기도 합니다. 서양인은 사람을 기계로 생각했고, 하느님으로 생각하기도 했으며, 사람을 사람으로서 파악하지 않았습니다. 그러나 한국인과 일본인, 더욱이 한국인은 '사람은 약한 존재다. 그러나 어떤 경우에는 강한 존재이기도 하다'라는 사람의 사상이 있었던 것입니다.

사람이 죽을 때, 위험에 빠졌을 때 외치는 말은 무의식적인 문화의 표현입니다만, 서양인은 죽을 때 "헬프 미help me(나를 살려달라)"라고 말합니다. 죽는 순간에도 '나'를 버리지 않아요. '나'를 살려달라는 것이지요. 왜 당신을 살려야 하는가. 나 이외에 다른 것이 있느냐는 것이지요. 죽을 때도 믿는 것, 사랑하는 것은 자기 자신입니다. 그래서 '나'입니다. 일본인은 집단주의이기 때문에 '나'는 전혀 없습니다. 그냥 "살려주시오"라고 말합니다. 한국인만이 "사람 살려!"입니다. 사람을 살리라는 것이지요. 어떤 위기 때도 "사람을 살려달라"라고 말합니다. 그것은 사람을 믿는다는 의미지요. 죽는 자도 사람, 구해주는 자도 사람입니다. 나는 사람이니까 사람은 나를 살려줘야 하지 않느냐는 것입니다. 마지막으로 숨을 거둘 때에 떠오르는 얼굴은, 같은 사람이라는 공동체인 것이지요. 여기서 '공생'이라고 하는 함께 사는 하나의 사상이 태동하는 것입니다.

다윈은 약한 것은 강한 것에 도태되어가고 강자만이 남는다고 생각했습니다. 이것이 서양의 나쁜 점입니다. 그래서 배제주의로 끝내게 되어버린 것이지요. 그러나 생태학에서는 다르게 봅니다. 약한 것은 약한 것으로, 강한 것은 강한 것으로 구성되어 있습니다. 서로 공생한다는 것이 신비한 생물계에는 있습니다. 경쟁하고 있는 듯이 보이긴 하지만 질서 있게 공생하고 있는 면이 있지요. 잡아먹는 것도 공생의 원칙입니다. 늑대와 사슴이 사는 지역에 철조망을 쳤다는 이야기가 있습니다. 그런데 나중에 보니 사슴이 모두 죽어갑니다.

왜냐하면 철조망이 없으면 약한 사슴을 늑대가 잡아먹어버려 강한 사슴만이 살아남게 되어 자꾸자꾸 새끼를 번식시킵니다. 빨리 달아나려고도 합니다. 그런데 늑대가 없으니까, 잡아먹힐 걱정이 없어진 사슴이 뛰려고 하지 않습니다. 그래서 살이 찝니다. 약한 늙은 사슴도 죽지 않고 있어요. 그래서 우성보다 열성의 사슴이 자꾸만 늘어나고 결국 자멸케 되는 겁니다. 짧은 눈으로 보면 늑대는 사슴의 적이지만 숲 전체가 함께 산다는 것을 생각해보면 거꾸로 사슴에게 있어서 늑대는 귀중한 것입니다. 그러니까 다윈이 말하는 의미의 세계가 되지 않는다는 것입니다.

이런 상황이 이미 시작되었다는 것입니다. 공생이라는 것은 결국 두 개의 대립하고 있는 것을 하나로 합친다는 사상을 표현하는 것이지요. 붕괴의 시대가 왔다, 베를린 장벽이 무너졌다, 붕괴 하는 소리가 들린다, 미국에서도 인종 문제라든가 오랫동안 두 개의 당이 지배했었는데 이제는 기로에 서게 됐다 등등 심상치 않은 일이 일어나고 있어요. 지금은 붕괴의 시대입니다. 옛날의 가치관이 모두 무너져버립니다. 산업 시대에 화려하게 쌓아올린 저 보람찬 과학 문명이 무엇인지 모를 무서운 도전을 받고 있습니다. 일본은 어떠한가? 일본은 부드러운 구조이니까 붕괴해도 큰 소리는 나지 않습니다. 버블이 꺼져간다, 붕괴의 소리가 있습니다. 그러나 그것은 콘크리트 벽이 무너지는 것과는 달리 거품이 꺼지는 붕괴이므로 크게 피부에 와닿지 않습니다. 한국에서도 이런 현상은 일어나고 있습니다.

마지막 결론은 무엇일까요? 이 세상에는 통상과 통신이라는 것이 있습니다. 저는 '한국 문화 통신사'라는 것을 가지고 왔습니다. 에도 시대 이전의 일본은 무력주의로 나갔었지만, 에도 시대에는 파워 폴리틱스power politics가 모럴 폴리틱스moral politics로 바꿰었지요. 임진왜란 때 한국에서 끌려간 포로 가운데 강항姜沆이라는 유교의 주자학자가 있어서 후지하라 세이가[藤原惺窩]에게 주자학을 가르쳤습니다. "무력만으로 싸워서 힘 있는 자가 나라를 차지한다. 이런 피비린내 나는 일이 언제까지나 계속될 것인가. 무력주의가 아닌 것, 문화주의로써 나라를 다스리는 방법은 없는가?"라고 깨우친 것이지요.

문화라는 말은 문치교화文治敎化에서 나온 것입니다. '문文'으로 다스리고 '덕德'으로 교화한다는 뜻이지요. 칼을 사용하지 않고도 지배할 수 있는 힘이 주자학의 이상입니다. 이러한 사상이 도쿠가와 시대에 들어와 일본은 비로소 무력주의에서 문화주의로 옮겨 가게 되는 것입니다. 교양주의로 바뀐 것이지요. 그래서 생겨난 것이 조선통신사朝鮮通信使로서 에도 시대에는 12회나 되었습니다. 한 번에 5백 명이나 되는 한국인이 일본에 가서 1년 동안 주자학을 필담이나 말로 전하여 일본에 처음으로 문화주의의 꽃을 피우게 된 것입니다.

일본은 세키가하라[關ヶ原] 싸움이 있었을 때 약 8만 정에 이르는 소총이 있었습니다. 유럽의 모든 소총을 모아도 일본보다 그 수가 적었습니다. 프랑스의 최정예 부대도 1만 5천 정밖에 안 되었습니다. 그런데 에도 시대에 들어와서 이 많은 총들을 버렸던 것입니다. 왜 그런가? 문화주의가 들어와서 사람이 정말 사람답게 사는 것은 무력주의가 아니다, 삶의 아름다운 길이 있음을 알

게 된 까닭입니다. 그런 것이 '통신', 서로가 친분을 주고받는 통신입니다. 그러니까 일본은 통상만을 생각하고 있었을 때 통신을 알게 된 것입니다.

에도 시대는 꼭 폐쇄적 쇄국만 한 것은 아니었습니다. 다른 나라와는 담을 쌓고 지냈지만 한국과는 외교를 트고 내왕을 했습니다. 통신의 '신信'은 문자 그대로 믿음의 뜻으로 마음의 접촉, 가치의 접촉, 문화의 접촉을 의미했던 것입니다.

물건을 팔거나 물건이 오가는 무역이 아니고 가치와 사람답게 사는 아름다운 문화를 서로 나누어 갖는 것, 공생하는 문화를 무역하는 것이었습니다. 5백 명의 문화인이 와서 시를 이야기했고 미술을 이야기했습니다. 피가 흐르는 이런 교류는 세계 어디에도 그 유례가 없습니다. 그런데 이런 훌륭한 '통신' 모델을 갖고 있으면서도 양국은 이것을 잘 활용하지 못했던 것입니다.

그러나 오늘 이 자리에서 처음으로 통신이 새로운 시대의 인간 이념이 되었습니다. 그것이 붕괴의 시대에 새로운 숨결이 되어갑니다. 일본인은 무역으로 부흥했습니다. 전쟁의 폐허에서 통상 무역으로 풍요한 일본이 되었습니다. 그러나 아직 세계와 '통신'을 하고 있지 않습니다. 세계의 어느 나라와도 제대로 통신을 하고 있지 못합니다. 한국과도 마찬가지입니다. 통상 다음에 통신이 오지 않으면 안 됩니다.

오늘날 통신이라고 하면 전화와 같은 전기 통신만 생각하고 있는데, 그 말조차 변질되고 만 것입니다. 진정한 마음과 마음의 접촉, 세계 문화와의 접촉, 그렇게 믿음으로 통하는 시대가 와야 합니다.

일본과 한국의 문화적 동질성을 바탕으로 아름다운 문화를 만들어야 하는 새로운 통신의 시대가 오고 있다는 사실을 생각해주시기 바랍니다. 그 동질성을 바탕으로 하여 서로의 이질성을 인정해가면서 그리고 임팩트를 서로 준다면 21세기의 미래는 보다 밝을 것이라고 믿고 있습니다. 이것이 오늘날 통신사의 사명이 아니겠느냐고 생각합니다.

'이인칭 문화'의 시대가 열린다

서구적인 합리주의 문명에서 아시아적 '퍼지fuzzy' 문명으로

이제 '이인칭 문화'가 시작된다

21세기를 눈앞에 두고 세계의 정치·경제가 흔들리고 있는데 겉으로 나타나는 이런 정치·경제의 현상 물밑에서 무엇인가 다른 것이 흐르고 있는 듯합니다. 문화 문명론의 시각에서 이것을 어떻게 보아야 하는가?

인간의 역사를 크게 구분해보면, 먼저 인간과 자연이 서로 대립해 싸운 시대가 있었고 그 이후로 왕권과의 저항 시대가 있었습니다.

영어로 역사를 '히스토리history'라고 하는데 이것을 풀어보면 역사란 '그의 이야기', 다시 말해 왕의 이야기라는 뜻이 되지요. 이것은 문법 용어라는 시각에서 본다면 자기와 관계가 없는 '삼인칭의 문화'라고 할 수 있습니다. 시대적으로 말한다면 중세까지인데, 거대한 궁전이나 '만리장성'을 만든 시대 등의 문화가 여기에 해당합니다.

그다음에 오는 것이 '개인(시민)이 확립된 시대'입니다. 그것은 '기계'의 문화, 근대 산업 시대이기도 합니다. 이 시대의 개원을 가장 여실하게 상징하고 있는 것이 근대 소설의 선구자가 된 다니엘 디포Daniel Defoe의 유명한 『로빈슨 크루소Robinson Crusoe』입니다. 혼자 고독하게 살아가는 영웅—문화의 주체는 한 사람뿐이라는 것을 증명한 셈입니다.

인칭별人稱別로 말한다면 '일인칭의 문화', 시대로 구분해 말한다면 근대입니다. 근대적인 고성능의 공장, 비행기, 로켓을 만든 문화입니다. '나(I)의 문화'라는 말입니다. 영어의 나를 의미하는 I가 대문자인 것은 상징적이지요. 주장의 문화라고도 말할 수 있겠지요. 그런데 현재는 어떤가 하면 이제 '이인칭의 문화'가 시작되고 있다고 저는 봅니다. 이것은 중국·한국·일본 등 동북아시아 사람들이 면면히 이어온 문화이기도 한 것이지요.

이제부터는 물건을 만든다든가, 경제적인 활동을 한다든가 하는 모든 일에 있어서도 이 '이인칭 문화'가 큰 의미를 갖는 시대가 된다고 생각합니다.

그렇다면 '이인칭 시대'는 과연 무엇일까요?

결론적으로 말한다면 커뮤니케이션 시대, 탈脫'펑션function(기능)'의 시대라는 것이지요. 커뮤니케이션 시대라는 것은 부드러움의 시대이기도 한 것입니다.

커뮤니케이션은 상대가 존재하지 않으면 절대로 되지 않는 것이지요. 상대가 있음으로써 비로소 성립이 됩니다. 이런 경우 자신의 '나'만을 관철하려 든다면 커뮤니케이션은 될 수가 없습니다. 상대방이 있어서, 있기 때문에 커뮤니케이션이라는 것이 성립되지요. 이편의 '나'는 상대방의 '당신(You)'과 합쳐서 비로소 커뮤니케이션이 되는 것입니다. 그러니까 부드러워져야 한다는 것입니다.

어린이와 대화를 나눌 때는 나는 어른이지만, 노인과 말을 나눌 때는 어린이입니다. 자기라는 절대적인 기준은 있을 수 없다는 것입니다. 부드럽게 변용하는 나만이 존재한다고 볼 수 있지 않습니까? 약한 자도 강자가 될 수 있고, 강자도 약한 자가 됩니다. 다시 말해 유동적이라는 것이지요. 인간은 변용하게 된다, 따라서 부드럽다는 말은 '플렉시빌리티'가 있다 이런 말입니다. 이제까지 서양의 도덕을 지배해온 것은 단 하나, 일신교의 하느님, 하나의 윤리, 모럴이 지배해왔습니다만 동양은 다릅니다. 부부 관계, 군신 관계, 친구 관계, 스승과 제자의 관계 등 무수한 '관계'가 있지요. '예의'라는 상관관계가 있다는 것이지요. 이것이 바로 '이인칭 문화'입니다.

유교 사상으로 말한다면 '인仁'의 세계지요. 인人이라는 글자에 이二라고 쓰는 이 仁은 바로 둘 사이의 커뮤니케이션인 것입니다.

이런 말을 서양 사람들에게 하면 잘 이해하지 못하고, 그런 관계가 성립되는가라고 묻곤 하는데, 전화의 예를 들면 그제서야 이해를 하곤 합니다.

상대가 없는 전화란 생각할 수조차 없지 않습니까? 이쪽에서 아무리 이야기하고 싶은 것이 있어도 듣는 상대가 없으면 통화라는 것은 당초부터 성립이 안 되지요. 그러니까 전화라는 것은 독자적으로 존재하는 것이 아니며, 자기 혼자 독점한들 그것은 아무런 의미가 없는 것입니다. 상대방이 있어야만 비로소 존재하는 것이지요. 그것이 바로 전화입니다. 아무리 전화기의 품질을 향상시킨다고 한들 상대가 없다면 존재 의미가 없는 것이지요. 인간에게는 독점욕이 있어서 무엇이건 독점하고 싶어 하는데, 독점한다고 하더라도 이 세상에서 전혀 의미가 없는 것이 바로 전화기입니다. 세계의 전화를 전부 한 손에 넣었다고 한들, 자기 혼자서는 아무런 의미가 없는 것이 전화입니다. 자동차라든가 에어컨같이 혼자 갖고 있으면서 이용할 가치가 있는 것과는 다른 셈이지요.

이렇게 생각해본다면 예부터 한국·중국·일본 같은 동양권에서 가지고 온 '인仁'의 문화, '화和'의 문화는 곧 그것이 커뮤니케이션의 문화라는 것입니다. 그 반대로 서양인의 문화는 기능 중심의 문화라는 것입니다.

그런데 일본의 산업 기술이 만들어낸 제품 등을 보면 기능이 다양하고 충분해 보입니다만, 사실 바로 그 점에 서양과 일본의 차이가 있다는 것이지요. 일본의 테이프 리코더 같은 데에 붙어 있는 그 많은 기능—이런 것들은 정작 꼭 필요한 기능은 아니지요. 사용인과 사용되는 물건의 대화를 위한 기능입니다. 말하자면 사람과 물건의 대화를 위한 기능, 생산자와 소비자 사이의 커뮤니케이션을 위한 기능인 것이지요.

기능만을 생각한다면 오히려 불필요한 것인데도 일본인들은 그와 같은 것이 없으면 불안을 느낍니다. 그것들이 있기 때문에 '마음과 마음의 접촉'이 된다고 일본인들은 느끼는 것입니다.

일본식 '상황 대응주의'는 21세기에 되살아난다

그런데 오늘날 일본을 경제대국이라고 모두 부르고 있는데도 일본인의 사고 형태가 국제적으로는 받아들여지지 않고 있다고들 합니다. 외국인들로부터의 이른바 배싱bashing에 크게 반발하면서도, 일본인들은 마음 한구석으로는 이제까지의 일본적인 사고 방식을 가지고서 앞으로 국제 사회에서 이겨낼 수 있을 것인지에 대해 불안감을 갖고 있습니다.

서양과 동양의 전통적인 문화를 다른 말로 표현하면, 서양의 문화는 '금속', 동양의 문화는 '물'이라고 표현할 수도 있을 것입니다. 앞서 '부드러운 자신'이어서 약한 자가 되기도 하고 또 강한 자가 되기도 한다고 말했습니다만, 동양의 문화는 바로 '유동하는 것', 다시 말해 물과 같은 것입니다.

바둑을 두고 생각해봅시다. 상황에 따라서 바둑알이 죽기도 하고 살기도 합니다. 상황에 따라서 의미가 달라지는 것입니다. 절대적인 자기 가치에 따른 의미란 존재하지 않습니다. 상황에 따라서 의미가 전혀 다르게 나타납니다. 그런데 바둑에는 검은 돌과 흰 돌 두 가지뿐입니다. 다시 말해 물과 같이 상황에 따라서 형태와 의미가 변하는 그런 사상이란 말입니다.

제가 이미 『축소지향의 일본인』에서 지적했습니다만 일본인들은 원리 원칙을 지키기보다는 그때그때의 상황에 따라 판단을 해온 전통이 있었습니다. 개인도 기업도 종교 감각도 마찬가지지요. '플렉시빌리티'로 임해온 것이지요. 그런데 이제까지의 문화에서는 분명히 '플렉시빌리티'가 대답을 받아오지 않았습니다. 제대로 평가되지 못했던 것입니다. 하지만 앞으로는 다릅니다. 21세기에는 이같이 주목받는 시대가 된다는 것입니다.

이제까지는 '플렉시블'이라고 하면 원칙이 없고 무엇인가 분명하지 않고 불투명한 상태, 다시 말해 '플렉시블'한 생활을 하는 사람이라면 원리 원칙이 없고 믿을 수 없는 사람이라고 경멸하는 경향이 있었지요. 그러나 지금부터의 시대―포스트모던 시대에는 바로 이 '플렉시빌리티'가 두각을 나타냅니다. 이제부터 일본은 이 점에 주목을 해야 합니다. 이와 같은 일본식 사고방식을 어떻게 서구의 사고방식과 조화시켜 활성화해야 하는가를 생각해야 할 것입니다.

시대는 크게 변하고 있습니다. 한국의 민속 예능에 '사물놀이'라는 것이 있지요. 장구나 징 같은 네 가지 제각기 다른 악기가 찢어지는 듯한 강한 소리를 내는 놀이인데, 리드미컬하면서도 역동감이 넘칩니다. 바로 얼마 전까지만 해도 이런 사물놀이 팀이 미국이나 유럽 등지에서 공연을 하면 귀를 막는 등 제대로 그 놀이를 이해하려 하지 않았지요. 그런데 지금은 서양인들이 그 소리에 매료되고 있습니다.

한국인들에게는 '신'이라는 것이 있어서 신이 나지 않으면 아무리 이치를 따져가며 설득을 해도 무엇에건 열중하려 하지 않는 버릇이 있어요. 그 대신 '흥이 난다', '신명이 난다'고 하면 도저히 상식으로는 생각할 수 없을 만한 일을 거뜬히 해내기도 합니다.

이 사물놀이에는 한국인의 마음에 흥을 돋우고 신명을 돋우게 하는 리듬이 있지요.

제 입장에서 말씀드린다면 혹시 오해가 있을지 모르겠습니다만, 예언이나 예측 같은 의미로 받아들이기를 원합니다…….

21세기에는 서구의 도덕·윤리·법률 등의 가치관을 다시 평가해야만 하는 시기가 반드시 올 것이라고 봅니다. 이제까지의 합리주의 일변도의 가치관으로 인해 매사가 극히 빡빡하게 되어왔던 것이지요. 그런데 이제 그것이 벽에 부딪히고 있다는 것입니다.

성경에는 "오른편 뺨을 때리면 왼편 뺨까지 내주어라"라는 구절이 있지 않습니까? 'All or Nothing'의 사고방식입니다.

재미있는 예를 들까요? 미국의 대통령 선거에서도 그런 '전부가 아니면 아무것도……'라는 서양 전통의 사고방식을 볼 수가 있습니다. 주의 선거인단을 차지하는데, 한 정당이 단 1퍼센트만 더 얻으면 주 전체의 선거인단을 독식합니다. 그래서 전체 유권자의 득표수로 보아 A가 이겼는데도 'All or Nothing'으로 인해 당선자가 뒤바뀌는 일조차 실제로 있습니다.

동양의 유교에서는 이와 같은 전부냐, 아니냐의 극과 극적인 사고방식이 없지요. '살기 위해서라면 물고기를 잡아도 좋다. 그러나 작은 것은 잡지 말고 큰 것만을 잡아라. 작은 것은 다시 놓아주라'는 식이지요. '잡아라, 잡지 마라'라는 칼로 양단되는 듯한 경직된 사고방식이 아니라, 유연하고 상황에 따라 유동성이 있는 '이인칭적'인 사고방식이지요.

한 한국인의 이야기를 예로 들겠습니다. 조선시대에 유명한 재상이었던 황희의 이야기입니다. 황 정승이 어느 날 귀가하니까 노비 두 사람이 내가 옳으니, 네가 옳으니 하고 말다툼을 하고 있었어요. 황 정승을 보더니 누가 옳은지 판별해달라는 것입니다. 한 사람이 자기가 옳다는 이야기를 늘어놓았습니다. 그 말을 듣더니 황 정승이 "네 말이 옳다!"라고 했습니다. 그러니까 다른 노비가 달려와 이번에는 자기 말을 들어보라고 하는 겁니다. 그쪽 말을 다 들은 황 정승이 이번에는 그에게 "네 말도 맞다"라고 하는 겁니다. 이 광경을 지켜본 황 정승의 부인이 "아니 여보, 이편 말도 옳고 저편 말도 옳다고 하니 그런 법이 어디 있어요?"라고 하니까 황 정승이 이번에는 "당신 말도 옳구려!" 했다는 것입니다.

유교는 이와 같이 대립을 넘어서는 유연함이 있습니다. 극과 극의 대립이 없지요.

유교는 얼마 전까지만 해도 잘못 인식되기도 했고 아주 편협한 것으로 오해되었지요. 예컨대 엄격한 가족주의나 또는 친구와의 신의를 지키기 위해서는 모든 것을 버려야만 하는 그런 엄격한 것으로만 이해되기도 했지요.

그러나 유교의 '인仁'은 어디까지나 상대적인 개념이고, 부드러운 커뮤니케이션의 사상을 갖고 있는 것으로서, 오늘날 그것이 새롭게 조명되고 있다는 것입니다.

오늘날의 시대는 전화나 컴퓨터가 말해주듯이 커뮤니케이션의 시대이고 그러니까 새로운 의미의 '이인칭 문화'가 열리는 새 시대라는 것입니다. 신문은 삼인칭이지만 컴퓨터 통신은 이인칭입니다.

노이즈가 낳은 새로운 효용

옛날에는 A와 B가 서로 대화하고 있는 것을 아무도 보지 못했지요. 그런데 오늘날에는 모든 장소에서 모두가 보고 있어요. 어느 증권 회사가 어느 기업과 특별한 뒷거래를 한다고 하면 삽시간에 그런 사실이 노출됩니다.

컴퓨터를 통해 1대1로 대화를 나누어도 누군가가 가로챌 수 있고, 이렇게 되면 '이인칭 문화'가 한층 외연적으로 발전해가든가, 아니면 그렇게 되지 않고 '아니 역시 일인칭이군!'이라는 결론에 이르게 되는데, 그것은 커뮤니케이션을 방해하는 것—새로운 '이인칭'이라 할 수 있는 것이지요. 통신으로 말하자면 '노이즈noise'인 셈인데…… 이 노이즈가 결정적인 역할을 하게 되지요. 존 케이지John Cage의 현대 음악의 위대성이 바로 여기에 있는 것입니다. 노이즈를 배제하지 않았기 때문에 멋진 음악이 될 수 있었던 것이지요.

어느 증권 회사와 어느 기업이 뒷거래를 한다, 그런데 제삼자인 타인의 눈에 노출되니까 '그런 짓을 해서는 안 된다'라는 것이 되는데, 이렇게 되면 건전한 '이인칭'은 살아남게 되는 것이고 나쁜 '이인칭'은 쓰러지게 되는 것이지요. 이래서 도덕적이 되어가는 것입니다. 이것은 '일인칭'이나 '삼인칭'의 도덕과는 전혀 다른 것입니다.

이런 이야기를 하면 소극적인 말로 들릴지 모르지만 사실은 그렇지 않습니다. 이제까지 세상을 지배해온 것은 합리주의입니다. 그것은 하나밖에 모릅니다. 이것은 '일인칭'이나 '삼인칭' 문화가 만들어낸 것입니다.

그런데 이인칭이라는 것은 합리주의가 아니고, 커뮤니케이션에 의한 상황주의이니까 합리주의라는 하나밖에 모르는 경직된 문화와는 다릅니다.

그런데 바로 여기에서 중요한 문제가 발생케 되는 것입니다. '우연偶然'을 어떻게 받아들이는가 하는 것입니다.

인간이나 기업이 살아가는 방법 가운데에서 우연을 인정하느냐, 전혀 인정하지 않느냐에 따라서 앞으로의 세계 역사도 회사의 역사도 전혀 다르게 바뀐다는 것입니다.

하나의 사례를 들어보지요. 일본의 어느 회사가 후발로 나타나 반도체 생산에 끼어들었을 때의 이야기입니다. 후발 회사가 반도체로써 이길 수 있는 길은 에러가 적은 고품질의 반도체를 만드는 방법 이외에는 없었지요. 그래서 어떻게 해서든지 클린 룸이 필요했던 것입니다.

그런데 예산을 짜보니까 대단한 자금이 소요된다는 것입니다. 클린 룸에 의해 어느 정도의 에러율, 고장률이 낮게 되느냐—그래서 최종적으로 그런 투자를 함으로써 어느 만큼의 이익이 나오느냐를 따져야 하는데 계산이 안 되는 것입니다. 합리주의식 방법으로써는 그 결과를 알아보기가 힘들었던 것입니다.

그런 가운데에서 막판에 경영 톱이 결정한 방법은 개발하는 물건과는 동떨어진 개발자 인간성의 판단이라는 것에서부터 출발했습니다. 개발자의 성격, 성질을 판단의 자료로 했던 것입니다. 다시 말해 '감感'으로 나간 것이지요. 그래서 대성공을 거둘 수 있었다는 것입니다.

현대인은 어떻게 해서든 감을 배제하려고 하지요. 실제로 감으로 하고 있으면서도 그것은 나쁜 방법이라고만 생각하는 습성이 있지요.

일본어의 '이치카바치카一か八か(잘되든 안 되든 운에 맡겨보자는 의 미)'는 되는 대로 가보자는, 계획성 없다는 식의 나쁜 의미로만 사용되고 있습니다만, 이제부터는 자연에 맡겨서 흐르는 대로 흘러가게 하는, 다시 말해 상황에 저절로 적응케 하도록 하지 않으면 기업도 살아남지 못합니다.

현대는 컴퓨터에 의해 인간의 합리주의로서는 갈 수 있는 마지막 끝까지 온 시대라 할 수 있지요. 앞으로는 단 한 치도 내디딜 수 없는 합리주의의 극한 시대이기도 합니다. 그런데 이와 같은 한 치의 여유도 없이 마지막까지 간 오늘의 합리주의 벽을 넘는 것이 바로 문화의 영역입니다. 컴퓨터로써는 해결할 수 없는 플러스 알파가 문화의 가치이며 이제부터 우리가 문제시하는 가치 영역이지요.

지난날에는 '모른다'고 하면 바보 취급을 당했어요. 그런데 오늘날에는 '모른다'는 것이 귀중한 것이지요. '엉터리'라든가 '모르겠다'는 것이 중요한 의미를 가집니다. 다시 말해 '랜덤니스ran-domness'가 시대의 주인공이 되는 것입니다.

행동의 스타일에 대립적인 것이 있다는 이야기입니다. 상황을 모르는 경우, 보기 전에 뛸 것인가, 뛰기 전에 보아야 하는 것인가? 뛰고 나서야 알게 되는 상황을 미리 알아내려고 한다는 것은 아무래도 합리주의적인 기분이 드는데…… 컴퓨터도 있고 오토메이션도 있으니까. 뛰어봄으로써 상황이 바뀔 수도 있는데 뛰어보려고 하지 않지요.

오늘날에는 모두가 보고 있다, 보이는 것은 누구에게나 뻔한 것이니까 결국 뛰는 자가 현명하고 뛰려고 하지 않는 자가 어리석다는 것입니다. 무턱대고라도 뛰어본다는 것이 현명하다는 것입니다.

또 하나의 예를 들어보지요. T자형 공간의 위쪽 ―의 좌우 끝에 아주 똑같은 품질의 마른풀을 놓아봅니다. 그리고 모든 조건을 똑같이 했을 경우 밑에 있는 당나귀가 마른풀을 찾아 우측으로 가느냐, 아니면 좌측으로 가느냐 하는 것입니다. 합리적인 사고로만 판단해본다면 어느 쪽으로도 가지 않습니다. 결국 굶어 죽고 맙니다. 현대의 합리주의자는 먹고 싶은 풀을 눈앞에 보면서도 굶어 죽어야만 하는 당나귀가 될 위험을 안고 있습니다.

이것은 결코 우스운 이야기가 아니라, 오랫동안 세계의 사상계를 지배한 합리주의의 모습을 극단적으로 표현한 것입니다. 이제 시대는 변하고 있어요. 새로운 가치관의 시대에 들어서고 있음을 알아야 합니다. 오늘날에는 랜덤이라든가, 디자인에 있어서도 언밸런스 같은 것이 주목을 받고 있는 시대입니다.

그런데 이와 같은 '엉터리 이론'은 어디에서부터 출발한 것인가?

아주 예부터 소급해본다면 오래전에 문학에서 나타나 있었지요. 문학과 물리학을 자세히 살펴보면 미래가 보입니다.

하이젠베르크의 불확정성 원리를 파보면 결국 절대 불변의 진리의 존재라는 것을 어떻게 이해해야 하는지 벽에 부딪히게 됩니다. 뉴턴은 모든 우주의 물리 현상이란 합리적이라고 보았고 그래서 여러 가지를 공식화했는데, 상대성 이론까지 파 들어가 보면 불확정성이 나타나기 시작합니다. 브라운 운동이나 불확정성 원리에 이르면 '엉터리 성性'이 나타나지요.

문학 분야에서도 이런 것들이 나타나고 있지요. 『보바리 부인 Madame Bovary』으로 유명한 작가 플로베르Gustave Flaubert가 있는데, 그는 '이 세상의 움직임을 표현하는 단 하나의 동사, 이 세상에 있는 단 하나의 형태를 갖고 있는 명사, 단 하나의 수식만을 갖고 있는 형용사'가 있다고 믿었던 것입니다. 플로베르는 뉴턴처럼 '문학적 표현은 하나밖에 없다'라고 생각한 것이지요. 이것이 그의 비극이었던 셈인데, 아마 소설을 쓰는 데 굉장히 고심했음에 틀림없었을 것입니다.

　그런데 『피네건즈 웨이크Finnegans Wake』를 쓴 제임스 조이스 James Joyce는 판이하게 다릅니다. 그가 구술을 통해 필기를 시키고 있었을 때 어떤 사람이 갑자기 그의 서재를 찾아옵니다. 그가 도어를 노크했지요. 제임스 조이스가 "플리즈 컴 인Please Come in" 이라고 했는데, 그의 소설을 받아쓰고 있던 필기사는 자기 일에 몰두하고 있었기 때문에 누군가가 노크를 해 제임스 조이스가 방문객을 향해 "플리즈 컴 인"이라고 말한 것을 모르고 계속 구술하고 있는 소설 내용이려니 생각하고 그대로 써넣은 것이었습니다. 그런데 잠시 후 보니까 방문객이 방 안으로 들어오는 것이었어요. 그래서 그제서야 방금 전에 자신이 들은 "플리즈 컴 인"은 소설의 내용이 아니라 방문객에게 한 말인 줄 깨닫고 제임스 조이스에게 "제가 실수했습니다. 저는 선생님이 말씀하신 '플리즈 컴 인'이 소설 중의 대화인 줄 잘못 알고 그대로 받아썼군요. 지우겠습니다"라고 말했습니다.

　그러자 제임스 조이스는 "아니, 잠깐 기다리게! 자네나 나나 또 독자들까지도 이해키 어려운 이 '플리즈 컴 인'이란 구절이 문장에 들어감으로써 어떤 효과가 생기게 되는지 알고 싶네. 그러니까 그대로 두어보세"라고 하면서 그 밑도 끝도 없는 말을 그대로 살렸던 것입니다.

　『좁은 문La porte étroite』을 쓴 앙드레 지드Andre Gide는 이런 현상

을 '하느님의 몫'이라는 말로 표현했어요. "나도 독자도 전혀 모르는 새로운 효과가 있다. 아무도 그 효과를 알 수가 없다. 그것은 하느님만이 알 수 있는 '하느님의 몫'이 아닐까?"라고 했습니다.

그러니까 위대한 소설의 부분이 60퍼센트라고 하면 40퍼센트는 앞서 말한 노이즈인 셈이지요. 우연이라는 것입니다. 이런 현상을 처음으로 인정한 사람들은 오늘의 시대를 앞서는 영웅들이라고 말해도 좋을 것입니다. 브라운 운동이나 불확정성 원리 등의 현상을 인지한 사람들은 말하자면 합리주의의 최후를 예견한 사람이란 말입니다.

또한 오늘의 컴퓨터에도 '퍼지 컴퓨터'라는 것이 있지요. 불확실 영역을 아예 설정한 컴퓨터입니다. '퍼지fuzzy'란 낱말을 사전에서 찾아보면 '잔털 모양의, 흐트러진, 고수머리 같은, 흐린, 분명치 않은'이라는 뜻풀이가 되어 있어요.

최근에 들어서면서 이 '퍼지'에 대한 인기가 높아가고 있는 이유도, 인간이란 모두 똑같은 것이 아니라는 일종의 '불확정적' 개념이 강해졌기 때문이지요. 가령, 사람에게는 기온이 몇 도여야만 쾌적한 느낌을 갖는다는 식의 일률적인 논리는 맞지 않는다는 것입니다. 사람이란 각양각색이어서, 어떤 사람은 덥다고 하는 온도인데 어떤 사람은 선선하다고 하거든요. 사람이란 이렇게 일률적으로 싹 달라서 합리적인 기준으로 나누어볼 수 없는 것입니다. '이인칭 문화'라고 한다면 "춥습니까? 춥군요. 그러면 히터를 부탁합니다"가 되지요.

그런데 '이인칭 문화'의 대화를 나누면서 한 사람은 덥다고 하는데 상대방은 춥다고 한다면, 그것은 '일인칭'끼리의 싸움입니다. '이인칭 문화'에서는 상대방의 입장에서 보고 양보한다는 점이 중요합니다.

공자는 '인仁'과 함께 '서恕'를 대단히 중요한 최고의 덕목으로 보았습니다. 많은 사람들이 이 '서'를 잊고 있는데…… 서로의 보살핌이 '인'이면 아랫사람에 대한 윗사람의 보살핌이 '서'가 됩니다.

'일인칭 문화'라면 "나는 이렇게 추운데 당신이 덥다면 당신이 틀린 것이다"라고 자신의 입장만 강변하게 되어 결국은 대립만을 가져옵니다. 서로 양보한다는 것이 도덕의 첫걸음이 되지요.

'이인칭 문화'에는 결정론이 없다─라는 것이 중요하지요. '일인칭' '삼인칭'에서는 인간이란 20도가 아니고서는 누구나 쾌적할 수 없다라는 원리 원칙만이 존재하지요. 그런데 '이인칭'의 경우에는 그런 원리 원칙에 구애되지 않아요. 그러니까 '이인칭'의 경우는 엉터리 퍼지를 이해하지 않는 한 인간관계가 형성될 수가 없다는 것입니다.

한국 요리에는 어째서 내가 먹지 않는 반찬까지 내놓느냐 하는데 그것은 인仁의 어레인지먼트arrangement라고 보아야 합니다. 사람의 입맛이란 각각 달라서 어느 사람에게는 맞는데 어느 사람에게는 맞지 않는 것이 있지요. 이런 개개인의 구미를 인정하고 서로서로 각자가 즐기는 것을 찾아 알아서 드시라는 의미입니다.

기업의 세계에서는 '유저스 니드user's need'라는 말을 자주 사용하는데, 스스로 대화를 하면서 관찰을 하면 그 '유저스 니드'가 떠오릅니다. 혹은 자신이 상대방의 입장에 서서 자신과 대화를 나누어보는 것이지요. '일인칭' '삼인칭'의 합리주의 시대에서 '좋다'는 것은 한 가지로 집약되었지만, 이제부터의 '이인칭' 시대에서는 좋다는 것이 기능, 색깔 등등 다양한 면과의 대화를 통해 형성되는 것입니다.

한국과 일본의 '이인칭 문화'의 차이

그럼 이번에는 한국과 일본의 '이인칭 문화'에 대해 생각해봅시다. 한국과 일본은 같은 동양권에 속해 있으니까 비즈니스나 기업 문화도 똑같다고 볼 수 있겠는가? 다른 점이 있다면 어떤 점이 다른가?

앞에서 약간 언급을 했습니다만, 일본인 가운데에는 자신은 합리주의자가 아니어서 원리 원칙을 갖고 있지 않다고 생각하는 사람이 많은 듯합니다. 그런데 실은 합리주의적인 면도 상당히 있습니다.

일본의 상업 문화, 상인 문화는 파는 측과 사는 측의 '이인칭 문화'라고 나는 생각합니다. 좀 더 자세히 이를 분류해보면 순수한 커뮤니케이션의 '이인칭 문화'와 상인 문화의 '이인칭 문화'가 있는 셈이지요. 일본의 경우 주로 오사카의 사카이[堺] 지역의 상인 세계에 유교가 영향을 준 셈이지요.

한편 한국인들은 당초부터 상업이나 상거래 등에는 소질이 없던 사람들입니다. 그러니까 오히려 순수한 커뮤니케이션 문화, 다시 말해 '이인칭 문화' 속에서 생활했다고 볼 수 있지요. 전통적으로 보아도 한국인들은 진정한 의미의 상업인들이 되지 못합니다. 한국에서는 회장이나 사장이 타계하면 차세대의 회장·사장자리는 혈연자가 아니고서는 어렵습니다. 그래서 실력이 없는 자에게 회사가 맡겨지곤 합니다.

일본은 안 그렇지요. 일본에서는 차분히 살펴본 연후에 장남의 그릇이 부족하다고 느껴지면 데릴사위를 얻어서라도 회사의 운영을 맡게 하지요. 이것은 혈연·혈통보다도 기업을 중요시했기 때문입니다.

환언하자면 혈통 중심주의의 한국의 상업, 기능 중심주의의 일본의 상업인 셈인데, 특히 상인의 세계에서는 이런 점이 두드러지지요. 일본의 가통家統이란 것은 다분히 기능·이익 집단입니다. 일본에서의 습명襲名이라는 것도 자신과 전혀 관계가 없는 이름을 붙입니다만, 선조로부터의 이름을 중요시하는 한국의 경우 그렇게 하면 큰일이 납니다.

그러니까 일본과 한국의 '이인칭 문화'는 닮아 있으면서도 방향은 전혀 다른 것이라고 보아야 합니다. 한국의 것이 형이상학적인 것이라고 한다면, 일본의 것은 형이하학적인 것이라고 부를 수 있겠지요.

한국인의 '이인칭'은 감동을 주거니 받거니 하는 것이 최고의 결론입니다. 한국어로 이런 감동을 '신난다'라고 말합니다.

그러나 일본인의 '이인칭'에서는 파는 자와 사는 자의 관계가 있지요. 다실에서의 차만 보더라도 차를 만들어 권하는 사람은 파는 사람이고, 그 차를 받아 마시는 사람은 사는 사람입니다. 이 것이 주객삼매主客三昧, 다삼매茶三昧로 승화되어 밀접한 인간관계가 이루어집니다. '일본 주식회사'라고 할 만큼 되었어도 나는 그 기층에는 이것이 원형이 되어 있다고 보고 있습니다.

한편 한국의 기업 사회 가운데에는 영웅이라고 불릴 만한 인물이 없습니다. 그 점에서는 일본도 같습니다. 서양 회사의 광고에는 스태프의 사진이 실리고, 이 제품은 어느 누가 개발한 것이라는 식의 문구가 크게 선전되기도 하지만, 일본에서는 훌륭한 제품을 개발했어도 누가 만든 것이라고는 말하지 않지요. 서로가 합심한 덕분에 만든 것이라는 생각이 있기 때문이지요. 스타가 없습니다. '일인칭 문화'가 아닌 증거입니다.

이제까지 '일인칭' '이인칭' '삼인칭'으로 분류해서 너무나 쉽고 단순하게 분류하게 된다고 생각하기 쉽습니다만, 실은 각 인칭별로 패러다임을 만들어가면 각 인칭이 무한의 조합을 형성할 수가 있다는 것입니다. '이인칭'을 한 예로 듭시다. 같은 이인칭이라도 '강한 이인칭'과 '약한 이인칭' '언밸런스 이인칭'과 '평등한 이인칭' '이질의 이인칭'과 '동질의 이인칭' 등 대단히 복잡한 이인칭의 조합이 형성될 수 있습니다. 인칭에 의한 분류가 얼핏 보기에는 단순한 듯이 보이지만, 이것을 압축해서 자세히 살펴보면 그럴수록 이 세상이 재미있게 보입니다.

이런 예도 재미있지요. 예컨대 참치의 일생은 6년에서 7년이라고 합니다. 참치는 몸을 움직이지 않으면 질식해 죽는다고 합니다. 그래서 일생 동안 죽어라 하고 헤엄을 쳐야 한다는 것입니다. 잠을 자는 것은 뇌뿐입니다. 뇌는 휴식을 취하는데 온몸은 계속 움직이며 헤엄을 쳐야 합니다. 이렇게 쉬지 않고 헤엄을 치니까, 아가미로부터 산소가 계속 들어가서 참치의 살이 새빨갛게 되는 것입니다.

이와는 반대로 넙치는 게으름뱅이여서 전혀 몸을 움직이지 않고 가만히 있다가 먹이가 나타나면 재빨리 입을 벌려 먹지요. 그러니까 넙치의 살은 흰색입니다.

인간도 '참치'형의 인간과 '넙치'형의 인간 등 두 종류가 있지요. 몸을 움직이지 않으면 질식해버리는 사람이 있는가 하면, 몸을 움직이지 않고 가만히 있는 사람도 있습니다.

그러니까 같은 '이인칭'이라고 해도 '참치형의 이인칭'과 '넙치형의 이인칭'은 전혀 다릅니다. 일본인은 참치회를 즐겨 먹기도 하지만, 기질도 참치형이 많을지 모르겠습니다. 열심히 일하니까……. 참치는 세계의 바다를 알고 있지요. 넙치는 자기가 살고 있는 바다 바닥밖에는 알고 있지 못합니다.

식물의 세계도 마찬가지입니다. 민들레는 참치형입니다. 솜털이 퍽 먼 데까지도 마구 날아갑니다. 그러나 제비꽃은 언제나 밑을 내려다보면서 살고 있지요. 나쓰메 소세키[夏目漱石](일본의 소설가)는 "제비꽃같이 작은 사람이 되고 싶다"라고 말했습니다만, 제비꽃은 넙치형이지요.

이런 아날로지analogy를 가지고 기업의 행동이나 자기 자신을 관찰해보면 미처 생각지도 못했던 특징이 떠올라 흥미 있습니다. 기업체를 경영하는 데 있어서도 열심히 일하는 사람들은 '사는 보람'이라는 것을 생각하기도 하고 말하기도 하는데, 여기에 대해서 잠시 생각해봅시다.

'사는 보람', 다시 말해 인생의 목표나 가치관을 가리키는 것인데, 일본에서는 목표 가치를 높이 세우고 이를 달성하기 위해서 '원수를 갚기 위해서'라든가 '마음의 응어리를 푸는 그날까지'라든가 하는 듯한 '저편 너머'에 목표를 두곤 했지요. 바다 저 너머에는 하느님이 있다, 부처님이 있다, 행복이 있다라는 식이지요. 한국에도 '보람'이라는 비슷한 것이 있어요.

그러나 한국인도 일본인도 형이상학이라는 것을 그리 생각하지 않았어요. 이런 보람 의식도 철학으로 정착하지 않고 그저 작은, '보람 같지도 않은 목표'에 보람을 찾는 그런 식이었습니다.

예를 들자면 일본에서 흔한 원수 갚기의 경우를 보더라도 몇십 년이란 긴 세월 동안 원수를 찾아 나섰다가 마침내 원수를 찾고 마는데, 정작 원수를 대하고 보니 그 상대는 이미 보잘것없는 형태뿐인 사람이 되어 있다는 것이지요. 그래서 그를 죽이려고 막상 칼을 뽑았는데도 도저히 죽일 수 없는 심정이 된다는 것입니다. 이 상대를 찾기 위해 세상사를 모두 버리고 수십 년간을 이 목표만을 위해 온갖 풍상을 헤쳐온 자신의 일생이란 도대체 무엇이었단 말인가, 하는 느낌이 든다는 것입니다. 나의 일생의 보람이 고작 이것이란 말인가 하고…….

일본을 포함해 한국의 현세의 이익을 좇는 사람들은 '사는 보람'이라는 것이 무엇인지 몰랐다는 것입니다. 돈과 연이 먼 현세주의자들이었습니다. 유교가 들어온 이후에는 누구나가 현세주의자가 되었어요. 그런데 거꾸로 이런 '보람'이라는 사상을 구한 사람들은 서양 쪽이었습니다. 경쟁 사회에서 이기기 위해서, 맹목적으로 목표를 정하고 그것을 향해 전력 투구를 한다, 이런 기업의 맹목적인 무정함―이런 경지에까지 가지 않으면 서양에서의 기업 문화는 성립될 수 없었던 것이지요.

그런데 현재에는 사람들의 사고가 다양화하고 있고, 누구나가 현명해져서 '여기까지 와야 한다'라고 말하더라도 아무도 오지 않습니다. 그러니까 나는 이런 제안을 합니다.

"'보람이 있으니까 일하자'라고 말하지 마라. 인생이란 무정한 것이니까. 보람이란 원래 없는 것인지도 모른다. 그러니까 비록 거짓이라도 좋으니까 이것이 보람이 아니겠느냐는 것을 찾아내어 열심히 일하자. 그렇게 하지도 않는다면 사람은 너무 공허해서 살기도 어려운 거다. 이런 무정함, 공허함을 깨닫게 되어야 인생이 무엇인지를 터득하게 되지"라고 말입니다.

최근 화제가 된 영화 〈터미네이터 2〉를 보면, 이것을 제작한 사람들은 '인仁'을 터득하기 시작했다고 느껴집니다. 여기에 등장하는 로봇은 철두철미한 합리주의자로서, 인간보다 훨씬 현명합니다. 그런데 단 한 가지를 이해할 수 없다는 것입니다. 어째서 눈물이 나는지를 알 수 없다는 것입니다. 합리적으로는 절대로 눈물을 흘릴 일이 없으니까. 어머니와 아이가 어째서 우느냐에 이해가 안 간다는 것이지요.

그런데 이 로봇이 마지막에 "나의 육체 일부 속에 반도체가 남아 있는 한, 인간은 또다시 바이오 인간을 만들어서 세계를 파멸시킨다. 인간의 미래는 참담하다. 그러므로 나는 죽는다"라고 말합니다. 그러니까 어린애가 "안 돼, 안 돼! 아저씨는 좋은 로봇이니까 죽으면 싫어!"라고 울부짖지요. 그러자 이 로봇이 처음으로 "어째서 인간이 눈물이란 것을 흘리는지 이제 이해할 수 있을 것

같다"라고 말합니다. 다시 말해 자신이 죽고 상대를 살린다는 것, 이것이 바로 '인仁'이지요.

그런데 마지막 말이 걸작이지요?

"로봇도 인간이 되고 인간의 눈물을 지니려고 하는데 어째서 인간은 거꾸로 인간의 마음을 잃고 로봇처럼 되어가고 있는가?"

이 대사를 쓴 사람은 공자의 제자가 아닐까 하는 생각이 들었어요.

끝으로 이제 기업이나 기업 문화에 대해서 앞으로 어떤 것이 중요하고 어떤 것을 해야 할 것인지에 대해 말하겠습니다.

나는 시인이 하는 일이나 기업인이 하는 일이란 같은 것이라고 생각합니다. 한국의 문화부에서도 한국의 기업에 기업 문화 측면에서 여러 가지 지도와 협력을 하고 있지요.

나는 물건을 만드는 것이나 언어를 만드는 것이나 같다고 봅니다. 시인도 예술가도 기업도 어떻게 하면 독자(소비자)를 감동시키는가, 마음을 움직이게 하는가를 실천하고 있기로는 마찬가지입니다. 그러니까 시인의 논리를 기업 문화 속에서 적용시키라는 것이지요.

예를 든다면 물건을 만들 때 바이올리니스트가 음악을 연주하듯이 하라는 것입니다. 물건을 사는 사람이 어떻게 해야 감동을 하며 눈물을 흘리고 기뻐하느냐 하는 것을 찾는 겁니다. 디자인도 마찬가지입니다.

그렇게 하기 위해서는 어떻게 해야만 하는가? "문화를 기업 구석구석에 침투시켜라"라고 말하고 싶습니다. 지금까지는 기업인이 문화를 위해 무엇인가 돕는 분위기였는데 이제부터는 거꾸로입니다.

앞으로는 기업이 문화인으로부터 도움을 받으라는 것입니다. 이것이 진짜 기업 문화의 모습이지 '메세나' 운동이 참다운 기업 문화가 아니라는 것입니다.

시인을 자기 회사에 맞아들여라, 문화인을 사원으로 채용하라고 소리를 높여 말씀드리고 싶습니다.

일본의 역사는 왜 뒤로 가고 있는가

일본 위기론의 본질

19세기에서 20세기로 넘어오는 산업화 사회에서 일본은 '아시아의 우등생'이라는 평을 들었다. 하지만 20세기에서 21세기로 진입하는 지식 정보화 사회에서는 정반대의 평을 듣고 있다.

1990년대 초만 하더라도 국제 경쟁력 2위를 기록했던 일본이 20세기가 끝날 무렵에는 두 자릿수인 18위로 밀려났다. 그래서 일본인들 자신이 그것을 '잃어버린 10년'이라 부르기도 하고 '제 2의 패전'이라고 말하기도 한다(국제경영개발원IMD, 세계경제포럼WEF 조사).

"장기 불황, 유아 학대, 히키코모리(자폐증) 의료 사고의 급증과 모럴 헤저드…… 한때 자신만만하던 일본은 지금 비명을 지르고 있다"라고 자탄한 일본의 한 주간지는 "책임 있는 자리에 앉아 있던 사람들을 모두 재판에 회부하고 그 가운데 톱 랭커들을 A급 전범으로 교수형에 처해야 한다"라는 섬뜩한 기사를 내걸고 있다(주간 《문예춘추》, 2001. 3. 29).

그러나 일본의 진정한 위기는 역사적으로 늘 그래왔던 것처럼 '위기'의 본질을 파악하지 않고 집단적 '환상'에 빠져버리는 행태에 있다. 당나라 때 난을 일으킨 안녹산이 죽은 지 이미 1년이 지났는데도 그가 일본으로 쳐들어온다는 위기감으로 조야를 몰아넣어 그 방위론의 일환으로 신라를 공격해야 한다고 소란을 피운 후지와라[藤原仲麻呂] 권세가들의 행태가 바로 그 고전적인 예라고 할 것이다. 그리고 그것이 19세기로 이어져 나타난 것이 막부 시대 말기에서 메이지 유신기에 일어난 '정한론征韓論'이다.

위기의 환상을 국민에게 입력시키고 정한론을 출력시키는 일본적 집단 히스테리의 공식은 오늘날이라고 예외일 수가 없다. 평화롭고 경제 번영을 누릴 때라고 해도 일본인들은 스스로 '일본 열도 침몰'이니 '후지 산 폭발'이니 하는 환상적 위기를 만들어내지 않으면 안 된다. 옴진리교 사건에서도 보듯이 소수 세력이라고 해도 이러한 위기 환상을 잘 이용하면 전체 집단을 일본 특유의 비이성적 분위기(일본 사람들은 그것을 '공기空氣'라고 부른다) 속에 빠뜨릴 수가 있다.

지금 일본은 그 어느 때보다도 인접한 나라들과 함께 낡은 패러다임에서 벗어나 새로운 역사를 만들어가야 할 시기이다. 그런데도 또다시 일본 열도로 퍼지고 있는 위기의 환상을 인풋input하여 교과서 왜곡 같은 기묘한 아웃풋output의 '공기' 속에서 발목을 잡히고 있다.

『왜 일본은 몰락하는가なぜ日本は没落するか』를 쓴 모리시마 미치오[森嶋通夫] 교수도 일본의 몰락이 진행되면 여러 형태의 우경화 그룹이 생겨나게 될 것이라고 우려하면서 그 징조의 하나로 '새로운 역사 교과서를 만드는 모임(이하 새역모)'을 들고 있다. 과연 그 모임이 만든 인터넷 홈페이지에 들어가 보면 오늘날 일본의 혼돈과 몰락의 원인을 청소년들에게 '자학의 역사'와 '사죄의 역사'를 가르쳐온 교육의 잘못으로 돌리고 있다는 것을 읽을 수 있다. 말하자면 일본 위기론의 아웃풋으로 이제는 자기 나라의 역사에 긍지를 가질 수 있는 새 교과서를 만들어 각 학교에서 채택하도록 하자는 운동이 나타나게 된 것이다.

그러나 바로 이같이 잘못된 입력과 출력 과정에서 생기는 에러가 오늘의 일본이 짊어지고 있는 진정한 위기이다. 더욱 큰 문제는 그러한 위기가 주변국에까지 이르는 아시아의 위기와 연동된다는 점이다.

호코리[埃](먼지)와 호코리[誇り](긍지)

일본인들에게 긍지를 심어주는 역사를 쓰려는 것에 반대할 사람은 아무도 없다. 문제는 어떤 내용이 정말 청소년에게 자긍심을 심어줄 수 있느냐 하는 것이다. 앞에서도 언급한 바 있지만 야

룻하게도 일본 말로는 '긍지'도 '먼지'도 다 같이 '호코리'라고 한다. 아무리 그 발음이 똑같기는 하지만 과거의 먼지(호코리)가 결코 긍지(호코리)가 될 수는 없다. 오히려 긍지는 그 먼지를 털어내는 데서 시작될 것이다.

독일의 청소년들이 배우는 역사 교과서를 생각해보면 그 이치를 알 수가 있다. 독일의 역사 교과서는 검인정이 아니다. 그리고 히틀러에게 피해를 입은 유대인이나 프랑스인이 무엇이라고 해서도 아니다. 더구나 주마다 서로 다른 교과서를 사용하고 있는데도 한 가지 공통점은 한결같이 히틀러와 나치가 남긴 먼지를 깨끗이 털어내고자 하는 내용들이다.

그리고 교과서의 본문 기술뿐만 아니라 학생들이 푸는 연습, 토의문제에도 나치의 과오를 직접적인 쟁점으로 제기하고 있다.

유대인과 다른 민족에 대한 나치의 범죄는 얼마나 컸는가?
당시에 일어난 일이 오늘날에도 일어날 수 있다고 생각하는가?
우리에게도 당시의 역사에 대한 책임과 죄가 있는가?
우리는 나치의 범죄에 책임을 져야 하는가?

이러한 문제들이 중학교 2학년 학생들이 역사 교과 과정에서 토론하게 되는 주제들이다.

이것은 과거의 부끄러움을 덮어두는 것이 아니라 철저하게 파

헤치고 씻어냄으로써 제3제국의 나치와 그로부터 오늘의 독일을 단절시키고 차별화하려고 하는 것이다. 그렇게 해서 자라나는 청소년들에게 역사의 알리바이와 유대인 학살에 대한 면죄부를 주고자 한다. 그러한 역사 비판과 새롭게 태어난 국가에 대하여 믿음과 긍지를 지니도록 한다.

그렇기 때문에 그 교과서를 두고 자학의 역사라고 공격하는 사람도 없고 '새역모' 같은 단체를 필요로 하지도 않는다. 나치에 피해를 본 나라에서도 교과서 왜곡에 항의하는 소리가 들려오지 않는다. 오히려 총부리를 겨누던 원수의 젊은이들이 EU(유럽연합)를 만들어 어깨동무를 하고 21세기의 새 역사를 함께 만들어가는 이웃으로 살고 있다.

한반도는 대륙의 주먹인가 젖줄인가

청소년들에게 자긍심을 심어주겠다면서 '새역모'가 만든 역사 교과서에는 비록 검인정 과정에서 삭제한다고 해도 한반도의 형상을 흉기로 기술했다. 즉 중국 대륙에서 일본을 향해 뻗은 팔뚝으로 보고 있는 것이다. 그것이야말로 한반도를 일본 열도의 많은 섬을 위협하는 대륙의 공격 루트로 인식하고 그것을 막기 위해서는 그곳에 방어선을 구축해야 한다고 말한 1세기 전 야마가타 아리토모[山縣有朋]의 생각을 그대로 반복한 것이다. 오히려 다른 점이 있다면 흉기라는 천한 말 대신 일본인을 위한 '생명선'이라고 점잖게 표현했다는 점이다.

그러나 일본의 방어를 위해 한국을 정벌해 방어선을 구축한다는 천 년 묵은 정한론의 이론은, '도둑이 들지 모르니 이웃집을 빼앗아 담을 치자'는 논리와 다를 것이 없다. 인터넷을 즐기고 전세계의 아이들과 피카추를 가지고 노는 일본 아이들이 이러한 논리에서 대체 무슨 자긍심을 갖게 될 것인가!

일본 학자 가운데는 한반도의 지정학적 형상을 위협의 팔뚝이 아니라 오히려 자애로운 어머니의 가슴에 달려 있는 유방으로 본 사람도 있다. 유라시아 대륙의 거대한 몸통에서 돌출된 한반도의 형상은 일본 열도를 향해 젖을 주는 젖꼭지처럼 보이고 이키[壹岐]와 같은 작은 섬들은 거기에서 흘러나온 젖방울이라고 했다. 그리고 큐슈[九州] 일대는 그 젖을 마시는 입으로 비유된다. 실제로 일본은 그 젖줄을 통해 끝없이 대륙의 문화를 섭취해 오늘날같이 훌륭한 문화 국가로 성장했다는 시각이다. 이 두 이미지 가운데 과연 어느 쪽이 정말 일본의 청소년들에게 긍지를 주고 장래의 희망이 될 것인가? 분명 교과서를 만드는 어른들보다 그 어린 아이들이 더 잘 알고 있을 것이 틀림없다. 그래야 어른이 된 다음에도 독일 사람이 이스라엘 사람과 함께 일을 하며 세계로 진출할 수 있는 것처럼 그렇게 당당하게 아시아의 한 사람으로 지내게 될 것이다.

군국주의의 사람 값

일본과 독일은 제2차 세계 대전 당시 같은 이념을 지닌 동맹국이었는데도 그 역사의 처리 방식은 이렇게 다르다. 그들은 똑같이 패전국이다. 그런데 독일은 그 패망의 역사에서 많은 것을 배우고 그것을 아이들에게 가르치려 했지만, 한 영국 방송 기자의 말처럼 '일본은 지난 전쟁에서 배운 것이 없다'(모리시마 미치오, 앞의 책 참조).

그 말을 뒷받침이라도 하듯 지난 4월 21일 새역모의 강연장에서 어떤 출연자는 "……일본의 유일한 잘못은 전쟁에서 졌다는 것"이라고 말했다. 이러한 관점에서 기술된 역사 교과서의 직접적인 피해자는 한국인도 중국인도 아니다. 바로 그러한 역사관을 배우게 될 일본인 자신들이다. 그중에서도 특히 안된 것은 좋든 궂든 보더리스borderless(경계가 없는) 시대에 이웃 사람과 어울려 살지 않으면 안 될 일본의 아이들이다. 앞날이 구만리 같은 그 천진한 아무 죄도 없는 어린이들이다.

그 아이들이 모르는 것은 군부의 위안부나 식민 지배의 과오만이 아닐 것이다. 옛날 일본 육군이 제시한 병사의 값이 2전 5리로서 당시의 엽서 한 장 값밖에 되지 않았다는 것, 그리고 소총이나 군마를 구입하는 데는 사람 값의 2만 배에 상당하는 5백 원가량의 값을 지불해야 했다는 것, 그래서 일본 군부에서는 인명보다 군수품이나 군마를 더 소중히 여겼다는 것, 그것이 그 새 교과서에 미화한 가미카제 특공대요 야스쿠니 신사의 원혼들이라는 것, 또 그 인명 경시의 사상이 이웃 나라에 들어가서는 제암리나 난징[南京]에서와 같은 학살 사건으로 이어지고, 결국은 패전으로 나라를 망치게 되었다는 것……. 이러한 지난날 군국주의 일본의 모든 역사들을 모르게 될 것이다.

제2차 세계 대전 당시 같은 전쟁 포로인데도 영미연합군 포로 수용소에서 포로들의 사망률은 4퍼센트밖에 되지 않는데 어째서 일본군의 포로 수용소에서는 27퍼센트나 되는 포로들이 죽어 나 갔는지, 그리고 같은 식민지인데도 영국의 그곳에서는 반영주의 자들이 적은 데 비해 일본의 식민지 통치에 대해선 그토록 심한 저항감이 아직까지 남아 있는지를 반성해볼 기회를 잃게 될 것이 다.

그들은 왜 아시아의 젊은이들로부터 자신들이 따돌림을 당하 게 되는지도 모를 것이며 앞으로 상처 입은 이웃 사람들의 마음 을 건드리지 않고 함께 어울려 살아가야 할 방법도 알지 못할 것 이다.

세계가 한 지붕이 되는 정보화 시대에 어떻게 역사 교과서의 작은 손바닥으로 저 넓은 하늘을 가릴 수 있겠는가? 학교에서 가 르쳐주지 않아도 언젠가 어른이 되면 스스로 자신들의 역사를 보 고 듣고 깨닫게 될 날이 올 것이다. 그때 그들은 또 한 번 어른들 이, 그리고 그 국가가 나를 배신했다고 느낄 것이다.

그러고 보면 오늘날 일본의 혼돈과 쇠퇴와 같은 위기 현상은 자학의 역사관이 아니라 오히려 황국사관의 잔재나 군국주의의 깨어나지 못한 선잠에서 오는 것일 수도 있다. 주관이 개입할 위험성이 있는 정치 이데올로기보다 일본 위기의 발화점이 된 금융 공황을 캐들어가면 알 수 있다.

1927년(쇼와[昭和] 2년) 와타나베 은행을 필두로 은행들이 연쇄 파산하게 되었을 때 만주 화베이[華北]에 출병 중이었던 군부가 이에 개입하게 된다. 전쟁을 수행하기 위해서는 후방이 안정되어야만 했기 때문이다. 그래서 군부의 정책으로 1,380개의 은행이 61개로 통폐합되고 은행 사상 유례를 찾기 힘든 각종 법령이 생겨나게 된다. 이것이 관치 금융의 시작이며 급기야는 히틀러의 제국은행법을 본뜬 은행법으로 모든 은행이 정부의 통제 아래 들어가게 된다. 일본 비평가의 말을 그대로 빌리자면 "정부에 의한 보호와 규제 시스템 속에서 리스크를 판단하는 금융인의 눈이 가려지고 관료가 주도하는 국가 특유의 비효율 속에서 자본 시장은 제대로 자랄 수 없게 된다."

전후에도 이러한 비상시국의 금융 제도는 청산되지 않은 채 그대로 답습된다. 이유는 전후의 경제를 일으키기 위해서는 관주도의 금융제도가 필요했기 때문이다. 그러나 상황이 바뀌었음에도 개혁을 하지 못한 대장성(우리나라의 재무부에 해당)의 관치은행들은 부동산 업자의 수준에서 벗어나지 못했던 것이다. 전쟁이 끝난 지

50년이 지난 오늘날에도 군국주의 시대의 전시 통제의 금융 풍토가 그대로 존속돼 왔기 때문에 버블 경제와 장기 불황의 곤욕을 치르게 된 것이라 할 수 있다.

무엇을 향해서 'No'라고 할 것인가

그러고 보면 지금 인기 높은 이시하라 신타로[石原愼太郎] 지사의 말 그대로 일본인들은 '노No'라고 말할 줄 아는 일본인이 되어야 할 것이다. 미국이나 그 주변 국가에 대해 '노'라고 말할 줄 아는 일본인이 아니라 일본인 스스로에 대해 '노'라고 말할 줄 아는 일본인, 과거의 그릇된 역사에 대해 '노'라고 말할 줄 아는 일본인, 일본 특유의 '공기'에 휩쓸리지 않고 혼자서라도 '노'라고 외칠 줄 아는 일본인, 이렇게 용기 있고 개성 있는 21세기형 새 일본인들이 등장해야 한다. 그래야 산업주의 시대의 우등생이었던 일본인들은 21세기의 열린 지식 정보화 사회에서 아시아인과 함께 평화롭게 살아갈 수 있다.

꼭 백 년 전 구한말 때의 일본도 그러했다. 그때에도 가쓰 가이슈[勝海舟]나 이시바시 단잔과 같이 이웃 나라를 침략하려는 사람들을 향해서 '노'라고 말한 일본 지도자들이 없었던 것은 아니다. 다만 '노'라고 말할 수 없는 위기의 환상과 일본 사회 특유의 집단주의와 당시의 '공기'에 추종하는 사람들이 그 소리를 막았다.

심지어 그들이 천황이라고 말하는 사람까지도 일본의 '공기空氣'에 짓눌려 개전開戰을 결정할 수밖에 없었다고 고백했다(『쇼와 천황 독백록』).

"내가 '노'라고 했더라면 국내에서는 내란이 벌어지게 되고 내가 신뢰하는 주위 사람들은 죽임을 당하고 내 생명도 부지하기 어려웠을 것"이라고 술회하면서 "내가 뭐라고 하든 결국은 광포한 전쟁이 전개되고 말았을 것"이라고 변명을 했다. 당시의 분위기를 알고 있는 사람들이라면 그 독백록이 전쟁 책임을 면하기 위한 100퍼센트의 변명만은 아닐 것이라는 심증이 갈 것이다.

벚꽃의 역사를 보면 안다. 원래 벚꽃이 일본 사람들의 마음에 자리 잡기 시작한 것은 헤이안 시대 중엽부터라고 한다. 그때 일본 사람들이 벚꽃을 좋아했던 것은 벚꽃을 벚꽃 그 자체로 즐기고 아름다움을 아름다움으로 순수하게 감상하려는 마음에서였다. 그러나 그것이 야마토 다마시[大和魂]나 무사도의 상징으로 변하게 된 것은 군국주의 이념이 본격화한 쇼와 10년경(1930년대) 부터의 일이라고 한다. '꽃은 벚꽃, 사람은 무사武士'라는 말처럼 벚꽃이 군국주의에 의해 왜곡되고 악용되어 전쟁과 전사戰死를 찬미하는 수단으로 이용되기 시작한다. 교과서뿐만 아니라 자연의 벚꽃까지도 왜곡하게 된 군국주의자들의 이념과 그것이 지배해 가는 경로를 자세히 밝힌 일본의 학자들이(佐藤正二, 山田孝雄) 그러한 사실을 증언하고 있다.

이 글을 쓰는 나 자신도 동요 대신 "일본 남아로 태어났다면 산병전散兵戰의 벚꽃처럼 지거라"라는 군가를 부르며 자랐다. 그리고 단추에도, 책보에도, 도시락 젓가락에도 군국주의의 사쿠라 꽃이 만발했다. 벚꽃은 일시에 피었다가 지는 집단주의 이데올로기의 광란으로 물들어갔으며, 아름다움과 생명과 평화를 상징하는 보편적인 꽃의 이미지가 폭력과 죽음과 전쟁의 군국주의의 상징으로 변질, 왜곡되어가는 것을 누구도 막지 못했다.

포르투갈 선교사의 기록에도 나타나 있듯이 도요토미가 한국을 침략하기 위해 광분해 있을 때 다이묘들을 비롯하여 모든 사람들은 미친 짓이라고 생각했다. 그런데도 그 전쟁은 일어났으며 그들은 참전을 하여 그 미친 짓을 도왔다. 왜 주변국이 그토록 일본의 교과서에 대해서 신경을 쓰고 있는지, 그리고 그것이 결코 자라 보고 놀란 가슴 솥뚜껑 보고 놀라는 과민 반응이 아니라는 사실을 바로 그 역사 교과서에 담아야 하는 이유가 여기에 있다.

그 달은 또다시 뜬다

물론 지금 당장 일본이 군국화한다는 말은 아니다. 교과서 하나가 일본 전체를 뒤엎고 한국이나 중국에 당장 어떤 해를 끼친다는 것은 아니다. 몇 군데 수정을 했느냐, 재수정을 받아들이느냐 아니냐 하는 수준의 이야기도 아니다.

모리 총리가 등장했을 때에는 비록 'IT'가 무엇인지를 몰라 '잇it'이라고 읽었다고는 하나 새로운 문명과 역사를 만들어가는 IT 전략이나 지知 교육의 개혁안이 화두에 올랐다. 그러나 지금 고이즈미 준이치로[小泉純一郎] 신임 총리의 등장으로 개헌이나 야스쿠니 신사 참배가 큰 명제로 떠오르고 있다. 21세기의 비전보다 부국강병의 메이지 유신 시대 패러다임으로 되돌아가려는 곰팡내 나는 그 '공기'가 걱정이라는 것이다.

"독립할 능력이 없는 조선, 중국과 같은 동방의 악우惡友들과 손을 끊고 아시아에서 벗어나야 한다"라는 후쿠자와 유키치의 '탈아론脫亞論'이 1만 엔짜리 지폐에 그려진 그의 초상을 조석으로 참배하고 있는 그 일본인들이 두렵다는 것이다.

일본인들이 가장 존경하고 사랑하는 작가 시바 료타로[司馬遼太郎]는 나와 대담을 했던 20년 전만 해도(《주간 아사히》, 1982. 8. 20) '리얼리티가 없는 교과서를 쓰는 나라는 패망하고 말 것'이라는 말을 정답게 나눌 수가 있었다. 그때 우리 두 사람은 한국이나 일본이라는 울타리를 넘어서 아시아의 넓은 초원에 앉아 싱그러운 새 바람을 함께 마시며 이야기를 나눴다. 그때만 해도 아시아의 21세기는 그렇게 먼 곳에 있다고 느껴지지 않았다.

그리고 그 대담은 일본 법정에까지 메아리쳐서 역사를 왜곡해서는 안 된다는 판결문에 인용되기도 했다. 그러나 시바 료타로는 지금 세상을 떠나고 없다. 일본을 지배하는 지식인 사회와 문화계의 분위기도 많이 변했다.

지금 우리가 교과서의 문제를 비판하고 군대가 부활되는 개헌론에 대해 근심하고 있는 것은 과거가 아니라 미래를 말하기 위해서이며 내셔널리즘이 아니라 글로벌리즘을 마련하기 위해서이다. 21세기에 살아갈 한국과 일본의 어린아이들에게 우리가 지금 무엇을 남겨주어야 하는가 하는 20세기 유산의 청산 문제인 것이다.

역사란 참으로 질기고도 그 연은 깊다. 임진왜란이 끝난 뒤 조선조 통신사가 열두 차례나 일본을 왕래하고 3백 년 가까이 두 나라의 지식인들이 문자 그대로 믿음으로 통해왔는데, 1910년 8월 22일 한일합방 조약 조인을 끝내고 난 그날 밤 데라우치 마사타케[寺內正毅] 통감은 다음과 같은 와카[和歌] 한 수를 지었다.

고바야가와[小早川], 고니시[小西], 가토[加藤]가

이 세상에 있다면

오늘 밤 저 달을 어떤 마음으로 바라볼꼬.

(小早川, 小西, 加藤が

世にあらば

今宵の月を如何に見るらむ)

고바야가와, 고니시, 가토는 노래에서도 엿볼 수 있듯이 그와 같은 시대의 인물이 아니다. 두말할 것 없이 임란 당시 한국을 침략했던 세 장군의 이름이다. 그들은 그동안 무덤에 묻히지 않고 일본인의 가슴과 머릿속에서 3백 년 동안이나 살아온 셈이다. 한일합방 조약을 조인하던 날 밤 데라우치가 바라본 달은 무수한 사람들이 죽어간 임란의 전쟁터에서 바라보던 고바야가와의 달이요 고니시, 가토의 달이었다.

그 비극의 달이 언제 또 일본인들의 가슴속에서 뜨려는지는 아무도 모른다.

일본에서의 이어령

이병주 | 소설가

일본 RKB 텔레비전 방송국의 기무라[木村榮文]란 프로듀서가 취재차 나를 방문한 적이 있다.

인터뷰의 마지막에 그는 이렇게 물었다.

"동시대인同時代人으로서 선생님이 관심을 갖고 있는 인물은 누구입니까?"

나는 프랑스의 앙드레 구릭크스맨을 들었다. 그 무렵 『사상思想의 거장巨匠들』을 읽으며 마르크스주의에 대한 그의 참신한 이해에 적잖은 감동을 받고 있었기 때문이다.

"일본인 가운데는?"

그의 다음 질문이었다.

꼭 한 사람을 지목해야 할 대상은 없다고 대답했다.

"한국에선 누구입니까?"

세 번째 질문이었다.

나는 서슴없이 "이어령 씨"라고 했다. 그랬더니 기무라는 『축소지향의 일본인』이란 책을 자기도 읽고 경복했다며 이어령 씨에 관해 꼬치꼬치 묻기 시작했다.

그때 나는 대강 다음과 같은 이야기를 했다.

문학적 인식이 어떤 것인가를 보여준 최초의 한국인이 이어령이다. 물론 이어령 이전에도 한국에 문학적 인식이 없었던 것은 아니다. 그러나 대부분이 실러Friedrich von Schiller가 말한 바 '소박 문 예적素朴文藝的'인 것이었고 서구 사조思潮의 정치精緻한 검증檢證을 감당하기엔 부족한 것이었는데, 이어령의 출현으로 문학적 인식이 세계적·현대적인 지평地平을 열고 그 심도深度를 아울러 가지게 되었다.

문학적 인식이란 진실의 발견, 진리의 창출創出만으로는 부족하다. 진실의 발견이 그 진실을 표현하는 레토릭의 발견과 병행해야 한다. 진실은 지극히 유동적인 수은水銀과 같은 것인데, 이 유동적인 것을 올리려면 정밀한 레토릭의 그물이 있어야만 한다. 그런 그물이 없고서야 건져 올릴 수 없는 진실이라고 할 때 레토릭과 진실은 같은 것으로 된다. 레토릭은 진실을 수식修飾하기 위해 있는 것이 아니라 진실을 있게 하기 위한 절대적인 조건이다. 그런 뜻에서 이어령의 레토릭은 간연할 바가 없다. 그를 문학적 인식과 관련시켜 최초의 한국인이라고 말한 까닭이 여기에 있다.

문학이란 곧 레토릭이라고 말해버리면 오해가 있을지 모르나 사르트르의 문학은 사르트르의 레토릭을 통해 전개된 것이고, 도

스토옙스키의 사상 역시 레토릭이 엮어놓은 사상이다. 사람의 마음을 '악마와 신神의 투쟁장'이라고 말해도 아무런 소용이 없다. 레토릭의 그물로 건져 올려 레토릭의 바느질로 누벼졌을 때 비로소 찬란한 진실의 광채가 된다.

기무라가 어느 정도 내 말을 이해했는지 모른다. 그는 이런 말을 했다.

"정평 있는 이어령론論 같은 것이 있습니까? 읽어보고 싶은데요."

불행하게도 그런 것이 없다고 할 수밖에 없었다.

"왜 그럴까요?"

이렇게 되묻는 그의 질문은 당연하다.

나는 괴로운 답안을 만들지 않을 수 없었다.

이어령은 아직도 독보적인 존재이다. 가십 따위의 코멘트는 있을 수 있어도 정면으로 논할 대상으로는 거북한 존재이다. 고식적姑息的인 사회과학적 방법, 또는 진부한 인상비평적 방법으로 재단할 수 있을지 모르지만, 이 레토릭의 준재俊才를 요리할 만한 레토릭의 명수名手가 당분간 나타나긴 힘들 것 아닌가 한다. 그런 만큼 그는 고독한 존재이기도 하다.

단평短評이긴 하지만 이어령에 관한 평 가운데 내 마음에 든 것은 일본의 평론가 다다 미치타로[多田道太郎]의 다음과 같은 말이다.

이 씨는 축소와 확대라는 이원론二元論의 의상을 두르고 있는 것 같더니 어느 사이엔가 이원론을 근본에서부터 부정해버렸다. 축소도 일종의 경직적 공세의 자세이며 확대와 별반 다를 것이 없다는 것이 결론에 가깝다. '어느 사이엔가' 하는 인상을 독자가 갖게 되는 것은 저자의 레토릭 때문이다. 진실은 기를 쓰고 테두리를 만드는 데 있는 것이 아니라 일격으로 과녁을 찌르고는 의상을 바람에 휘날리며 천공天空으로 날아오르는 문체文體에 있는 것이다.

일격으로 과녁을 찔렀으면 그만이다. 그 언저리를 배회할 필요가 없다. 천공으로 날아올라야지. 그것이 바로 문학적 인식이다.

이렇게 쓰고 있으면 부득이 '이어령론'이 될 수밖에 없는데 '이어령론'은 다음 기회로 미루기로 하고, 여기선 일본에서의 이어령에 대한 반향을 적어보고자 한다.

1981년 봄이었다고 기억된다.

일본 동경에 있는 하우회관霞友會館에서 우연히 이어령 씨를 만났다. 국제협력기금의 초청으로 와 있다며 그는 일본 문화에 관한 책을 쓰고 있는 중이라고 했다. 대단히 흥미 있는 아이디어라고 생각했지만 나는 놀라진 않았다. 그는 원래 아이디어맨으로서 특출난 인물이기 때문이다. 게다가 그의 재간이면 일본에 관한 책을 하나가 아니라 두세 권을 쓴다고 해도 대단한 일이 아닌 것이다.

그러나 솔직히 말하면, 물론 수준 이상의 저작으로 나타나겠지만 그 숱한 일본론日本論의 더미 속에 또 한 권의 일본론을 보태는 격 이상은 아닐 것이라고 짐작했다.

이윽고 그 아이디어는 『축소지향의 일본인』이란 책으로 결실되었다. 아마 나는 그 책을 한국인으로선 가장 빨리 읽은 사람 가운데 하나일 것이다. 나는 그 책을 읽고 감동했다기보다는 충격을 받았다. 그의 재질을 이미 알고 있는 나로서도 경탄의 신음을 올리지 않을 수 없었다. 한국인의 작품을 대수롭지 않게 여기는 경향을 가진 일본인으로서도 이 책만은 범연히 보아 넘기지 못할 것이라는 짐작이었다.

아니나 다를까, 이 책은 출간되자마자 엄청난 반향을 일본 독서계에 불러일으켰다. '이어령 선풍'이라고 할 만한 현상이었다.

이어령의 이 책이 일본에 불러일으킨 선풍이 어떠했는가를 일본인 자신들의 펜을 통해 알아보기로 한다.

지금 내가 소개하려는 것은 일본의 '중공신서中公新書' 중 『외국인에 의한 일본론의 명저名著』 가운데 실려 있는 대목이다. 이 저서는 1천수백 종에 이르는 일본인론에서 명저라고 할 만한 42편을 뽑은 것으로서 편자編者는 일본의 일류 평론가 사헤키[佐伯彰一]와 하가[芳賀徹] 양인이다.

미리 이 저서의 성격을 알아둘 필요가 있을 것 같아서 편자의 후기를 먼저 소개한다.

1853년 러시아 함대 사령관 푸차틴 제독의 서기관으로서 나가사키 [長崎]에 내항한 19세기 러시아의 대작가大作家 곤차로프의 『일본 도항기 日本渡航記』(1858)로부터 현재 동경대학 교양학부의 프랑스인 전임 강사로 있는 모리스 팡게의 『자사自死의 일본사日本史』(1984)에 이르기까지 전후 130년의 기간, 외국인에 의한 일본론, 일본 연구의 고전이라고 할 만한 책 42권을 선택하여, 이에 해제解題의 일서一書를 엮었다……

이 짧막한 문장으로도 알 수 있는 일이지만, 이어령 씨의 저서가 42권 중에 들어갔다는 사실만으로도 대단한 사건이다. 『축소지향의 일본인』에 대한 해제解題를 인용한다.

이어령 씨의 『축소지향의 일본인』은 어느 페이지를 열어도, 현대 한국 수일秀逸이라고 할 수 있는 이 수재 교수의 박식과 재기와 풍자와 화려한 달변 속에 발휘되어 반짝인다. '축소지향'이라고 하는 하나의 착안으로서 『만요슈[萬葉集]』와 바쇼[芭蕉]로부터 마쓰시타 전기[松下電器]와 파친코에 이르기까지의 일본 문화를 일관하여 분석해 보인 이 한 권의 책—이웃 나라 사람의 풍자는 유럽인의 그것보다도 더욱 뼈가 저려 때로는 따갑도록 아프기도 하지만, '과연 그렇군!' 하는 지적 쾌감이 동반되어 일단 읽기 시작하면 중도에서 그만둘 수가 없다.

예컨대 일본인의 음식에 관해서는, 프랑스인 롤랑 바르트도 『기호記

號의 제국帝國』(1970)이란 책에서 '스키야키' '덴푸라' '사시미' 등을 들먹여 이들을 '중심이 없는 음식'이라고 해서 기호론풍記號論風으로 논해 보았다. 그런데 아무래도 바르트 씨의 논의는 일본에 온 문화 사절, 또는 고급 관광객이 파리의 살롱에 돌아가 한바탕 여행담을 피력하고 있다는 느낌을 벗어날 수가 없다.

이에 대해 한국의 지일파知日派 이어령 씨가 프랑스의 치즈에 필적할 수 있는 다양 풍부한 일본인의 식문화 현상食文化現象으로서 거론하는 것은, 놀랍게도 에키벤[驛辨](기차역에서 파는 도시락)만으로 1천 8백 종이 된다는 그 '도시락'이다. 치즈에 대해 두부를 대치시키는 그런 것이 아니고 도시락을 들먹여 논의의 주제로 했다는 바로 이 점에 이어령적, 비교문화적 발상과 연상의 활달함이 약연하다.

한국의 음식물은 대개 국물과 고형물이 일체로 되어 있다고 한다. 무를 담글 때 일본에선 '다쿠안'이라고 하는 노란 고체만이 나온다. 한국의 깍두기는 김치의 경우에도 마찬가지지만 반드시 국물과 같이 나오고, 그 국물을 숟가락으로 떠 마신다. 그 대신 일본의 된장국이나 그 밖의 국은 내용물이 적고, 국물 자체가 본위로 되어 있는데, 한국의 국에는 미역국이건 콩나물국이건 내용물이 풍부하게 들어 있다. '저 녀석에겐 국물도 없다'는 것이 가장 지독한 욕설 중의 하나가 되고 있을 만큼 한국에서는 내용 있는 국물, 국물 있는 내용이 기본으로 되어 있는데 일본에서는 양자가 명백하게 구별되어 있다. 그런 까닭에 한국에서는 휴대 식품인 도시락이 발달하지 못했는데, 일본에서는 오다 노부나가[織田信長]의 군세軍勢가 병량兵糧으로 이용한 이래, 또는 에도 가부키[江戶歌舞伎]의 막간식사幕間食事 이래 도시락이란 것이 성립되었다고 이어령 씨는 결론짓는다. 그리고 이 씨는, 한국인 사이엔 쩨쩨한 기능주의의 도시락 문화를 천한 것으로 치는 감각이 남아 있다고 덧붙인다.

이러한 이웃 한국의 식생활에 관한 신지식 자체가 문화의 비교라고 하면 구미歐美라고 하는 '태양'만이 염두에 있던 우리들 '해바라기 문화인' 이 씨의 표현의 맹점을 찔러 대단히 자극적이기도 한데, 이 교수는 한술 더 떠서 이 일본의 도시락 문화에서 일본인의 항상적인 '축소지향'의 한 전형典型을 읽는다. 즉 도시락이란 '넓고 큰 식탁의 규모를 호카이[行器], 와리고[破籠] 등 일정한 작은 용기 속에 축소하는 행위'인 것이다. 이렇게 들어보면 지극히 당연한 이야기지만 일본인으로서는 생각해본 적도 없는 사실인데, 이것이 이 씨류李氏類의 일본 문화 현상학日本文化現象學에 포착되면, 신사神社를 '오미코시[御輿](일종의 가마)'로 축소하여 메고 다니고, 절의 법당法堂 안에 지붕과 천장을 붙인 불단을 만들어 그 속에 다시 주자廚子를 넣어 불상을 모시는 것과 같은 사고思考, 같은 심성心性의 구조라는 것으로 된다. '요컨대, 도시락은 일본인에 의한 일본인을 위한 일본인의 음식이다' 하는 것이 이 씨의 결론이다.

그런데 이 씨의 고찰이 모자 속에서 비둘기를 끄집어내는 따위의 마술사 영역을 넘어 보다 설득력을 더하는 것은, 이와 같은 현상예現象例의 뿌리에 있는 일본어, 특히 동사動詞에 주목하여 거기 내재하는 역학을 분석해 보이는 경우이다. 이것은 같은 일본론이라고 해도 구미의 특파원, 경영학자, 또는 외교관이 쓴 것에선 도저히 기대할 수 없는 신기神技에 가까운 노릇이다. 1934년 일본 통치하의 한국에서 태어나, '초등학교에서 선택의 자유 없이 일본어를 주입당해 일본의 그림책을 보며 자라 성장해선 『시학詩學』 『수사학修辭學』을 공부하여 전문적인 학자가 되어, 가스통 바슐라르, 롤랑 바르트 등을 수월하게 읽을 수 있는 이 교수이니까 비로소 가능한 통찰일 것이다.

이상 말한 도시락을 예로 들면 그 뿌리는 '쓰메루[詰める](다져 넣다)'라는 동사이다. 이것은 '이레코사이쿠[入籠細工]'의 경우의 '코메루[込める](짜 넣다)', 쥘부채를 전형으로 하는 '오리타타무[折疊む](접다)' '니기루[握る](꽉 쥐다)' '요세루[寄せる](차근차근 붙이다)' 등은, 눈과 코, 팔과 다리를 생략한 '아네사마(姉樣) 인형'의 경우의 '도루[取하다]' '게즈루[削하다]' 하는 것과 마찬가지로 일본 문화의 기본을 이룬 동사라는 것이 이 씨의 설設이다.

좁은 장소에 꽉 차게 사람이 모이면 '쓰메아이[詰合]', 하나의 장소에 붙어 있는 것을 '쓰메루'라고 하고 거기 '쓰메쇼[詰所]'가 생긴다. 소설에서, 연극에서, 또는 회의會議에서 종국 가까운 클라이맥스는 '오즈메[大詰]'가 된다. 좁은 공간에 가장 많은 것을 높은 밀도密度로 응집시켜 양量을 질質로 전환시키는 작용이 '쓰메루'의 원래 뜻인데, 이 '축소'의 발상이 도시락으로부터 트랜지스터에까지 활용되어 있다는 것이 이 씨의 주장이다.

이 작용은 일본인의 정신 생활에도 그냥 살아 있다. 일본인은 '보고' '생각하고' '숨을 쉬는' 것만으로는 부족하다. 일단 하기 시작하면 '미쓰메[見詰](응시하고)'·'오모이쓰메[思詰](생각을 가다듬고)'·'이키오쓰메[息詰](숨을 몰아쉬고)'·'콘오쓰메[根詰](정성을 다해)'일하지 않으면 건실한 사람으로 봐주지 않고 '쓰마라나이[不詰](차지 않은)'자라고 해서 소외된다. 여기에 일본인의 '텐션(긴장)' 민족으로서의 특성이 있고 집단주의적 경향이 나타나는 것인데, 확실히 논리論理라든가 원리 원칙 같은 것으로 사물을 냉정하게 구별하고 질서를 잡는 작업을 포기하고 편집적偏執的으로 생각하고, 텔레비전을 계속 응시하게 될 때 이윽고 '일억옥쇄一億玉碎'·'일억총참회一億總懺悔'로부터 '일억총백치화一億總白痴化'에 이르는 표현이 성립된다는 것이다.

이처럼 '1억을 한 사람인 양 압축해서 도시락의 틀에 다져 넣는 전체주의적 사고방식은(일본 지식인이 독재 국가라고 비판하는 한국에서는 상상도 못 할 일인데) 이상하게도 동양에서 단 하나 자유 민주주의의 모범이라고 하는 일본이란 나라의 것이다.'

이 한국 지일파의 약간 원한이 섞인 듯한 통렬한 풍자는, 같은 말을 미국인으로부터 듣는 경우보다 훨씬 아프게 가슴에 와닿는다. 한국엔 도시락 문화가 없을 뿐 아니라 일본어의 '쓰메루'·'쓰베코무'에 해당되는 동사, 그 밀도와 긴장의 감각을 표현하는 어휘가 원래 존재하지 않는다는 얘기이다. 때문에 한국어로선 '간즈메[缶詰]'가 '통조림'이 되어버린다.

지도상으로 또는 문화의 면에서 일본에 가장 가까운 나라인 한국의 지식인으로부터 이런 말을 들으면, 우리들은 뜻밖의 방향에서 발목을 걷어차인 것 같은 당황함을 느낀다. 바로 이 점이 일본인이 가장 전율감을 느끼는 대목이다. 아무튼 이처럼 통쾌한 이 씨의 '왜인론倭人論'을 읽고 있으면 우리들은 이 수사학修辭學 교수의 속공화술速攻話術에 꼼짝없이 사로잡히게 된다. 그런데 그의 논의는 빈틈없이, 빠짐없이 다양한 문헌文獻을 배후에 깔고 있는 것이다.

이와나미 문고[岩波文庫]가 독일의 레클람Reclams을 모방하여 '어떤 큰 책도 한 권으로 압축해버리는 방법'으로 대성공을 거두어 오늘날엔 레클람을 능가하고 있는 사실은 두말할 나위가 없는데, 그 최초의 매출 대광고賣出大廣告가 《아사히 신문》 제1면에 나온 것은 쇼와 2년 7월 10일이라고 한다. 그런데 같은 날짜, 같은 신문의 제2면 톱 기사는 제네바에서 진행 중인 일日·영英·미美 군축회의軍縮會議의 진행 상황이었다는 것이다. 이 씨는 이런 사실까지 조사하고는 같은 '축소지향'이지만 군축軍縮은 실패했어도 이와나미의 '본축本縮'은 대성공이었다고 익살을 부리는데 재인才人 이어령의 면목이 약연하다. 이 도시락형의 '축소지향'론을 하나의 전형으로 하여 마쿠라노소시[枕草子]의 '무엇이든 무엇이든 작은 것은 모두 다 아름답다'를 접두사接頭辭로 하고, 먼저 도이 다케로[土居健郎]의 『아마에(응석)의 구조』, 우메사오 다다오[梅棹忠夫]의 『일본인의 마음』을 도마 위에 놓고는, 유럽이나 미국에 없는 것이면 일본 독자獨自의 문화라고 속단하는 일본인의 '해바라기'적 근성을 비판하고, 돌려친 칼날로 롤랑 바르트의 『기호의 제국』을 언급하고는 그 너무도 형편없는 아시아 지식의 빈약함을 공박한다. 그리고 "일본 특유의 특성을 보다 치밀하게 발견할 수 있는 건 구미인의 눈보다 한국인의 시선일 것이다"라고 갈파하고 있다.

이 밖에 이시카와 다쿠보쿠[石川啄木]의 시, "동해의 작은 섬 갯벌 흰 모래밭에 내 눈물에 젖어 게와 노닌다"에 나타난 일본어의 조사助詞인 '노の'는 한국말로선 절대로 번역할 수 없는 것인데 그 '노'의 이레코식 [入籠式] 구조로서 동해의 대大를 게의 소小로 압축해버리는 '축소지향'의 또 하나의 전형을 제시했다는 논論으로부터 일본이 진정 대국大國이 되고 싶으면 '복福은 안[內]으로, 귀신[鬼]은 바깥[外]으로'라는 귀신[鬼]이 되어선 안 되고 난쟁이[一寸法師]가 되라, 더욱 더 작고 고귀하고 아름답게 되라는 결론에 이르기까지, 이 씨의 이 책은 당분간 일본 열도의 주민에겐 빼어나게 자극적인 현장감 또는 현실감을 잃지 않을 것이다.

이 해제를 쓴 하가 토루는 1931년 출생으로 현재 도쿄대학교 양학부의 교수로 있는 사람으로서, 전공은 비교문학比較文學이며 평론가로서도 일류에 속한다.

그만한 사람이기에 이만한 해제를 쓸 수 있었다고 할 수밖에 없다. 그러나 340쪽이 넘는 한 권의 책을 해제한다는 것은 그것이 비록 최상의 것이었다고 해도 부족하게 마련이다.

내가 주목하고 싶은 것은 말미의 말이다.

"이 씨의 이 책은 당분간 일본 열도의 주민에겐 빼어나게 자극적인 현장감 또는 현실감을 잃지 않을 것이다"라는 대목이다.

일본의 일류 학자로 하여금 이러한 결론을 짓게 했다면 이 책의 성공은 의심할 여지가 없다.

이에 앞서 『축소지향의 일본인』은 아까도 말했지만 선풍적인 반향을 불러일으켰다. 그 대강을 다음에 소개해본다.

이어령 씨의 이 문화론이 우리를 생각하게 하는 것은, 종래 일본인이 '일본적'이라고 치고 있던 많은 사실이 실상에 있어선 조선 문화의 이식移植에 불과하다는 것을 당당하게 갈파한 점일 것이다. 쌀밥을 먹는 것은 조선인도 마찬가지이다. 일본 문화의 특성은 공기에 담아 먹는다는 점뿐이다. 도이 다케로의 『아마에의 구조』에서 말한 '아마에(응석)'의 특성도 일본과 구미와의 비교로써 성립될 뿐이고 일본이의 '아마에'에 해당하는 말이 조선어 속에 얼마나 풍부한가를 실증하고 있다.

《도쿄 신문》(1982년 4월 9일자), 「대파소파大波小波」

경묘신랄한 이 문화론은 자칫 얼마간의 찬사를 동반한 유보적 반일본론反日本論, 또는 적량의 독毒이 섞인 조건부 일본 찬미론으로 오해될 위험이 있다. 그러나 실상은 그 어느 편도 아니고 이 씨의 대립 적시좌視座는 대립성을 그 본질로 하고 있다.

대저 '축소' 또는 '줄인다'는 것은 극대를 극소에 집어넣는 것인 이상, 하나의 공격적인 세계 정복의 형形이기도 하다. 단순한 축소와는 달리 뒤집어놓으면 확대 작용인 것이다. 이 책의 변증법은 이러한 역설적 역학 위에 성립되어 있다.

《북 카버》(1982년 4월 1일), 다나카 준이치[田中淳一]

다나카의 비평에 대해 평론가 다다 미치타로는 다음과 같이 말했다.

'경묘신랄' 운운의 조잡한 표현을 제외하면 나는 이 비평에 찬동한다. 밑바닥에서부터 저작著作을 부추겨 올려 손바닥 위에 놓고 있다. 그러나 이 씨의 레토릭을 분석하는 데 있어서 '변증법'이니 '역학'이니 하는 것으로 가능할 까닭이 없다. 문화론이란 것이, 정치론처럼은 아니지만 조잡한 것을 대상으로 하는 한, 가장 정치精緻한 무기로써 대응해야 한다. 이 씨가 손에 들고 있는 무기는 견줄 수 없을 만큼 정치하다. 그 레토릭을 분석하는 것이 현대 세계에 있어서의 비평의 과제일 것이다. 일본이니, 한국이니 하는 문제는 벌써 뛰어넘어버렸다. 이어령 씨의 전 저작全著作의 번역이 기다려질 뿐이다.

다다의 말을 다시 인용한다.

이 씨는 축소와 확대라는 이원론의 의상을 두르고 있는 것 같더니 어느 사이엔가 이원론을 근본에서부터 부정해버렸다. 축소도 일종의 경직적 공세의 자세이며 확대와 별반 다를 것이 없다는 것이 결론에 가깝다. '어느 사이엔가' 하는 인상을 독자가 갖게 되는 것은 저자의 레토릭 때문이다. 진실은 기를 쓰고 테두리를 만드는 데 있는 것이 아니라 일격으로 과녁을 찌르고는 의상을 바람에 휘날리며 천공天空으로 날아오르는 문체에 있는 것이다.

적절한 평언評言이다. 이어령 문학의 진수는, 일격으로 과녁을 찌르고는 의상을 바람에 휘날리며 천공으로 날아오르는 문체에 있는 것이다.

문체 이외의 수단으로 파악될 수 있는 진실이란 것이 과연 있는 것일까? 문명론, 문화론은 문학이 되었을 때 비로소 가능하다는 전례를 제공하고 있다는 사실로 이어령의 존재는 묵직하면서 찬란하다.

『축소지향의 일본인』으로 이어령은 일본학, 일본론의 명수가 되어버렸다. 그는 갖가지 문화 단체만이 아니라 산업 단체, 경제 단체의 초빙을 받아 연단에 서기도 하고, 신문·텔레비전 방송국의 초청 게스트가 되기도 했다. 그러고는 가는 곳마다 히트의 연속이었다.

1982년 3월, 일본에서 '일본의 주장 1982'란 국제 회의가 열렸다. 이 회의에 이어령 씨는 연사로서 참가했다. 다음은 그 회의를 취재한 각 신문사의 기사 일부이다.

이 교수의 '일본인론'이 회의장을 흥분시킨 것은 일본의 '오니론[魔鬼論]'이었다. "일본인은 절분(입춘 전날) 때 '귀신은 바깥, 복은 안'이라고 하며 콩을 뿌린다. 이것처럼 일본인의 세계관을 잘 나타낸 말은 없다. '안'과 '바깥'은 단절되어 있다. '바깥'엔 항상 마귀가 있다. 국제 사회에 대한 관심이라고 해도 그것은 '안'에 있는 '복'에 어떤 영향을 가질 것인가 하는 이기적인 관심뿐이 아닌가. 한국인으로선 그런 의혹을 갖지 않을 수 없다." "게다가 딱한 건 일본인이 바깥으로 나가면 그 자신 '오니[鬼]'가 된다는 사실이다. 동남아시아와 우리나라에 오는 일본의 단체 관광객을 보면 알 일이다." 이 교수는 서양형산업의 식민지주의가 궁지에 몰리고 에너지 절약이 화제에 오르는 현 시점에선 일본의 '축소지향'의 경제가 당분간은 지속될 것이라고 관측한다. 그러나 "서양의 세계로부터 셧아웃당한 일본이 동양으로 돌아와 무서운 마귀가 되었던 옛날을 재현하지 않기를 바란다"라 말을 맺었다.

《아사히 신문》(1982년 3월 17일자), 아카즈카 류스케[赤塚龍輔]

1934년생인 이 씨는《한국일보》논설위원 등을 역임한 논객으로, 현재 서울 이화여자대학교에서 비교문화론을 강의하고 있다. 최근 『축소지향의 일본인』이란 책을 내어 화제가 되었다. 모국母國에선 22권의 저작집을 내고 있다고 하나 그 지명도에 있어선 '킨' 씨 '도어' 씨에 아득히 미치지 못한다. 그런데 단 이틀간의 공연으로 이어령 씨는 주역의 한 사람이 되었다…….

청중 가운에 많은 출판인, 언론인들이 있었는데 그들이 이 씨의 재능에 보내는 찬사는 휴식 시간마다 번져나갔다. 나는 이 씨의 이틀간의 무대와 청중의 반응을 지켜보며 '스타 탄생'이라고 생각했다.

《니혼게이자이 신문》(1982년 3월 21일자), 이노시리 치오[井尻千男]

1982년 8월 11일자《아사히 신문》의 칼럼 '천성인어天聲人語'엔 다음과 같은 대목의 글이 있다.

일본어로 국제 회의를 열 수 있으면 얼마나 좋을까. 영어를 할 줄 모르기 때문에 sleep(졸기), smile(빙그레 웃기), silence(침묵)의 3S주의로써 견디어 외국인들의 빈축을 산다. 만일 일본어가 통하기만 한다면 당당한 견식을 피력하여 그들을 놀라게 할 것인데…….

이런 꿈을 실현시켜주는 심포지엄을 한 해, 한 번 후쿠오카[福岡] 유네스코협회가 개최한다. 25년째인 금년에는 18개국에서 230명이 모여 일본어만으로 사흘간 '현대의 일본과 세계'를 논의했다.

한국의 이화여대 교수 이어령 씨는 "일본어처럼 모욕어侮辱語가 적은 언어는 없다"라고 일본인의 유순함을 설명하고는 그 돌려친 칼날로 일본인의 조급성을 찔렀다. '시간은 돈이다' 하는 격언이 중국과 한국에선 정착하지 못하고 일본에서만 보급된 것은 무슨 까닭인가. "일본은 아시아인의 눈으로 보아서도 이상한 나라이다." 날카로우면서도 유머가 풍부한 그의 발언을 듣고 있으니, 과연 이만한 스피치를 할 수 있는 일본인이 있을까 하는 생각을 해보지 않을 수 없었다…….

이제까지 판매된 이어령 씨의 저서는 국내에 나돌고 있는 것을 합치면 거의 1백만에 가까운 것이다. 그만큼 우리 생활 깊숙이 파고들어 있는 작가이긴 하지만, 그가 들은 칭찬의 분량은 물론 표면에 나타난 것만을 말하면 이 7, 8년 동안 일본인으로부터 받은 것의 10분의 1도 채 못 될 것이 아닌가 한다.

칭찬의 분량이야 어떻든 그 칭찬의 질이 또한 문제가 되지 않을 수 없다. 이어령에 대한 일본인의 비평과 칭찬은 세계적인 학적學的 수준水準으로 행해진 것이다. 구체적으로 비교하면 줄잡아 롤랑 바르트를 대하는 것과 같은 진지함과 성실로써 이어령을 대한다. 바꿔 말하면 한국인 이어령이란 테두리를 넘어 세계의 지성으로서 그를 보고, 그것을 계기로 하여 한국 지식인의 지적知的 스테이터스status를 평가하기에 이른 것이다.

이어령 선풍은 아직 끝나지 않았다. 1987년 6월에 발행된 영문 잡지 《월드 이그제큐티브World Executive》는 『축소지향의 일본인』을 일본의 역사와 문화를 설명한 가장 훌륭한 책이란 해설을 붙여 소개했고, 9월호 《일본어 저널》에서도 『축소지향의 일본인』을 소개했다. 뿐만 아니라 일본에서 발행되는 프랑스어 잡지 《일본 수첩》의 가을호엔 '기적奇蹟 한국 문화의 원천'이란 제목으로 이어령의 「까치밥의 문화」를 게재했다. 이것은 일본의 정평 있는 월간 잡지《중앙공론》3월호에 그가 기고한 문장이다.

이렇게 이어령 선풍의 편편片片을 좇고 있으면 한량이 없다.

최근에 내가 놀란 한 가지만 덧붙여놓는다.

일본 입교대학立敎大學 경영학부의 국어과 입학시험 문제의 제1문으로 이어령의 문장이 출제되었다. 일본에서 국어라고 하면 물을 것도 없이 일본어이다. 그 일본어의 시험에 한국인 이어령의 문장이 등장했다는 것은 보통 일이 아니다.

우리나라에서도 그렇지만 시험 문제로서의 문장의 채택은 여러 각도의 검토를 거쳐야 한다. 한마디로 문장 자체의 완벽성과 품위도 문제가 되겠지만, 필자의 위치도 극히 중요한 비중을 갖는다. 기라성 같은 일본 문인의 문장을 제쳐놓고 외국인, 득히 한국인이 쓴 문장을 시험 문제로 채택했다는 것은, 이어령이 일본에 있어선 어느 나라 사람이란 걸 물을 필요가 없을 만큼 초월적인 위치를 가졌다는 뜻일 수밖에 없다.

일본이라고 하는 문화국의 조명을 통해 이어령을 재인식해보는 마음이 되는 것은 반가운 일이기도 하면서 우리로선 부끄러운 노릇이다.

또 하나 주목할 만한 문장을 소개한다. 일본의 초베스트셀러 작가이자 동양 역사의 탐구에 새로운 영역을 개척하고 있는 시바료타로[司馬遼太郎]의 문장이다.

나는 5, 6년 전 이어령 씨의 『축소지향의 일본인』을 읽었을 때의 감동을 잊을 수가 없다. 그 무렵 작가 김달수金達壽 씨와 구마노[態野] 지방을 여행하고 있었다. 기세선紀勢線의 열차 속에서 내가 "그 책 읽었습니까?" 하고 묻자 김씨는 읽었다고 하며 눈을 크게 뜨고는, 정말 놀랐다고 했다. 내가 놀란 대목과 같은 대목에서의 놀람이었다.

물론 수발秀拔한 행문行文, 명석한 논리, 감성이 빛나는 수사修辭, 박인방증博引旁證, 양국 문화에 대한 날카로운 통찰 등 누구나 느낄 수 있는 것을 당연히 우리들도 느꼈다.

그 이상의 놀람은 한국인이 변했다는 사실에 대해서이다. 즉 이어령 교수의 지적 세계가, 나의 인식 속에 있는 이조李朝 이래의 한국 사상 표현의 '전통'을 전연 벗어나 있었다는 사실이다. 내가 인식하고 있었던 한국의 '전통'이란 것은 자기의 가치관을 송곳처럼 날카롭게 절대화하고, 타의 가치를 인정하지 않을 뿐 아니라 격렬하게 공격하는 따위의 것이다. 이조 시대의 한문으로 된 문장은 격렬하고 예민하다. 이 예민함은 바위를 뚫을 수가 있다. 그러나 돌더미나 수목에 대해, 그 개성을 인정해서 각기의 의미를 온당하게 인정하는 작용으로 될 수가 없다.

우연히 김달수 씨도 자기 나라에 대해 그런 인식을 가지고 있었던 모양이다. 그는 이어령 교수의 사고思考에 접하고는 먼저 개별 인식으로서 구체적인 '이어령론'을 시작해야 할 국면이었는데도 "한국은 변했어!" 하고 결론적인 감탄을 토로해버렸다. 내겐 한국에 있어서의 격정적激情的인 논리에 관한 사견私見이 있다. 이조가 상품 경제를 억누르고 있었기 때문에, 학식과 논리와 유교의 교조적敎條的인 가치 의식만이 사물을 파악하는 유일한 기능이 되었다는 생각이다.

그런데 이 교수의 출현은 이러한 나의 개념을 무너뜨렸다. 그는 자기를 개방하고 실험대 위에 하나의 사물로서 얹어놓았다. 그러고는 일본 문화에서 추출한 것도 하나의 사물로서 병치併置하고 우선 객관적인 비교부터 시작하는 자연과학적인 관찰법을 채택해 보인 것이다.

그리고 보면 이어령 교수의 사상과 태도만이 무슨 탑塔처럼 홀연 높게 솟아 있는 것이 아니고, 그것을 산정山頂으로 하는 넓은 산록山麓이 이미 한국 사회에 형성되어 있는 것이 아닌가.

그 후 이 교수와 대담할 기회가 있었다. 문장만이 아니라 좌담의 말에도 광채가 있었다. 게다가 젊음이 넘쳐 있었다. 그로부터 훨씬 뒤의 일이었지만, 나의 '전집'을 내고 있는 출판사가 월보月報에 이 교수의 문장을 실었다. 월보의 문장엔 내가 이 교수와의 대담 마지막 무렵에 느꼈던 다소곳한 공감의 미묘한 향기가 기막히게 표현되어 있었다.

나는 하나의 작가, 또는 하나의 지식인과 이야기하고 있는 기분을 떠나, 과장해서 말하면 중세의 동양으로 돌아간 기분이 되었다. 바람이 표표하게 부는 저 아시아 대초원大草原에 유목민 몽고족 두 사람이 앉아 정답게 이야기하고 있는 심정이 된 것이다.

이런 점으로 보아 재일교포의 제씨는, 감각 위에서 본국本國의 수위水位보다 낡아 있다고 생각하지 않을 수 없다. 동시에 그것이 또한 여러분의 자기 만족일지도 모른다. 아무튼 이와 같은 감각 세계의 차원에서 보면 같은 민족이 남북으로 갈라져 대립하고 있는 따위는 실로 시답잖고 하찮은 일이다…….

얼른 읽어버리면 지나쳐버릴 중대한 이야기를 시바 씨는 하고 있다. 이어령을 배출했다는 사실, 아니 이어령의 존재로 한국 사회의 지적 수위가 높아졌다는 사실을 말하고 있는 것이다.

연암 박지원의 소설에 『우상전虞裳傳』이 있다.

우상이 실재 인물인지 아닌지는 따질 필요 없이 작중의 우상은 한어漢語 통역관으로 사신과 함께 일본에 가서 그 문장으로써 일본인들을 경복시켰다. 원어를 그대로 옮기면 다음과 같다.

處裳以漢語通官隨行獨以文章大鳴日本中 其名釋貴人皆稱
'雲我先生國士雙也'

우상이 한어 통역관으로 수행했는데, 그는 혼자 문장으로 일본 내에 크게 울렸다. 그 나라의 이름 있는 승려나 귀족들이 모두 말하길, 운아 선생이야말로 둘도 없는 국사이다.

임진·정유의 수모를 겪은 시대에 살며 박지원에겐 다소의 '일본 콤플렉스' 같은 것이 있었을 것이다. 이 작품의 바닥엔 그런 콤플렉스가 깔려 있다. 비록 무력武力은 약하지만 지적知的으로는 그들을 압도할 수 있다는 자신감 또는 바람 같은 것이 보인다.

나는 이어령이 일본에서 일으킨 선풍을 지켜보며 박지원의 『우상전』을 상기하곤 한다. 그러나 박지원이 우상의 재능을 과시하기 위해 소개한 「해람편海覽篇」의 문장은 문자에 의한 유희일 뿐으로, 독자를 현혹할 수는 있어도 깊은 감동을 심어주지는 못한다. 이에 비하면 이어령은 일본인의 가슴에 깊은 감동을 심어주었다. 박지원이 혹시 이어령의 문장을 읽을 수 있었더라면 '이것이야말로 내가 바라던 바이다. 이어령이 우상을 능가하였구나!' 하고 무릎을 칠 것이다.

이 글을 쓰고 있는 동안에도 일본에서 이어령 바람은 계속 일고 있다. 우선 《보도寶島》라는 일본 잡지에서 별책으로 『새로운 한국을 아는 책』을 발간했다. 6·29 선언 이후의 한국 민주화와 올림픽을 주제로 한 최신 한국에의 관심을 중심으로 편집된 이 책 속에는, 한일 관계에 새로운 전기를 가져온 인물 특집란에 일본의 연구가 니시 고로쿠[西岡力]의 이어령론을 싣고 있다.

'여유를 보인 일본인론으로 베스트셀러를 날린 한국의 논객'이라는 부제가 붙은 이 비평문은 다음과 같다.

1980년대의 일·한 관계는 일본 측의 관심의 다양화와 한국 측의 여유로 특징지을 수 있다. 1982년 초에 출판된 이어령 교수의 『축소지향의 일본인』이 일본에서 베스트셀러가 된 것은 이 같은 흐름의 선두 타자라고 할 수 있을 것이다.

1970년대만 해도 한국에 대한 일본인의 관심은 3K, 즉 김대중·
KCIA·기생의 세 가지로 집약되었다. 1973년 동경에서 반정부 운동을
전개해온 김대중 씨 납치사건이 발생한 이래, 일본의 매스컴은 엄청난
양의 한국에 관한 정보를 보도하기 시작했다. 그러나 그것은 정치 정
세, 군사독재 정권과 민주화 세력의 투쟁이라는 좌표축에서 논해진 것
들이 대부분이었다.

한편 해외여행의 일반화가 이루어지면서 인건비가 싼 나라를 대상
으로 한 이른바 '매춘 관광'이 유행했다. 일본인 고객들은 한국 관광업
계로부터 돈 씀씀이가 좋고 상냥하다는 평을 받기도 했다.

그러므로 1970년대의 일본인에게 있어서 한국에 대한 관심은 정치
와 섹스의 두 국면밖에 없었기 때문에, 한국과 한국인의 전체상은 거의
알려져 있지 않은 채였다. 그 증거로, 정치를 논하는 식자들이나 섹스
를 사는 여행객들이나 그 대부분이 한국어를 모르는 사람들이었다는
점을 들 수가 있다. 매스컴 분야의 서울 특파원들까지 그랬던 것이다.

그러나 1980년대에 들어서자 우선 경제 분야에서 한국은 무시 못할
만큼 그 힘이 커졌다. 그리고 조용필로 대표되는 문화 면에서 한국 붐
이 일어나게 되었다. 일본의 나고야 시를 물리치고 서울이 올림픽 개최
지가 된 것 등등 3K 이외의 한국의 모습이 일반의 일본인들 눈에 비치
기 시작했다.

한국을 대표하는 지성인 이어령 교수가 축소의 이론을 내세우며 일

본에 건너온 1981년은, 한국에 대한 일본인들의 다양한 판단이 막 싹트기 시작할 무렵이었다.

이때 이 교수는『국화와 칼』『아마에의 구조』『종적인 사회』등 전후 일본에서 논해진 일본론에는 환상의 옷이 걸쳐져 있다고 주장했다.

"다만 내가 하고 싶은 말은 지금까지 서양 사람들이나 일본인들이 쓴 일본론이라는 것이 때로는 일본과 별로 관계가 없는 것들이 많다는 점이다. 그리고 그러한 '환상의 옷'을 입은 일본 문화의 모습은 서양과 일본만을 비교한 도식에서 연유된 것임을 밝혀둔 것뿐이다. 서양 문화의 대립 개념은 일본 문화일 수가 없다는 것은 상식에 속하는 일이다. 일본을 포함한 아시아의 황색 인종일 수는 있어도 특정 민족의 좁은 개념을 거기에 적용시킬 수는 없다.

마찬가지로 구미 문화권에 어느 특성이 있다고 한다면 그것은 동양 문화권과 상대적인 의미에서 연관지어져야 할 성질의 것이다. 그런데 직접 일본과 그것을 비교할 때 본래 동북아시아권의 보편적인 특성이 일본만의 것으로 오해받는 탈논리의 비상벨이 울리게 되는 것이다."

가령 '아마에'라는 말이 영어에 없기 때문에 아마에가 일본인의 독특한 심리를 상징하는 것이라고 한 도이 다케로 씨에 대해서는 한국에도 그와 같은 말이 있다는 것을 지적해주고 있다.

이 교수의 일본론의 방법은 일본과 일본인론이 한국인의 관점 또는 한국의 문화 풍속과의 비교를 통해 씌어질 때 그 본질에 보다 접근할 수 있는 가능성이 있다.

이 교수라는 한국 지성의 눈을 통해서 포착된 일본적 특성은 축소지향이라는 하나의 보편적 특질이었다. 한국에는 없고 일본에는 있는 것들, 또는 한국인들은 별로 좋아하지 않는 것들, 일본인들이 좋아하는 것들, 이를테면 하이쿠, 쥘부채, 고케시 인형, 세키테이[石庭], 분재, 다실 등이 예로 들어진다. 그런 것들이 바로 한국인이 갖고 있지 않은 일본적 특질인 축소지향의 산물들이라는 것이다.

한국이라는 시점에서 보여지는 참신한 일본의 모습을 접한 많은 일본인들은 "일본이 한국을 잊고 있다는 것, 한국을 잘 모른다는 것은 한국인이 아니라 일본인 자신의 불행이라는 사실이다"라는 이 교수의 지적에 머리를 끄덕이지 않을 수 없었을 것이며, 1970년대까지의 자기들이 한국에의 관심이 얼마나 빈약한 것이었는가를 반성하게 되었던 것이다.

1934년생인 이 교수는 11세까지 일본의 지배하에서 자랐다. 당시 일본의 식민지 통치 방침은 내선일체화(한국인의 일인동화 정책), 즉 조선 사람들은 자기 힘으로 근대화를 할 수 없는 열등한 민족이므로 그 민족성을 버리고 일본인에 동화하는 것이 그들에게 있어서도 바람직하다는 것이었다. 그러나 오랜 역사 속에서 자라난 민족성이라는 것은 그렇게 간단하게 버릴 수 있는 것이 아니다. 그러므로 식민지의 초등학교에서 일본인으로서의 교육을 받아왔던 이 교수는 당시를 이렇게 회상한다.

"일장기와 노기[乃木] 대장의 초상화가 걸린 식민지 교실에서 세뇌를 받은 것은 한국과 일본은 한 몸이라는 내선일체의 사상이었다. 그 때문에 변변히 한국인이라는 민족의식조차도 갖지 못한 채 유년시절을 보낸 것이다. 그러나 같은 문화라고 강요당한 일본 문화 가운데는 끝까지 동화될 수 없는 어떤 낯선 요소들이 머릿속에 달라붙어 있었다."

이 교수의 일본론의 뿌리에는 식민지 시대, 일본 문화를 강요당한 체험이 있었다. 그러나 이 일본의 내선일체화 정책에 관해서는 지금까지 많은 한국인들이 논해온 것들이었다. 그 대부분은 "근대 이전에는 한국이 일본보다 문화가 앞서 있었다. 그 한국인을 일본인들에게 동화시키려고 생각한 일본의 식민지 지배는 세계사에서 유례없는 극악무도한 것이었다"라는 일본 규탄론이었던 것이다.

그런데 이 교수의 저서에는 그런 주장이 없다. 뿐만 아니라 "일본에 대한 무지는 한국인에게도 있을 것이다. 식민지 36년 운운하며 외치는 일본론은 웅변대회 그 이상의 수준을 넘지 못하는 것이 많다"라고 자기 비판도 하고 있다. 이것이야말로 1980년대 한국인이 쓴 일본론의 특징으로서 여유의 상징이라고 할 수 있다.

『축소지향의 일본인』이 일본에서 베스트셀러가 된 이듬해인 1983년, 《공동통신》의 구로다 가쓰히로[黒田勝弘]가 쓴 『한국인 당신은 누구인가』라는 한국론이 처음 한국에서 베스트셀러가 되었다. 이 두 책의 히트는 상대를 아는 것이 자기를 아는 것과 통한다는 건설적인 한일 관계의 시작을 고한 것이라고 할 수 있을 것이다.

그리고 이 책의 권말에는 일본에서 발행된 한국 관계의 책 61권(가미무라 류지[神村龍二]와 북 리스트반班조사)과 일본인 비평가 4인(고토 다카오[五島隆夫], 시게무라 도시미쓰[重村智計], 핫토리 다미오[服部民夫], 와타나베 도시오[渡邊利未])이 채점한 31권의 책이 수록되어 있는데, 『축소지향의 일본인』은 모두 1위를 차지하여 그 첫머리에 실려 있다. 그리고 가미무라 류지[福村龍二]는 다음과 같이 평하고 있다.

한국인이 쓴 책으로 일본에서 처음 베스트셀러가 된 역사적인 책이다. 저자는 한국 내에서도 '그와 논쟁을 해서 이긴 사람이 없다'고 할 만큼의 논객. 이 책은 일본인들에게 처음으로 한국에 대해 존경심을 품게 하고 한국인 학자의 훌륭함을 인식케 했다. ……이 유니크한 문명론은 오늘의 일본에 대한 비판과 전망까지 제기하는 힘을 지니고 있다.

일본에서의 이어령 교수에 대한 이 같은 평가는 일본의 권위지인 《니혼게이자이 신문》의 칼럼란에서도 지적되고 있다. 그 칼럼니스트는 최근 3, 4년 동안에 한국 관계의 책들이 부쩍 늘고 있는데, 그 붐의 계기를 마련한 것은 이어령 교수라고 말한다(1987.6. 15).

"이러한 계기를 마련한 것으로 이어령 씨의 『축소지향의 일본인』을 꼭 들어두어야만 할 것이다. 쇼와 57년에 베스트셀러가 되어 화제를 던진 이 책은, 내용도 내용이려니와 저자의 산뜻한 개성과 그 폴레믹polemik한 변설이 일한日韓 커뮤니케이션에 끼친 역할은 막중한 것이다. 경제·사회·문화에 걸친 폭넓은 그의 언설은 확실히 자극적이며, 그 배후에는 경제의 고도성장을 실현하고 있는 한국의 자신감과 한국류의 근대화 경험을 엿보게 한다"라고 적고 있는 것이 바로 그것이다. 더구나 이 평을 쓴 칼럼니스트는 일본의 서평과 문화비평가로서 최정상에 있는 저명인이라는 점에서 더욱 그 비평의 무게를 실감할 수가 있다.

비단 한일 관계의 측면에서만 이 책의 생명력과 평가가 지속되고 있는 것은 결코 아니다. 가령 무수한 예 가운데 하나에 지나지 않는 것이지만, 1987년 4월 22일자 《마이니치 신문》의 1987년 추동 파리 컬렉션의 패션 기사에는 최근 디자인의 감각이 "수많은 일본인론에서 가장 출중한 것이라는 평을 받는 이어령 교수의 『축소지향의 일본인』에서 지적된 그 미학을 바탕으로 한 것"이라 말하고 있다.

패션계의 평가와 마찬가지로 일본 스포츠계에서도 이 교수의 이론은 파문을 던지고 있다. LA올림픽에서 일본이 참패를 하자 지식인들은 그 패인을 이 교수가 지적한 축소지향으로 해석했던 것이다. 그 대표적인 예가 《주간 아사히》(1984. 8. 24)에 게재된 작가 노자카[野坡昭如] 씨의 글이다. 그는 "LA올림픽에서 알게 된 것은 일본 스포츠의 현저한 특징이 축소지향과 관리 체제, 그리고 시니시즘적 아마추어리즘"이라고 했다.

일본이 또다시 한국에서 열린 아시안 게임에서 참패하자, 청산 학원의 외국인 교수인 로버트 마치는 "익살맞게도 아시안 게임의 일본 선수단은 축소지향의 이론을 낳은 한국에서 그 이론의 정확함을 입증했다"라고 적고 있다(『일본의 오해』, 류북스 刊). 사실 로버트 마치 교수는 이어령 교수의 『축소지향의 일본인』을 의학적인 실증론으로 증명해 보임으로써 화제를 일으킨 저자이다. 그는 행동학 이론과 생체 해부학의 이론을 원용하여 과연 이 교수의 축소지향론이 타당성 있는 이론인가를 검토하고, 그 결과를 토대로 자신의 전공 분야의 이론을 펼치기에 이른 것이다.

완고하고 폐쇄적인 일본인들도 이제는 어쩔 수 없이 그 옹졸한 마음을 열고 한국의 지성 앞에 모자를 벗지 않으면 안 되게 되었다. 그러므로 일본의 《산케이 신문》은 1988년 5월 이 교수를 『제3의 물결』을 쓴 앨빈 토플러Alvin Toffler 그리고 미국 존스홉킨스 대학의 저명 교수인 윌리엄 왓스William Watts, 문화 인류학자 실러 존슨Schiller Johnson과 함께 세계 정상의 외국인 칼럼니스트 멤버로 지명하기에 이른다.

그리고 또 《아사히 신문》은 최근에 창간된 시사 주간지 《아에라》의 고정 기고가로 이 교수를 맞이하게 된다. 물론 이보다 앞서 《문예춘추》와 함께 일본의 양대지로 손꼽히는 《중앙공론》, 그리고 일본어 전문지에서는 이 교수의 논문을 연재하기 시작했다.

이것은 그동안 한국인 멸시의 편견에 사로잡혀 있었던 일본 지식인들이 자기 자신의 어리석음을 깨닫게 되었다는 증거이며, 이 교수에 대한 능력이 아니라 한국인 전체에 대한 인식의 새로움이라고 할 것이다.

한 마리 제비를 보고서도 우리는 봄이 온 것을 깨닫듯이, 이 교수에 대한 일본인의 시각은 이 교수 자신에게 끝나는 것이 아니라 우리들 모두의 것이 된다는 점에서 그 통쾌함과 긍지가 있는 것이다.

1989. 4. 15.

이병주

일본 메이지대학 전문부 문예과를 졸업하고 와세다대학 불문과에 입학했으나 학병으로 중퇴했다. 1964년 중편소설 「소설 알렉산드리아」를 『세대』지에 발표하여 등단했으며, 『지리산』 『관부연락선』 『행복어사전』 『산하』 『바람과 구름과 비碑』 『소설남로당』 등의 장편소설과 『망명의 늪』 『예낭 풍물지』 등의 창작집, 그리고 『허망의 진실』 『청사에 얽힌 홍사』 등의 에세이를 남겼다. 1977년 장편소설 『낙엽』으로 한국문학상을, 1978년 중편소설 「망명의 늪」으로 한국창작문학상을, 1984년에는 장편소설 『비창』으로 한국펜 문학상을 수상했다. 1992년 4월 3일 임종했다.

문단 : 등단 이전 활동

「이상론–순수의식의 뇌성(牢城)과 그 파벽(破壁)」	서울대《문리대 학보》3권, 2호	1955.9.
「우상의 파괴」	《한국일보》	1956.5.6.

데뷔작

「현대시의 UMGEBUNG(環圍)와 UMWELT(環界) –시비평방법론서설」	《문학예술》 10월호	1956.10.
「비유법논고」	《문학예술》 11,12월호	1956.11.

* 백철 추천을 받아 평론가로 등단

논문

평론·논문

1.	「이상론–순수의식의 뇌성(牢城)과 그 파벽(破壁)」	서울대《문리대 학보》3권, 2호	1955.9.
2.	「현대시의 UMGEBUNG와 UMWELT–시비평방 법론서설」	《문학예술》 10월호	1956
3.	「비유법논고」	《문학예술》 11,12월호	1956
4.	「카타르시스문학론」	《문학예술》 8~12월호	1957
5.	「소설의 아펠레이션 연구」	《문학예술》 8~12월호	1957

학위논문

단평

국내신문

30. 「문학은 권력이나 정치이념의 시녀가 아니다 – '오   《조선일보》   1968.3.
    늘의 한국문화를 위협하는 것'의 조명」

31. 「논리의 이론검증 똑똑히 하자 – 불평성 여부로 문   《조선일보》   1968.3.26.
    학평가는 부당」

32. 「문화근대화의 성년식 – '청춘문화'의 자리를 마련   《대한일보》   1968.8.15.
    해줄 때도 되었다」

33. 「측면으로 본 신문학 60년 – 전후문단」   《동아일보》   1968.10.26.,11.2.

34. 「일본을 해부한다」   《동아일보》   1982.8.14.

35. 「푸는 문화 신바람의 문화」   《중앙일보》   1982.9.22.

36. 「떠도는 자의 우편번호」   《중앙일보》 연재   1982.10.12.
    ~1983.3.18.

37. 「희극 '피가로의 결혼'을 보고」   《한국일보》   1983.4.6.

38. 「북풍식과 태양식」   《조선일보》   1983.7.28.

39. 「창조적 사회와 관용」   《조선일보》   1983.8.18.

40. 「폭력에 대응하는 지성」   《조선일보》   1983.10.13.

41. 「레이건 수사학」   《조선일보》   1983.11.17.

42. 「채색문화 전성시대 – 1983년의 '의미조명'」   《동아일보》   1983.12.28.

43. 「귤이 탱자가 되는 사회」   《조선일보》   1984.1.21.

44. 「한국인과 '마늘문화'」   《조선일보》   1984.2.18.

45. 「저작권과 오린지」   《조선일보》   1984.3.13.

46. 「결정적인 상실」   《조선일보》   1984.5.2.

47. 「두 얼굴의 군중」   《조선일보》   1984.5.12.

48. 「기저귀 문화」   《조선일보》   1984.6.27.

49. 「선밥 먹이기」   《조선일보》   1985.4.9.

50. 「일본은 대국인가」   《조선일보》   1985.5.14.

51. 「신한국인」   《조선일보》 연재   1985.6.18.~8.31.

52. 「21세기의 한국인」   《서울신문》 연재   1993

53. 「한국문화의 뉴패러다임」   《경향신문》 연재   1993

54. 「한국어의 어원과 문화」   《동아일보》 연재   1993.5.~10.

55. 「한국문화 50년」   《조선일보》 신년특집   1995.1.1.

15. 「이상의 소설과 기교 – 실화와 날개를 중심으로」 《문예》 1959.10.

16. 「박탈된 인간의 휴일 – 제8요일을 읽고」 《새벽》 35호 1959.11.

17. 「잠자는 거인 – 뉴 제네레이션의 위치」 《새벽》 36호 1959.12.

18. 「20세기의 인간상」 《새벽》 1960.2.

19. 「푸로메떼 사슬을 풀라」 《새벽》 1960.4.

20. 「식물적 인간상 – 『카인의 후예』, 황순원 론」 《사상계》 1960.4.

21. 「사회참가의 문학 – 그 원시적인 문제」 《새벽》 1960.5.

22. 「무엇에 대한 노여움인가?」 《새벽》 1960.6.

23. 「우리 문학의 지점」 《새벽》 1960.9.

24. 「유배지의 시인 – 쌍종·페르스의 시와 생애」 《자유문학》 1960.12.

25. 「소설산고」 《현대문학》 1961.2.~4.

26. 「현대소설의 반성과 모색 – 60년대를 기점으로」 《사상계》 1961.3.

27. 「소설과 '아펠레이션'의 문제」 《사상계》 1961.11.

28. 「현대한국문학과 인간의 문제」 《시사》 1961.12.

29. 「한국적 휴머니즘의 발굴 – 유교정신에서 추출해본 《신사조》 1962.11.
    휴머니즘」

30. 「한국소설의 맹점 – 리얼리티 외, 문제를 중심으로」 《사상계》 1962.12.

31. 「오해와 모순의 여울목 – 그 역사와 특성」 《사상계》 1963.3.

32. 「사시안의 비평 – 어느 독자에게」 《현대문학》 1963.7.

33. 「부메랑의 언어들 – 어느 독자에게 제2신」 《현대문학》 1963.9.

34. 「문학과 역사적 사건 – 4·19를 예로」 《한국문학》 1호 1966.3.

35. 「현대소설의 구조」 《문학》 1,3,4호 1966.7., 9., 11.

36. 「비판적 「삼국유사」」 《월간세대》 1967.3~5.

37. 「현대문학과 인간소외 – 현대부조리와 인간소외」 《사상계》 1968.1.

38. 「서랍 속에 든 '不穩詩'를 분석한다 – '지식인의 사 《사상계》 1968.3.
    회참여'를 읽고」

39. 「사물을 보는 눈」 《사상계》 1973.4.

40. 「한국문학의 구조분석 – 反이솝주의 선언」 《문학사상》 1974.1.

41. 「한국문학의 구조분석 – '바다'와 '소년'의 의미분석」 《문학사상》 1974.2.

42. 「한국문학의 구조분석 – 춘원 초기단편소설의 분석」 《문학사상》 1974.3.

43. 「이상문학의 출발점」	《문학사상》	1975.9.
44. 「분단기의 문학」	《정경문화》	1979.6.
45. 「미와 자유와 희망의 시인 – 일리리스의 문학세계」	《충청문장》 32호	1979.10.
46. 「말 속의 한국문화」	《삶과꿈》 연재	1994.9~1995.6.

외 다수

외국잡지

| 1. 「亞細亞人の共生」 | 《Forsight》新潮社 | 1992.10. |

외 다수

대담

1. 「일본인론 – 대담:金容雲」	《경향신문》	1982.8.19.~26.
2. 「가부도 논쟁도 없는 무관심 속의 '방황' – 대담:金 璟東」	《조선일보》	1983.10.1.
3. 「해방 40년, 한국여성의 삶 – "지금이 한국여성사의 터닝포인트" – 특집대담:정용석」	《여성동아》	1985.8.
4. 「21세기 아시아의 문화 – 신년석학대담:梅原猛」	《문학사상》 1월호, MBC TV 1일 방영	1996.1.

외 다수

세미나 주제발표

1. 「神奈川 사이언스파크 국제심포지움」	KSP 주최(일본)	1994.2.13.
2. 「新潟 아시아 문화제」	新潟縣 주최(일본)	1994.7.10.
3. 「순수문학과 참여문학」(한국문학인대회)	한국일보사 주최	1994.5.24.
4. 「카오스 이론과 한국 정보문화」(한·중·일 아시아 포럼)	한백연구소 주최	1995.1.29.
5. 「멀티미디어 시대의 출판」	출판협회	1995.6.28.
6. 「21세기의 메디아론」	중앙일보사 주최	1995.7.7.
7. 「도자기와 총의 문화」(한일문화공동심포지움)	한국관광공사 주최(후쿠오카)	1995.7.9.

8. 「역사의 대전환」(한일국제심포지움)	중앙일보 역사연구소	1995.8.10.
9. 「한일의 미래」	동아일보, 아사히신문 공동주최	1995.9.10.
10. 「'춘향전'과 '忠臣藏'의 비교연구」(한일국제심포지엄)	한림대·일본문화연구소 주최	1995.10.
외 다수		

기조강연

1. 「로스엔젤러스 한미박물관 건립」	(L.A.)	1995.1.28.
2. 「하와이 50년 한국문화」	우먼스클럽 주최(하와이)	1995.7.5.
외 다수		

저서(단행본)

평론·논문

1. 『저항의 문학』	경지사	1959
2. 『지성의 오솔길』	동양출판사	1960
3. 『전후문학의 새 물결』	신구문화사	1962
4. 『통금시대의 문학』	삼중당	1966
* 『축소지향의 일본인』	갑인출판사	1982
* '縮み志向の日本人'의 한국어판		
5. 『縮み志向の日本人』(원문: 일어판)	学生社	1982
6. 『俳句で日本を讀む』(원문: 일어판)	PHP	1983
7. 『고전을 읽는 법』	갑인출판사	1985
8. 『세계문학에의 길』	갑인출판사	1985
9. 『신화속의 한국인』	갑인출판사	1985
10. 『지성채집』	나남	1986
11. 『장미밭의 전쟁』	기린원	1986

소설

시

희곡

대담집&강연집

교과서&어린이책

일본어 저서

번역서

『흙 속에 저 바람 속에』의 외국어판

1. *『In This Earth and In That Wind』 (David I. Steinberg 역) 영어판	RAS-KB	1967
2. *『斯土斯風』(陳寧寧 역) 대만판	源成文化圖書供應社	1976
3. *『恨の文化論』(裵康煥 역) 일본어판	学生社	1978
4. *『韓國人的心』 중국어판	山侤人民出版社	2007
5. *『В ТЕХ КРАЯХ НА ТЕХ ВЕТРАХ』 (이리나 카사트키나, 정인순 역) 러시아어판	나탈리스출판사	2011

『縮み志向の日本人』의 외국어판

6. *『Smaller is Better』(Robert N. Huey 역) 영어판	Kodansha	1984
7. *『Miniaturisation et Productivité Japonaise』 불어판	Masson	1984
8. *『日本人的縮小意识』 중국어판	山侤人民出版社	2003
9. *『환각의 다리』『Blessures D'Avril』 불어판	ACTES SUD	1994
10. *『장군의 수염』『The General's Beard』(Brother Anthony of Taizé 역) 영어판	Homa & Sekey Books	2002
11. *『디지로그』『デヅログ』(宮本尙寬 역) 일본어판	サンマーク出版	2007
12. *『우리문화 박물지』『KOREA STYLE』 영어판	디자인하우스	2009

공저

1. 『종합국문연구』	선진문화사	1955
2. 『고전의 바다』(정병욱과 공저)	현암사	1977
3. 『멋과 미』	삼성출판사	1992
4. 『김치 천년의 맛』	디자인하우스	1996
5. 『나를 매혹시킨 한 편의 시1』	문학사상사	1999
6. 『당신의 아이는 행복한가요』	디자인하우스	2001
7. 『휴일의 에세이』	문학사상사	2003
8. 『논술만점 GUIDE』	월간조선사	2005
9. 『글로벌 시대의 한국과 한국인』	아카넷	2007

10. 『다른 것이 아름답다』	지식산업사	2008
11. 『글로벌 시대의 희망 미래 설계도』	아카넷	2008
12. 『한국의 명강의』	마음의숲	2009
13. 『인문학 콘서트2』	이숲	2010
14. 『대한민국 국격을 생각한다』	올림	2010
15. 『페이퍼로드 – 지적 상상의 길』	두성북스	2013
16. 『知의 최전선』	아르테	2016
17. 『이어령, 80년 생각』(김민희와 공저)	위즈덤하우스	2021
18. 『마지막 수업』(김지수와 공저)	열림원	2021

전집

| 1. 『이어령 전작집』 | 동화출판공사(전12권) | 1968 |

  1. 흙 속에 저 바람 속에

  2. 바람이 불어오는 곳

  3. 거부하는 몸짓으로 이 젊음을

  4. 장미 그 순수한 모순

  5. 인간이 외출한 도시

  6. 차 한잔의 사상

  7. 누가 그 조종을 울리는가

  8. 하나의 나뭇잎이 흔들릴 때

  9. 장군의 수염

  10. 저항의 문학

  11. 당신은 아는가 나의 기도를

  12. 현대의 천일야화

| 2. 『이어령 신작전집』 | 갑인출판사(전10권) | 1978 |

  1. 현대인이 잃어버린 것들

  2. 저 물레에서 운명의 실이

  3. 아들이여 이 산하를

  4. 서양에서 본 동양의 아침

지성의 숲을 걷기 위한 길 안내

34종 24권 5개 컬렉션으로 분류, 10년 만에 완간

이어령이라는 지성의 숲은 넓고 깊어서 그 시작과 끝을 가늠하기 어렵다. 자 칫 길을 잃을 수도 있어서 길 안내가 필요한 이유다. '이어령 전집'의 기획과 구성의 과정, 그리고 작품들의 의미 등을 독자들께 간략하게나마 소개하고자 한다. (편집자 주)

북이십일이 이어령 선생님과 전집을 출간하기로 하고 정식으로 계약 을 맺은 것은 2014년 3월 17일이었다. 2023년 2월에 '이어령 전집'이 34종 24권으로 완간된 것은 10년 만의 성과였다. 자료조사를 거쳐 1차 로 선정한 작품은 50권이었다. 2000년 이전에 출간한 단행본들을 전집 으로 묶으며 가려 뽑은 작품들을 5개의 컬렉션으로 분류했고, 내용의 성 격이 비슷한 경우에는 한데 묶어서 합본 호를 만든다는 원칙을 세웠다. 이어령 선생님께서 독자들의 부담을 고려하여 직접 최종적으로 압축한 리스트는 34권이었다.

평론집 『저항의 문학』이 베스트셀러 컬렉션(16종 10권)의 출발이다. 이 어령 선생님의 첫 책이자 혁명적 언어 혁신과 문학관을 담은 책으로

1950년대 한국 문단에 일대 파란을 일으킨 명저였다. 두 번째 책은 국내 최초로 한국 문화론의 기치를 들었다고 평가받은 『말로 찾는 열두 달』과 『오늘을 사는 세대』를 뼈대로 편집한 세대론 『거부하는 몸짓으로 이 젊음을』으로, 이 두 권을 합본 호로 묶었다. 베스트셀러 컬렉션의 세 번째 책은 박정희 독재를 비판하는 우화를 담은 액자소설 「장군의 수염」, 보카치오의 『데카메론』 형식을 빌려온 「전쟁 데카메론」, 스탕달의 단편 「바니나 바니니」를 해석하여 다시 쓴 한국 최초의 포스트모던 소설 「환각의 다리」 등 중·단편소설들을 한데 묶었다. 한국 출판 최초의 대형 베스트셀러 에세이 『흙 속에 저 바람 속에』와 긍정과 희망의 한국인상에 대해서 설파한 『오늘보다 긴 이야기』는 합본하여 네 번째로 묶었으며, 일본 문화비평사에 큰 획을 그은 기념비적 작품으로 일본문화론 100년의 10대 고전으로 선정된 『축소지향의 일본인』은 베스트셀러 컬렉션의 다섯 번째 책이다.

여섯 번째는 한국어로 쓰인 가장 아름다운 자전 에세이에 속하는 『하나의 나뭇잎이 흔들릴 때』와 1970년대에 신문 연재 에세이로 쓴 글들을 모아 엮은 문화·문명 비평 에세이 『현대인이 잃어버린 것들』을 함께 묶었다. 일곱 번째는 문학 저널리즘의 월평 및 신문·잡지에 실렸던 평문들로 구성된 『지성의 오솔길』인데 1956년 5월 6일 《한국일보》에 실려 문단에 충격을 준 「우상의 파괴」가 수록되어 있다.

한국어 뜻풀이와 단군신화를 분석한 『뜻으로 읽는 한국어사전』과 『신화 속의 한국정신』은 베스트셀러 컬렉션의 여덟 번째로, 20대의 젊은이에게 들려주고 싶은 말을 엮은 책 『젊은이여 한국을 이야기하자』는 아홉 번째로, 외국 풍물에 대한 비판적 안목이 돋보이는 이어령 선생님의 첫 번째 기행문집 『바람이 불어오는 곳』은 열 번째 베스트셀러 컬렉션으로 묶었다.

이어령 선생님은 뛰어난 비평가이자, 소설가이자, 시인이자, 희곡작가였다. 그는 남들이 가지 않은 길을 가고자 했다. 그 결과물인 크리에이티브 컬렉션(2권)은 이어령 선생님의 장편소설과 희곡집으로 구성되어 있다. 『둥지 속의 날개』는 1983년 《한국경제신문》에 연재했던 문명비평적인 장편소설로 10만 부 이상 팔린 베스트셀러이고, 원래 상하권으로 나뉘어 나왔던 것을 한 권으로 합본했다. 『기적을 파는 백화점』은 한국 현대문학의 고전이 된 희곡들로 채워졌다. 수록작 중 「세 번은 짧게 세 번은 길게」는 1981년에 김호선 감독이 영화로 만들어 제18회 백상예술대상 감독상, 제2회 영화평론가협회 작품상을 수상했고, TV 단막극으로도 만들어졌다.

아카데믹 컬렉션(5종 4권)에는 이어령 선생님의 비평문을 한데 모았다. 1950년대에 데뷔해 1970년대까지 문단의 논객으로 활동한 이어령 선생님이 당대의 문학가들과 벌인 문학 논쟁을 담은 『장미밭의 전쟁』은 지금도 여전히 관심을 끈다. 호메로스에서 헤밍웨이까지 이어령 선생님과 함께 고전 읽기 여행을 떠나는 『진리는 나그네』와 한국의 시가문학을 통해서 본 한국문화론 『노래여 천년의 노래여』는 합본 호로 묶었다. 한국인이 사랑하는 김소월, 윤동주, 한용운, 서정주 등의 시를 기호론적 접근법으로 다시 읽는 『시 다시 읽기』는 이어령 선생님의 학문적 통찰이 빛나는 책이다. 아울러 박사학위 논문이기도 했던 『공간의 기호학』은 한국 문학이론사에서 빼놓을 수 없는 명저다.

사회문화론 컬렉션(5종 4권)은 이어령 선생님의 우리 사회와 문화에 대한 관심을 담았다. 칼럼니스트 이어령 선생님의 진면목이 드러난 책 『차 한 잔의 사상』은 20대에 《서울신문》의 '삼각주'로 출발하여 《경향신문》의 '여적', 《중앙일보》의 '분수대', 《조선일보》의 '만물상' 등을 통해 발표한 명칼럼들이 수록되어 있다. 『어머니와 아이가 만드는 세상』은 「천년을 달리는 아이」, 「천년을 만드는 엄마」를 한데 묶은 책으로, 새천년의 새 시대를 살아갈 아이와 엄마에게 띄우는 지침서다. 아울러 이어령 선생님의 산문시들을 엮어 만든 『시와 함께 살다』를 이와 함께 합본 호로 묶었다. 『저 물레에서 운명의 실이』는 1970년대에 신문에 연재한 여성론을 펴낸 책으로 『사씨남정기』, 『춘향전』, 『이춘풍전』을 통해 전통 사상에 입각한 한국 여인, 한국인 전체에 대한 본성을 분석했다. 『일본 문화와 상인정신』은 일본의 상인정신을 통해 본 일본문화 비평론이다.

한국문화론 컬렉션(5종 4권)은 한국문화에 대한 본격 비평을 모았다. 『기업과 문화의 충격』은 기업문화의 혁신을 강조한 기업문화 개론서다. 『푸는 문화 신바람의 문화』는 '신바람', '풀이'라는 키워드를 통해 고금의 예화와 일화, 우리말의 어휘와 생활 문화 등 다양한 범위 속에서 우리 문화를 분석했고, '붉은 악마', '문명전쟁', '정치문화', '한류문화' 등의 4가지 코드로 문화를 진단한 『문화 코드』와 합본 호로 묶었다. 한국과 일본 지식인들의 대담 모음집 『세계 지성과의 대화』와 이화여대 교수직을 내려놓으면서 각계각층 인사들과 나눈 대담집 『나, 너 그리고 나눔』이 이 컬렉션의 대미를 장식한다.

2022년 2월 26일, 편집과 고증의 과정을 거치는 중에 이어령 선생님이 돌아가신 것은 출간 작업의 커다란 난관이었다. 최신판 '저자의 말'을 수록할 수 없게 된 데다가 적잖은 원고 내용의 저자 확인이 필요한 부분이 있었으니 난관이 아닐 수 없었다. 다행히 유족 측에서는 이어령 선생님의 부인이신 영인문학관 강인숙 관장님이 마지막 교정과 확인을 맡아주셨다. 밤샘도 마다하지 않으면서 꼼꼼하게 오류를 점검해주신 강인숙 관장님에게 이 지면을 빌려 감사의 말씀을 드린다.

KI신서 10657
이어령 전집 20

일본문화와 상인정신

1판 1쇄 인쇄 2023년 2월 17일
1판 1쇄 발행 2023년 2월 26일

지은이 이어령
펴낸이 김영곤
펴낸곳 (주)북이십일 21세기북스

TF팀 이사 신승철
TF팀 이종배
출판마케팅영업본부장 민안기
마케팅1팀 배상현 한경화 김신우 강효원
출판영업팀 최명열 김다운
제작팀 이영민 권경민
진행·디자인 다함미디어 | 함성주 유예지 권성희
교정교열 구경미 김도언 김문숙 박은경 송복란 이진규 이충미 임수현 정미용 최아림

출판등록 2000년 5월 6일 제406-2003-061호
주소 (10881) 경기도 파주시 회동길 201(문발동)
대표전화 031-955-2100 **팩스** 031-955-2151 **이메일** book21@book21.co.kr

© 이어령, 2023

ISBN 978-89-509-3932-8 04810

(주)북이십일 경계를 허무는 콘텐츠 리더

21세기북스 채널에서 도서 정보와 다양한 영상자료, 이벤트를 만나세요!
페이스북 facebook.com/jiinpill21 포스트 post.naver.com/21c_editors
인스타그램 instagram.com/jiinpill21 홈페이지 www.book21.com
유튜브 youtube.com/book21pub